검은 고양이

윤상원

한국외국어대학교 영어과를 졸업했다.
대기업 홍보실을 거쳐 단행본 출판사 편집부에서 근무했다.
대학 때부터 영미권 번역문학에 관심이 많았던 그는 현재 전업 번역가로 활동하고 있다.
주요 번역서로는 『오만과 편견』이 있다.

검은 고양이

초　판 1쇄 발행 | 2009년　5월 25일
개정판 1쇄 발행 | 2013년 12월 10일
개정판 2쇄 발행 | 2016년　7월 10일

지은이 | 애드거 앨런 포
편역자 | 윤상원
펴낸이 | 김형호
펴낸곳 | 아름다운날
출판 등록 | 1999년 11월 22일
주소 | (121-837) 서울시 마포구 서교동 351-10 동보빌딩 202호
전화 | 02) 3142-8420
팩스 | 02) 3143-4154
E-메일 | arumbook@hanmail.net
ISBN 978-89-93876-44-4 (03840)

이 도서의 국립중앙도서관 출판시도서목록(CIP)은 서지정보유통지원시스템 홈페이지(http://seoji.nl.go.
kr)와 국가자료공동목록시스템(http://www.nl.go.kr/kolisnet)에서 이용하실 수 있습니다.(CIP제어번호:
CIP2013023597)

검은 고양이

애드거 앨런 포 지음 | 윤상원 옮김

아름다운날

지혜롭고 싶다면 지나친 예민함에서 벗어나라.

— 세네카

차례

검은 고양이

　내가 지금 쓰려는 이 기이한 이야기는 한 집안에서 일어난 일이다.　나는 독자가 이 끔찍한 이야기를 꾸민 것이 아니라는 걸 믿어주리라고는 기대하지도 않으며,　또 믿기를 바라지도 않는다.　나 자신이 두 눈으로 직접 보고도 믿을 수가 없었는데, 독자가 믿어줄 것이라고 기대한다는 건 미친 짓이 아니고 무엇이겠는가? 그러나 나는 미쳐 있는 것도 아니고, 꿈을 꾸고 있는 것도 아니다.　어쨌든 나는 내일 죽을 몸이다.　그래서 오늘 중으로 영혼의 무거운 짐을 내려놓으려 하는 것이다.

　나는 집안에서 일어난 일련의 사건을 있는 그대로 세상 사람들에게 공개하고 싶다.　그 사건들은 말할 수 없이 나를 괴롭고 공포스럽게 했으며, 결국은 나를 파멸시켜버렸다.　그러나 나는 그 모든 것을 구차하게 변병할 생각은 없다.　내게 있어서 이 사건은 '공포' 그 자체였으나 세상 사람들은 무섭다기보다 그저 바로크 풍의 이야기라는 느낌을 받았을 것이다.

그러나 언젠가는 내가 경험했던 이 일이 일반적으로 있을 수 있는 일이라고 간주해줄 지성의 소유자가 나타날 것이 틀림없다. 그는 나보다 냉철하고 논리적이며 훨씬 차분한 지성의 소유자로서, 내가 무서워 덜덜 떨면서 이야기하는 이 사건을 지극히 당연한 인과의 고리 이상으로는 보려 하지 않을 것이다.

어린 시절의 나는 온순하고 인정 많은 아이였다. 그러나 그 온순함이 정도가 조금 지나쳤기 때문에 친구들로부터 놀림감이 될 정도였다. 나는 유난히 동물을 좋아했기 때문에 부모님은 원하는 애완동물들을 기를 수 있도록 해주었다. 동물들과 시간을 보내면서 이들에게 먹이를 주거나 털을 쓰다듬는 것은 정말 즐거운 일이었다.

이런 취미는 해가 갈수록 그 정도가 심해져서 어른이 된 후부터는 그것이 삶의 가장 큰 기쁨이 되었다. 충직하고 영리한 개에게 깊은 애정을 쏟아본 경험이 있는 사람이라면 동물이 주는 정서적 만족감이란 것이 어떤 것이며, 또 그것이 얼마나 강렬한 행복감을 주는 것인지 알 것이다.

동물과 사심 없고 헌신적인 애정을 나누다 보니 인간이라는 존재와 겪게 되는 지리멸렬한 우정이나 가볍기 그지없는 신의를 지겹도록 맛본 자의 마음을 울리는 그 무엇이 분명 있었다.

나는 젊은 나이에 결혼을 했는데, 다행히 아내와는 잘 맞는 구석이 있었다. 내가 동물이라면 종류를 가리지 않고 빠져드는 것을 보고 아내는 기회가 닿을 때마다 귀여운 동물을 사들였다. 이렇게 해서 우리 집에서는 새, 금붕어, 멋진 개, 토끼, 작은 원숭이 그리고 고양이 한 마리를 기르게 되었다.

　고양이는 정말이지 크고 멋진 녀석으로, 온 몸뚱이가 새까맣고 놀랄 만큼 영리했다. 우리 부부 사이에 이 영리한 고양이가 화제가 될 때면 미신을 믿는 아내는 검은 고양이는 모두 마녀가 둔갑한 것이라는 등 항간에 떠도는 이야기를 끄집어내곤 했다. 내가 이런 글을 쓰는 것은 아내의 이야기가 문득 떠올랐기 때문이다.

　이 장난꾸러기 고양이의 이름은 플루토(그리스 신화의 명부의 왕인 플루톤의 영어명)였는데, 내가 세상에서 가장 귀여워하는 녀석이었다. 이 녀석에게 먹이를 주는 사람은 나밖에 없었으므로, 고양이는 늘 내 뒤를 따라다녔다. 외출할 때조차 뒤따라와 쫓아버리기가 쉽지 않았다.

　우리의 우정은 이런 상태로 몇 년간 계속되었으나, 그동안 나의 기질과 성격은 악마적인 음주벽 때문에(입에 올리는 것만으로도 얼굴이 붉어지지만) 완전히 황폐화되어 버렸다.

　나는 갈수록 신경이 날카로워져서 남의 기분 따위는 아랑곳하지 않고 발끈거리며 자주 화를 내었다. 그런 성격은 결국 아내에게 폭언은 물론 폭력까지 휘두르게 되었다. 나를 따르던 동물들도 나의 이런 기질의 변화를 이미 알고 있는 것 같았다.

어느덧 나는 동물을 돌봐주는 것이 아니라 학대를 하고 있었다. 토끼라든가 원숭이라든가 개들이 발에 거치적거리기라도 하면 거칠게 다루면서도 아무런 가책을 느끼지 못했다. 그러나 플루토만은 학대하지 않았다. 하지만 나의 병은 점점 심해졌다.

알코올 중독보다 무서운 병이 있을까? 드디어 플루토조차 나의 괴팍한 성미의 희생양이 되어가고 있었다.

어느 날 밤, 거리의 자주 가는 술집에서 잔뜩 마시고는 취해서 돌아오자 고양이가 나를 피하는 게 느껴졌다. 순간 고양이를 낚아채자 나의 난폭한 행위에 겁을 먹은 고양이가 손을 할퀴는 바람에 가벼운 상처가 났다. 순간 격분한 나머지 나는 악마로 변해버리고 말았다.

이때 순수했던 혼이 순식간에 나의 육체에서 빠져나가는 듯했다. 독한 진의 술기운은 잔인하기 이를 데 없는 증오심으로 나를 돌변시켜 전신을 휘감았다. 나는 조끼 주머니에서 주머니칼을 꺼내 날을 세워 가엾은 고양이의 목덜미를 움켜잡아 한쪽 눈알의 눈구멍을 천천히 도려냈다. 이 끔찍한 잔혹 행위를 펜으로 옮겨 적는 지금 수치심으로 온몸이 두려움에 전율한다.

아침이 되어 이성을 되찾자 나는 내가 저지른 범죄 때문에 공포와 회한에 젖어들었다. 하지만 그것이 강렬한 감정을 띤 것은 아니었기 때문에 나의 영혼을 움직이지는 못했다. 나는 이후 또다시 방종한 생활에 빠졌고, 결국은 이 잔혹한 행위의 기억을 술독에 빠뜨려버렸다.

시간이 흐르면서 고양이의 상처는 서서히 아물어가고 있었다. 눈알을 도려낸 눈구멍은 섬뜩한 몰골을 하고 있었으나 이제 고통을 느끼지는 않는 것 같았다. 그러나 그 녀석은 예전의 고양이가 아니었다.

어느 날 내가 가까이 다가가자 녀석은 몹시 겁을 집어먹고 달아나버렸다. 이전에는 그토록 나를 따르던 녀석이 내게서 달아나는 모습을 보자 순간적으로 슬픔이 복받쳐 올랐다.

그리고 그 슬픔은 어느덧 초조함으로 바뀌었다. 그때부터 나를 돌이킬 수 없는 파멸로 몰아넣은 '심술 근성'이 엄습해왔다. 이 심술에 대한 기분을 철학은 아무런 설명도 해주지 못한다.

그러나 나는 나의 영혼이 살아 있다는 확신 못지않게 이런 감정이 인간의 마음을 사로잡는 원초적 충동 중의 하나임을 확실히 믿고 있다. 그래서는 안 된다는 것을 알고 있다는 바로 그 이유 때문에 비열하고 어리석은 짓을 수도 없이 저지르는 존재가 바로 사람이다.

우리는 가장 올바른 판단을 하고 난 후, 그것이 '규칙'이라는 것을 알고 있다는 이유만으로 그것을 파괴하고 싶어지는 경향이 있다. 그런데 이 비뚤어진 심술이란 놈이 엄습해 와서 나를 결정적으로 파멸시킨 것이다.

스스로를 못 견디게 자책하고, 자신의 천성을 모질게 학대하며, 악을 위해서 악을 저지르고 싶은 인간 영혼의 이 불가해한 욕망이야말로 그 아무 죄 없는 동물을 계속 학대하고, 마침내 극단에 이르게 한 원인이라고 할 수 있다.

어느 날 아침, 나는 태연하게 고양이의 목에 올가미를 씌워 나뭇가지에 매달았다. 그런 행동을 하는 동안 눈에서는 눈물이 흘렀고, 마음속으로는 쓰라린 후회를 하고 있었다. 내가 고양이를 매단 것은 녀석이 나를 사랑했다는 것을 알고 있다는 바로 그 이유 때문이었고, 녀석이 이런 짓을 당할 이유가 전혀 없다는 것을 내가 알고 있다는 바로 그 이유 때문이기도 했다. 게다가 이런 짓이 죄악이기 때문이었다. 이런 치명적인 죄악으로 인해 내 불멸의 영혼은 가장 자비로우시고 가장 강하신 하느님의 무한한 자비조차도 닿을 수 없는 지옥으로 떨어질 터였다.

이런 잔혹한 짓을 저지른 날 밤, "불이야!" 하는 고함 소리에 잠에서 깨어나 보니 내 방의 침대 커튼이 불길에 휩싸여 있었다. 아내와 하인과 나는 가까스로 불길에서 빠져나올 수 있었다. 불길이 휩쓸고 지나간 곳에는 아무것도 남은 것이 없었다. 나의 재산이 불길 속에 깡그리 사라져버리자 나는 절망감에 빠졌다.

나는 이 재난과 잔인한 행위 사이의 인과관계를 발견하려 들 만큼 마음이 나약한 인간은 아니다. 다만 일련의 사실들을 상세하게 기록함으로써 모종의 인과관계의 가능성이 간과될 위험을 제거하려 할 뿐이다.

화재가 난 이튿날, 나는 불탄 자리로 갔다. 사방의 벽은 단 한 군데만 남겨놓고 모조리 무너져 있었다. 그 벽은 내 침대의 머리맡 가까이 있는 그다지 두껍지 않은 칸막이였다. 예전에 바른 석회 덕분에 불길을 견뎌낸 것이었다. 그 벽 주위에는 사람들이 빽빽이 몰려와 있었는데, 그들은 그 벽을 열심히 살피고 있었다. "이상한데!" "괴상한 일인데!"라는 그들의 말이 나의 호기심을 끌었다. 사람들이 바라보고 있는 그곳에 가까이 다가간 나의 눈에 비친 것은 흰 벽면에 부조한 것 같은 거대한 고양이의 모습이었다. 놀라울 정도로 사실적인 느낌을 주는 형상이 거기에 있었다. 고양이의 목 둘레에는 밧줄이 걸려 있었다.

이 허깨비—그것의 존재는 그렇게밖에 부를 수 없었다—를 보는 순간 나는 까무러칠 듯이 놀랐다. 얼마 후 이윽고 정신을 차리고 모든 상황을 이성적으로 더듬어보기 시작했다. 그러고는 그 고양이를 집 가까이에 있는 정원에 매달았던 것을 생각해냈다. 불이 났다는 소리에 이 정원에도 사람들이 마구 몰려들었다.

그때 그들 중의 누군가가 고양이를 나무에서 떼어내어 열려 있는 창으로 내 방 안에 집어던졌음이 틀림없다. 아마도 그렇게 나를 깨우려 했던 모양인데, 다른 벽이 무너지는 바람에 나의 잔인한 행위로 희생된 고양이가 회칠한 지 얼마 안 된 벽 밑에 깔려버린 것이다. 그리고 불길에 녹은 석회와 사체에서 나온 암모니아가 지금 보이는 바와 같은 초상을 완성한 것이다.

나는 내가 본 놀라운 일들을 과학적으로 설명할 수 있다. 이 설명은 양심을 달래기에는 뭔가 부족한 점이 있으나 이성을 만족시키기에는 부족함이 없다. 그러나 이성적인 설명은 나의 상상력에 특별한 영향력을 미치지는 못했다. 그래서 몇 개월 동안 고양이에 대한 망령을 떨쳐버릴 수가 없었다.

그러는 사이에 딱히 후회라고는 할 수 없으나 뭔가 그와 비슷한 막연한 기분이 다시 밀려왔다. 나는 그 고양이를 잃은 것이 아쉬운 나머지 또다시 타락의 소굴을 이곳저곳 드나들며 녀석과 비슷하게 생긴 애완동물을 찾기에 이르렀다. 그 녀석의 빈 자리를 찾기 위해서였다.

어느 날 밤, 술에 취해 파렴치하다는 말로도 부족할 타락의 소굴에 멍하니 앉아 있을 때였다. 이때 그 방의 유일한 가구라고 해야 할 진인지 럼주인지가 담긴 큰 술통 위에 시커먼 뭔가가 웅크리고 있는 것이 주의를 끌었다.

나는 한참 동안 이 술통을 바라보고 있었는데, 거기에 검은 물체가 누워 있는 것이었다. 나는 가까이 다가가서 손으로 그것을 건드려보았다. 그것은 검은 고양이였는데 플루토와 똑같은 크기의 커다란 고양이로, 단지 한 군데만 제외하고는 모든 점에서 플루트와 똑같았다. 플루토는 몸뚱이 어디에도 흰 털이 난 데라고는 없었는데, 이 고양이는 가슴 근처가 거의 전부 희미한 반점으로 뒤덮여 있었다.

　내가 녀석을 건드리자마자 일어나 몸을 부비면서 반갑다는 시늉을 했다. 내가 술집 주인에게 그 고양이를 사고 싶다고 했더니 그는 전혀 모르는 고양이라는 것이었다. 단 한 번도 본 적이 없다고 말했다.

　내가 계속 고양이를 쓰다듬고 있다가 집으로 돌아오려고 하자 고양이는 나를 따라오고 싶은 시늉을 했다. 그래서 녀석이 원하는 대로 내버려두었고, 걸으면서 때때로 몸을 굽혀 가볍게 토닥여주었다. 집에 도착하자마자 고양이는 자연스럽게 길이 들었고, 어느새 아내에게도 몹시 귀염을 받았다.

　그러나 얼마 안 가 나는 그 고양이에 대해서 끓어오르는 혐오감을 참을 수가 없었다. 이것은 내가 예상했던 것과 정반대의 감정이었다. 뚜렷한 이유는 알 수 없었으나 그 고양이가 분명히 나를 좋아하고 있다는 사실이 나를 지긋지긋하고 안절부절 못하게 만들었다. 이런 혐오스럽고 초조한 감정은 서서히 그 강도가 높아져서 격렬한 증오심으로 변했다. 결국 나는 그 고양이를 피하게 되었다. 무언가 부끄러운 기분과 이전에 범한 잔혹한 행위의 기억이, 고양이를 학대하는 짓은 삼가게 했기 때문이다. 몇 주일 동안 나는 그 고양이를 때리거나 난폭하게 다루지는 않았다. 그러나 시간이 갈수록 구역질이 날 것 같은 혐오감이 엄습해 오면서 마치 전염병 환자의 숨길을 피하듯이 그 짐승의 소름끼치는 모습을 피하게 되었다.

고양이에 대한 혐오감이 강렬하게 끓어오른 것은 그놈도 플루토처럼 한쪽 눈이 없다는 사실을 알았기 때문이다. 그 녀석을 집으로 데리고 왔던 이튿날 아침이었다. 그러나 아내에게는 이 사실이 고양이에 대한 가련한 기억을 더욱 부추긴 모양이었다. 앞에서도 밝혔듯이 예전에는 소박하고 순수한, 커다란 기쁨의 원천이기도 했던 나라는 인간의 특징을 아내도 다분히 가지고 있었기 때문이다.

그런데 내가 이 고양이를 싫어하면 할수록 고양이 쪽에서는 나를 더욱 좋아하는 것이었다. 그놈이 내 뒤를 얼마나 끈질기게 따라다녔는지 독자로서는 짐작할 수도 없을 것이다. 내가 앉아 있으면 의자 밑에 웅크리거나 무릎 위로 뛰어올라 징그럽게 나에게 몸을 기대어왔다. 내가 일어서서 걸으면 나의 양다리 사이에 끼어들어 하마터면 곤두박질을 칠 뻔하기도 했다. 어떤 때는 길고 날카로운 발톱으로 나의 옷에 달라붙어 가슴 가까이까지 기어오르기도 했다. 그럴 때면 당장 한주먹에 때려죽이고 싶었지만 참았다. 내가 참은 것은 이전에 저질렀던 끔찍한 죄악이 생각났기 때문이다. 그러나 솔직히 말해서 진정 나를 고통으로 몰아넣은 것은 그 고양이가 소름끼치게 무서웠기 때문이었다.

그 공포는 육체적 상해에 대한 두려움 때문만은 아니었다. 그러나 그렇다고 해서 그것을 달리 뭐라고 표현해야 한단 말인가! 고백하기조차 부끄러운 노릇이지만—그렇다, 지금 중죄인의 독방에 갇혀 있으면서도 고백하기가 부끄럽지만—그 고양이가 나에게 준 공포의 전율은 그야말로 머릿속의 망상이 뒤범벅이 되어 말로 표현할 수 없는 그런 것이었다.

내가 이미 말했던 고양이의 커다란 반점에 대해서 아내는 여러 번 주의를 환기시켰다. 이 반점은 지금은 커졌지만 처음에는 윤곽이 희미했던 것이라고.

그러나 이 반점은 서서히 모양이 또렷해지기 시작했고, 나중에는 선명하게 자리를 잡아갔다. 단지 느낌일 뿐이라고 나의 이성이 강렬히 부정하고 있는 사이에 마침내 뚜렷한 윤곽을 드러낸 것이다. 그것은 이제 와서는 입에 담기조차 소름끼치는 어떤 물체의 형상을 뚜렷하게 드러내고 있었다.

나는 그 형상이 두려운 나머지 고양이를 죽여버리고 싶을 정도가 되었다. 그렇다, 이제 보니 그것은 머리끝이 쭈뼛해지는 저 교수대의 형상을 나타내고 있었다. 오오! 공포와 죄악의 기계, 고뇌와 죽음의 기계 바로 그것이었다.

이렇게 해서 나는 드디어 보통 사람들이 절대 맛볼 수 없는 극도의 처참함 속에 내던져졌다. 기껏 한 마리의 짐승이, 내가 경멸하는 심정으로 죽인 적이 있는 한 마리의 짐승과 동종의 짐승이 신의 모습과 비슷하게 창조된 인간인 나에게 견딜 수 없는 고통을 안겨주다니! 아아, 낮이나 밤이나 나는 이제 안식이란 하늘의 은혜를 더 이상 입을 수 없게 되었다.

낮에는 고양이가 잠시도 내 곁에서 떠나지 않았고, 밤에는 말할 수 없이 무서운 악몽 때문에 소스라쳐 놀라 깨어보면 그 짐승의 뜨거운 숨결이 내 얼굴을 덮고 있었다. 그리고 그 악몽의 화신, 내 힘으로는 밀어낼 수조차 없는 무거운 몸뚱이가 가슴 위에 보란 듯이 버티고 앉아 있는 것을 깨달았다.

이러한 고통에 시달리다 보니 나의 내부에 남아 있던 가냘픈 선의가 흔적조차 사라지고 없었다. 흉측한 생각이, 음침하고 참으로 사악한 생각만이 나의 유일한 친구가 되었다. 그렇게 되자 평소의 까다로운 기질은 점점 더 심해져서 모든 사물, 모든 인간에 대한 증오로 변했다. 때때로 느닷없이 엄습해오는 억제할 수 없는 분노의 발작에 어느덧 맹목적으로 내 몸을 맡기게 되었는데, 아아, 그것을 언제나 꾹 참고 받아주는 사람은 나의 아내였다.

어느 날, 아내는 그 무렵 우리가 가난 때문에 어쩔 수 없이 살게 된 헐어빠진 건물의 지하실까지 나를 따라 내려왔다. 이때 그 고양이도 몹시 가파른 계단을 나를 따라 내려오는 바람에 발치에 휘감겨서 나는 자칫 바닥으로 곤두박질칠 뻔했다. 그러자 순간적으로 미칠 정도로 화가 치솟았다. 도끼를 쳐든 나는 그때까지 나를 억제하고 있던 어린애 같은 공포를 잊어버리고 울컥 치민 분노로 고양이를 내리찍으려 했다. 이 도끼질이 생각대로 되었더라면 물론 고양이는 단숨에 숨이 끊겼을 것이다. 그러나 도끼를 든 손은 아내에게 붙들리고 말았다. 아내의 방해 때문에 악마의 분노라는 말로도 모자라는 감정에 휩싸인 나는 아내의 머리를 찍고 말았다. 아내는 신음 소리 한 번 내지 않고 즉사하고 말았다.

이 무서운 살인을 해치우고 나서 나는 신중하게 시체를 숨기는 일에 착수했다. 밤낮을 피해 이웃 사람들에게 들킬 위험 없이 집에서 시체를 운반해내기란 불가능하였다. 온갖 생각들이 머릿속에 떠올랐다. 한때는 시체를 잘게 토막을 내어 불에 태워 없애버릴까도 생각했다. 지하실 바닥에 시체를 매장할 구덩이를 팔 생각을 해본 적도 있었다.

혹은 정원 우물에 시체를 던져 넣어버릴까, 아니면 무슨 상품처럼 상자 속에 넣어 포장을 해서 운반인을 시켜 집에서 내어가는 방법도 궁리해보았다. 마지막으로 나는 가장 완벽한 방법을 생각해 냈다. 중세기의 수도자들이 자기 손으로 죽인 자를 벽 속에 넣고 벽을 발라버렸다는 기록이 남아 있는데, 나는 아내의 시체를 지하실의 벽 속에 넣고 회로 발라버리기로 결심한 것이다.

우리 집의 지하실은 이런 목적을 위해서는 안성맞춤이었다. 사면의 쌓아올려진 벽면에 최근 거칠게 회칠을 했는데, 그것은 습기찬 공기 때문에 아직 굳지도 않은 상태였다. 그뿐 아니라 한쪽 벽은 형태로만 있는 굴뚝이며 난로가 있었던 자리가 불쑥 불거져 나와 있었다. 이 부분의 벽돌을 빼내고 시체를 밀어 넣은 다음 벽 전체를 전과 같이 발라버리면 아무도 의심스러운 점을 발견하지 못할 것이라는 확신이 들었다.

나는 쇠 지렛대를 사용하여 힘들이지 않고 벽돌을 빼내고 시체를 조심스럽게 벽에다 세운 다음 벽을 원래대로 다시 쌓았다. 모르타르와 모래와 종려털을 구해온 나는 이전의 것과 구별할 수 없을 정도로 감쪽같이 색깔을 만들어내어 이것을 새로 쌓은 벽돌 위에다 꼼꼼하게 발랐다. 일을 다 마친 나는 만사가 그것으로 끝났다는 생각에 매우 만족스러웠다. 벽에 따로 손질을 한 흔적 같은 것은 전혀 눈에 띄지 않았다. 바닥에 떨어진 부스러기도 세심하게 치웠다. 그러고는 득의에 차서 주변을 둘러보며 중얼거렸다. '자, 이만하면 헛수고는 안했겠지.'

다음으로 할 일은 이런 비참한 사건의 원인이 된 짐승을 찾아내는 일이었다. 나는 이미 그놈을 죽여버릴 결심을 굳히고 있었다. 이때 고양이를 만날 수가 있었다면 그놈의 운명도 이미 정해졌을 것이었다. 그런데 교활한 그놈은 아까의 나의 끔찍한 분노에 겁을 집어먹은 듯 내 앞에서 모습을 감추고 말았다. 그 지긋지긋한 고양이가 없어진 사실이 나의 가슴에 불러일으킨 안도감은 어떤 표현도, 상상도 할 수 없도록 했다. 고양이는 그날 밤 전혀 모습을 드러내지 않았다. 이렇게 해서 고양이를 집으로 데려온 나는 적어도 하룻밤만은 완벽한 숙면을 취할 수가 있었다. 그렇다, 나의 영혼은 살인의 무거운 짐을 지고서도 잠을 잘 잘 수가 있었다.

이틀, 또 사흘이 지났으나 나를 괴롭히던 놈은 모습을 드러내지 않았다. 나는 또다시 자유로운 인간으로서 세상과 호흡했다. 그 괴물은 너무나 무서워서 이 집으로부터 영원히 도망을 친 것이다. 다시는 그놈의 짐승을 보지 않게 되겠지! 이것이야말로 다시없는 행복이다. 나는 나 자신의 끔찍한 범죄 행위에 대해서는 마음의 가책을 거의 느끼지 못했다. 몇 차례 신문을 받았으나 즉시 대답을 해낼 수 있었다. 가택 수색까지 당했으나 그 무엇도 발각될 리가 없었다. 그것으로 나의 장래의 행복은 틀림없이 보장된다고 생각했다.

그런데 아내를 죽인 지 나흘째 되던 날, 한 떼의 경관이 뜻밖에 집으로 들이닥쳐 또다시 철저하게 집안을 수색하겠다고 했다. 그러나 시체를 숨긴 장소를 알 턱이 없다고 확신하고 있었던 나는 조금도 당황한 모습을 보이지 않았다.

경관들은 집을 수색할 테니 나에게 입회할 것을 명령했다. 그들은 집 전체를 샅샅이 수색했다. 마침내 세 번쨌지 네 번쨌지 다시 지하실로 내려갔다. 나는 얼굴의 근육 하나 움직이지 않았다. 나의 심장은 잠자는 인간처럼 조용히 고동치고 있을 뿐이었다.

나는 지하실을 끝에서 끝까지 걸었다. 가슴에 팔짱을 낀 채 이리저리 태연하게 돌아다녔다. 경관들은 더 이상 나를 의심할 마음이 없었는지 떠날 기색을 보였다. 나는 기쁨을 억제할 수가 없었다. 나는 개가를 올리기 위해서, 그리고 나의 무죄를 확실하게 확신시키기 위해서 무언가 한마디 하고 싶어 견딜 수가 없었다.

"여러분!" 경관들이 계단을 올라갈 때 나는 마침내 입을 열었다. "여러분의 의심을 풀어드릴 수 있어서 정말 기쁘게 생각합니다. 여러분들의 건투를 빕니다만 좀 더 예의를 갖춰주셨으면 싶습니다. 그런데 여러분! 이 집은 참으로 단단히 지은 집이지요.(무언가 술술 말해버리고 싶다는 세찬 욕망 때문에 나는 자신이 무슨 말을 하고 있는지도 몰랐다.) 엄청나게 잘 지은 집이지요. 이 벽도. 아니, 여러분! 벌써 가시려고요? 이 벽도 아주 튼튼하게 만들어져 있지요."

여기까지 말하고 난 나는 이제는 허세를 부리고 싶어서 견딜 수 없는 기분으로 내 사랑하는 아내의 시체가 숨겨져 있는 바로 그 벽을 손에 들고 있던 지팡이로 힘껏 두드렸다.

그런데 오오, 하느님 맙소사! 마귀의 이빨로부터 나를 구해주소서! 두드린 지팡이의 울림이 멎는 것과 동시에 그 무덤 속에서 응답이 들려온 것이다. 처음에는 어린애의 흐느껴 우는 소리와 비슷한 억눌린 듯 끊어질 듯한 소리가 갑자기 높아지더니 참으로 괴상한, 인간의 소리라고는 여겨지지 않을 정도로 길고 크고 연속적인 절규가 들려오고 있었다. 그것을 포효라고 해야 할까, 아니면 견딜 수 없이 괴로워하는 지옥의 망자들과 그들이 지옥에 떨어진 것을 미칠 듯이 기뻐하는 악귀들이 함께 어우러져 소리치는, 끓어오르는 공포와 승리가 뒤얽힌 소리 같았다. 그것은 오직 지옥에서만 들을 수 있는 울부짖음이었다.

당시 내가 어떤 심정이었는지는 말을 하는 것조차 어리석은 짓

이리라. 나는 실신한 채 반대편 벽으로 비틀거리며 걸어갔다. 그 순간 계단을 올라가던 경관들은 공포에 사로잡혀 더 이상 꼼짝도 하지 않았다.

다음 순간, 열두 개의 억센 팔이 벽을 부수고 있었다. 벽은 순식간에 깡그리 무너졌다. 이미 완전히 썩어서 피가 엉겨붙은 시체가 경관 일동의 눈앞에 우뚝 서 있었다. 그리고 머리 위에는 새빨간 아가리를 벌린 채 타는 듯한 외눈을 번뜩이면서 혐오스러운 고양이가 앉아 있었다. 그 악랄한 꾀에 넘어간 나는 사람을 죽이고, 또 이 악독한 놈이 방금 지른 울음소리 때문에 사형 집행인의 손에 넘어가게 된 것이다. 나는 이 괴물을 무덤 속에 넣은 채 발라버렸던 것이다.

아몬티야도의 술통

포르투나토가 아무리 못된 짓을 해도 참아온 나지만 결정적인 모욕을 당한 뒤 복수를 결심했다. 그러나 나의 기질을 잘 알고 있는 그이니만큼 위협적인 말은 단 한마디도 하지 않았다는 것은 알고 있을 것이다.

기필코 복수한다. 이 사실은 분명히 정해져 있다. 그러나 이렇게 확고히 결심을 한 이상 위험한 짓은 절대로 해서는 안 되었다. 벌을 주더라도 내 쪽이 무사하지 않으면 안 된다. 복수를 했어도 처벌을 당한다면 복수라고 할 수 없다. 또한 이전에 나를 괴롭힌 상대가 지금 복수를 당하고 있다고 깨닫지 못하게 한다면 이 또한 진정한 복수라고 할 수 없다.

미리 알아둬야 할 점은 말이나 행동에 있어서 포르투나토로 하여금 나의 선의를 의심하게 할 만한 짓은 전혀 하지 않았다는 것이다. 지금까지 거리에서 마주치면 웃어주었으므로, 나의 웃음이 상대방을 희생물로 삼았을 때 떠올리며 웃는 웃음이라는 사실을 알아채지 못하고 있었던 것이다.

이 포르투나토라는 사나이는 한 가지 약점이 있기는 하지만 많은 사람들로부터 존경을 넘어 두려움까지 받는 존재였다. 그런 그가 포도주 맛을 감정하는 것만큼은 자신이 있다고 늘 으스대고 있었다.

하지만 이탈리아 인치고 진정한 감식가의 기질을 가진 사람은 별로 없다. 대개 이탈리아 인들의 열정은 때와 장소, 다시 말해서 영국이나 오스트리아의 부자들을 적당히 속이는 데 쓰일 뿐이다. 포르투나토도 그림과 보석을 다룰 때는 이탈리아 인답게 사기를 쳤으나 묵은 술을 감정하는 데는 진지했다. 이 점에 있어서는 내 쪽도 그와 별반 다를 게 없다. 이탈리아 산 술에 있어서는 감별에 자신이 있었고, 비용이 허락하는 한 한껏 사들였다.

내가 포르투나토를 만난 것은 사육제의 흥분이 절정에 달했던 어느 해질 무렵이었다. 그날따라 그는 나를 유난히 반기며 불러 세웠다. 꽤나 술이 거나해진 그는 피에로 차림을 하고 있었다. 몸에 착 달라붙는 얼룩덜룩한 옷에 머리에는 방울을 단 원뿔 모양의 모자를 쓰고 있었다. 이때의 만남은 내 쪽에서도 무척 반가웠으므로, 언제까지고 이 작자의 손을 꽉 잡고 있고 싶을 지경이었다.

내가 말했다.

"포르투나토, 마침 잘 만났어. 한데 오늘은 몹시 기분 좋은 얼굴을 하고 있군그래. 그런데 내가 아몬티야도라는 술을 큰 통으로 한 통 사들였는데 어쩐지 좀 미심쩍단 말이야."

"뭐라고?" 그가 말했다. "아몬티야도라고? 설마! 사육제가 한창인 지금 같은 시기에!"

"그러기에 미심쩍단 말이야." 내가 대답했다. "멍청하게도 그만 진짜 아몬티야도 값을 치러버렸으니 정신 나간 사람이지. 자네한테 의논도 않고 말이야. 자네를 만날 수 없을 것 같아서 그랬지. 게다가 좋은 물건을 놓치고 싶지 않아서였다고."

"아몬티야도라!"

"조금 미심쩍긴 해."

"아몬티야도라!"

"어떻게든 미심쩍은 건 풀어야지."

"아몬티야도라!"

"자네는 바쁠 것 같으니 루크레시한테 가보려고. 술 감정이라면 여하튼 그 친구를 당할 자가 없잖나. 그 친구라면 틀림없이……."

"루크레시 따위는 아몬티야도와 셰리주의 구별조차 못할걸."

"하지만 감정 수준은 그 친구가 자네와 호적수라는 멍청이도 있던데?"

"이봐! 같이 가보세."

"어디로?"

"자네 술 창고로."

"아니, 그건 안 돼. 자네한테 그런 폐를 끼치다니 될 말인가? 더욱이 자넨 다른 약속이 있는 것 같던데. 아무래도 루크레시한 테⋯⋯."

"약속 같은 건 없네⋯⋯ 자, 가세."

"안 돼. 약속은 그렇다 치고, 지금 감기에 걸린 것 같은데? 더구나 지하에 있는 술 창고는 습기가 차 있는 데다가 초석이 말라붙어 있는 형편일세."

"상관없어. 가세. 감기 같은 건 문제없네. 아몬티야도라! 자네 오지게 속았네. 루크레시 따위는 아몬티야도와 셰리주도 구별 못한다니까."

포르투나토는 계속 되풀이하면서 나의 팔을 잡았다. 검은 비단 가면을 쓰고 외투로 몸을 꼭 감싼 나는 우리 집 쪽으로 발걸음을 재촉했다.

집에는 하인들이 없었다. 사육제에서 한바탕 놀려고 나가버린 것이다. 나는 그들에게 내일 아침까지는 돌아오지 않을 것이므로 집을 비워서는 안 된다고 분명히 일러두었다. 나는 그들을 잘 알고 있었다. 이렇게만 일러두면 내가 집을 나서자마자 틀림없이 그들이 당장 뛰쳐나갈 것이라는 것을!

나는 벽에 붙어 있는 횃대에서 횃불을 두 개 집어들어 한 개는 포르투나토에게 건네주고 하나는 내가 든 뒤 앞장을 서서 여러 개의 방을 지나 지하 창고로 통하는 아치형의 길을 따라 그를 안내했다. 구부러진 긴 계단을 내려가며 뒤에서 따라오는 그에게 조심하라고 주의를 주었다. 드디어 마지막 계단까지 내려와서 몬트레소르 가의 지하 묘소가 있는 축축한 바닥 위에 내려섰다.

포르투나토는 뒤뚱거리며 걸었고, 모자에 붙은 방울이 걸을 때마다 딸랑딸랑 울렸다.

"큰 술통이라고?"

"좀 더 가야 돼." 내가 말했다. "저걸 보라고! 창고 벽에 거미줄 같은 게 하얗게 번쩍이는 게 보이지 않나?"

내 쪽을 돌아본 그는 취기로 눈곱이 잔뜩 낀 흐릿한 눈으로 나를 바라보았다.

"초석인가?" 잠시 후 그가 물었다.

"그래, 초석이야. 그런데 자네 기침은 언제부터 시작됐지?"

"쿨룩, 쿨룩…… 욱, 쿨룩, 쿨룩…… 쿨루욱, 쿨루…… 욱, 쿨룩, 쿨룩!"

녀석은 딱하게도 한참 동안 대답을 못했다.

"아니, 별거 아니야." 그는 이 말을 겨우 할 정도였다.

"자!" 나는 강력하게 설득했다. "그만 돌아가 몸조리를 해야지. 자네는 부자인데다 사람들에게 존경과 사랑을 한몸에 받고 있잖은가. 행복한 운명이지. 만약 무슨 일이라도 생기면 애석하게 여

28

겨질 몸 아닌가. 나 같은 거야 무슨 일이 있어도 상관없지만 말일세. 돌아가세. 병을 얻더라도 책임을 질 수도 없는 일이고. 게다가 루크레시가……"

"괜찮아! 기침 따위는 문제가 아니야. 이런 걸로는 죽지 않으니까. 기침으로 죽는 일은 없어."

"뭐…… 그야 그렇지." 내가 대답했다. "아니, 너무 겁을 줘서 자네를 놀라게 할 생각은 없네……. 하지만 조심은 해야지. 습기를 막는 데는 이 메도크(적포도주의 일종)가 좋지."

나는 바닥에 죽 놓여 있는 술병 중 하나를 집어 들고 마개를 뽑았다.

"자, 마시게." 병을 내밀면서 말했다. 그러자 그는 싱긋 웃고는 입으로 가져갔다. 그가 잠시 손을 멈추고 다정하게 나를 바라보며 고개를 끄덕이자 모자의 방울이 딸랑딸랑 울렸다.

"자, 우리 주변에 편안히 잠들어 있는 망자들을 위해 건배!"

"자네의 장수를 위해 건배!"

그는 다시 내 팔을 잡고 걷기 시작했다.

"이 지하실은 상당히 넓군."

"몬트레소르 집안은," 내가 대답했다. "굉장한 대가족이었으니까."

"자네네 문장은 어떤 모양이었지?"

"감청 바탕에 인간의 커다란 발을 황금빛으로 그려놓았지. 발은 독기에 차서 일어서려는 뱀을 짓밟고 있는데, 뱀의 이빨이 발뒤꿈치를 깨물고 있는 형상이라네."

"그럼, 제명은?"

"나를 해치는 자 반드시 벌하리라."

"그거 좋은데!"

취기로 그의 눈은 번들번들 빛나고, 머리의 방울이 딸랑딸랑 울렸다. 조금 전 메도크를 마신 탓으로 나의 머리도 뜨거운 공상으로 달아올랐다. 무더기로 쌓여 있는 뼈들과 온갖 술통이 뒹굴고 있는 사이를 뚫고 나가 지하 묘지의 맨 안쪽으로 들어갔다. 나는 잠시 멈추어 서서 이번에는 대담하게 포르투나토의 두 팔을 꽉 잡았다.

"초석이야!" 내가 외쳤다. "보게나, 초석이 점점 더 많아지지 않나. 천장에서 이끼처럼 늘어져 있어. 여긴 이미 하상의 밑바닥이네. 물이 해골 사이로 뚝뚝 떨어지는군. 돌아가세, 늦기 전에. 자네 기침도……."

"괜찮아. 자, 가세. 그보다도 우선 메도크를 한 잔 더."

나는 저장대에 놓여 있는 술병들 중 하나를 집어 든 다음 마개를 뽑아 그에게 건네주었다. 그는 그걸 단숨에 들이켰다. 순간 눈동자가 거칠게 번쩍였다. 그러고는 크게 웃어대더니 무언지 뜻 모를 몸짓을 해보이면서 빈병을 거리 위로 획 던졌다.

나는 깜짝 놀라 그를 바라보았다. 그는 다시 같은 몸짓을, 조금은 괴상한 이 동작을 되풀이했다.

"모르겠나?" 그가 물었다.

"아니, 전혀." 내가 대답했다.

"그럼, 자네는 가입하지 않았군?"

"무슨 이야기지?"

"프리메이슨(원래 석공 조합에서 일어난 것으로, 우애와 세계 평화를 목적으로 하는 일종의 비밀 결사 단체. 모차르트, 괴테도 그 일원이었다고 한다)이 아니군."

"아니, 아니!" 내가 말했다. "가입했네."

"자네가 설마! 프리메이슨이라고?"

"그렇다네." 내가 말했다.

"증거는?"

"이거야." 나는 망토 밑에서 흙손을 꺼내보였다.

"농담이겠지." 그가 외치면서 두세 걸음 뒤로 물러섰다.

"아무튼 아몬티야도가 있는 데로 가세."

"그러세." 나는 흙손을 망토 아래에 감추고 다시 그에게 팔을 내밀었다. 그는 무거운 몸을 의지한 채 매달려 왔다. 우리는 아몬티야도를 찾아 계속 나아갔다. 나지막한 아치를 몇 개나 지나 조금 내려가서 앞으로 가다가 다시 아래로 내려가 깊은 토굴에 이르렀다. 공기가 탁해서 횃불이 이상한 빛을 뿜었다.

토굴의 깊숙한 안쪽에 또 하나의 토굴이 보였다. 벽에는 천장까지 해골을 잔뜩 쌓아올려 마치 파리의 지하 대납골당처럼 보였다. 이 구석진 토굴의 삼면의 벽에도 해골이 쌓여 있었다. 나머지 한쪽 벽은 무너져 있었고, 바닥에는 해골이 흩어져 산더미처럼 쌓여 있었다. 한쪽의 해골이 무너진 틈 사이로 벽의 안쪽에 또 하나의 토굴이 보였다. 너비 3피트, 길이 4피트, 높이 6,7피트 정도의 토굴이었다. 그것은 무언가 특별한 목적이 있어서 만든 것으로는 보이지 않고, 지하 묘지의 지붕을 받치는 거대한 두 개의 기둥 사이의 틈서리에 자리잡고 있었다. 그 안쪽에는 견고한 화강암으로 된 벽이 둘려져 있었다.

포르투나토는 이제 희미해져버린 횃불을 쳐들어 토굴 안을 들여다보려 했으나 헛일이었다.

"자, 들어가세." 내가 말했다. "아몬티야도는 이 안에 있다네. 루크레시가……."

"녀석은 아무것도 모른다니까!" 그는 내 말을 가로막으면서 비틀거리며 들어갔다. 나는 바로 뒤를 따랐다. 그는 토굴이 막다른 곳에 이르렀고 바위로 막혀 있는 것을 보고는 망연히 서 있었다.

순간 나는 잽싸게 화강암의 벽에 녀석을 비끄러맸다. 벽에는 2피트 정도의 간격으로 두 개의 꺾쇠가 나란히 박혀 있었다. 한쪽 꺾쇠에는 짧은 쇠사슬이 달려 있고, 다른 한쪽 꺾쇠에는 자물쇠가 달려 있었다. 그의 허리를 쇠사슬로 감은 뒤 자물쇠로 채우는 데는 2, 3초도 안 걸렸다. 그는 망연자실해서 저항할 틈도 없었다.

열쇠를 뽑아 들고 나는 안쪽의 토굴에서 나왔다.

"손으로 벽을 만져보게." 내가 말했다. "초석이 붙어 있을 걸세. 정말이지 습기가 많군. 다시 한번 사정하는데 제발 돌아가세. 싫다고? 그렇다면 나 혼자 돌아갈 수밖에. 하지만 떠나기 전에 힘닿는 데까지 신경써 주겠네."

"아몬티야도는 어디 있나?"

친구는 어안이 벙벙해져서 소리쳤다.

"글쎄, 아몬티야도가 어디 있을까?"

하고 말하면서 나는 해골 더미가 있는 데까지 와서 부지런히 손을 놀렸다. 해골 더미를 헤치고 그 밑에서 건축용 석재와 석회를 꺼냈다. 예의 흙손을 써서 이런 재료로 토굴의 입구를 막는 작업을 시작했다.

첫단째 작업이 거의 완료됐을 때, 포르투나토의 취기가 이제 완전히 가신 걸 알았다. 그 최초의 표시는 토굴 안쪽에서 들려오는 낮은 신음 소리였다. 그것은 취한 사람의 목소리가 아니었다. 그로부터 한참 동안 답답한 침묵이 계속되었다. 두 단, 세 단, 네 단째를 쌓아올렸다. 이때 쇠사슬이 요란하게 흔들리는 소리가 났다. 이 소리는 몇 분 동안 계속되었다. 나는 그 소리에 귀를 기울이며 흡족한 만족감을 맛보기 위해 잠시 하던 일을 멈추고 해골 더미 위에 앉았다. 이윽고 쇠사슬 소리가 멎자 다시 흙손을 들고 이번에는 단숨에 다섯, 여섯, 일곱 단째까지 쌓아올려 버렸다. 벽은 이제 내 가슴 높이까지 쌓아졌다. 그쯤에서 한 차례 쉰 다음, 쌓아놓은 벽 너머로 횃불을 들이밀어 보니 흐릿한 빛을 통해 안에 갇힌 그의 모습이 보였다.

그러자 갑자기 쇠사슬에 묶인 사나이의 목구멍을 찢는 듯한 날카로운 고함 소리가 길게 울려 퍼졌다. 나는 소스라쳐 놀라며 무의식적으로 뒤로 물러섰다. 몸이 부르르 떨렸다. 그러고는 칼을 뽑아 들고 토굴 속을 휘둘렀지만 곧 걱정할 필요가 없다는 생각이 들었다. 지하실의 튼튼한 벽을 만져본 뒤 문제가 없다고 생각했기 때문이다. 입구로 다가간 나는 울부짖고 있는 그와 똑같이 소리를 질렀다. 앵무새처럼 되풀이하여 울부짖는 녀석의 소리에 맞춰 나도 소리를 지르자 점점 목소리의 성량도 힘도 내 쪽이 훨씬 우세해졌다. 녀석은 조용해졌다.

이미 한밤중으로 일도 거의 다 끝나가고 있었다. 여덟, 아홉, 열단째까지 끝냈다. 마지막 열한 단째를 거의 마친 뒤 이제 나머지 돌 하나를 끼우고 발라버리기만 하면 끝이었다. 나는 무거운 돌을 가까스로 들어 그 자리에 끼웠다. 그때 갑자기 토굴 속에서 낮은 울음소리가 울려 나왔는데 그 소리를 듣자 나는 문자 그대로 머리털이 곤두서는 느낌이 들었다. 토굴 속에서 슬픈 외침이 들려왔는데 그것은 포르투나토의 목소리라고는 생각되지 않을 지경이었다. 그 소리가 외쳤다.

"아, 하, 하…… 히…… 대단한 농담이야…… 멋진 장난이군.

집에 돌아가서 실컷 웃을 거리가 생겨서 좋겠어……하, 하, 하……한잔 마시면서 말씀이야……히, 히, 히!"

"아몬티야도라네!" 내가 말했다.

"히, 히, 히……히, 히, 히……그렇지, 아몬티야도란 말이야. 그런데 이제는 꽤 늦었지? 집에서 모두들 기다리고 있지 않겠나? 마누라랑 모두가. 돌아가세."

"그래, 이제 돌아가겠네."

"여보게, 부탁이야, 몬트레소르! 제발 비네."

"그래, 빌어보라고!"

그러나 이번에는 대답도 들리지 않았다. 나는 더 이상 기다리지 못하고 그를 불러봤다.

"포르투나토!"

대답이 없었다. 또 한 번 불렀다.

"포르투나토!"

역시 대답이 없었다. 나머지 구멍으로 횃불을 밀어 넣고 그대로 안에 떨어뜨렸다. 순간 나의 심장 상태가 이상해졌다. 이 지하의 지독한 습기 탓이다. 나는 벽의 마무리 작업을 서둘렀다. 마지막 돌을 끼워 넣고 벽을 발라버렸다. 완성된 벽에다 해골을 다시 쌓아 원상태의 벽을 만들었다. 반세기 동안 누구 하나 이 벽에 손을 댄 자는 없다. 편안히 잠들기를!

모르그 가의 살인

세이렌들이 어떤 노래를 불렀는지,

아킬레우스가 여자들 틈에 몸을 숨겼을 때 어떤 가명을 썼는지,

그것을 안다는 것은 어려운 문제지만 추측하기가

전혀 불가능한 것은 아니다.

—토머스 브라운 경

　분석적이라는 이름으로 일컬어지는 정신기능은 사실 거의 분석이 불가능하다. 단지 그것이 거둔 효과로 그 정체를 추측할 수밖에 없다. 다만 확실한 것은 좋은 자질을 타고난 자에게는 그것이 더없이 발랄한 기쁨의 원천이 된다는 점이다.

　선천적으로 체력이 좋은 사람이 능력을 뽐내며 근육을 움직여

서 하는 일에서 기쁨을 맛보듯, 분석가는 '해명한다'는 정신 활동에 종사하는 것을 더없이 자랑스럽게 여긴다. 분석가는 자신의 능력을 발휘할 수 있다면 제아무리 하찮은 일이라도 거기에서 기쁨을 찾아낸다. 그들은 수수께끼, 까다로운 문제, 암호 풀기를 좋아하고, 그것을 해명하는 데 재질을 발휘하는데, 보통 사람에게는 그것이 불가사의하게 느껴진다. 그들이 내리는 결론은 방법적으로 가장 올바른 이론으로 얻어진 것인데도 불구하고 얼핏 보기에는 단지 직관에 의한 것으로 보이기 때문이다.

문제를 풀어내는 능력은 수학, 특히 그 분야의 최고인 해석학에서 크게 도움을 받을 수 있었다. 그러나 그것이 역행 조작을 활용한다는 것만으로 마치 '지극히 당연한' 듯이 해석이란 명칭을 멋대로 단다는 것은 부당하다. 계산하는 것은 분석하는 것이 아니다. 체스를 두는 사람은 계산을 한다. 그러나 분석하려고는 하지 않는다. 따라서 체스를 두는 것이 지능을 향상시키는 데 유용하다는 이야기는 매우 의심스럽다.

내가 여기서 한 편의 논문을 쓰려는 건 아니다. 단지 다소 기괴한 이야기를 하기에 앞서, 보잘것없는 의견 한 토막을 생각나는 대로 피력하려는 것뿐이다. 그러므로 본격적으로 그 이야기를 하기에 앞서 내가 주장하고 싶은 것은 분석적 뇌의 힘을 유익하게 이용하는 것이 요청된다는 점에서는 부질없이 공이 드는 체스보다는 어쩌면 단순해보이지만 체커가 훨씬 윗길이라는 것이다. 체스에서는 말이 각기 마음대로 움직이고, 말의 끗수도 다르고 또 변한다. 그러나 그것은 조금 복잡하다는 이유로 지나치게 심원한 것으로 간주되고 있다.

그러나 체스에서는 주의력이 필요하다. 한순간이라도 집중력이 떨어지면 큰 낭패를 당한다. 말이 움직이는 방법이 복잡하다보니 못 보고 놓칠 가능성이 배로 커진다. 그러기에 승자는 집중력이 강한 쪽이지 명석한 쪽은 아니다.

그런데 체커에서는 말의 움직임이 단순하고 변칙적인 움직임이 거의 없기 때문에 사소한 걸 놓칠 가능성이 희박하다. 따라서 단순한 주의력은 문제가 안 된다. 그러므로 체커는 명석한 쪽이 유리하다.

좀 더 구체적으로 이야기해보자. 체커 게임에서 말이 킹 네 개만 남았다고 하자. 물론 이렇게 되면 우선 못 보고 놓치는 경우는 없게 되며, 승패는 (둘이 비금비금하다고 치고) 무언가 뜻밖의 허점을 찌를 수 있는가의 여부, 다시 말해 지력을 강력히 구사할 수 있는가의 여부에 달려 있다. 흔해빠진 수법은 효과가 없으므로 분석가는 상대의 의중을 파고들어 교감이 이루어지는 동안 순간적이면서 유일무이한 묘수(그것이 때로는 어처구니없이 단순한 수인데도)를 발견하여 상대를 실수나 오류에 빠뜨려버린다.

휘스트는 예전부터 계산 능력에 영향을 미치는 것으로 알려져 왔다. 최고 지성의 소유자까지도 체스는 시시하다고 경멸하면서도 휘스트에는 납득이 안 갈 정도로 몰두하는 사람들이 더러 있다. 사실 이런 유의 게임 중에 휘스트만큼 과도하게 분석 능력이 요구 되는 것도 없다. 세계 제일의 체스 명인은 결국 세계 제일의 체스 명인일 뿐이다. 그러나 휘스트에 능하다는 것은 지력이 서로 맹렬 히 우열을 겨루는 것으로, 세상의 여러 분야에서도 성공할 수 있는 능력을 구비하고 있다는 것을 의미한다.

여기서 승리자는 이득을 얻을 수 있는 급소를 모조리 꿰고 있는 자질을 인정받는다. 이러한 급소는 숫자에도 있지만 그 형태가 갖 가지이고, 더욱이 평범한 사고력으로는 좀처럼 도달할 수 없는 깊 은 통찰력이 요구된다. 빈틈없이 살핀다는 것은 명확하게 기억한 다는 뜻이다. 주의력이 있는 체스의 명인이라면 휘스트도 제법 잘 해낼 것이며, 『호일』(호일이란 사람이 저술한 휘스트에 관한 책 이름) 의 정석도(그것 자체가 게임의 단순한 방법에 기초를 둔 정석이라고 볼 때) 누구나 쉽게 이해할 수 있을 것이다. 그러므로 기억력이 좋다 는 것과 원칙을 지키는 것은 일반적으로 게임에 능숙한 사람이 원 칙적으로 가져야 할 자세이다.

그런데 분석가의 수완이 발휘되는 것은 단순한 법칙의 한계를 초월한 차원에 있다. 그들은 묵묵히 일련의 관찰과 추리를 해낸 다. 그런데 그 사람이 하는 것을 상대방도 하지 못하란 법은 없다. 그렇다면 획득한 정보의 폭에 상이점이 생기는 것은 추리의 옳고 그름보다는 관찰의 질에 의한다고 보면 된다. 필요한 것은 무엇을 관찰할 것이냐를 아는 데 있다. 분석적인 도박꾼은 자신을 한정시키는 행위는 절대로 하지 않는다. 게임이 목적이라고 해서 게임 이외의 것에 영역을 제한하는 것을 거부한다. 그들은 자기편 얼굴을 음미하는 동시에 그것을 상대편 두 사람의 얼굴 표정과 면밀히 비교·검토한다. 그들은 각자가 카드를 받아들고 추려서 나눠 쥐는 것을 유의해서 보고, 또 각자가 자기 손에 든 카드에 던지는 시선을 통해 저 패는 던질 패, 이 패는 잡고 있을 패라는 것을 알아낸다.

게임이 진행되는 동안 표정의 사소한 변화를 주시하면서 자신있는 표정, 놀라는 표정, 득의에 찬 표정, 낭패한 표정 따위의 차이에서 재료를 수집한다. 카드를 집어 드는 태도에서 그것을 잡은자가 짝을 맞추어 다시 한 번 걸어올지의 여부를 판단한다.

카드를 테이블 위에 던지는 행위만으로도 거기에 무슨 속셈이있는지 간파할 수 있다. 무심히 지껄인 한마디, 우연히 카드 하나가 떨어지거나 뒤집혔을 때 당황하여 숨기려 하는지, 아니면 별 관심을 갖고 있지 않은지, 카드를 세고 배열하는 순서, 당황함, 망설임, 서두름, 허둥댐 등등의 모든 것이 직관적인 지각력에 대한 진상을 알아채는 실마리를 제공하는 것이다. 게임이 두세 차례 돌고나면 그는 각자가 쥐고 있는 패를 훤히 알고 있어 그 다음부터는모두가 마치 카드를 드러내 보여주고 하는 형국이나 마찬가지이므로 자신 있는 패로 하나하나 끊어 나간다.

그러나 분석적 능력을 단순한 기지와 혼동해서는 안 된다. 분석가는 반드시 기지를 갖추고 있지만, 기지가 있는 자 중에 전혀 분석을 할 수 없는 사람이 있기 때문이다. 기지는 일반적으로 구성하거나 결합하는 능력으로 발휘되며, 이것을 골상학자들은 (나의 생각으로는 틀린 것이지만) 원시적 능력이라고 간주하고, 두뇌 이외의 다른 기관에서 그 유래를 찾고 있다. 그렇지만 그러한 능력이 일상적인 부분에서는 백치에 가까운 지능의 소유자에게도 자주 나타나곤 하여 정신 연구가들의 상당한 관심을 끌었던 것도 사실이다. 기지와 분석력의 차이는 공상력과 상상력의 차이보다도 훨씬 크지만, 그 차이의 성질은 매우 비슷하다. 누구나 알고 있다시피 기지가 있는 인간은 대부분 공상적이며, 참으로 상상력이 풍부한 사람은 분석적이라는 사실이다.

위에서 서술한 것들은 지금부터 이 글을 읽는 독자들에게 일종의 주석처럼 비칠지도 모른다.

나는 18××년 봄부터 초여름에 걸쳐 파리에 체류하면서 그곳에서 C. 오귀스트 뒤팽이라는 인물을 알게 되었다. 이 젊은 신사는 명문가 출신이지만, 계속되는 불운으로 전락한 나머지 의지력을 잃어버린 것은 물론 기개조차도 상실해버렸다. 다행히 채권자들의 동정심 덕분에 유산의 일부가 아직은 그의 명의로 남아 있어 거기에서 나오는 수입으로 가까스로 생활을 유지하며 지냈다. 그런 그에게 책만이 유일한 호사라고 할 수 있었는데, 파리에서는 책을 쉽게 손에 넣을 수 있었다.

우리가 처음 만난 것은 몽마르트르의 한 이름 없는 도서관에서였다. 때마침 둘 다 같은 희귀본을 찾고 있어서, 그것이 인연이 되어 가깝게 지내게 되었다. 이후 우리는 자주 만났다. 프랑스 사람이란 자신의 일을 화제로 삼았을 때는 참으로 솔직하다. 그런 솔직성으로 그가 이야기해준 자신의 집안의 이런저런 내력에 나는 무척 흥미를 느꼈다.

나는 그의 광범위한 독서 생활에도 감탄했지만 놀라울 정도의 분방하고 열기가 넘치는 상상력, 발랄한 신선미가 나 자신에게까지 옮아 붙는 듯한 느낌이 들어 좋았다.

그 무렵, 나는 어떤 물건을 찾기 위해 파리에 머물고 있던 참이었는데, 안성맞춤의 인물을 만났으므로 더할 나위 없이 소중한 인연이라고 생각되어 그 사실을 솔직하게 털어놓았다.

그리고 얼마 지나지 않아 내가 파리에 있는 동안 둘이 같이 지내자는 데 합의했다. 주머니 사정은 내 쪽이 조금 나은 편이어서, 집세며 가구 준비의 비용은 내가 부담하기로 하고 생 제르맹 교외에 붕괴 직전의 몰골로 서 있는 고색창연하고 음산한 저택을 빌렸다. 그 저택에 대해 우리 쪽에서는 그다지 알려고 하지 않았지만 무슨 연유 때문인지 오랫동안 비어 있던 집으로 이사를 간 우리는 두 사람이 공통적으로 갖고 있는 몽상적이고 음울한 분위기에 맞게 꾸몄다.

그 집에서의 우리의 일상생활이 세상에 알려졌다면 틀림없이 미친 사람 취급을 받았을 것이다. 물론 남에게 폐를 끼치지는 않는 미치광이였지만 말이다. 사실 우리는 세상과는 완전히 인연을 끊고 살고 있었다. 외부 사람을 일체 들이지 않았다. 물론 이 은거지의 소재지에 대해서는 내가 아는 사람들이 알지 못하도록 충분히 신경을 썼고, 뒤팽 쪽은 파리에서 소식이 끊어진 지 벌써 오래였다. 우리들은 오직 둘만의 세계에서 살고 있었다.

밤이기 때문에 밤에 매혹된다는 것이 그 친구의 변덕스러운 공상벽(달리 어떻게 표현하면 좋을까?)이었으나, 이 변덕은 물론이려니와 그 밖의 부분에도 나는 그와 완전히 동화되어 마침내 그의 분방한 변덕의 노예가 되어버렸다.

밤의 여신에게 계속 머물러달라고 부탁할 수는 없지만 그 존재를 위조할 수는 있었다. 새벽이 다가와 밖이 희부옇게 밝아오면 우리는 이 낡은 건물의 육중한 덧문을 모조리 내리고 촛불 두 자루를 켰다. 촛불은 강한 향기와 함께 요기 어린 가냘픈 빛을 낸다는 것 때문이었다.

이런 준비를 한 후 우리는 몽상의 세계 속으로 달려갔다. 그래봤자 독서하고 글을 쓰고 이야기를 하는 것이 전부인데, 그러는 중에 시계의 종이 진짜 밤이 왔음을 알렸다. 그러면 우리는 서둘러 거리로 달려나가 서로 팔짱을 끼고 낮에 했던 이야기를 계속하거나, 밤이 깊도록 이곳 저곳을 다 쏘다니며 대도시의 휘황한 불빛과 그림자에 에워싸여, 느긋한 관찰자만이 누릴 수 있는 무한하게 마음이 고양되는 기분을 맛보았다.

그럴 때면 으레(당연히 그의 풍부한 상상력으로 미루어 예상하고 있었으나) 뒤팽 특유의 분석 능력을 재인식하고 감탄해 마지않게 되었다. 물론 그는 자신의 능력을 자랑한다고는 할 수 없었으나, 그것을 발휘하는 데 큰 기쁨을 느끼는 것 같았으며, 자신의 기쁨을 주저 없이 드러냈다. 그는 킥킥 하고 작은 소리로 웃으며 말했다. 그는 대개의 인간은 가슴에 창을 열어놓고 있는 꼴이라고 장담한 뒤 나의 의중 따위는 완전히 꿰뚫어보고 있다는 식으로 말하며 구체적이고 놀라운 증거를 들어 그 주장을 뒷받침해보였다.

그럴 때의 그는 냉담하고도 신들린 듯한 얼굴을 하고 있었다. 눈에는 표정이 사라지고, 평소에는 중후한 테너이던 목소리가 묘하게 들뜨고 기어 올라갔다. 만약 말투가 빠르거나 말의 매듭이 명료하지 않다면 히스테리라도 일으킨 것처럼 들렸을 것이다. 그의 이런 상태를 보면서 나는 곧잘 고대 철학의 '이중영혼설'을 떠올려 창조적 뒤팽과 분석적 뒤팽이라는 두 사람의 뒤팽을 설정해놓고 혼자 묘한 공상에 잠기곤 했다.

미리 말해두지만 나는 지금 괴담을 늘어놓으려는 것도, 공상 소설을 쓰려는 것도 아니다. 내가 쓰려는 것은 무엇에 의해 고양된 지성, 아니 병든 지성이 어떤 증상을 나타내는가에 대해서 말하려는 것뿐이다. 그리고 그럴 때의 그가 어떤 유의 말을 지껄였는지에 대해서라면 구체적인 예를 들어 설명하는 것도 가능한 한 일이다.

어느 날 밤, 우리는 팔레루아얄 부근의, 길게 일직선으로 뻗은 지저분한 길을 어슬렁거리고 있었다. 둘 다 깊은 생각에 잠겨 있었기 때문에 15분가량을 한마디도 하지 않았다. 그런데 뒤팽이 불쑥 이런 말을 했다.

"틀림없이 그 작자는 몸집이 아주 작은 사나이일 거야. 그렇다면 오히려 바리에테 극장에나 적합한 쪽일 테지."

"그건 그래." 나도 모르게 그렇게 대답하고 있었으나 (너무 생각에 골똘한 나머지) 상대가 내 생각의 파장에 안성맞춤으로 융합한 그 이상한 수법을 쓴다는 사실을 당장에는 눈치 채지 못했다. 그러나 문득 제정신으로 돌아오자 몹시 놀랐다.

"뒤팽," 나는 진지하게 말했다. "이거 뜻밖인데? 아니, 굉장히 놀랐어. 좌우간 내 귀가 의심스럽군. 어떻게 그런 걸 알 수 있지? 내가 생각하고 있는 것을……." 여기서 나는 말을 끊었다. 내가 누구를 생각하고 있었는지 그가 정말로 알고 있었는지 어쨌는지를 확인할 셈이었다.

"샹틸리에 대해서야." 그가 말했다. "왜 말을 중단하지? 아아, 키가 작아서 비극엔 어울리지 않는다고 생각하지 않았나."

이것이야말로 나의 사색의 주제였다. 샹틸리는 생 드니 가의 신기료장수였는데, 연극에 빠져 크레비용의 비극 〈크세르크세스〉의 주역을 맡겠다고 나서서 죽도록 애를 쓰고도 망신만 당했다. 내가 다그치듯 말했다.

"부탁이야, 이야기해주게. 그때 내가 무얼 생각했는지 자네가 알아챘다면, 그 비밀을……."

나는 너무나 놀란 나머지 그것을 솔직하게 털어놓을 마음이 도무지 없었다.

"그 과일장수야." 뒤팽이 말했다. "덕분에 자네는 결론에 도달했어. 그 신기료장수는 크세르크세스나 그와 비슷한 종류의 배역에는 당치도 않은 키라고 말이야."

"과일장수라고? 그건 전혀 뜻밖인데! 과일장수 같은 건 전혀 듣도 보도 못한 소리야."

"이 거리에 진입했을 때 자네하고 충돌한 사나이 말일세. 그래, 한 15분 전쯤이지."

듣고 보니 커다란 사과 광주리를 머리에 인 과일장수와 부딪쳐서 내가 넘어질 뻔했던 것은 사실이고, 그것은 C××가에서 이 거리로 들어서려던 참이다. 그러나 이것이 샹틸리와 무슨 상관이 있는 건지 도무지 짐작을 할 수 없었다.

뒤팽에겐 사람을 속이려는 기색은 털끝만큼도 보이지 않았다. "그럼 설명하지. 확실히 이해가 가도록. 맨 먼저 내가 자네에게 말을 걸었던 시점에서 문제의 과일장수와 부딪친 데까지의 일을 거꾸로 더듬어보는 걸세. 대충 자네 생각의 줄거리는 이렇게 되네. 샹틸리, 오리온 성좌, 니콜라 박사, 에피쿠로스, 스테레오토미, 도로의 포석, 과일장수라고 말이야."

인생의 특별한 시기에 자신의 생각이 어떻게 해서 거기에 도달했는가를 거꾸로 더듬어보는 데 흥미를 가져보지 않은 사람은 없을 것이다. 그러기에 그 프랑스인의 해명을 듣고, 그의 놀라운 추리력을 인정하지 않을 수 없었을 때의 놀라움이 어느 정도였는지는 상상하기 어렵지 않으리라.

"내 기억이 틀림없다면 C××가를 빠져나오기 직전 우리는 말 이야기를 하고 있었네. 그것이 우리의 마지막 대화였지. 이 거리에 들어섰을 때, 머리에 커다란 광주리를 인 과일장수가 우리 옆을 스치고 가는 바람에 자네는 포장용 돌더미에 쓰러지고 말았지. 보도를 공사중이어서 거기에 돌을 쌓아놓았던 걸세. 자네는 그걸 헛디디는 바람에 발을 삐어 아파서 얼굴을 찡그리더군. 나는 특별히 자네의 일거수일투족을 주의 깊게 본 건 아니지만 최근에 와서 관찰하는 버릇이 고질화되어 버렸거든. 자네는 눈을 내리뜬 채 걷더군. 도로용 포석의 구멍, 수레바퀴 자국을 못마땅한 듯이 힐끗힐끗 보곤 했는데 (때문에 자네는 아직 돌에 대해 생각하고 있구나 생각했지), 우리는 마침내 라마르틴이라는 골목에 이르렀지. 그 골목은 시범적으로 돌을 겹쳐 깔아 고정시키는 포장 방식으로 되어 있었지. 거기서부터 자네의 얼굴이 갑자기 밝아졌네. 그리고 입술도 움직였고. 그것을 보고 자네는 틀림없이 '스테레오토미'란 말을 중얼거렸다고 확신했네. 그런 포장법을 사람들은 유식하게 그렇게 부르거든. 자네가 스테레오토미라고 중얼거리면 '원자' 라는 말을 연상할 테고, 끝내는 에피쿠로스 학설을 연상하지 않을 리 없다는 걸 알고 있었지. 그런데 이 문제를 자네와 이야기한 것이 바로 얼마 전이네. 그때 내 이야기의 요지는 기이하게도 이 위대한 그리스 인의 억측이 우연하게 최근의 '성운 우주 창조설' 과 일치하는데도 전혀 주의를 끌지 못했지. 따라서 자네가 오리온성좌의 그 대성운을 보지 않았을 턱이 없다고 생각했고, 그럴 것이 틀림없다고 생각했지. 아니나 다를까, 자네는 하늘을 처다보더군. 그걸 보고 나는 자네의 사고의 발자취를 정확하게 따라왔다고 확신했지. 그런데 어제 〈뮈제〉에 나온 기사에서 샹틸리를 형편없이 혹평한 필자는, 비극의 인물을 맡는다고 해서 신기료장수가 이름까지 바꾼 것은 천박한 짓이라고 비아냥거렸지. 우리가 흔히 화제에 올렸던 라틴어 시구를 인용하면서. 바로 이런 내용이지.

'최초의 글자는 옛 음향을 잃었나니.'

자네한테도 이야기했지만 이것은 옛날의 우리온(Urion)이 오리온(Orion)이 된 것을 비유한 문구지. 그것을 설명할 때 상당히 기발한 말을 했기 때문에 설마 자네가 잊어버리지는 않았을 거라고 생각했지. 그러니 오리온과 샹틸리를 연결시키지 않을 수가 없었지. 실제로 자네가 그 둘을 결부시켰다는 것은 자네의 입술에 떠오른 미소를 보고 알았다네. 자네는 그 딱하게 된 신기료장수를 생각했지. 그때까지 자네는 몸을 움츠리고 걷고 있었네. 그런데 갑자기 몸을 쭉 펴더군. 그걸 보고 자네가 샹틸리의 키가 작다는 것을 생각하고 있었던 것이 확실해졌어. 바로 그때야. 내가 자네의 명상에 끼어들어, '과연 그 자는 키가 작아, 샹틸리는 바리에테 극장에나 어울려' 하고 말했던 걸세."

이런 일이 있은 지 얼마 안 되어 〈가제트 데 트리뷔노〉의 석간을 읽다가 우리는 다음과 같은 기사에 주의를 기울이게 되었다.

「기괴한 살인 사건—오늘 새벽 3시쯤 생 로크 구의 주민들은 끔찍한 비명 소리에 잠이 깼다. 그 소리는 모르그 가에 있는 레스파네 부인과 그의 딸 카미유 레스파네 양이 사는 건물의 4층에서 흘러나온 듯했다. 10여 명의 이웃 주민들이 경관 2명과 함께 건물 안으로 들어가려고 했지만 문이 잠겨 있어 쇠지레로 입구의 문을 뜯고 집 안으로 들어갔다. 우리가 들어갔을 때는 이미 비명은 그쳐 있었다. 그러나 일행이 1층에서 2층 계단을 뛰어 올라갈 때 다투는 듯한 거친 목소리가 두세 번 뚜렷이 들렸는데, 그것은 건물의 3, 4층 부근에서 들린 듯했다. 2층의 계단까지 오자 그 소리는 그치고 주위는 완전히 조용해졌다. 일행은 두 팀으로 나뉘어서 모든 방을 조사했다. 4층 뒤쪽의 커다란 방에 이르자(그 문은 안쪽으로 잠겨 있어서 억지로 비틀고 들어가 보니) 차마 눈뜨고 볼 수 없는 처참한 광경이 우리 모두를 몸서리치게 했다.

실내는 수라장이 되어 있었다. 가구는 부서져 온 방 안에 부서진 조각들이 흩어져 있었다. 침대는 하나밖에 없었는데, 그 침대에 있던 이불이 방 한가운데에 내동댕이쳐져 있었다. 그리고 의자 위에는 피가 범벅이 된 면도칼이 하나, 난로 위에는 긴 회색 머리털이 두세 뭉텅이 있었는데, 그것도 피범벅으로 머리 두피에서 뿌리째 뽑힌 것 같았다. 그리고 나폴레옹 금화 4개, 황옥 귀고리 1개, 커다란 은숟갈 3개, 작은 양은숟갈 3개, 금화 약 4천 프랑이 든 주머니 2개 등이 방에 흩어져 있었다. 방 한구석의 옷장 서랍은 열린 채 들쑤셔져 있었으나 잡다한 물건은 거의 그대로 있었다. 소형 철제 금고가 침구(침대는 아니다) 밑에서 발견되었다. 뚜껑이 열려 있었는데, 자물쇠는 뚜껑에 달린 채였다. 금고 안에 들어 있는 것은 몇 통의 낡은 편지와 평범한 서류뿐이었다.

레스파네 부인의 모습은 보이지 않았다. 그런데 난로에 굉장한 양의 검댕이 보여 굴뚝을 조사해보니, (기사로 쓰기에도 끔찍하지만) 머리를 아래로 처박힌 딸의 시체가 끌려 나왔다. 시체의 상태로 보아 좁은 구멍의 꽤 깊이까지 억지로 밀어 넣어진 듯싶었다. 몸은 아직 따뜻했다. 조사해보자 얼굴과 몸에는 긁힌 자국투성이였는데, 그것은 억지로 밀어 넣을 때와 끌어당기느라 생긴 것 같았다. 목에 시커먼 타박상과 손톱자국이 나 있는 것으로 미루어 피해자는 교살된 것임을 알 수 있었다.

집 안을 샅샅이 수색했으나 더 이상 발견된 것은 없었다. 일행이 건물 뒤쪽의 돌이 깔린 정원으로 나가보았더니 거기에 늙은 부인의 시체가 쓰러져 있었다. 목이 거의 잘리다시피 해서, 몸을 들어 올리려 하자 머리가 떨어졌다. 머리도 머리려니와 몸뚱이도 눈을 뜨고 볼 수 없을 정도로 난도질을 당해서 거의 원형을 찾아볼 수가 없을 지경이었다.

지금까지 이 괴사건의 단서는 아무것도 발견되지 않았다.」

이튿날 신문은 다음과 같은 상세한 기사를 다시 실었다.

「모르그 가의 참극—참으로 괴상하고 끔찍한 사건과 관련해서 (프랑스어로 사건을 나타내는 affaire라는 말은 영어의 affair(정사)와 같은 경박한 의미로는 전혀 쓰이지 않는다.) 몇몇 참고인이 조사를 받았으나 사건 해결의 단서는 아무것도 얻지 못했다. 다음은 중요 증언의 전부이다.

세탁부 폴린 뒤부르의 증언

증인은 두 피해자와 3년 동안 알고 지내던 사이였다. 그동안 그들의 세탁물을 전담하고 있었다. 노부인과 딸의 사이는 좋았던 것 같다. 서로를 몹시 위하고 있었다. 지불은 깨끗했다. 생활이 어땠는지, 그리고 수입원에 대해서는 밝혀진 바가 없다. 생계를 위해 레스파네 부인이 점을 쳤다는 소문이 있다. 돈을 저축하고 있었다는 소문도 있다. 그녀가 세탁물을 가지러 가거나 돌려주러갔을 때 집에서 타인을 본 적은 없었다. 그리고 사람을 부리고 있었던 적도 없다. 4층 이외에는 어디에도 가구가 없었다.

담배가게의 피에르 모로의 증언

증인은 거의 4년 동안이나 소량의 일반담배와 코담배를 레스파네 부인에게 팔아왔다. 부인은 그 근처 태생으로 줄곧 그곳에서만 살았다. 노부인과 딸은 시체가 발견된 집에서 6년 이상 살았다.

그 이전에는 보석상이 살고 있었는데, 위층의 방들을 각양각색의 사람들에게 다시 빌려주고 있었다. 이 건물의 주인인 레스파네 부인은 세든 사람들이 자기에게 허락도 받지 않고 다시 방을 빌려주는 것이 못마땅해서 누구에게도 빌려주지 않았다.

노부인은 어린애같이 천진한 데가 있었다. 증인이 이 집 딸과 만난 것도 6년 동안에 대여섯 번이 전부였다. 두 사람은 세상과는 거의 담을 쌓고 지냈다. 부자라는 소문과, 이웃 사람들로부터 집주인이 점을 친다는 이야기는 들었지만 자신은 그렇게 믿지 않는다. 노부인과 딸 이외에는 운송업자가 한두 번, 의사가 여덟 번에서 열 번가량 그 입구로 들어가는 것을 보았을 뿐이다.

그 밖의 몇몇 이웃들이 비슷한 내용의 증언을 했다. 이 집에 자주 드나들었다는 사람은 없었다. 레스파네 부인과 딸의 가까운 친척이 있는지의 여부는 명확하게 밝혀지지 않았다. 길 쪽으로 나 있는 창의 덧문이 열린 적은 거의 없었다. 건물 뒤쪽의 창은 사건이 난 4층 뒤쪽 방의 창을 제외하고는 항상 닫혀 있었다. 건물은 그렇게 낡은 상태가 아니라 그런대로 괜찮았다.

경관인 이시도르 뮈세의 증언

증인이 새벽 3시쯤 통보를 받고 그 집으로 달려갔을 때, 2, 30명의 사람이 건물 입구에 몰려 들어가려 하고 있었다. 마침내 총검─쇠지레가 아니다─으로 문을 비틀어 열었다. 문은 두짝문인가 여닫이문이었는데, 위아래 모두 빗장이 걸려 있지 않아서 그다지 힘들이지 않고 열 수 있었다.

비명은 문이 열릴 때까지 계속되었으나 어느 순간 뚝 그쳤다. 비명은 끔찍한 고통으로 부르짖는 한 사람(혹은 그 이상)의 것으로, 짧고 연속적이라기보다는 높고 긴 외침이었다.

증인은 앞장서서 계단으로 올라갔다. 그가 첫 층계참에 이르렀을 때, 큰 소리로 다투는 두 사람의 소리가 났다. 하나는 굵직한 목소리였고, 다른 하나는 몹시 날카롭고 높은 소리로, 괴상한 음색이었다. 굵직한 쪽의 말은 프랑스어라서 알아들을 수가 있었다. 여자의 목소리가 아닌 것이 확실했다. "죽일놈!"이니 "아이구, 저놈!" 하는 것을 들을 수 있었다. 날카로운 소리는 외국인의 소리였다. 남자의 소린지 여자의 소린지 분간이 가지 않았다. 내용은 알 수 없었으나 스페인어 같았다. 방안의 상황 및 시체에 대한 본 증인의 진술은 어제 보도된 바와 같다.

다음은 세공사 앙리 뒤발의 증언

증인은 최초로 건물에 들어간 일행 중 한 사람이다. 뮈세의 증언을 뒷받침하고 있다. 군중이 몰려 들어가자 즉시 문을 잠가버렸다. 밤중인데도 사람들이 떼를 지어 몰려왔으므로 그것을 막기 위해서였다. 이 증인의 의견으로는 날카로운 소리는 이탈리아어다. 프랑스어는 아니라고 확신한다고 했다. 남자의 소리라고 단언할 수는 없다. 여자의 소리였는지도 모른다. 이탈리아어는 잘 모른다. 말은 못 알아들었으나 억양으로 판단해서 말한 자는 이탈리아인이라고 믿는다. 레스파네 부인과 딸과는 서로 아는 사이로, 두 사람과 종종 이야기를 나누었다. 날카로운 소리는 어느 쪽의 피해자의 소리도 아닌 것은 확실하다.

요리점 주인 오덴하이머의 증언

이 증인도 자진해서 응했다. 프랑스어를 몰라 신문은 통역을 통해 했다. 출생지는 암스테르담. 높은 비명소리가 났을 때 집 옆을 지나고 있었다. 비명은 10분 동안 계속되었고, 높고 길게 소리를 끌었다. 소름끼치는 고통스러운 소리였다. 건물로 들어간 일행 중 한 사람이다. 한 가지만 제외하고는 지금까지의 증언과 일치한다. 날카로운 소리는 남자의 소리로, 프랑스어라고 확신하고 있는 것이 그 점이다. 말은 알아들을 수 없었다. 빠르고 큰 소리로, 고저가 확실치 않은 소리였는데, 화도 났지만 몹시 겁이 난 것 같은 소리로 거칠었다. 결코 날카로운 목소리는 아니었다. 굵은 목소리는 "죽일 놈!" 과 "아이고 저놈!"을 몇 번이고 되풀이한 뒤 한 번은 "맙소사!" 라고 했다.

들로렌 거리의 '미뇨 부자 은행' 총재 쥘 미뇨의 증언

아버지 미뇨. 레스파네 부인에겐 얼마간의 재산이 있었다. 이 은행과는 8년 전부터 거래가 있었다. 이따금 소액의 예금을 했다. 그동안 예금을 인출한 적은 없는데, 죽기 사흘 전에 그 여자가 직접 와서 4천 프랑을 인출했다. 전액 금화로 지불하고, 행원 한 명을 시켜 그 돈을 집까지 운반해 주었다.

미뇨 부자 은행의 행원 아돌프 르 봉의 증언

당일 정오경, 증인은 4천 프랑이 든 두 개의 주머니를 들고 레스파네 부인을 따라 그녀의 집까지 갔다. 문이 열리고 레스파네 양이 나타나 그에게서 주머니 하나를 받아들고, 또 하나는 노부인이 받아들었다. 그런 뒤 증인은 인사를 하고 돌아왔다. 그때 길에서는 누구도 만나지 못했다. 후미진 뒷거리로 매우 한적한 길이었다.

양복점 주인 윌리엄 버드의 증언

집 안에 들어간 일행 중 한 사람으로 영국인이다. 파리에 체재한 지 2년. 계단으로 올라갈 때 앞장섰던 무리 중 한 사람이다. 문제의 소리를 들었다. 굵은 목소리를 낸 인물은 프랑스인이 틀림없다. 몇 마디는 알아들을 수 있었는데, 전부는 생각나지 않는다. "죽일 놈!"과 "맙소사!"는 분명히 들었다. 여러 사람이 달라붙어 싸우는 것 같은 소리와 서로 치고받는 소리가 들렸다. 날카로운 소리는 굉장히 컸다. 굵은 소리보다 훨씬 컸다. 영어가 아닌 것은 틀림없었고, 독일어 같았다. 여자 목소리였는지 모르겠다.

진술한 증인 가운데 네 명의 증인이 다시 호출되어 증언한 바에 의하면, 레스파네 양의 시체가 발견된 방문은 일행이 도착했을 때 안으로 잠겨 있었다. 방 안에서는 신음소리는 물론 어떤 소리도 들리지 않았다.

그들이 방 안에 들어갔을 때 아무도 없었다. 창은 뒷방 앞방 어느 쪽으로 연결된 것이나 모두 닫혀 있었고, 안으로 꼭 잠겨 있었다. 두 방을 통할 수 있게 되어 있는 문 하나는 닫혀 있었으나 잠겨 있지는 않았다. 바깥쪽 방에서 복도로 통하는 문에는 자물쇠가 채워져 있었으나 열쇠는 안쪽에 꽂혀 있었다. 건물 바깥쪽에 있는 4층의 막다른 곳에 있는 작은 방의 문은 활짝 열려 있었다. 이 방에는 낡은 침대와 상자들이 쌓여 있었다. 모든 물건을 하나하나 들어내어 수사를 했다. 신중한 조사를 하지 않은 곳은 한 군데도 없었다. 굴뚝은 스위프(굴뚝 쑤시개)로 쑤셔보았다.

이 집은 고미 다락방이 붙어 있는 4층 건물로, 고미 다락방의 창은 단단히 못질되어 있었고, 몇 년 동안 한 번도 열린 흔적이 없었다. 다투는 소리를 듣고 난 후부터 방문을 비틀어 열 때까지 경과된 시간에 대한 증인들의 진술은 저마다 달랐다. 어떤 사람은 3분이라고 하고, 어떤 사람은 5분이라고 했다. 문은 좀처럼 열리지 않았다.

장의사 알폰소 가르시오의 증언

모르그 가에 거주하는 스페인 태생. 집 안에 들어간 사람 중의 한 명이다. 그러나 위층에는 올라가지 않았다. 신경이 지나치게 예민한 편이라 흥분하게 되면 좋지 않을 것 같아서다. 다투는 소리는 들었다. 굵은 목소리의 주인공은 프랑스 인이었으나 알아들을 수는 없었다. 날카로운 목소리는 이탈리아 인의 소리였다. 그 것만은 확실하게 말할 수 있다. 영어는 모르지만 억양으로 그렇게 판단했다.

과자 가게 주인 알베르토 몬타니의 증언

앞장서 간 무리 중의 하나. 문제의 목소리는 들었다. 굵은 목소리는 프랑스인의 소리. 몇 마디는 알아들을 수가 있었다. 달래는 듯한 느낌이 들었다. 날카로운 쪽의 목소리는 말의 의미가 분명치 않았고 빠르고 고저가 심했다. 러시아어라고 생각되었다. 대강의 줄거리는 다른 증인과 같다. 이탈리아인이나 러시아인과 이야기 해본 적은 없다.

몇 사람의 증인이 다시 호출되어 증언한 바에 의하면 4층에 있는 방의 굴뚝은 좁아서 사람이 도저히 통과할 수 없다는 것이다. 위에서 언급한 스위프는 원통 모양의 굴뚝 소제용 솔로 굴뚝 소제부가 사용하는 도구였는데, 이것으로 온 집 안의 굴뚝을 쑤셔보았다. 일행이 계단을 올라가는 사이에 아래를 내려다보았더니 내려갈 수 있는 뒷길은 없었다. 레스파네 양의 시체는 굴뚝 속에 콕 처박혀 있어 일행 중 4, 5명이 붙어서 힘껏 끌어내리지 않으면 안 되었다.

의사 폴 뒤마의 증언

새벽녘에 시체 조사를 위해 불려갔다. 시체는 2구가 다 레스파네 양의 시체가 발견된 방의 침대 매트리스 위에 안치되어 있었다. 딸의 시체는 심한 타박상과 찰과상이 나 있었다. 굴뚝에 틀어박혔다는 사실은 이와 같은 외상이 충분히 설명해 주었다. 목의 피부는 벗겨져 있었다. 턱 바로 밑에는 깊이 눌린 상처가 여러 군데 있었고 검은 반점도 나 있었는데 이것은 분명히 손가락으로 짓눌린 것이 틀림없었다. 얼굴색은 완전히 변했고 눈알은 튀어나와 있었으며, 혓바닥의 일부가 물려 끊어져 있었다.

명치에 커다란 타박상이 발견되었는데, 무릎의 압박에 의해 생긴 것으로 추측되었다. 뒤마 씨는 레스파네 양은 한 사람 또는 여러 사람에게 교살된 것으로 보인다고 말했다. 어머니의 시체는 무참하게 절단되었다. 오른쪽 다리와 오른쪽 팔뼈는 여러 군데가 심하게 손상되어 있었다. 왼쪽의 늑골 전부와 왼쪽 정강이뼈는 바스라졌고, 피부는 전신 타박으로 변색되어 있었다. 가해 방법에 대해서는 정확하게 단정할 수가 없었다. 굉장히 힘이 센 남자가 무거운 몽둥이, 굵은 쇠뭉치, 의자 등의 대형 둔기를 휘둘렀을 때 이런 결과가 생길 가능성이 높다. 여성의 경우 어떤 흉기에 의해서도 이와 같은 타격을 주는 것이 불가능하다. 피해자의 머리는 증인이 검시했을 때는 완전히 몸체에서 절단되어 있었고, 더구나 끔찍한 상처가 나 있었다. 목은 매우 예리한 도구로 끊겨 있었다.

그 도구는 면도칼로 추정된다.

외과 의사 알렉상드르 에티엔은 소환되어 뒤마 씨와 함께 검시를 했는데, 그의 증언은 뒤마 씨의 견해를 뒷받침하고 있다.

그 밖에 여러 사람을 심문했으나 새로운 사실은 밝혀지지 않았다. 모든 점에서 이만큼 수수께끼에 싸인 불가해한 살인 사건이 파리에서 일어난 예가 없다. 물론 살인사건으로 간주하고 하는 이야기지만. 이런 종류의 사건으로는 드문 일이지만 경찰도 완전히 손을 든 상태였다. 그런데도 단서가 될 만한 것조차 발견되자 않았다.」

한 석간의 보도에 의하면 생 로크 구는 아직도 그 사건으로 떠들썩하며, 문제의 집에 신중한 재수사를 실시하여 새로운 증인이 불려와 신문을 받았으나 모든 것이 처음으로 돌아갔다고 한다. 그리고 얼마 후 아돌프 르 봉이 체포·수감되었다고 보도하였다. 이미 보도한 사실 이외에는 그를 범인이라고 단정할 만한 단서가 없는데도 불구하고 말이다.

뒤팽은 이 사건의 경위에 특별한 관심을 기울이고 있는 것 같았다. 하기야 그는 이 사건에 대해 입을 꼭 다물고 있어서 그의 태도를 보고 기껏 그렇게 판단하는 것뿐이었지만. 이 살인 사건에 대해서 그가 나에게 의견을 구한 것도 르 봉이 수감되었다는 사실이 발표된 후였다.

이 사건을 불가해한 수수께끼로 여기는 점은 나 역시 모든 파리

시민의 의견과 마찬가지이며, 특별히 떠오르는 생각은 없었다. 나 역시 범인을 가려낼 수단이 없었기 때문이다.

뒤팽이 말했다. "이런 겉핥기식 조사만 가지고, 수단 운운할 수 있을까? 파리 경찰은 영리하다는 평판은 있지만 그저 잔꾀만 있을 뿐이네. 그들의 수사는 제대로 된 원칙이 세워져 있는 게 아니라 임기응변이지. 그들은 수사방법이라는 것을 늘어놓긴 하지만 전혀 먹히지 않는 것이 문제지. 예를 들면 주르댕 선생(몰리에르의 희극 『엉터리 신사』의 주인공)이 '실내복을 가져와라, 음악을 더 잘 듣게'라고 외쳤다는 식의 이야기가 생각날 지경이네. 하기야 그들이 굉장한 성과를 올릴 때도 드물지는 않지. 그러나 대개의 경우 부지런을 떨며 설쳐대 얻어낸 성과에 지나지 않아. 그렇게 부지런히 쫓아다녀도 안 될 경우에는 그들의 목적 자체가 허탕이 되는 거지. 이를테면 비도크가 그 좋은 사례인데, 그는 눈치도 빠르고 끈기도 있다네. 그러나 사고력의 훈련이 되어 있지 않기 때문에 조사가 면밀할수록 오히려 실패를 하게 되는 거야. 대상을 지나치게 가까이에서 보기 때문에 실체를 제대로 보지 못할 수가 있는 거지. 물론 한두 가지는 보통 이상으로 면밀히 볼 수 있겠지. 그러나 그러는 사이에 전체의 모습을 보지 못하게 되는 수가 있거든. 엉뚱한 쪽을 지나치게 깊이 들여다본다는 말이 있지. 사실 진리는 항상 우물 밑바닥에 있다고만은 할 순 없어. 정말 중요한 진리는 늘 의외로 피상적인 데 있다네. 심원한 진리는 우리들이 구하고 있는 골짜기 밑에 있지. 산꼭대기 위에는 없지만, 결국 진리가 발견되는 곳은 산꼭대기인 거지. 이런 유의 오류의 성질이나 원인은 천체 관측을 예로 들면 잘 알 수 있네. 별을 슬쩍 보는 방법, 즉 (중심보다도 약한 빛에 민감한) 망막 외연을 별 쪽으로 향해 곁눈질로 보는 방법이 가장 좋다네. 빛이라는 것은 거기에 눈을 가까이 가져갈수록 오히려 보기가 힘들지. 눈에 들어가는 실제 빛의 양은 눈을 거기에 가까이 댔을 때가 가장 많겠지만 곁눈질을 하는 것이 지각의 섬세함과 민감함을 훨씬 쉽게 알아낼 수 있지. 관찰의 깊이도 정도 문제야. 도를 지나치면 도리어 사고력이 약화된다네. 따라서 너무 오랫동안 집중적으로 보거나 정면으로 응시하고 있으면 금성조차도 하늘에서 자취를 감추어버리는 경우가 있다네. 그런데 이번 살인 사건은 우리가 독자적인 조사를 해보세. 견해를 밝히는 것은 그러고 나서 해도 늦지 않으니까. 조사를 한다는 것은 즐거운 일이거든. (즐겁다는 말을 이런 식으로 쓰는 것은 좀 그랬지만 그냥 잠자코 있었다). 거기다 르 봉에게 신세진 일도 있고, 은혜를 안 입은 것도 아니잖아. 한번 나가서 그 집을 우리 눈으로 확인하고 오세. 경찰국장인 G××는 아는 사이니까 필요한 허가라면 쉽게 얻을 수 있을 거야."

우리는 허가를 얻고 즉시 모르그 가로 갔다. 그것은 리슐리외 가와 생 로크 가의 중간에 있는 보잘것없는 거리였다. 그 지역은 우리가 살고 있는 지역과는 매우 멀리 떨어져 있었으므로, 그곳에 도착했을 때는 오후가 늦어서였다. 집은 곧 찾았다. 아직도 많은 사람들이 길 건너편에서 닫혀진 덧문을 멍하니 바라보고 있었다. 특별히 이렇다 할 목적도 없이 호기심에서 쳐다보고 있는 것이었다.

그곳은 파리라면 어디서나 볼 수 있는 집으로, 입구를 통해 들어가면 한쪽에는 유리창이 달린 방이 있었으며, 창에는 미닫이가 있어서 그것이 문지기 방임을 알 수 있었다. 집으로 들어가기 전에 우리는 길을 쭉 따라가서 골목을 돌고 또 돌아 건물의 뒤쪽에 섰다. 그동안 뒤팽은 그 집은 물론이고 그 부근 일대도 열심히 살피고 있었으나 나로서는 그가 무얼 보고 있는지 짐작조차 할 수 없었다.

우리는 되돌아나와 다시 건물 앞으로 와서 초인종을 누른 뒤 지키고 있던 경찰관에게 허가증을 내보이고 들어갔다. 계단을 올라가 레스파네 양의 시체가 발견된 방에 들어가자 거기에 두 사람의 시체가 놓여 있었다. 방은 흩어진 상태 그대로 보존되어 있었다. 〈가제트 데 트리뷔노〉지가 보도한 것 이외에는 아무것도 눈에 들어오지 않았다. 뒤팽은 하나하나 면밀히 조사해갔다. 피해자의 시체도 예외는 없다. 그러고는 다른 방도 조사하고, 정원에도 나와보았다. 그동안 계속 경찰관 한 사람이 우리를 따라다녔다. 우리는 어두워질 때까지 조사에 열중하다가 돌아왔다. 돌아오는 길에 뒤팽은 한 일간지 신문사에 잠시 들렀다.

앞에서도 말했지만 내 친구의 변덕이란 너무나 별났으므로 그야말로 de les menageais라고 할 수 있었다. 이 프랑스어는 '다룰 재간'이 없다는 정도의 의미지만 여기에 딱 들어맞는 영어가 없다. 그런데 무슨 바람이 불었는지 이번에는 살인 사건에 대해 일체 말하기 싫다는 태도로 묵비권을 행사했다. 이튿날 정오가 되어서야 그는 갑자기 입을 열어 범행 현장에서 특별히 뭔가 주의를 끄는 것이 없었느냐고 물었다.

'특별히'라는 말을 강조했을 때의 그의 어조에는 무언가 나를 섬뜩하게 하는 것이 있었다.

내가 말했다.

"아니, 특별히 이상한 것이라니! 그런 건 없었던 것 같아. 적어도 그 신문에 났던 것 이상의 것은 말이야."

그가 대답했다.

"〈가제트〉는 사건에 대한 기괴하고 공포스런 사실을 놓치고 있어. 그러나 신문의 태평스러운 기사 같은 것은 뭐라든 상관없어. 내가 보기에는 이 사건이 쉽게 해결될 수도 있을 것 같다는 이유 때문에 오히려 해결이 불가능하게 보이는 거라네. 다시 말해 사건의 양상이 아주 이상하게 되어가고 있다는 거지. 경찰이 쩔쩔매고 있는 것도 살해동기가 없다는 것 때문이지. 즉, 살인 그 자체의 동기가 아니라 그토록 흉포하게 죽이지 않으면 안 될 동기 말이지. 그자들이 당황하고 있는 또 하나의 문제는 말다툼하는 것을 들었다는 사실과 위층에는 살해된 레스파네 양 말고는 아무도 없었다는 사실, 게다가 충계를 올라가던 일행의 눈을 피해서 탈출할 방법이 없다는 것, 이런 것들이 아무래도 연결이 안 된다네. 방이 어지럽게 흐트러져 있었다는 사실, 시체가 머리를 밑으로 하고 굴뚝에 처박혀 있었다는 사실, 그리고 노부인의 시체가 난도질되어 있었다는 사실과 방금 한 이야기와 새삼스럽게 언급하지 않아도 될 그밖의 사실을 취합하면, 명민함을 자랑하는 국가 경찰의 힘이 마비되어 완전히 손을 드는 수밖에 없겠지. 그자들은 이상함과 난해함을 혼동케 하는 커다란 오류, 그러면서도 흔히 있는 오류를 더듬어 나간다면 이런 예사롭지 않은 차원을 벗어남으로써 진실에 접근할 수 있네. 현재 우리가 몰두하고 있는 조사는 '무엇이 일어났느냐' 보다는 '지금까지 일어난 적이 없는 일이 어째서 일어났느냐' 는 것이 문제지. 나는 며칠 안에 이 사건을 해결해 보이겠어. 아니, 사실은 이미 해결한 것이나 마찬가지지. 그것은 매우 간단한 것으로, 그 간단함은 경찰이 이 사건을 해결 불가능한 것이라고 간주하는 정도와 같은 거라네."

나는 어안이 벙벙하여 그저 그를 쳐다보기만 했다.

"지금 나는 누구를 기다리고 있는데," 그는 말을 계속하며 방문 쪽을 바라보았다. "지금 내가 기다리고 있는 사람은 이 끔찍한 범행의 당사자는 아닐지 모르나 이 사건에 얼마간 관계가 있는 사나이임에는 틀림없지. 이 범행의 최악의 부분과 관련해서는 아마 책임이 없을 수도 있을 것이네. 나의 가정이 맞아 떨어진다면 정말 행운이지. 이 가정을 토대로 수수께끼를 푸는 것이 나의 계획이니 말일세. 그 사나이는 지금 이리로 올 걸세. 어쩌면 안 올 수도 있지. 그러나 틀림없이 올 거야. 만약 그가 오면 그를 붙들어둘 필요가 있어. 자, 여기 권총이 있네. 이걸 사용해야 될 일이 닥치면 피하지 말아야 해. 사용하는 방법은 알고 있겠지?"

나는 권총을 받아들긴 했으나 내가 하고 있는 짓을 의식하고 있는 것도 아니고, 또한 그가 이야기한 것을 믿고 있는 터도 아니었다. 그러는 사이 뒤팽은 마치 독백이라도 하듯이 계속 지껄였다. 이럴 때의 그는 마치 신들린 사람처럼 된다는 것은 이미 앞에서도 밝혔다. 그의 말은 나를 향한 것이었지만, 그 소리는 마치 멀리 있는 사람에게 하는 듯 나지막하면서도 독특한 억양을 띠고 있었다. 눈은 표정을 잃은 채 벽만 응시하고 있었다.

그가 말했다.

"계단에서 일행이 들었다는 말다툼 소리가 그 여자들의 목소리가 아니라는 것은 확실히 입증되었네. 그렇다면 '그 노부인이 먼저 딸을 죽인 뒤에 자살한 것은 아닐까'라는 의혹은 일체 고려할 필요가 없지. 새삼스럽게 이런 말을 하는 것은 사건의 주요 내용을 확실히 해두기 위해서라네. 어쨌든 레스파네 부인의 힘으로는 딸의 시체를 발견 당시의 모습으로 굴뚝에 집어넣을 수 없는 노릇이고, 게다가 몸의 상처로 보아서도 자살 가능성은 전혀 없다고 할 수 있지. 결국 범행은 제삼자에 의해 자행되었으며, 말다툼 소리는 제삼자의 것이라고 할 수 있네. 여기서 본론으로 들어가 보면, 주의할 것은 그 소리에 대한 증언 자체가 아니네. 그 증언의 특이한 점이지. 자넨 그 특이한 점을 느끼지 못했나?"

굵은 목소리를 프랑스 인의 목소리라고 했던 점은 모든 증인의 의견이 일치하는데, 날카로운 소리, 또는 거친 소리라고 했던 것에 대해서는 저마다 의견이 달랐다는 점을 나는 지적했다.

뒤팽이 말했다.

"그것은 다만 증언 자체일 뿐이지. 증언의 특이성은 아닐세. 자네는 아무것도 특이한 점을 알아채지 못한 모양인데, 나는 발견했단 말일세. 증인들의 의견이 굵은 목소리에 일치한 것은 자네가 지적한 대로네. 그 점만은 확실히 일치했지. 그러나 문제는 날카로운 소리에 대해선데, 특별한 점은 견해가 모두 다르다는 것이 아니고 이탈리아인, 영국인, 스페인인, 네덜란드인, 프랑스인 등등 저마다 문제의 목소리에 대해 설명하려고 하면서 그것을 외국인의 말소리라고 했다는 점이야. 어쨌든 모두가 자기 나라 사람의 말이 아니라고 단언하고 있네. 누구도 그것을 자기가 가장 잘 알고 있는 모국어라고 생각하지 않았다는 것이지. 그 반대로 들었지. 프랑스 인은 그것을 스페인어라고 하며 '스페인어를 알았더라면 몇 마디 말을 알아들었을 것이다'라고 했지. 네덜란드 인은 그것이 프랑스어라고 주장했는데, '프랑스어를 몰라도 신문은 통역을 통해서 했다'고 되어 있지. 영국인은 그것이 독일인의 말소리라고 생각했는데 '독일어는 모른다' 는 거야. 스페인인은 그것이 영국인의 말소리였다고 '확신한다' 고 했는데, 단지 '억양으로 그렇게 판단한다' 는 것뿐이고, 그것도 '영어는 전혀 모르기 때문' 이라는 식이야. 이탈리아인은 그것이 러시아어라고 믿고 있으나, '러시아인과 이야기를 한 적은 없다' 는 거야. 또 다른 프랑스인은 맨 처음의 프랑스인과는 달리 그것을 이탈리아어라고 단언하고 있지만, 이탈리아어는 모르기 때문에 앞의 스페인인과 마찬가지로 '억양에서 확신했다' 고 했네. 자, 그러면 이토록 각양각색의 증언을 얻을 수 있는 목소리란 실제로는 얼마나 기묘한 소리였을까! 유럽 다섯 나라의 사람이 이마를 맞대고 듣고도 알아들을 수 없는 낯선 말소리이니 말일세. 자네라면 아시아인이거나 아프리카인의 목소리였는지도 모른다고 했겠지. 아시아인도 아프리카인도 파리에는 별로 없지. 그러나 그런 추측도 부정은 않겠네만 어쨌든 다음 세 가지 점에 주의해달라고 하겠네. 어떤 증인은 그 소리를 '거칠다' 고 했지. 다른 두 사람도 '빠르고 고저가 일정치 않다' 고 했네. 위의 어느 증인도 말, 아니 말 비슷한 소리조차 분간할 수 없었네.”

뒤팽은 계속했다.

“지금까지의 이야기가 자네의 이해력에 어떻게 작용했는지 나로서는 알 수가 없지만 단언할 수 있는 것은 증언의 이 부분, 굵은 목소리와 거친 목소리에 관한 부분만으로도 정확한 연역법을 적용한다면 뭔가 단서를 잡을 수 있고, 이 사건에 대해 이제부터의 조사 과정에 어떤 방향을 제시할 수 있지. '정확한 연역법'이라고 했는데, 이것만으로는 아무래도 나도 생각을 충분히 전달할 수가 없군. 내가 말하려는 연역법이란 것은 유일하고 정당한 연역법으로, 그 필연적인 결과로서 단서가 나오는 것이 불가피하다는 것이네. 그러나 지금은 그 단서가 정확하게 무엇인지는 말하지 않겠네. 단지 확실히 해두고 싶은 것은, 그 단서가 내게 있어서는 그 방에 대한 나의 조사 방법에 어떤 형식, 어떤 일정한 경향을 부여하지 않을 수 없을 만큼 강력한 것이었다는 점일세. 자, 이제부터 공상의 날개를 타고 그 방에 가보게나. 그런데 여기서 우리는 먼저 무엇을 찾아야 하느냐와 범인이 어떻게 탈출했느냐를 알아야 한다는 것이네. 우리 둘 다 초자연적인 현상 같은 것은 믿지 않는다고 해도 좋겠지. 레스파네 모녀는 망령에게 살해된 것은 아니네. 범인의 행위는 물리적인 것으로, 도망친 것도 물리적인 행위라고 할 수 있지. 그렇다면 그 수단은? 다행히 그 점에 대해서는 유일한 추리법밖에 없고, 그 추리법은 필연적으로 하나의 결론에 도달하게 하네. 어떻든 가능한 탈출 방법을 하나하나 검토해보세. 일행이 계단을 오를 때 범인은 레스파네 양의 시체가 발견된 방이 아니면 적어도 옆방에 있었던 것은 확실하네. 그렇다면 우리가 탈출구를 찾아내야 할 곳은 이 두 개의 방밖에는 없다는 얘기지. 경찰은 방바닥, 천장, 벽의 돌 등을 샅샅이 뜯어봤어. 비밀 출구가 있다 해도 그것이 경찰의 눈을 피할 수는 없었을 거야. 하지만 나는 경찰의 눈 같은 건 믿지 않으니까 직접 내 눈으로 확인해봤지. 역시 비밀 출구는 없었네. 두 개의 방으로부터 복도로 통하는 문은 둘 다 자물쇠가 채워져 있었지. 더구나 열쇠는 안쪽에 붙어 있었어. 그러면 다음은 굴뚝이야. 굴뚝은 난로에서 위쪽으로 10피트 정도까지는 보통 넓지만 그 위에서부터는 고양이도 덩치가 큰 놈은 지나갈 수 없게 되어 있어. 위에서 열거한 것과 같은 수단으로는 탈출이 절대로 불가능하다면 남는 것은 창문뿐이야. 앞쪽 방의 창문으로 탈출했다면 길거리에 있던 군중이 몰랐을 턱이 없지. 이렇게 되면 범인은 뒤쪽 창문으로 나간 것이 틀림없네. 그런데 이런 식의 확실한 방법으로 결론에 도달했는데도 불구하고 그것이 전혀 불가능한 일이라고 해서 이런 결론마저 물리친다는 것은 추리가로서의 자세가 제대로 되었다고 할 순 없네. 우리가 할 일은 이렇듯 불가능해 보이는 일이 사실은 가능하다는 것을 증명하는 것이지. 그 방에는 창문이 두 개가 있지. 하나는 가구로 가려져 있지 않기 때문에 전체가 보이네. 또 하나의 창문은 멋대가리 없이 큰 침대머리가 바짝 붙어 있어서 아래 절반은 보이지 않는다네. 첫째 창문은 안쪽에서 꽉 잠겨 있었어. 몇 사람이 온힘을 다해 열려고 했으나 꿈쩍도 하지 않았지. 창틀 왼쪽에는 송곳으로 뚫은 커다란 구멍이 있고, 거기에는 굉장히 단단한 대못이 못대가리까지 푹 들어가게 박혀 있었네. 다른 한쪽 창문도 조사해보았더니 같은 모양의 대못이 그것과 똑같이 박혀 있더군. 이것도 열어보려고 안간힘을 써봤지만 전혀 끄떡도 하지 않았지. 이것으로 경찰은 이 방향으로는 탈출했을 리가 없다고 단정해버린 거네. 나의 조사는 좀 더 면밀했는데, 그것은 여태까지 이야기했던 이유에서지. 다시 말해 얼핏 보기에 불가능하게 보이는 것이 사실은 그렇지 않다는 것을 증명하지 않으면 안 되는 점이라는 걸 깨달았기 때문이네. 그러고는 이런 식으로 생각해 나갔지, 귀납적으로 말이야. 범인은 실제로 두 창문 중 어느 한쪽으로 도망쳤다. 그렇기는 해도 범인이 실제로 이런 상황에서 안쪽에서 창틀을 고정시킬 수는 없었을 것이다. 경찰은 자신들의 사고가 잘못된 것은 아니라고 생각했으므로, 이 부분의 탐색은 그만두기로 했지. 그런데 창틀은 확실히 고정되어 있었어. 이렇게 되면 창문은 자동으로 고정되어야 한다는 결론이 나오지. 이 귀결에는 의문의 여지가 없다. 나는 장애물이 없는 쪽 창으로 가서 애써 못을 뽑고 창틀을 밀어 올리려고 해봤지. 역시 내 힘으로는 불가능했어. 나는 어딘가 용수철이 감춰져 있을 것이라고 생각했네. 내 생각이 맞아떨어진다면 못에 관해서는 아직도 불가해한 것이 있다고 치더라도 적어도 내 추리 자체가 옳다는 확신을 얻을 수 있었지. 잘 찾아보았더니 숨겨져 있던 용수철이 발견되었지. 나는 그것을 눌러보았지만 그것을 발견한 것으로 충분했기 때문에 창틀을 밀어 올리려고는 하지 않았네. 나는 못을 원래 있던 대로 꽂고 자세히 들여다보았지. 이 창문으로 나간 인간은 용수철에 걸릴는지 모르지만 창을 닫을 수는 있으나 못을 다시 꽂아놓을 수는 없었지. 결론은 명백했고, 나의 조사 범위는 더욱 좁혀졌지. 범인은 다른 쪽 창문으로 도망쳤음이 틀림없었어. 그런데 양쪽 창틀의 용수철이 같다고 한다면, 그리고 틀림없이 같겠지만 차이는 못에 있었을 게 분명했지. 적어도 못에 걸리는 상태에 있을 것이 틀림없었네. 침대의 매트리스에 올라가 침대머리 쪽 널빤지 너머 제2의 창문을 자세히 살펴보았네. 그러고는 널빤지 뒤로 손을 넣어보았더니 과연 용수철이 있어서 눌러보자 예상한 대로 그것은 옆의 창문과 같았네. 그래서 못을 조사해보았어. 단단한 점에서도 마찬가지고, 못대가리가 꽉 박혀 있는 것까지 똑같더군. 자네는 여기서 내가 벽에 부딪쳤을 거라고 말하고 싶겠지. 하지만 그렇게 생각한다면 귀납법이란 것에 대한 본질을 오해하고 있는 셈이네. 사냥에서 말하는 '냄새를 잃어버렸다'는 것과 같은 일은 나에게는 적용되지 않는다네. 한순간이라도 냄새를 잃은 적이 없지. 쇠사슬의 고리는 아무 데도 끊어져 있지 않아 비밀을 추구하여 궁극의 결과에 도달하는 거지. 그런데 그 결과라는 것이 못이야. 다시 한 번 말해두지만 재차 확인해 보아도 이 못은 다른 한쪽 창문의 것과 모든 점에서 똑같았지. 그러나 이런 것도(결정적이라고 생각될지 모르나) 마침내 여기에 문제 해결의 실마리를 밝힐 수 있다는 사실에 도달한 근거에 비교하면 아무것도 아닐세. '이 못의 어딘가에 이상한 데가 있는 것이 틀림없다'고 나는 생각했네. 그래서 못을 잡아당겨보았지. 그러자 못 대가리가 4분의 1인치 정도 붙은 채 못이 쑥 빠지는 거였어. 나머지 못다리는 못구멍 속에 남아 있었지. 요컨대 못다리는 중간에서 부러져 있었던 거야. 부러진 것은 상당히 오래 된 것 같았는데(왜 냐하면 부러진 자리가 몹시 녹슬어 있었으니까) 아마 쇠망치로 때려 박을 때 부러진 것 같았어. 못대가리의 한쪽이 창틀의 윗부분에 박혀 있었거든. 그런 뒤 뽑은 못대가리 쪽을 본래의 구멍에 쏙 집어넣어 봤지. 그러자 못을 친 것과 똑 같지 뭔가! 부러진 것은 보이지 않았으니까 용수철을 밀고 창틀을 몇 인치 슬쩍 밀어 올려 보았네. 못대가리가 구멍에 박힌 채 창틀과 함께 올라갔지. 창문을 닫았어. 그러자 다시 완전한 한 개의 못으로 보이더군. 여기까지의 수수께끼는 풀린 셈이지. 가해자는 침대가 놓인 창문 쪽으로 도망친 거야. 나갈 때 창문이 저절로 떨어졌는지(아니면 닫았는지) 그것은 어쨌든 용수철로 고정되어 있었는데, 이것을 경찰은 못으로 고정된 것이라고 간주하고 더 이상 탐색할 필요가 없다고 생각한 거지. 다음 문제는 내려가는 방법이야. 이 점에 대해서는 자네와 함께 집 주변을 돌아보았을 때 알아챘네. 문제의 창문에서 5피트 반 정도 떨어진 자리에 피뢰침 한 개가 뻗쳐 있더군. 이 피뢰침에서는 창으로 들어가는 것은 고사하고 창문에 손을 대는 것도 불가능하지. 그러나 잘 보면 4층의 덧문은 파리의 목수들이 '페라드'라고 부르는 특수한 것으로, 리옹이나 보르도의 유서 깊은 저택에서는 흔히 볼 수 있는 것이지. 모양은 보통 문(두 짝 문이 아닌 외짝 문)과 같지만 상반부가 격자 식으로 되어 있는 것이 달라. 그 때문에 손으로 잡기가 편리하지. 그런데 이번 경우 이 덧문의 폭이 자그마치 3피트 반은 되더군. 우리가 이 덧문을 집 뒤쪽에서 보았을 때는 둘 다 반쯤 열려 있었네. 다시 말해 벽과 직각으로 열려 있었지. 그 문제는 경찰도 우리와 마찬가지로 건물의 뒤쪽을 조사했겠지. 그렇지만 그 덧문의 폭을 정면에서 보지 않고 길이로 보았기 때문에(실제로 그랬을 것이 틀림없지) 폭 그 자체의 넓이를 못 알아봤거나 적어도 충분히 고려하지도 않고 지나쳐버렸을 걸세. 사실 그곳으로 탈출하는 것은 불가능하다고 단정해버렸기 때문에 자연히 이 부분의 조사는 소홀했던 거지. 그런데 침대 머리께에 있던 창의 덧문을 벽면까지 완전히 활짝 열면 피뢰침까지의 거리가 2피트 이내가 된다는 것을 나는 확인했어. 게다가 비상한 운동 능력과 용기를 발휘하면 피뢰침에서 창문으로 들어가는 것도 가능하다고 보았네. 2피트 반만 손을 뻗치면(덧문이 완전히 열린 것으로 치고 말야) 도둑은 문의 격자 부분을 꽉 잡을 수가 있었을 거네. 그러고는 벽에다 발을 딛고 힘차게 탁 차면서 피뢰침 쪽의 손을 놓으면 덧문이 닫히게 되지. 만약 그때 창문이 열려 있었으면 몸통을 방 안으로 날려 뛰어들 수가 있는 거지. 특히 명심할 것은 조금 전에 말했지만 이처럼 위험하고 어려운 짓을 성공시키기 위해서는 반드시 비상한 운동 능력이 필요하다는 점이네. 내가 말하는 의도는 첫째, 이런 일이 전혀 불가능하지만은 않다는 것을 알아야 하고, 둘째로 그런 일을 해낸 민첩성이 거의 초능력이라는 걸 머릿속에 깊이 새겨둬야 한다는 걸세. 자네는 틀림없이 법률 용어를 빌려 이렇게 말하겠지. '자신의 주장을 입증'하려면 그런 행위에 필요한 운동 능력을 지나치게 과대평가하기보다는 오히려 과소평가해야 한다고 말이야. 일반적으로 그렇게 생각하는 것이 정상일지 모르지만 추리에서는 그렇게 안 되지. 진실만이 나의 궁극의 목표니까. 그런데 지금 이 자리에서의 나의 목적은 방금 말한 비상한 운동 능력과 목소리의 주인공의 국적에 대해서 의견이 가지각색이며, 그 발성법에서 음절의 구분이 전혀 안 되는 날카롭고(혹은 거친) 높낮이가 일정하지 않은 진짜 기괴한 목소리, 이 두 가지를 결부시켜 생각하도록 하는 걸세."

이렇게 듣고 보니 뒤팽이 생각하고 있는 것의 의미가 미처 형태를 갖추지도 못한 채 막연하게 내 머릿속에 들어오는 듯했다. 조금만 노력하면 생각날 듯하면서도 종내 생각나지 않는 경우가 흔히 있지만, 나는 거의 이해할 것 같으면서도 아슬아슬하게 미치지 못하는 그런 상태였다. 친구는 이야기를 계속했다.

"알겠나? 내가 탈출 방법에서 침입 방법으로 화제를 옮긴 의도를! 그것은 두 가지가 다 같은 방법, 즉 같은 장소를 이용해서 했다는 것을 확실히 해두기 위해서지. 이제 집 안으로 눈을 돌려보세. 집 안의 상태는 어땠나? 옷장의 서랍을 엉망으로 들쑤셔놓았으나 옷가지들이 거의 그대로 남아 있었다고 했네. 하지만 이렇게 단정을 짓는다는 것은 어리석지. 그것은 단순하고 어리석기 그지없는 추측으로, 추리의 영역을 못 벗어났다고 할 수 있지. 서랍에 남아 있는 물건이 원래 거기에 있던 물건의 전부가 아니라는 사실을 어떻게 증명하겠나? 레스파네 모녀는 은둔 생활을 하고 있었지. 물론 손님도 없었고 거의 외출도 하지 않았네. 그렇다면 옷도 그다지 필요가 없었을 걸세. 남아 있는 것은 부인들이 지니는 물건으로서는 상당히 좋은 것들에 속하는 것이었네. 만약 도둑이 일부를 가져갔다면 어째서 가장 값나가는 것을 가져가지 않았을까? 거추장스러운 옷가지를 한 아름이나 안고 가면서 무엇 때문에 4천 프랑의 금화를 내버려두고 갔을까? 금화는 그대로 있었네. 은행가 미뇨 씨가 말한 금액이 고스란히 담긴 주머니가 방바닥에서 발견되었네. 돈을 집의 문 앞에서 건네주었다는 증언 때문에 경찰들이 잘못 생각하게 된 동기를 좌우간 자네 머릿속에서 추방해주기 바라네. 이러한, 즉 돈을 건네주고 그것을 전해 받은 인간이 사흘도 못 가서 살해되었다는 우연보다 열 배나 더 이상한 우연이 우리 인간 세계에서는 한 시간마다 한 번 정도 일어나고 있지만, 단지 한순간도 그것을 알아채지 못하고 있지. 일반적으로 우연이라는 것은 교육을 받았어도 확률론을 전혀 공부하지 않은 사색가에게 있어서는 커다란 장애물이지. 이 확률론 덕택에 인간의 가장 빛나는 대상이 더욱 빛나는 성과를 올리고 있는데도 말일세. 이번의 경우 만약 금화가 분실되었다면, 그 사흘 전에 돈을 건넸다는 사실은 우연 이상의 중요성을 띠었을 걸세. 즉, 살해 동기를 분명하게 뒷받침해주었을 걸세. 그러나 이번 사건의 실제 사정이 그렇고, 더구나 범행의 동기가 돈이라고 한다면 이 범인은 돈도 동기도 다 같이 내던져버릴 정도로 우유부단한 멍청이였다고 가정하지 않으면 안 될 걸세. 자네의 주의를 촉구했던 여러 가지 점들…… 즉 그 기괴한 소리와 놀라운 운동 능력, 그리고 이처럼 흉악한 살인 사건으로서는 기괴할 정도로 동기가 결여된 점, 그러한 것들을 머릿속에 깊이 각인시킨 뒤 범행 그 자체에 초점을 모아보도록 하세. 실제로 한 여자가 손으로 교살되어 거꾸로 굴뚝에 처박혀 있네. 보통 살인범은 이런 식의 살해 방법을 쓰지 않네. 적어도 시체를 그런 식으로 처리하지는 않지. 자네도 인정하겠지만 시체를 그런 식으로 굴뚝에 처박은 범행 수법에는 상식을 벗어난 무엇이 있어. 인간의 행위에 대한 일반적인 통념과는 너무도 다른 무엇이 있지. 범인이 생각할 수 있는 한 가장 잔악무도한 인간이라고 해도 그래. 그리고 생각해보게. 몇 사람이 달라붙어 겨우 끄집어냈을 정도로 깊숙이 시체를 굴뚝에 쑤셔 박은 그 힘은 대체 어느 정도일지 가늠을 해보세. 이번에는 그 엄청난 힘이 어떻게 휘둘러졌는지에 대한 증거를 찾아보세. 난로 위에는 사람의 잿빛 머리카락 뭉치, 그것도 듬뿍 뽑은 뭉치가 놓여 있었네. 그것은 두피째 뽑힌 거야. 2, 30가닥의 머리털이라 해도 머리에서 이런 식으로 뽑자면 얼마만한 힘이 필요한지 자네도 상상할 수 있을 거네. 그 문제의 머리털 뭉치를 자네도 보았네. 머리털의 두피 쪽에는 (소름이 끼치네만) 머리의 살가죽이 들러붙어 있었네. 단번에 몇십만 개의 머리털을 잡아 뽑을 만한 엄청난 힘의 증거라고 볼 수 있지. 노부인의 목은 그냥 베어져 있는 게 아니었네. 머리가 몸체에서 완전히 떨어져버렸어. 더구나 흉기는 단지 면도칼 한 갠데 말이야. 거기다 또 한 가지 이 행위를 저지른 야수적 잔인성에 대해서도 유의해주게. 레스파네 부인 시체의 타박상에 대해서는 덧붙이지 않겠네. 의사 뒤마 씨와 그를 도와주는 에티엔 씨는 둔기에 의한 타박상이라고 결론을 내리고 있는데, 그것은 두 사람 다 아주 정확하게 보았네. 둔기라는 것이 뒤뜰에 깔린 돌이라는 것은 분명하고, 희생자는 침대맡의 창문에서 그리로 떨어졌네. 이렇게 추정하는 것이 지금에 와서는 아무것도 아니지만, 경찰들 생각으로는 불가능했지. 그것은 덧문의 넓이에 주의를 돌리지 못한 것이 이유지. 즉 못이라는 것이 있었기 때문에 창문이 열렸을 것이라는 것은 전혀 생각지도 못했지. 이상과 같은 사실을 염두에 두고 방 안이 수라장이 된 것을 생각한다면 이미 우리는 놀라운 운동 능력, 초인적인 힘, 야수적인 잔인성, 동기가 없는 살인 행위, 모골이 송연할 정도의 괴기성, 그리고 여러 나라 사람들이 저마다의 다른 외국어로 확실한 의미를 파악할 수 없는 음절의 목소리를 낸 것, 이런 모든 것을 결부시킬 수 있는 단계에 이르렀네. 자, 어떤 결론이 나왔나? 자네 상상력에 내가 불씨를 지폈나?"

이렇게 질문을 받자 등골이 오싹해졌다. 그래서 내가 말했다.

"미치광이군. 그런 짓을 한 자는 가까이에 있는 정신 병원에서 도망친 흉악범이겠지."

그러자 그가 말했다.

"어떤 점에서는, 자네 생각도 전혀 틀린 건 아니지. 그러나 미치광이의 소리는 심한 발작을 일으켰을 때에도 그 계단에서 들었던 소리와는 전혀 동떨어진 소리지. 미치광이라도 분명 국적은 있을 테고, 만약 지껄이는 내용이 지리멸렬한 것이라 해도 음절은 의외로 확실한 것일 수 있지. 게다가 아무리 미치광이라고 해도 머리털까지 지금 내가 손에 쥐고 있는 것과 같은 건 아니겠지. 레스파네 부인이 움켜쥐고 있는 것을 조금 빼내온 건데, 자네 이게 무얼로 보이나?"

나는 몹시 놀라며 말했다.

"뒤팽! 정말 이상한 털이군. 사람의 털이 아니야."

"사람의 털이라고는 하지 않았어." 그는 말했다. "그러나 이 점에 대해 결론을 내리기 전에 이 종이에 베껴둔 스케치를 좀 봐주겠나. 증언 중에, 레스파네 부인의 목에 '검은 타박상과 깊은 손톱자국'이란 대목이 있었지. 그리고 '틀림없이 손가락에 눌린 것으로 보이는 몇몇 납빛 점'이라는 부분도 있어. 이것은 그 부분을 실물 그대로 뜬 그림이야."

"이 그림을 보면," 친구는 우리 앞에 있는 테이블 위에 종이를 펼쳐놓으면서 계속했다. "얼마나 힘을 주어 쥐었나를 알 수 있지. 미끄러진 흔적이라곤 없네. 모든 손가락이 확실히 피해자가 죽을 때까지 처음 움켜쥔 무서운 힘이 계속 지속되었지. 그런데 시험 삼아 자네의 손가락을 이 자국에 갖다대 보게."

나는 그대로 해보았으나 아무래도 들어맞지 않았다.

그가 말했다.

"그렇지만 이것은 아직 확실한 검증이라고는 할 수 없지. 종이는 평면 위에 펼쳐져 있거든. 그렇지만 인간의 목은 원통형이지. 여기 통나무가 하나 있네. 굵기도 목 정도군. 종이를 거기에 말아 보게나."

나는 그가 시키는 대로 해보았으나 앞의 경우보다 훨씬 무리라는 것을 알았을 뿐이었다.

"이건 말이야,"라고 내가 말했다. "사람의 손자국이 아니야."

뒤팽이 말했다.

"그렇다면 읽어보게, 퀴비에(프랑스의 박물학자이며 동물학자)가 쓴 책의 이 부분을."

거기에는 동인도 제도산의 거대한 황갈색 오랑우탄의 해부학과 생태학적 설명이 기술되어 있었다. 이 포유류의 거대한 체격, 놀라운 힘과 운동 능력, 잔인성, 모방벽 등은 잘 알고 있는 사실이었다. 나는 대뜸 이 살인 사건의 무시무시한 전모를 깨달았다.

"손가락에 대한 설명은," 나는 설명을 다 읽고 나서 말했다. "이 스케치와 정확하게 일치하는군. 알았어! 여기에 적혀 있는 종류에 속하는 오랑우탄 이외의 어떤 동물도 자네가 베껴 온 것과 같은 움푹 팬 자국을 만들 수는 없을 것 같군. 게다가 이 황갈색의 털도 퀴비에의 책에 있는 동물과 완전히 같은 것이군. 그러나 이 무서운 사건의 상세한 부분에 대해서는 아무것도 짐작조차 할 수가 없네. 더구나 말다툼을 한 두 가지의 목소리가 있었고, 그 한쪽은 틀림없이 프랑스인의 소리였다고 했지 않나?"

"사실이야. 게다가 자네도 기억하겠지만 대다수의 증인이 그 목소리가 했다는 말과 일치했던 말이 '맙소사!' 였지. 이것이 야단치는 것 같으면서 달래는 것 같은 말투였다고 증인의 한 사람(과자가게 주인 몬타니)이 말했는데, 이것은 그때의 상황을 정확하게 포착한 말일세. 그러기에 '맙소사' 란 이 한 마디에 나는 수수께끼를 풀려는 희망을 걸어왔네. 프랑스인 하나가 이 살인사건을 알고 있어. 적어도, 아니 이건 거의 확실한 것인데, 이 사나이는 이 참극의 직접적인 하수인은 아니야. 어쩌면 오랑우탄이 이 사나이로부터 도망쳤을 거고, 사나이는 오랑우탄을 좇아 그 방까지 간 거지. 그런데 그와 같은 난동이 일어나는 바람에 붙잡지 못했어. 오랑우탄은 지금도 마음껏 돌아다닐 거야. 그러나 추측은 이제 이정도로 해두지. 사실 이것이 추측 이상의 것이라고 말할 권리는 나에겐 없으니까. 이렇게 말하는 것은 추측의 기초가 되어 있는 고찰 자체에 미묘한 점이 있고, 그것이 아무래도 나의 지력으로써는 간파할 수가 없는 것인 데다가, 더구나 남에게는 설명할 수 있다고 나설 수도 없는 것이었지. 그러니까 추측의 기초가 되는 고찰 자체에 미묘한 점이 있고, 그것이 아무래도 나의 지력으로써는 간파할 수가 없는 것이고 보면, 남에게 설명할 수 있다고 나설 수도 없는 일이지. 그러니까 추측은 분명히 추측이라고 해두고, 그 전제 위에서 이야기하기로 하세. 만약 문제의 프랑스 인이 범행 그 자체에는 관계가 없다고 한다면, 어젯밤 돌아올 때 〈르 몽드〉(해운업계의 신문으로 선원들이 잘 본다) 신문사에 가서 의뢰하고 온 광고를 읽고 찾아올 게 틀림없지."

그는 나에게 신문을 내밀었다. 거기에는 이런 내용이 게재되어 있었다.

「포획물―황갈색 보르네오 종 오랑우탄. 이 달 ○○일 이른 아침(사건이 발생한 아침), 불로뉴 숲 속에서 포획. 주인(몰타 섬 소속 선박 서원으로 추정)에게 반환하겠음. 단, 그것이 자신의 소유라는 것을 충분히 증명하고 포획 및 보관하는 데 소요된 약간의 비용을 지불할 것. 생 제르맹 교외 ○○가 ○○번지 3층으로 오시기 바람.」

내가 물었다.

"어떻게 해서 그 사나이가 선원이고, 더구나 몰타 섬의 배의 승무원이라는 것을 알았지?"

뒤팽이 말했다.

"알고 있는 것은 아니지. 틀림없이 그렇다는 것도 아니야. 그러나 여기에 리본 조각이 있어. 그 모양새나 기름이 묻어 있는 것으로 보나 선원들이 즐겨 쓰는 변발을 묶는 리본 같거든. 게다가 이런 머리 스타일은 선원들 외에는 좀처럼 볼 수 없는 데다가 몰타 섬 사람 특유의 것이라고 할 수 있지. 리본은 피뢰침 밑에서 주웠어. 피해자의 것이 아닌 것은 확실해. 그런데 설령 이 리본에서 그 프랑스인이 몰타 섬의 선원이라고 추정한 것이 틀렸다 하더라도, 광고에 그렇게 써놓지 말라는 법도 없지. 설사 이 추정이 틀렸다 하더라도 상대는 이쪽이 어떤 사정으로 잘못 생각했을 것이라고 예상할 뿐, 일부러 그런 사정을 캐내려고는 하지 않을 걸세. 만약 내 추정이 맞았다면 수확이 크지. 살인의 하수인은 아니더라도 목격은 했을 터이니 당연히 그 프랑스인은 광고를 보고 올 것이라는 걸. 한데 오랑우탄을 찾으러 오는 것을 주저할 것이네. 아마 이렇게 생각할 거야. 나는 죄가 없다. 돈도 없다. 오랑우탄은 상당한 값이 나간다. 나한테는 한 재산 되는 건데 위험만 생각하고 미적거리다가 큰돈을 날려버릴 수는 없지. 당장 손에 들어올 판인데. 놈은 불로뉴 숲에서 붙들렸다. 살인 현장에서는 상당한 거리다. 그런 짐승이 살인을 했을 거라고 누가 짐작이나 했을까? 경찰도 손을 들었지. 전혀 단서도 못 잡고 있다. 만일 경찰이 그놈의 짓이란 걸 냄새 맡았다고 해도 내가 그 살인에 대해 알고 있다고 증명할 수는 없고, 알고 있다고 한들 유죄라고 확신할 수는 없지. 어쨌든 간에 이미 나는 정체가 드러났다. 광고주는 나를 그 짐승의 주인이라고 지목했다. 광고주가 얼마만큼 알고 있는지 나로서는 알 수 없지만, 그건 그렇다 치고 이쪽이 주인이라고 알려져 있는 고가의 재산을 찾으러 가지 않는다면 적어도 그 동물에 혐의를 걸어달라는 거나 마찬가지가 아닌가. 나나 그 짐승이나 의심을 받는 것은 이로울 것이 못 돼. 광고에 응해서 오랑우탄을 데리고 와서 사건의 관심이 식어갈 때까지 감추어두자.' 라고 말일세."

이때 계단에서 발소리가 났다.

뒤팽이 말했다.

"권총을 준비하게. 단, 내가 신호할 때까지는 쏘아서도 그런 내색을 내비쳐서도 안돼."

현관문은 열린 채로 있어서 방문객은 초인종을 누르지 않고 들어와 계단을 올라왔다. 그런데 문득 망설이는 것 같았다. 잠시 후다시 내려가는 발소리가 들렸다. 뒤팽이 얼른 문 쪽으로 다가가자다시 올라오는 발소리가 들렸다. 이번에는 멈추거나 하지 않고 단호한 걸음으로 올라와 우리의 방문을 노크했다.

"들어오시오." 뒤팽이 친근감이 담긴 쾌활한 어조로 말했다.

한 사나이가 들어왔다. 선원같아 보였다. 키가 크고 단단해 보이는 근육질의 사나이였는데, 어딘가 막무가내 같은 분위기를 풍겼으나 전혀 애교가 없는 것도 아니었다. 햇볕에 그은 얼굴은 반이상이나 구레나룻과 콧수염으로 텁수룩하게 덮여 있었다. 커다란 참나무 막대기를 들고 있을 뿐 다른 무기를 휴대하고 있는 것같지는 않았다. 그는 어색하게 꾸벅 머리를 숙이면서 "안녕하슈!" 하고 프랑스어로 인사를 했다. 그 말투에는 뇌샤텔 지방 사투리가 섞여 있었으나 원래는 파리지앵이라는 사실을 알 수 있었다.

뒤팽이 입을 열었다.

"앉으시오. 오랑우탄 때문에 오셨지요? 정말이지 그렇게 훌륭한 녀석을 가지고 계시다니 부러울 지경이오. 진짜 좋은 놈이던데 상당히 값이 나가지요? 그 녀석 몇 살이나 됩니까?"

그제야 선원은 무거운 짐을 내렸다는 듯이 길게 한숨을 쉬고는 뚜렷한 말투로 대답했다.

"잘 모르긴 해도 아마 네댓 살은 됐습죠. 그놈 혹시 여기 있습니까?"

"아, 아니오. 여기엔 시설이 안 되어서. 뒤부르 가의 세놓는 우리에 넣어두었소. 뭐 여기서 얼마 안 되지요. 내일 아침에 넘겨드리겠소. 물론 당신이 주인이라는 증명은 할 수 있겠지요?"

"그럼요, 할 수 있습죠."

"내놓기 좀 아까운 생각이 드는데." 뒤팽이 말했다.

사나이가 말했다.

"수고하신 데 대해 그냥은 있지 않겠습니다요. 그럴 수야 없습죠. 그놈을 잡아주신 데 대해선 기꺼이 보답하겠습니다요."

친구가 대답했다.

"좋아요. 그거 아주 훌륭한 생각이오. 그런데 무엇을 받기로 할까요? 응, 그렇지. 이것으로 합시다. 모르그 가의 살인 사건에 대해 당신이 아는 정보를 전부 받기로 할까요?"

뒤팽은 마지막 말을 아주 낮은 어조로 천천히 하는 것과 동시에 느릿하게 문 쪽으로 걸어가 자물쇠를 잠그고는 열쇠를 주머니 속에 넣었다. 그리고 가슴 속에서 권총을 꺼내어 침착하게 테이블 위에 놓았다.

선원은 마치 숨이 막히기라도 한다는 듯 얼굴이 확 붉어졌다. 그러고는 일어서며 막대기를 잡았다. 그러나 다음 순간 의자에 쓰러지듯 주저앉더니 와들와들 떨었다. 얼굴은 마치 송장같이 되었고, 한마디도 입을 열지 못했다. 나는 진정 이 사나이에게 동정을 금치 못했다.

뒤팽은 부드럽게 말했다.

"이봐요, 그렇게 겁을 집어 먹을 필요는 없어요. 정말 해를 끼칠 생각은 조금도 없으니까. 신사로서, 프랑스인으로서 맹세하지만 그럴 생각은 털끝만큼도 없소. 당신이 모르그 가의 흉악범이 아니라는 것도 잘 알고 있소. 그러나 그 일과 전혀 관계가 없다고는 말하지 않겠소. 이 정도로 말하면 이제 당신도 짐작했을 텐데. 이 일에 대해서 나는 정보망을 가지고 있소. 당신은 거의 상상도 못할 만큼 말이오. 요컨대 사태는 이 정도까지 와 있소. 당신이 좋아서 한 일은 전혀 없소. 다시 말해 죄가 될 만한 짓은 아무것도 하지 않았소. 도둑질도 하지 않았소. 문책을 받을 염려 없이 훔칠 수도 있었는데 말이오. 숨길 필요는 없소. 숨길 이유가 없으니까요. 그러나 당신이 알고 있는 모든 사실을 고백할 의무가 있소. 그것은 명예의 문제요. 당신은 범죄자를 지목할 수 있는 입장인데도 불구하고 그걸 하지 않았기 때문에 지금 무고한 사람 하나가 감금되어 있소."

뒤팽이 이렇게 말하는 동안 선원은 어느 정도 마음의 평정을 되찾은 모양이었다. 하지만 당초의 대담함은 완전히 사라져버리고 없었다.

"제기랄, 이게 무슨 꼴이야!" 그리고 잠시 후 사나이는 말했다. "말씀드립죠. 이 사건에 대해 제가 알고 있는 것을 전부. 그러나 말씀드리는 것의 절반도 믿어주시지 않을 겝니다요. 믿어주시길 바란다면 제가 어리석은 놈입죠. 그렇지만 저는 아무 죄도 없습니다요. 그러나 그 때문에 죽는 한이 있더라도 깨끗이 털어놓겠습니다요."

사나이가 말한 것을 요약하면 이렇다.

그는 최근 인도 제도를 항해하고 돌아왔는데, 어떤 일행과 보르네오에 상륙하여 섬 깊숙이까지 놀이삼아 탐험을 했다. 거기서 동

86

료 한 사람과 함께 그 오랑우탄을 잡았다. 그런데 불행히도 그 친구가 죽었기 때문에 자연히 그 동물은 그의 소유가 되었다. 항해에서 돌아오는 동안 이 포획물은 종종 감당할 수 없을 정도로 횡포를 부려 몹시 애를 먹었으나 가까스로 파리의 집까지 끌고 올 수가 있었다. 이후 이웃에서 이상한 눈으로 보는 것이 싫어서 그는 고심해가며 오랑우탄을 숨긴 채 그 녀석이 배 위에서 발에 가시가 찔려 생긴 상처가 낫기를 기다리기로 했다. 그리고 때가 되면 팔아치울 심산이었다.

살인이 있었던 날 새벽 무렵이었다. 선원은 그의 동료들과 진탕 놀다가 집에 돌아와 보니 그 짐승이 그의 침실에 들어와 있었다. 옆의 작은 방에 가두어두었는데, 침실에 들어와 있었던 것이다. 녀석은 면도칼을 손에 들고 얼굴 전체에 온통 비누 거품을 뒤집어쓴 채 거울 앞에 앉아 수염을 깎을 태세를 취하고 있었다. 주인이 그렇게 하는 것을 이전에 옆방의 열쇠 구멍으로 엿보았던 게 틀림없었다. 이런 위험한 도구가 이런 흉포한, 더구나 그것을 능숙하게 이용할 줄 아는 동물의 손에 들려 있는 것을 보고 그는 아연해서 잠시 쩔쩔맸다. 그러나 이 동물은 아무리 사납게 날뛸 때도 채찍을 들면 얌전해졌기 때문에 이번에도 채찍을 들려고 했다. 그러나 채찍을 보자 오랑우탄은 방에서 나가 계단으로 뛰어내려가 공교롭게도 열려진 창문을 통해 밖으로 도망쳐버렸다.

이 프랑스 인은 다급해서 급히 녀석의 뒤를 쫓았다. 오랑우탄은 여전히 면도칼을 손에 쥔 채 도망치다가 때때로 멈춰 서서 자기를 뒤쫓아오는 사람에게 오라고 손짓을 해놓고 잡힐 만하면 다시 도망쳤다. 이런 행위가 자꾸만 되풀이되었다. 시간은 이미 새벽 3시로, 거리는 죽은 듯이 정적에 잠겨 있었다. 모르그 가의 뒷골목에 들어섰을 때, 쫓기던 오랑우탄은 레스파네 부인의 4층 방의 열린 창문에서 흘러나오는 불빛에 주의가 쏠린 모양이었다. 그는 건물로 가까이 가서 피뢰침을 발견하고는 믿을 수 없을 만큼 민첩한 동작으로 기어오르더니, 활짝 열린 덧문을 잡고 거기에 매달렸다. 그런 다음 반동을 이용하여 침대머리의 판자가 있는 곳으로 뛰어들었다. 이런 동작을 하는 데 걸린 시간은 1분도 채 안 되었다. 오랑우탄이 방 안으로 들어가면서 덧문은 반사적으로 다시 열렸다.

한편 선원은 이제 녀석을 잡았다 싶었지만 동시에 난처하게 됐다고도 생각했다. 됐다 싶었던 것은 이번엔 틀림없이 잡을 수 있겠지 하는 생각에서였는데, 그것은 녀석이 지금 막 뛰어든 함정에서 달아날 길은 피뢰침밖에 없었고, 그리고 내려오는 것을 잡으면 되겠다는 계산에서였다.

그런데 이 짐승이 집 안에서 무슨 짓을 저지를지 큰 걱정이었다. 그걸 생각하니 안절부절 못할 지경이어서 선원은 다시 오랑우탄을 쫓았다. 피뢰침을 타고 오르는 것은 선원에게 어렵지 않은 일이었다. 그러나 왼쪽으로 떨어져서 창문이 넘겨다보이는 높이까지 올라갔을 때, 그의 동작은 딱 굳어져버렸다. 몸을 앞으로 숙여 방 안을 얼핏 들여다본 것이 고작이었는데 말이다. 그는 얼핏 보는 것만으로도 공포에 질려 손에 힘이 빠져 아래로 떨어질 뻔했다. 모르그 가 주민의 잠을 깨게 한 그 무서운 비명이 밤의 정적을 찢은 것은 그때였다.

당시 레스파네 부인과 딸은 나이트가운을 입고 앞에서 말한 철제 금고를 방 한가운데 내다놓고 서류를 정리하고 있었던 것 같았다. 금고는 열려 있었고, 속에 들어 있던 물건은 바로 옆의 방바닥에 놓여 있었다. 희생자들은 창문을 등지고 앉아 있었던 모양이었다. 짐승이 침입하고 비명이 울렸을 때까지의 시간의 경과로 판단해서 피해자들이 오랑우탄의 침입을 당장은 눈치 채지 못했던 것 같다.

선원이 들여다보았을 때, 그 거대한 동물은 레스파네 부인의 머리채(방금 빗어내린 뒤라 풀어져 있었다)를 잡고 이발사가 하듯이 면도칼을 그녀의 얼굴 앞에 휘두르고 있었다. 이때 딸은 쓰러져 꼼짝도 않고 있었다. 노부인이 비명을 지르면서 몸부림치자(그동안에 머리털이 잡아 뽑혔다), 오랑우탄은 처음에는 악의가 없었지만 비명소리를 듣고는 진짜 화가 났다. 녀석이 그 힘센 팔을 냅다 한 번 휘두르자 그녀의 목이 몸체에서 거의 떨어져 나가게 되었다.

피를 보자 짐승의 분노는 광기에 사로잡히고 말았다. 이를 갈고 눈에서는 불을 튀기며 딸의 몸뚱이를 덮친 녀석은 숨이 끊어질 때까지 손톱으로 목을 짓눌렀다. 그때 놈의 두리번거리던 광포한 눈이 침대 머리맡 쪽을 향했다. 그러자 거기에는 공포에 질린 주인의 얼굴이 얼핏 보였다. 짐승은 무서운 회초리를 아직 기억하고 있는 듯 순간 분노는 공포로 변했다. 매를 맞을 짓을 했음을 알아챈 오랑우탄은 자신의 끔찍한 행위를 숨기려고 생각했는지 미친 듯이 방 안을 뛰며 설치는 동안 가구를 내동댕이치고 두드려 부수는 것은 물론 침대에 있는 침구들을 잡아 끌어내렸다. 그러고는 딸의 시체를 움켜잡더니 발견되었을 당시의 모습으로 굴뚝 속에 처박아 넣었다. 그런 다음 노부인의 시체를 집어들어 창문에서 거꾸로 내던졌다.

오랑우탄이 난도질해서 죽인 시체를 들고 창문 가까이로 다가왔을 때, 선원은 혼비백산하여 피뢰침에 몸을 붙이고는 내려온다기보다는 미끄러져 떨어졌다. 그리고 한달음에 집으로 도망쳐 왔다. 그는 이 참극의 결과가 두려운 나머지 오랑우탄의 운명 같은 것은 전혀 염두에도 없었다.

일행이 계단에서 들었다는 말이라는 것은 이 짐승의 악귀와 같은 으르렁거림에 섞인 프랑스 인의 공포와 경악의 외침이었던 것이다.

더 이상 이 사건에 덧붙일 것은 없다. 오랑우탄은 방문이 부서지기 직전 피뢰침을 타고 달아난 것이 틀림없었다. 창문을 뛰쳐나갔을 때 창문은 자동적으로 닫혔을 것이다. 이 오랑우탄은 그 뒤에 그의 주인의 손에 붙들려서 자르댕 데 플랑테(파리의 식물원 겸

동물원)에 상당히 비싼 값으로 넘겨졌다. 경찰국장실에서 우리가 일체의 사정을(뒤팽의 주석도 붙여서) 이야기하자 르 봉은 즉시 석방되었다. 담당 관리는 내 친구에게 호의를 품고 있으면서도, 사건이 이렇게 결말지어진 것이 불쾌한 듯 괜한 참견은 하지 않는 게 좋다는 식의 비꼬는 소리를 몇 마디 덧붙였다.

"내버려둬." 뒤팽이 말했다. 그런 소리에 대답할 필요를 느끼지 않았던 것이다. "멋대로 씨부리라지. 그렇게 해서 직성이 풀린다면 말이야. 그 자신의 성에서 그를 쳐부수었으니 이쪽은 만족할 수밖에. 그런데 그 작자가 사건 해결에 실패한 것은 그 작자의 생각만큼 이 사건이 특별한 사건이 아니었기 때문이지. 말이야 바른 말이지, 그 작자는 영리한 게 지나쳐서 중요한 실마리를 놓치고 만 거야. 그의 지혜에는 꽃으로 말할 것 같으면 수술이 없는 거나 마찬가지였지. 여신 라베르나(고대 이탈리아의 도둑을 지키던 여신)의 그림처럼 머리통만 있고 몸통은 없었던 거지. 아니면 고작해야 대구라는 생선처럼 머리와 어깨뿐이었던 거야. 그건 그렇다 치고 그는 좋은 사나이야. 특히 그 작자가 아무것도 아닌 일을 가지고 거드름을 피우며 태연히 지껄일 수 있는 것이 좋다는 거야. 그런 수완으로, 다시 말해 '있는 것을 부정하고 없는 것을 해설하는'(루소의 《신 엘로이즈》의 한 구절) 수완으로써 더없이 재빠르다는 명성을 얻고 있으니 말일세."

타르 박사와 페더 교수의 치료법

18××년 가을, 프랑스의 남단 지방을 여행 중이던 내가 지나던 길에서 몇 마일가량 떨어진 곳에 '메종 드 상테' 즉 사립정신병원이 있었는데, 그곳에 대해서는 파리에서 의사로 활동하는 친구로부터 여러 가지 소문을 들은 적이 있다.

나는 이런 종류의 장소에 한 번도 방문한 적이 없었기 때문에 이런 좋은 기회를 놓칠세라 동행(며칠 전에 우연히 알게 된 신사였다)에게 한 시간만 시간을 내어 병원에 같이 가자고 제안했다. 그러자 이 신사는 곤란하다는 표정을 지으며 갈 수 없는 이유로, 첫째 갈 길이 바쁘다는 것, 둘째 미친 사람을 보면 이상하게 공포를 느낀다고 말했다. 하지만 자신 때문에 나의 호기심을 억제하지는 말라고 했다. 그는 내가 떠난 그날 중으로, 혹은 늦어도 내일 중으로는 뒤따라올 수 있도록 천천히 가겠노라고 했다.

나는 그에게 작별을 고하면서, 병원 안으로 들어가는 것은 어려울지도 모를 것 같다고 걱정을 했다.

그러자 그는 원장인 메이야르 씨를 알고 있거나 소개장과 같이 신분을 증명할 만한 것을 갖고 있지 않으면 견학하기 힘들 거라고 하면서, 개인이 운영하는 정신병원은 공립보다 규칙이 엄격하다고 했다. 그리고 덧붙여 말하기를 자기는 수년 전부터 메이야르 씨와 알고 지내는 사이이므로, 병원 입구까지 함께 가서 소개해줄 수는 있지만 자신은 병원에 들어가고 싶은 마음이 없다고 덧붙였다.

나는 그에게 고맙다고 인사를 한 후 둘이서 함께 걷던 길에서 벗어나 잡초가 무성한 사잇길을 따라 30분쯤 가다가 산기슭을 덮고 있는 밀림 속에서 길을 잃을 뻔했다.

그 축축하고 음울한 숲을 2마일 정도 걸어가자 '메종 드 상테'가 나타났다. 몹시 황폐하고 이색적인 이 건물은 낡을 대로 낡은데다 손질도 하지 않아서 사람이 살 수 없을 것 같았다. 건물의 모습은 내 마음속에 극도의 공포감을 불러일으켰으므로, 나는 발걸음을 멈추고 그대로 돌아가 버릴까 생각했다. 그러나 나는 결국 스스로의 소심함을 부끄럽게 여기면서 앞으로 나아갔다.

입구 가까이 가자 문이 빠끔 열리면서 그 틈으로 한 사나이가 얼굴을 내밀고 있는 것을 알았다. 이 사나이는 밖으로 나오더니 나의 동행자의 이름을 부르면서 정중히 악수를 교환하고는 마차에서 내리라고 권했다. 이 사람이 바로 메이야르 씨였다. 그는 풍채며 용모가 당당하고 예스러운 멋을 간직한 신사로, 묵직한 세련미와 권위가 있어보였다.

나의 동행자는 나를 소개하면서 병원을 견학하고 싶다는 희망을 전했다. 그러자 할 수 있는 한 편의를 제공하겠다는 메이야르 씨의 대답을 듣자 동행자는 나에게 작별을 고했다. 그것을 마지막으로 그와는 다시 만나지 못했다.

그가 떠나자 원장은 깔끔하고 조그마한 객실로 나를 안내했다. 거기에는 많은 서적, 그림, 꽃병, 악기 등 주인의 세련된 취미생활이 드러나는 것들이 놓여 있었고, 난로에는 활활 불길이 타오르고 있었다. 내가 들어서자 피아노 앞에 앉아서 벨리니의 아리아를 부르고 있던 젊고 아름다운 여성은 노래를 멈추고 우아한 목례로 나를 맞아주었다. 그녀의 목소리는 나지막했고 몸짓은 무척 조심스러웠다. 그리고 얼굴에는 슬픔이 감돌고 있었는데, 그것은 지나치게 창백한 안색 때문인 것 같았다. 하지만 불쾌감을 일으킬 정도는 아니었다. 그녀는 검은 상복을 입고 있었는데, 이는 마음에 경의와 관심과 찬탄이 뒤섞인 기분을 불러일으켰다.

내가 파리에서 듣기로는 메이야르 씨의 병원은 흔히 말하는 '진정요법' 이라는 걸 환자들에게 적용한다고 알고 있었다. 진정요법이란 환자의 처벌은 일체 피하고, 감금도 거의 하지 않는다고 했다. 뒤에서 행해지는 감시자는 일반인의 복장을 하고 있으며, 환자가 실내건 구내건 마음대로 돌아다닐 수 있도록 놓아둔다는 것이었다.

나는 젊은 부인 앞에서는 특히 말을 조심해서 했다. 확실히 정상이라고 할 수 없었기 때문이다. 실제로 그녀의 눈빛은 정상임을 의심스럽게 하는 침착성을 잃어버리고 있었다. 그래서 나는 주제를 일반적인 화제, 즉 정신병자에게 불쾌감이나 흥분을 일으키지 않을 만한 화제로 국한했다. 그녀는 내가 말하는 모든 것에 대해 지극히 이성적인 태도로 대답했고, 그녀 자신의 개인적인 의견도 매우 건전해보였다. 그러나 광인의 사고법에 대해 이전부터 알고 있던 나로서는 겉으로 드러나는 정상적인 것들에 대해 반드시 신용할 수 있는 건 아니라는 걸 알았으므로, 대화를 나누면서도 처음의 조심스러움을 잃지 않았다.

잠시 후 제복을 입은 말쑥한 하인이 과일, 포도주 등을 얹은 쟁반을 들고 오자 부인은 방에서 나갔다. 그녀가 나가자 나는 원장에게 호기심이 이는 시선을 던졌다.

그가 말했다.

"아니, 아니, 아닙니다. 우리 가족…… 솔직히 나의 질녀는 아주 교양 있는 여잡니다."

"이런, 엉뚱한 상상을 해서 정말 죄송합니다. 그럴 수밖에 없는 상황이었으니 용서해주시리라 믿습니다. 당신 병원의 훌륭한 관리 방식은 파리에서도 널리 알려져 있기에 무심코 그런……."

"아니, 아니! 더 이상 말씀 안하서도 됩니다. 오히려 저야말로 당신이 훌륭한 배려를 해주신 것에 깊은 감사를 드립니다. 사려 깊은 젊은이는 여간해서 만나기 힘드니까요. 이 병원에서도 견학자의 부주의로 불행한 사고가 일어난 적이 여러 번 있었습니다. 내가 환자들에게 자유롭게 돌아다닐 특권을 허락했을 무렵, 지각 없는 견학자들 때문에 환자들이 흥분해서 위험한 상태에 빠질 뻔한 적이 여러 번 있었습니다. 그래서 부득이 엄격한 제한을 하지 않을 수 없었지요. 주의 깊은 성격이라는 확신이 서지 않는 사람은 원내에 들여놓지 않는 제한 말입니다."

"이전 방법을 다시 실시하고 있다고요?" 나는 나도 모르게 그의 말을 되받아서 물었다. "그러면 저 유명한 진정요법은 이제 중단하고 있단 말입니까?"

"진정요법을 영구히 포기하기로 결정한 지 이미 수주일이나 됩니다."

"그래요? 이거 놀랐는데요."

"아무래도 옛날 식으로 돌아가지 않으면 안 된다는 걸 깨달았지요." 그는 한숨을 지으며 말했다. "진정요법의 위험성은 두려움인데, 그것이 지나치게 부각되었다는 사실입니다. 아니, 다른 데서는 어쨌든 이 병원에서는 진정요법에 대해 충분한 기회를 주었습니다. 이성적인 인간의 입장에서 생각할 수 있는 모든 방법은 다 써보았습니다. 조금만 빨리 오셨더라면 아실 수 있었을 텐데, 유감입니다. 그런데 당신은 진정요법의 상세한 부분까지 모두 알고 계시는 모양이군요."

"아니, 그렇지 않습니다. 그저 소문으로…… 몇 사람한테서 소문으로만 들었을 뿐입니다."

"진정요법이란 환자를 구슬려 기분을 맞춰주는 걸 말합니다. 미치광이의 머릿속에 떠오르는 어떠한 공상에도 반론을 가하지 않습니다. 그뿐 아니라 그 사람의 입장을 강력히 지지해줍니다. 이 병원에서 완치된 환자의 대부분은 그 요법으로 치료했지요. 미친 사람의 섬약해진 이성을 움직이는 데는 귀류법만큼 효과적인 방법도 없습니다. 예를 들면 자신을 병아리라고 생각하고 있는 환자가 있다고 칩시다. 이런 사람의 치료법은 환자의 환상을 사실이라고 강조해 주는 것입니다. 환자가 이것을 사실로 인정하지 않는 어리석음을 비난하고, 1주일간을 병아리에게 맞는 식사량 이외에는 아무것도 주지 않습니다. 이렇게 하면 소량의 곡물과 모래의 힘으로도 놀랄 만한 성과를 올릴 수 있습니다."

"정말 나 몰라라 하고 환자가 원하는 방식을 썼습니까?"

"아니, 그렇지 않습니다. 간단한 오락, 예를 들면 음악, 댄스, 일반적인 체조, 트럼프, 서적 등이 큰 효과를 보았지요. 우리는 모든 환자에게 평범한 병을 치료해 주는 것으로 꾸미고, '광기'라는 말은 일체 금했습니다. 특히 힘썼던 것은 각각의 환자들에게 모든 환자의 행동을 감시하게 했습니다. 미치광이들의 머리, 아니 그들의 무분별함을 신뢰해 보이는 것, 이것이야말로 그들의 심신을 지배하는 가장 핵심적인 것입니다. 이렇게 해서 우리는 간수 없이도 지낼 수 있게 되었습니다."

"그래, 처벌 같은 건 전혀 하지 않았습니까?"

"네, 전혀!"

"감금도 일체 폐지했습니까?"

"극히 드문 경우뿐이었습니다. 간혹 어떤 환자의 증세가 위기에 처하거나 갑자기 광포성을 띠기 시작했을 때, 환자의 불안이 다른 환자에게 전염되는 것을 우려해 독방에 감금한 뒤 연고자에게 인도할 때까지 그대로 두었습니다. 우리는 광포함을 보이는 환자는 이곳에서 취급하지 않습니다. 대개 공립 병원으로 옮겨버리지요."

"그렇다면 그런 방법을 완전히 바꿨다는 말씀입니까?"

"물론입니다. 그 요법에는 문제점이 있고, 위험성까지 따릅니다. 현재는 다행히 프랑스 내의 모든 정신병원에서 그 요법이 완전히 폐지되었습니다."

"놀랐습니다, 말씀을 듣고……. 현재로선 프랑스 내에서 광인에 대한 치료법은 그 방법 외에는 없다고 확신하고 있었으니까요."

"당신은 아직 젊습니다." 원장이 대답했다. "그러나 언젠가는 타인의 소문 따위에 구애받지 않고 세상의 진실이라는 것을 자신이 판단하게 될 것입니다. 타인에게 들은 것은 전혀 신용하지 않고, 자신이 본 것조차 반밖에 믿지 않게 되지요. 그런데 병원에 대해서는 어떤 바보가 당신에게 이상한 정보를 들려주었군요. 그러면 저녁 식사를 마치고 충분히 여독이 풀린 뒤에 병원을 안내해드리면서 저의 새로운 요법을 소개해드리겠습니다. 아무튼 새로 도입한 방법은 이제까지 여러 요법 중에서 가장 우수합니다."

"당신이 고안해낸 요법 말입니까?" 내가 물었다.

"그렇다고 말씀드릴 수 있는 것을 자랑으로 생각하고 있습니다. 모든 걸 내가 고안했다고 할 수는 없습니다만."

나는 이런 식으로 메이야르 씨와 몇 시간에 걸쳐 이야기를 나눈 뒤 병원 안의 뜰과 욕실을 안내받았다.

그가 말했다.

"지금 당장은 환자를 보여드릴 수가 없습니다. 감수성이 예민한 분에게 이런 견학은 어쨌든 충격이 될 테니까요. 식욕을 잃어 저녁식사를 못하게 되면 곤란하니 말입니다. 우선 식사를 합시다. 마누우르 송아지 고기와 입맛 당기는 소스를 친 꽃야채…… 그리고 클로 드 보지오를 마시면 신경이 안정을 되찾을 겁니다."

여섯 시에 만찬을 한다는 소식이 왔다. 원장은 나를 널찍한 식당에 안내했는데, 25명에서 30명 정도의 사람이 모여 있었다. 첫눈에 보아 지위가 높은 사람들로 보였다. 하지만 그들의 복장은 지나치게 화려한 데다 오래된 궁정풍의 거창한 장식이 붙어 있었다. 이들 중 적어도 3분의 2는 여성이었다. 여성들 중에는 당시 파리의 기준으로 볼 때 전혀 좋은 취미라고 볼 수 없는 복장을 한 사람들도 더러 있었다. 아무리 봐주려고 해도 70세 이하로는 보이지 않는 여성이 많았는데, 반지며 팔찌, 귀고리 등 보석을 주렁주렁 달고, 가슴이며 양팔을 훤하게 드러내놓고 있었다. 그들이 입은 드레스는 잘 만들어졌다고 할 수 있는 것은 극히 드물었고, 몸에 꼭 맞는 옷을 입은 사람조차 찾기 힘들었다. 주위를 둘러보자 조금 전에 메이야르 씨가 작은 객실에서 소개해준 그 흥미로운 소녀의 모습이 보였다.

한데 놀랍게도 그녀는 페티코트를 입고, 하이힐에 고급 브뤼셀 레이스가 달린 지저분한 모자를 쓰고 있었는데, 모자가 너무 커서 얼굴이 우스꽝스러울 정도로 작아보였다. 처음 보았을 때의 상복 차림이 훨씬 어울리는 것 같았다. 그런데 자세히 보니 식당에 모여 있는 모든 사람들의 복장에는 어딘지 묘한 데가 있었다. '진정 요법'이란 말이 몇 번이나 내 머리에 떠올랐고, 어쩌면 메이야르 씨가 식사하는 동안 정신병자와 동석하는 불쾌감을 느끼지 않도록 식사가 끝날 때까지 거짓말을 하고 있는 게 아닌가 의심이 들 정도였다. 그러나 남부의 지방주의자들이란 시대에 뒤떨어진 생각으로 머리가 꽉 차 있는 유별난 사람들이라는 이야기를 파리에서 들었던 사실을 생각해냈다.

식당은 쾌적하고 널찍했지만 우아한 구석이라고는 한 군데도 찾아볼 수가 없었다. 바닥에는 양탄자조차 깔려 있지 않았다. 하기야 프랑스에서는 양탄자가 깔리지 않은 경우도 종종 있었다. 게

다가 창에는 커튼도 쳐져 있지 않았다. 덧문은 닫혀 있었고, 미국의 평범한 상점에서 볼 수 있는 것처럼 철봉을 대각선으로 대어 튼튼하게 고정시켜져 있었다. 이 방은 그것만으로 관 전체의 날개를 이루고 있는 부분으로 평행사변형의 삼면에 창문이 있고 나머지 한쪽에는 문이 달려 있었다. 창문의 숫자는 전부 합쳐서 10개나 되었다.

식탁에는 진수성찬이 차려져 있었다. 모든 접시에는 요리가 산더미처럼 쌓여 있었는데, 그 풍요로움은 거의 야만스럽다고 할 정도였다. 아나킴 족(고대 팔레스타인의 거인족)의 배라도 가득 채울 수 있을 정도의 요리였다. 이처럼 터무니없이 인심 좋은 낭비벽은 그때까지 단 한 번도 본 적이 없었다. 그러나 테이블 세트 감각은 영 아니었다. 부드러운 조명에 익숙해 있던 나의 눈은 식탁을 비롯하여 온 집안을 밝히는 무수한 촛불의 광채에 심한 불쾌감마저 느꼈다. 몇 사람의 시중꾼이 쉴 새 없이 돌아다녔다. 방 끝의 커다란 식탁에는 바이올린과 피리와 트롬본과 북을 가진 패들이 일고여덟 명가량 앉아 있었다. 이 패들은 식사 중 온갖 소음을 다 내면서 나를 괴롭혔다. 그것도 음악이라고, 다른 패거리들은 제법 즐기고 있었는데 나는 전혀 그렇지 못했다.

전체적으로 모든 것이 정상적이라고 할 수가 없었다. 하긴 세상에는 각양각색의 사고 방법, 각양각색의 습관을 가진 인간들이 널려 있다. 이미 상당한 여행 경험을 쌓은 나는 어떤 일에도 감정을 숨길 수 있게 되었다. 그래서 한동안 원장의 오른쪽에 자리를 잡고 앉아 차려진 음식을 마음껏 먹어치웠다.

그동안 어느 식탁에서나 활발하게 대화가 진행되었다. 일반적으로 그렇듯이 많이 지껄이는 쪽은 부인들이었다. 잠시 후 느끼게 된 것인데, 자리를 같이한 사람들 거의 대부분이 교육 정도가 높았고, 원장 자신도 유머러스한 일화를 끊임없이 끄집어냈다. 특히 그는 정신병원 원장의 지위에 대해 이야기하는 걸 매우 즐기는 것 같았다. 게다가 놀랍게도 참석자 모두의 구미를 당기는 화제는 광기였다. 환자의 변덕에 관한 우스꽝스러운 주제의 대화가 한동안 계속되었다.

"이전에 여기 있던 환자로," 내 오른쪽의 몸집이 작고 똥똥한 신사가 말했다. "자신이 찻주전자라고 생각한 자가 있었지요. 그런데 찻주전자라는 별난 생각이 그 광인의 뇌리에 박힌다는 것은 이상한 증상 아닐까요? 프랑스에 있는 어느 정신병원에 가보아도 인간 찻주전자가 없는 곳은 거의 없습니다. 이 병원의 신사는 이탈리아 찻주전자로, 매일 아침 잊지 않고 사슴 가죽과 호분으로 몸을 문지르곤 했지요."

맞은편의 키가 큰 신사가 말했다.

"비교적 최근의 일이지만, 자신이 노새라고 착각한 환자가 있었습니다. 비유적인 의미로는 정말 그렇다고 해도 될 정도입니다. 몹시 까다로운 환자로, 비위를 맞추기가 힘들었습니다. 그는 오직 엉겅퀴밖에는 먹으려 들지 않았습니다. 하기야 이쪽에서 엉겅 퀴만 계속 먹였더니 얼마 안 가서 그 생각을 버렸습니다만. 그리 고 그 친구는 계속 발뒤꿈치를 내질러서…… 이런 식으로…… 그 렇지, 이런…….”

"드 콕 씨! 좀 점잖게 행동했으면 좋겠어요." 이야기하는 사람 곁에 있던 노부인이 말참견을 했다. "다른 사람에게 발길질은 하 지 마세요. 일일이 그렇게 실례를 들어 보일 필요가 있나요? 그렇 게까지 하지 않아도 사람들은 충분히 알아요. 정말이지 당신은 지 금 말씀하신 불쌍한 망상 환자 못지않게 별나군요. 몸짓도 그 사 람이라고 해도 손색이 없을 정도고요."

"너그러이 용서하십시오, 마드무아젤!" 드 콕 씨가 대답했다. "너그러이 용서하십시오. 절대로 나쁜 뜻으로 그런 것은 아닙니 다, 마드무아젤 라플라스! 부디 모두 잊어주시고 이 드 콕과 함께 건배해주시지 않겠습니까?"

이렇게 말하면서 드 콕은 허리를 깊이 숙여 절을 하고는 호들갑 스럽게 라플라스와 건배를 했다.

"실례합니다만," 이번에는 메이야르 씨가 나에게 말을 건넸다. "이 성 마누우르 송아지 고기 한 번 드셔볼래요? 정말이지 특별한 맛입니다."

그 순간 건장한 급사 세 명이 온힘을 다해 거대한 나무 접시를 식탁에 내려놓았는데, 이 접시에 얹혀 있는 것은 아무리 봐도 저

'무섭고 전율할 정도의 거대한 눈이 뽑힌 괴물'(베르길리우스의 『아이네이스』 제3권에 나오는 문구로, 오디세우스에게 수호된 거인족의 한 사람인 폴류베이무스를 가리킴) 같이 보였다. 자세히 보니 그것은 송아지의 통구이로, 영국식 산토끼 요리를 모방해 입에는 사과를 물리고, 무릎을 꿇게 한 모습을 하고 있었다.

내가 대답했다.

"아니, 좋습니다. 솔직히 말해 저는 이 송아지의 상…… 뭐라고 하지요? 뭐 이런 식 요리는 그다지 좋아하지 않습니다. 아무래도 제 식성에 맞지 않아서. 하지만 모처럼이니 접시를 바꿔서 토끼 요리를 먹어보도록 하지요."

식탁에는 여러 가지 요리가 놓여 있었는데, 겉보기에는 평범한 프랑스식 토끼 요리 같았다. 요리는 아주 맛이 좋아 주변 사람에게 권하고 싶을 정도였다.

원장이 말했다.

"피에르, 이분의 접시를 바꿔서 레빗 오 샤(고양이풍의 토끼 요리)를 드리게."

"뭐라고요?"

"래빗 오 샤 말입니다."

"아…… 아니, 죄송합니다만 사양하겠습니다. 햄을 좀 먹고 싶습니다."

'지방 사람들이란 뭘 먹고 사는지 정말 알 수가 없군.' 나는 마음속으로 생각했다. '래빗 오 샤 같은 건, 아니 캣 오 래빗(토끼풍의 고양이 요리)이라도 나로선 거절이야.' 하고.

그때 식탁의 아래쪽에 앉아 있던, 범인처럼 얼굴이 창백한 사나이가 일단 끊겼던 대화를 다시 끄집어냈다.

"그 왜 아주 이색적인 환자 한 명이 그전에 있지 않았습니까? 자기를 코르도바 치즈라면서 나이프를 들고 돌아다니며 동료들에게 장딴지 쪽으로 한 조각 먹어보지 않겠느냐고 권했잖아요."

"그 친구는 정말 바보 녀석이었지요." 누군가가 말참견을 했다. "하지만 여러분이 잘 알고 있는 인물과는 비교대상이 아닙니다. 하긴 예외가 한 사람 있습니다만. 자기를 샴페인 병이라고 생각하고는 이런 식으로 펑, 슛, 슛 하고 다니는 사나이 말입니다."

이 말을 끄집어낸 자는 무례하게도 오른쪽 엄지손가락을 왼쪽 손가락 안쪽에 꽉 집어넣고는 그걸 잡아뺄 때는 코르크가 빠지는 소리를 내면서 혓바닥과 이를 교묘하게 움직여 뿜어져 나오는 샴페인의 슛, 슛 하는 소리를 지속적으로 냈다. 이런 행동이 메이야르 씨에게는 탐탁지 않은 것이 분명했다. 그러나 그는 묵묵히 있었다. 이번에는 커다란 가발을 쓴 작고 말라빠진 사나이가 지껄이기 시작했다.

"그런데 이런 바보도 있었지요. 그자는 자기를 개구리라고 생각하고 있었는데, 전혀 안 닮았다고는 할 수는 없었지요. 보여드리고 싶었어요."

여기서 그 말을 한 자가 나에게 말을 건넸다. "진짜 볼만했지요. 그 사나이가 흉내내는 개구리의 꼴이라니! 선생, 그 사나이가 가령 개구리가 아니라고 한다면 그건 정말 유감천만이라고 할 수밖에 없습니다. 그 친구의 울음소리란 이런 식으로 꽥꽥! 변 B장조의 정말 천하일품이었죠. 그 친구가 포도주를 몇 잔 마신 뒤 테이블에 팔을 짚고 이런 꼴로 입을 부풀리고, 눈을 껌벅거리면서, 보세요, 이런 식으로 놀랄 정도의 빠른 속도로 껌벅거리면 당신이라도 그 사나이의 천재적인 흉내 모습을 보고는 망연자실하지 않을 수 없을 겁니다."

"그렇겠군요." 내가 말했다.

"거기다," 누군가가 말했다. "프티 가야르라는 자기가 코담배라고 생각한다니까요. 자기 손가락으로 자기를 잡을 수 없다고 몹시 안타까워할 정도였으니까요."

"거기다 쥘 데술리에르로 말할 것 같으면 천재성이 넘치는 기인으로, 스스로를 호박이라는 생각에 사로잡혀 있지요. 그래서 자신을 재료로 파이를 만들라고 요리사에게 덤벼들기도 했답니다. 요리사는 화가 나서 상대도 하지 않았습니다만. 나로서는 데술리에르 스타일의 호박 파이 같은 건 먹을 만하다고 생각합니다."

"이건 놀랐는데요!" 나는 질문을 하듯 메이야르 씨 쪽을 바라보았다.

"하! 하! 하!" 원장이 말했다. "히! 히! 히! 호! 호! 호! 후!

후! 후! 정말 훌륭하지요. 놀라서는 안 됩니다, 당신…… 이 사람은 재치가 넘치는 익살꾼입니다. 말 그대로 곧이들어서는 안 됩니다."

한 사람이 말을 꺼냈다.

"게다가 부퐁 르 그랑이란 사람이 있었는데, 이 사람 역시 대단한 괴짜였지요. 사랑 때문에 미쳐버린 그는 머리가 두 개라고 생각하고 있었지요. 한쪽 머리는 키케로라는 것입니다. 다른 한쪽은 말하자면 합성물이라고 하면서 이마 꼭대기에서 입까지는 데모스테네스, 입에서 턱까지는 블룸 경(스코틀랜드의 법률가. 1778~1868)이라는 겁니다. 이 사나이의 주장이 터무니없다는 게 뻔한 사실인데도 그의 얘기를 듣고 있으면 왠지 정말 같다는 생각이 듭니다. 아무튼 대단한 웅변가였으니까요. 그는 웅변술에 절대적인 정열을 바치고 있어서, 웅변을 하지 않고는 못 배기는 것입니다. 예를 들면 만찬의 식탁 위에 뛰어 올라가서…… 이런 식으로…… 이렇게 하고……."

이때 이야기하는 사람의 옆쪽에 앉은 사나이가 그의 어깨에 손을 얹고 귓전에다 대고 무어라고 속삭였다. 그러자 그는 자못 슬픈 듯 이야기를 그치고 털썩 의자에 주저앉아 버렸다.

"게다가," 이번에는 그에게 속삭였던 사나이가 말하기 시작했다. "팽이 브라르란 자가 있었지요. 팽이라고 불리는 까닭은 그 친구 스스로가 팽이로 변했다는 생각에 사로잡혀 있기 때문입니다. 이것이 우스꽝스럽기는 하지만 전혀 불합리하다고는 할 수 없는 환상입니다. 그 친구가 빙빙 돌고 있는 것을 보신다면 틀림없이 폭소를 터뜨릴 것입니다. 한쪽 발뒤꿈치만으로 몇 시간이나 빙글빙글 돌곤 했으니까요. 이런 식으로······."

이번에는 조금 전 뭔가를 귓속말로 듣고는 잠시 가만히 있던 사나이가 그를 위해 같은 역할을 해주었다.

"하지만," 노부인이 있는 힘을 다해 소리쳤다. "브라르 씨는 미치광이잖아요. 덜떨어진 미치광이잖아요. 분명히 물어보겠는데 인간 팽이라는 게 도대체 있을 수나 있는 일이에요? 어처구니없어요. 주아이유스 부인 쪽은 그나마 논리적인 데라도 있지요. 그 사람에게도 환상은 있지만 어느 정도 상식적이어서 주변 사람들을 모두 기쁘게 해주었어요. 그분은 자신에 대해 많은 생각을 한 끝에 자신이 암탉으로 변해버렸다고 결론을 짓게 되었지요. 그러고는 빈틈없이 암탉으로서 행동하고 있지요. 날갯짓도 멋지게······ 이렇게······ 이렇게····· 이런 식으로····· 게다가 그 사람의 울음소리라니! 정말 기가 막히지요. *꼬끼오!* ······*꼬끼오!* ······*꼬끼오, 꼬꼬꼬!*"

"주아이유스 씨, 삼가시오!" 원장이 화를 내면서 상대방의 말을 가로막았다. "숙녀답게 얌전하게 굴지 않으면 당장 나가달라고 하겠어요······. 어느 쪽이든 결정하시오."

그 부인은(주아이유스 부인이라고 불리는 것을 듣고 나는 깜짝 놀랐다. 전혀 남의 일처럼 설명했던 바로 직후였기 때문이다) 눈썹 근처까지 얼굴을 확 붉히고는 꾸중을 들은 것을 굉장히 겸연쩍어 했다. 그러고는 머리를 푹 숙이고 한마디도 대답을 하지 않았다. 그러자 한 젊은 여성이 뒤를 이어 떠들어대기 시작했다. 조그만 객실에서 만난 그 아름다운 소녀였다.

"어머, 주아이유스 씨는 바보였어요." 그녀가 외쳤다. "유제니 사르사페트의 의견은 지극히 건전하고 타당한 것이었지요. 게다가 굉장히 내성적이고 아름다웠지요. 그녀는 의상이란 걸 천하다고 생각해 옷으로 몸을 감싸는 대신에 벗어버림으로써 몸치장을 하려고 했어요. 그것은 아주 간단한 일이었지요. 보세요, 이런 식으로 해서……. 그리고 이렇게 하기만 하면…… 그리고 이렇게…… 이렇게…… 이렇게 해서……."

"어머나! 사르사페트 씨!"

이때 10여 명의 사람들이 일제히 외치기 시작했다.

"무슨 짓을 하시는 거예요……. 그만두세요. 이젠 됐어요. 잘 알고 있어요. 그런 방법은…… 그만둬요, 그만둬!"

몇 사람이 자리에서 뛰쳐나와 '의사 집안의 비너스'가 되려는 사르사페트 양을 말리려 했으나, 그 순간 찢어지는 듯한 목소리가 건물의 본관 쪽에서 울려왔기 때문에 이 일은 당장 수습되었다.

이 부르짖음은 나의 신경을 몹시 거슬리게 했다. 그러나 함께 있는 다른 패들은 보기에도 딱할 정도의 얼굴을 하고 있었다. 적어도 제정신인 사람이 이처럼 심하게 겁을 집어먹는 것을 본 적이 없었다. 그들은 죄인처럼 몸을 움츠린 채 주저앉아 공포에 떨고 있었다. 그러고는 뭔가를 중얼거리면서 외침 소리에 귀를 기울였다. 외침 소리가 조용해지자 좌중은 금세 기운을 되찾았고, 또다시 원기왕성하게 담론을 하기 시작했다. 나는 용기를 내어 소동의 원인을 물었다.

메이야르 씨가 말했다.

"별것 아닙니다. 이런 일에는 익숙해져서 별 신경을 쓰지 않습니다. 정신병자들은 때때로 약속이나 한 듯이 한꺼번에 고함을 지르지요. 누군가가 소리를 지르기 시작하면 마치 밤중에 개가 떼거리로 짖어대는 것처럼 연이어 소리를 지릅니다. 그들은 소리를 지르는 것과 동시에 광란을 부리기도 합니다. 이럴 때는 위험이 발생할 수도 있으므로 조심스럽지요."

"대체 환자는 몇 명이나 됩니까?"

"현재로서는 모두 열 명도 되지 않습니다."

"주로 부인들이군요?"

"아니, 모조리 남성들인데 대부분 건장하지요."

"그래요! 나는 아직 정신병자들은 대부분 연약한 부인들이라 생각하고 있었습니다만."

"보통 그렇기는 하지만 반드시 그렇다고만은 할 수가 없지요. 얼마 전에는 전체 환자 27명 중 18명이 여성이었지요. 그러나 최근에는 사정이 완전히 달라졌어요."

"그렇지요. 많이 달라졌습니다." 모두들 합창을 하듯 말했다.

"조용히 해요, 모두들!" 원장이 격렬하게 화를 내며 말했다. 그러자 거의 1분간 침묵이 흘렀다. 그러자 한 부인이 원장의 명령에 따라 유난히 긴 혀를 내민 채 식사가 끝날 때까지 두 손으로 누르고 있었다. ('조용히 하라'는 hold your tongues, 이것을 글자 그대로 실행하고 있는 것이다)

"저 부인은," 나는 메이야르 씨 쪽으로 몸을 굽히고 작은 소리로 물었다. "조금 전에 이야기하면서 *꼬끼요 꼬꼬*를 해보이던 부인은…… 남에게 폐…… 다시 말해 위험하지는 않겠지요?"

"위험하지 않겠냐고요?" 그는 놀라서 외쳤다. "대체 무슨 말씀을 하시는 겁니까?"

나는 머리카락을 만지면서 말했다.

"아주 조금 이상한 것뿐입니까? 말하자면 저분은 크게 위험한 증상이 아니라는 말씀이죠?"

"아니! 뭘 생각하시는 겁니까? 주아이유스 부인은 나의 옛 친구로, 아주 정상입니다. 하기야 약간의 기벽은 있습니다만…… 하지만 그 점에서는 모든 노부인…… 특히 고령인 분은 어느 분에게나 다소 기이한 데가 있지요."

"아, 네! 그렇고말고요." 내가 말했다. "그리고 다른 분들은……."

"나의 친구이자 간수분들입니다." 메이야르 씨는 거만하게 가슴을 펴고 나를 가로막았다. "좋은 친구이자 나의 조수들이지요."

놀라서 내가 물었다.

"뭐라고요? 전부 말입니까? 부인들도 모두?"

그러자 그가 말했다.

"물론입니다. 여성 없이는 아무것도 안 됩니다. 여성이야말로 가장 우수한, 광인을 위한 간호사입니다. 여성에게는 독특한 힘이 있으니까요. 여성의 빛나는 눈은 놀라운 효력을 발휘합니다. 보세요, 뱀 같은 마력이 있지요?"

내가 말했다.

"그렇군요. 약간 행동이 이상한 데가 있군요. 어딘지 색다른 데가 있어요."

"다르다고요? 색다르다고요? 대체 무얼 생각하고 계시는 겁니까? 이 남부 지방에서는 얌전한 체하지 않습니다. 하고 싶은 대로 하지요…… 인생을 향락한다고나 할까요?"

내가 말했다.

"네, 그렇다고 할 수 있지요."

"그런데 클로 드 부조를 마셨더니 취기가 오르는군. 보세요, 좀 독한 건지 모르겠군요."

"아, 네!" 내가 말했다. "그렇군요. 그런데 선생님, '그 유명한 진정요법 대신 도입한 것은 지극히 엄격한 요법이다, 이렇게 생각해도 됩니까?"

"아니요. 우리가 행하고 있는 감금은 엄중한 것이지만, 그 요법, 그러니까 감금 요법은 환자들이 좋아하는 편이에요."

"그런데 이 새로운 요법은 당신이 고안한 건가요?"

"반드시 그렇다고는 할 수 없습니다. 그 일부는 당신도 틀림없이 들었을 저 타르 박사의 연구 결과입니다. 그리고 시행하면서 첨가된 것은 저 유명한 페더 씨의 의견입니다. 페더 씨에 대해선 당신도 잘 알고 계시리라고 생각합니다만……."

내가 말했다.

"부끄럽습니다만 그 두 사람에 대한 건 전혀 금시초문입니다."

"뭐라고요?" 원장은 갑자기 의자를 뒤로 빼고는 두 손을 쳐들면서 외쳤다. "잘못 들었나? 설마 그럴 리가…… 저 유명한 타르 박사도, 저 유명한 페더 교수의 이름도 모르다니!"

내가 대답했다.

"솔직히 저의 무지를 인정하지 않을 수 없군요. 진실이야말로 절대 변하지 않는 것이니까요. 그렇긴 하지만 이런 위대한 학자들의 연구 성과를 모르고 있었다니, 쥐구멍에라도 들어가고 싶은 심정입니다. 당장 두 사람의 저서를 찾아서 숙독하겠습니다. 메이야르 씨, 실은 말씀을 듣고 나니 부끄러워서 어쩔 줄을 모르겠습니다."

사실 그대로였다.

"이제 그만하십시오." 그는 나의 손을 가볍게 누르면서 상냥하게 말했다. "함께 소테른(소테른 지방산 백포도주)이나 마십시다."

우리는 포도주를 마셨다. 다른 패들도 우리를 따라 쉴 새 없이 마셔댔다. 그들은 지껄이고 장난을 치고 큰 소리로 웃어대는 등 갖은 바보짓을 다해댔다. 바이올린이 울어대고, 북이 퉁탕거리고, 트롬본은 팔라리스의 놋쇠 황소(팔라리스는 시칠리아의 성주. 놋쇠로 황소를 만들어서 그 속에 사람을 넣고 태워 죽였다는 잔학성으로 유명함)처럼 울부짖었다. 그곳은 사람들의 술기운으로 점점 기고만장해져서 결국은 수라장으로 변해버리고 말았다. 그동안 메이야르 씨와 나는 백포도주와 부조를 몇 병이나 비우면서 한껏 소리를 질러가며 대화를 나누었다. 보통 말투로 말을 하게 되면 마치 나이아가라 폭포의 물속에 숨어 있는 물고기 소리 같이 들릴 상황이었으므로, 상대방에게 들릴 가망이 전혀 없었기 때문이다.

"그런데 선생님," 나는 그의 귓전에다 대고 고함을 질렀다. "저녁식사 전에 진정요법에 수반되는 위험성을 말씀하셨는데, 그것은 어느 정도입니까?"

"그 점에 대해서는 조금 전에도 말씀드린 바와 같이 정신병자라고 해서 전부 바보는 아니니까요. 정신병자들이란 어떤 변덕을 부리는지 예측할 수가 없으니까요. 나 자신의 의견과 타르 박사 및 페더 교수의 의견까지 합쳐 환자에게 간수도 딸려 보내지 않고, 방임상태로 내버려둔다는 것은 불안정하기 짝이 없는 행동이지요.

환자들은 일시적으로 '진정'을 보이기는 하지만 언제 어느 때 소동을 일으킬지 모릅니다. 정신병자들의 교활함은 천하가 다 알고 있는 사실이니까요. 광인이 어떤 계획을 세웠을 때, 놀랄 만한 지혜를 써서 그것을 아무도 보지 못하게 하는 겁니다. 광인이 정상을 가장할 때의 기묘함은 형이상학자에게는 인간 정신의 연구에 있어서 가장 특이한 난제의 하나라고 할 수 있지요. 광인이 완벽하게 정상인처럼 보일 때야말로 정말이지 그에게 주의를 집중해야 할 때라고 할 수 있지요."

"그런데 선생님이 말씀하시는 위험에 대해서 말인데요, 선생님의 경험상 이 병원을 관리하는 동안 환자에게 자유를 허락하는 것이 위험하다고 생각되실 만한 사건이 실제 일어났습니까?"

"이 병원…… 나의 경험이라고요? ……네, 뭐 그렇군요. 아직 그다지 오래된 이야기는 아니지만 바로 이 병원에서 기묘한 사건이 일어났습니다. 그 당시 소위 '진정요법'이 실시되고 있어서 환자들은 방임 상태에 있었습니다. 그들은 정말이지 얌전했지요, 눈에 띄게 얌전했지요. 적어도 분별이 있는 사람이라면 정신병자가 유별나게 얌전하게 행동할 때는 뭔가 불길한 계획을 꾸미고 있다는 것을 눈치 챘을 것입니다. 아니나 다를까요? 어느 날 아침, 간수들은 손발이 묶인 채 지하실에 던져져서 미치광이들의 감시를 받는 처지가 되었습니다. 환자들이 간수의 역할을 탈취한 것이지요."

"뭐라고요? 설마! 그런 터무니없는 이야기는 평생 처음 듣는군요."

"사실입니다. 이 모두가 한 미치광이 사나이…… 그 환자 때문에 일어났습니다. 어떤 생각인지는 모르지만 전대미문의 관리방법을 발명했다고 하더군요. 다시 말해 미치광이에 대한 관리방법으로, 그 친구는 자신의 계획을 실천할 생각을 한 거지요. 녀석은 그것을 실험해 보려고 다른 환자들을 설득해서 지배세력을 전복시킬 음모에 가담하게 한 겁니다."

"그래서 성공했습니까?"

"물론이지요. 감시하는 자와 감시당하는 자가 단번에 자리바꿈을 한 거지요. 아니, 이런 표현이 정확하다고 할 수는 없지. 왜냐하면 미치광이들은 늘 자유로웠지만 간수들은 지하실에 갇혀서 가엾게도 지독한 취급을 받고 있었으니까요."

"하지만 곧바로 반혁명이 수행됐겠지요? 그런 상태가 설마 오래 계속될 수는 없었겠지요? 근처에는 시골 사람들도 살고 있고, 병원에 견학을 오는 사람들도 찾아오니까 당연히 위급함을 알렸겠지요?"

"그건 잘못 생각하신 거예요. 반도의 수령은 그런 일로 꼬리를 잡힐 위인이 아닙니다. 그는 방문객의 방문을 일체 거절했습니다. 단 하나의 예외는 어느 날 찾아온 청년이었는데, 정말 우둔해 보이는 사나이여서 걱정할 필요가 없었지요. 그는 이 사나이를 들어오게 해서 견학을 시켰어요. 말하자면 변화를 가져 잠깐 즐기기 위해서였지요. 감쪽같이 속인 뒤 밖으로 내쫓아버린 셈이지요."

"그렇다면 대체 얼마 동안이나 미치광이의 지배가 계속되었습니까?"

"상당히 긴 기간이었습니다. 한 달 정도…… 아니, 기간은 확실히 모르겠군요. 그동안 광인들은 제 세상을 만나서…… 아니, 이것은 틀림없습니다. 자신들의 초라한 옷을 벗어 던지고 옷장에 들어 있는 새 옷이며 보석들을 보란 듯이 사용했지요. 이 건물의 저장고에는 포도주가 상당량 비축되어 있었습니다. 그런데 환자들이 무지무지하게 마셔댔지요. 요컨대 즐겁게 지냈다 이 말입니다."

"그래, 그 요법…… 반도의 지도자가 실행한 것은 어떤 요법이었나요?"

"아니, 그 점에 관해서는…… 앞서도 말씀드린 대로 광인이라고 바보는 아니니까요. 솔직히 말해 그 요법 쪽이 이전의 요법보다는 훨씬 낫다고 나는 생각하고 있습니다. 아니, 실제로 훌륭한 요법으로…… 단순하고도 적절하며…… 전혀 문제가 없는 …… 정말 안전한 요법이었지요…… 즐겁기까지 한……."

그 순간 원장의 말이 예의 외치는 소리로 중단되고 말았다. 조금 전에 우리를 혼란시킨 것과 같은 종류의 고함 소리였다. 그러나 이번에는 가까이 몰려오면서 지르는 고함 소리였다.

내가 외쳤다.

"어이구, 큰일났군! 미치광이들이 뛰쳐나왔어!"

"아무래도 그런 것 같아요." 이렇게 대답하는 원장의 얼굴도 완전히 파랗게 질려 있었다. 그가 이렇게 말하자마자 '와!' 하는 함성과 함께 욕설을 퍼붓는 소리가 창 가까이로 다가왔다. 바깥에 있던 패들이 방 안으로 밀고 들어오려는 것이 분명했다. 그들은 큰 망치 같은 연장으로 문을 두드려대고, 덧문을 무서운 힘으로 흔들며 비틀어 열려고 했다.

다음 순간 무시무시하게 혼란스런 광경이 벌어졌다. 메이야르 씨가 갑자기 찬장 밑으로 숨으려고 해서 나는 아연했다. 좀 더 단호한 태도를 취할 것으로 생각했기 때문이다. 오케스트라 패들은 약 15분가량 거나하게 취해서 일 같은 것은 나 몰라라 하는 듯싶었는데, 이제는 일제히 일어나서 악기를 쳐들고 식탁 위로 올라가서 〈양키의 노래〉를 켜댔다. 곡조가 엉터리이긴 했지만 적어도 초인적인 정력으로 소동이 끝날 때까지 연주를 계속했다.

그동안 중앙 식탁의 술병과 컵 사이에 뛰어오른 자는 조금 전에 뛰어오르려다가 끝내 만류를 당한 인물이었다. 식탁 위에 자리를 잡자마자 그는 연설을 하기 시작했다. 전혀 알아들을 수는 없었지만 훌륭한 연설임에 틀림없었다. 그와 동시에 팽이광의 사나이가 두 손을 신체와 직각으로 벌리고 무서운 정력으로 방 안을 빙글빙글 돌기 시작했다. 그리고 얼마 후에는 진짜 팽이 그 자체가 되어 부딪치는 것들을 모조리 쓰러뜨려버렸다.

그런가 하면 한쪽에서는 샴페인을 터뜨리는 펑, 슛 하는 소리가 들려와서 살펴보니, 식사 중에 예의 절묘한 병 따기 연기를 보여주던 인물이었다. 한편 개구리 씨는 한 번 울 때마다 자신의 영혼이 구제라도 된다는 듯 꽥꽥거리며 울고 있었다. 게다가 이 모든 것의 한가운데에서 노새의 울음소리가 한층 더 높이 울려 퍼졌다. 이때 주아이유스 부인의 경우 거의 눈물겨울 정도여서, 보는 이가 곤혹스럽기까지 했다. 그녀는 구석에 있는 난로 곁에 서서 목청껏 '꼬끼오!' 소리를 외치고 있었다.

드디어 클라이맥스, 아니 연극의 무서운 종말이 도래하고 있었다. 그들은 울고불고, 아우성이치고, 꼬끼오 등의 소리를 외쳐대기만 했지, 바깥의 침입에는 무방비 상태였기 때문에 눈 깜짝할 사이에 열 개의 창이 깨어지고 말았다. 창이 깨어지자마자 적의 침입이 시작되었다. 이들의 침입을 지켜보고 있던 순간의 경탄스러움과 공포스런 감정은 평생 잊을 수 없을 것이다. 창을 뛰어넘어 발을 동동 구르고, 할퀴고, 소리를 지르고, 서로 엉겨 붙어 있는 혼란의 와중에 돌진해 들어온 자들은 침팬지나 오랑우탄, 그리고 희망봉에 살고 있는 검은 원숭이라고밖엔 달리 생각할 수 없는 한 떼의 무리들이었다.

나 역시 호되게 얻어맞고는 소파 밑으로 기어 들어가서 가만히 있었다. 소파 밑에 15분 정도 엎드린 채 방 안의 상황에 귀를 기울이고 있는 동안 이 비극의 전말을 알 수 있게 되었다. 메이야르 씨가 말한, 환자를 선동해서 반란을 일으켰다는 사나이란 바로 그 자신이었다.

이 인물은 2, 3년 전부터 이곳 원장으로 일하고 있었으나 그 자신이 발광을 일으키는 바람에 환자가 되어버렸는데, 나를 그에게 소개시켜준 신사는 그 사실을 몰랐던 것이다.

10여 명의 간수들은 갑자기 습격을 받아 온몸에 타르가 칠해져서는 꼼꼼하게 깃털이 붙여진 다음 지하실에 갇히고 말았다. 그들은 온전히 한 달 이상을 감금되어 있었고, 그 사이에 메이야르 씨는 선심 좋게 타르와 깃털을 주웠을 뿐 아니라(이것이 소위 그의 '요법'이라는 것이었다) 빵과 물도 충분하게 공급했다. 물은 매일 펌프로 보내주었다. 그러다가 드디어 한 사람이 하수구를 통해 탈출한 다음 나머지 사람들을 해방시켰다.

한편 병원에서는 중대한 변화를 꾀하기는 했지만 다시 '진정요법'을 도입해서 지금에 이르고 있다. 그러나 나로서는 메이야르 씨의 '요법'이 그 자체가 훌륭하다는 의견에 동의하지 않을 수 없다. 메이야르 씨가 적절하게 표현했듯이 그의 말처럼 '단순하고 적절하며 어떤 문제도 일어나지 않았던 것'이다.

덧붙여 말해두고 싶은 것은 타르 박사와 페더 교수의 저서를 읽으려고 유럽 내의 도서관을 샅샅이 뒤졌지만, 오늘에 이르기까지 나의 노력은 완전히 실패했다는 사실이다.

도난당한 편지

지혜롭고 싶다면 지나친 예민함에서 벗어나라.

— 세네카

18××년, 파리의 스산한 바람이 부는 가을 저녁이었다. 나는
생 제르맹 교외의 뒤노 가 33번지에 있는 친구 C 오귀스트 뒤팽과
함께 그의 집 3층에 있는 서재라고 해야 할지 서고라고 해야 할지
애매모호한 구석방에 앉아 있었다.

그곳에서 우리는 명상과 해포석(海泡石) 파이프의 연기에 잦아
드는 이중의 환락에 빠져 있었다. 거의 한 시간을 그렇게 앉아 깊
은 침묵에 잠겨 있었다. 누군가가 우리를 보았다면 방 안을 자욱
하게 메운 연기의 소용돌이에 탐닉해 있다고 했을 것이다.

그런데 실은 해질 무렵인 조금 전에 이야기했던 어떤 문제에 대해 깊은 생각에 잠겨 있던 참이었다. 문제라는 것은 모르그 가 사건과 마리 로제 살해에 얽힌 수수께끼이다. 방문이 열리면서 우리 두 사람 모두의 오랜 지기인 파리 시 경찰국장 G××씨가 들어섰을 때도 단순한 우연이라고는 생각되지 않았다.

우리는 그를 진심으로 환영했다. 이 사나이는 끔찍할 정도로 경멸스러운 면이 있는 반면 꽤 재미있는 구석도 있었다. 우리는 그때까지 쭉 어둠속에 앉아 있었으므로, 뒤팽이 램프에 불을 붙이려고 일어서려 하자 G××씨가 말했다. 그는 아주 까다롭고 골치 아픈 공무 때문에 나와 친구 뒤팽의 의견을 들으려고 온 것이라고 했다. 그런데 뒤팽은 다시 자리에 주저앉아 버렸다.

"사색이 필요한 일이라면," 뒤팽은 램프에 불을 붙이려다가 단념하고 말했다. "어둠 속에서 검토해보는 게 더 나을 것 같은데."

"묘한 괴벽이로군요." 경찰국장이 말했다. 그는 자신이 이해할 수 없는 일에 대해서는 무엇이나 '묘한데!' 라는 한 마디로 얼버무리는 버릇이 있었다. 그러기에 그는 항상 '묘한 일' 의 바다에 푹 빠져 살고 있는 실정이었다.

"그렇다고 해두지요." 라고 하면서 뒤팽은 이 귀한 손님에게 담배를 권하며 안락의자를 밀어주었다.

"그런데 그 까다로운 일이란 뭐죠?" 내가 물었다.

"설마 살인은 아니겠죠?"

"아니, 그런 것은 아니오. 그런 종류의 사건은 아니오. 사실 사건은 '지극히' 단순해서 우리끼리 충분히 해결할 수 있는 성격이긴 하지만 그게 아주 '묘한' 데가 있어서, 뒤팽 씨가 호기심을 가질 것 같아서 말입니다."

"단순한데 묘하다?" 뒤팽이 말했다.

"그렇습니다. 그러나 딱 그렇다고 할 수만은 없어요. 사실은 일이 너무 단순해서 그게 초점을 흐려놓는단 말이오. 실체가 전혀 잡히지 않는단 말입니다."

"그게 너무 단순해서 문제라는 겁니까?" 친구가 물었다.

"농담 마시오." 국장은 자못 우습다는 듯이 껄껄댔다.

"그럼 수수께끼가 '지나치게' 단순하단 뜻이군요." 뒤팽이 말했다.

"아니, 뭐라고요? 그런 말도 있나요?"

"그럼 그게 '지나치게' 명백하군요."

"하하하! 하하하 허허!"

손님은 재미있다는 듯 크게 웃어댔다.

"아니 뒤팽 씨, 사람을 웃겨 죽일 셈입니까? 제발 그만 하시오."

"그런데 그 문제란 게 뭡니까?" 내가 물었다.

"이제 말씀 드리지요." 국장은 의자를 몸에 묻으면서 담배 연기를 길게 내뿜고는 대답했다. "요컨대 그전에 말해둘 것은 사건이 극비에 속하는 만큼 이걸 누설한 사실이 드러나게 되면 내 목이 달아난다는 사실이오."

"계속하세요." 내가 말했다.

"아니면 그만 하시든가." 뒤팽이 말했다.

"그럼 말하죠. 어떤 지체 높은 분이 나에게 비밀리에 알려왔는데, 궁중에서 아주 중요한 서류를 도난당했답니다. 그분은 훔친 인물이 누군지 알고 있답니다. 그건 확실하지요. 왜냐하면 훔치는 장면을 목격했으니까요. 게다가 그 서류가 아직 그의 수중에 있다는 것도 확실히 알고 있어요."

"어떻게 그걸 알지요?" 뒤팽이 물었다.

"그야 추측으로 알 수 있지요." 국장이 대답했다. "그 서류가 지닌 성격상 서류를 훔친 당사자로부터 다른 사람의 손에 넘어가면 당장 나타나게 될, 아니 그것을 훔친 자가 최종적으로 실행에 옮길 의도임에 틀림없는 결과가 아직 나타나지 않았기 때문이지요."

"좀 더 구체적으로 말씀해주세요."

"이왕 이렇게 된 것 큰마음 먹고 말해버리기로 하지요. 그 서류는 그것을 지닌 자에게 특별한 권력을 부여하는 힘이 있는데, 그 권력이라는 것이 상상 이상이라는 것입니다." 국장은 외교 용어를 쓰기 좋아했다.

"아직 무슨 말인지 잘 모르겠군요." 뒤팽이 말했다.

"잘 모르시겠다고요? 간단하게 말하자면 이렇습니다. 그 서류가 제삼자에게 폭로될 경우, 이름은 밝히지 않겠습니다만 한 유명

인사의 명예에 치명적인 상처를 입히게 됩니다. 결과적으로 서류를 쥐고 있는 인물이 이 유명 인사에 대해 권력을 행사할 상황이 올 수 있지요. 따라서 그분은 지금 명예와 안전에 큰 위협을 받고 있는 상황입니다."

"그렇지만 그런 권력을 행사하기 위해서는……." 내가 중간에 끼어들었다. "도둑맞은 사람이 훔친 자가 누구라는 것을 알고 있다는 사실을 도둑도 알고 있어야만 되겠군요. 도대체 누가 그런 짓을 고의로……."

"훔친 자는," G××가 말했다. "D××장관입니다. 그는 인간다운 짓이거나 인간답지 않은 짓이거나 서슴없이 해내는 짐승이지요. 그가 서류를 훔친 수법은 대담무쌍한데다가 아주 교묘하지요. 문제의 서류는 단 한 통의 편진데, 그 부인은 궁중의 '내실'에서 혼자 있는 동안 편지를 받았답니다. 부인이 그 편지를 읽고 있을 때 불쑥 누군가가 들어왔어요. 부인은 그 불청객에게 편지를 보여주고 싶지 않았기 때문에 당황해서 서랍에 넣으려고 했으나, 그것이 뜻대로 되지 않아 어쩔 수 없이 책상 위에 편지를 펼친 채 놓아두었답니다. 그러나 다행히 수취인의 이름이 위에 있어서 정체는 드러나지 않았지요. 그런데 거기에 D×× 장관이 등장했지요. 불청객은 살쾡이 같은 눈으로 금세 편지의 실체를 알아챘지요. 수취인의 이름을 쓴 필적을 감정하는 동안 그 부인의 당황해하는 모습을 보고는 비밀을 알아버린 거지요. 늘 하는 식으로 그

불청객은 용건을 간단히 끝내고, 문제의 편지와 비슷한 편지 한 통을 꺼내 펼쳐 보는 척하다가 그것을 처음에 있던 편지 바로 옆에 놓았지요. 그러고는 15분 정도 공무에 관한 이야기를 했답니다. 이윽고 물러날 시간이 되자 그는 문제의 편지를 집어 들었지요. 편지의 주인은 그것을 보았으면서도 바로 옆에 제3자가 서 있는 바람에 이 불청객의 소행을 나무랄 수도 없는 형편이었어요. 결국 장관은 물러가고 아무짝에도 소용없는 편지 한 통이 책상에 남게 되었지요."

뒤팽이 말했다.

"자, 이것으로 아까 자네가 물었던 그 위력을 발휘하는 데 필요한 조건이 갖추어졌다는 것은 확실해. 즉 편지를 도난당한 사람이 범인을 알고 있다는 사실을 범인도 알고 있다는 거지."

"그렇죠." 국장이 맞장구를 쳤다. "거기다가 그렇게 편지를 손아귀에 넣은 그는 요 몇 달 동안 정치적 목적으로 그걸 이용하고 있다는 겁니다. 도난당한 사람은 시간이 갈수록 그 편지를 되찾아야 할 필요성을 절감하고 있습니다. 그래서 생각다 못해 이 사건을 나에게 의뢰하게 된 겁니다."

"사건을 의뢰하기에," 뒤팽은 문자 그대로 연기의 소용돌이 속에서 말했다. "당신만큼 적임자인 탐정은 더 이상 바랄 수도 없었겠지요."

국장이 말했다. "추어올리지 마시오. 사실이 그런지 모르지만."

그러자 내가 말했다. "당신의 의견을 듣고 보니 편지는 아직 장관의 손 안에 있군요. 중요한 것은 그 편지를 소유하고 있는 것이지 그것을 이용하는 데 있는 것이 아니니까. 그것을 이용한다면 편지 내용을 알고 있다는 효력은 사라져버리겠지요."

"그렇지요. 그런 확신을 갖고 일을 진행했어요. 그래서 장관 저택을 철저히 수사하려고 마음먹었어요. 특히 장관에게 눈치 채이지 않도록 수사를 해야 했는데, 그게 가장 고민거리였지요. 이쪽의 의도를 의심 받을 만한 구실이라도 준다면 큰 위험에 빠질 것이 분명하니까요."

내가 말했다. "그렇지만 그런 수사라면 당신들이 감수해야 할 문제 아니겠습니까? 파리 경찰도 그런 일엔 익숙할 텐데요."

"그야 그렇지요. 그런 걸 가지고 기가 죽지는 않지요. 게다가 그 장관이란 자의 습관이 우리 쪽의 일을 유리하게 만들어주었어요. 그 사나이는 밤새도록 집을 비우는 일이 다반사인데다가 하인들도 몇 안 되었지요. 그들의 숙소는 주인 방에서 멀리 떨어져 있는데다가 나폴리 사람들이라 술을 먹여 곯아떨어지게 하기엔 누워서 떡먹기였지요. 아시다시피 나는 파리 시내에 있는 방이란 방, 문이란 문은 모조리 열 수 있는 열쇠를 가지고 있습니다. 이 3개월 동안 하룻밤도 빠지지 않고, 거의 밤을 새다시피 해서 제가 직접 D×× 장관 저택을 수색했지요. 나 자신의 명예가 걸린 사건이기도 해서요. 이건 비밀인데, 사실 이 사건은 막대한 보수가 걸려 있기도 합니다. 그래서 단념하기가 아까워 수사를 계속했는데, 결국은 그 사나이가 나보다 한수 위라는 걸 알았어요. 서류를 숨길 만한 곳은 그 저택의 구석구석까지 모조리 다 찾아보았으니 말입니다."

내가 말했다.

"이런 가능성은 없을까요? 편지가 장관의 수중에 있는 것은 확실하지만 그자가 그것을 자기 집 밖에 감췄을 가능성 말입니다."

뒤팽이 말했다.

"그럴 가능성은 전혀 없어. 왜냐하면 궁중은 감시가 철저한데다 이 사건은 D××가 가담한 게 분명해. 그들은 틀림없이 서류를 당장 이용할 수 있도록 조치해놓았을 거야. 다시 말해 물증을 확보하는 것이 무엇보다도 중요하다는 사실이네."

"물증을 확보해야 한다니?" 내가 말했다.

"그건 찢어버려야 하니까." 뒤팽이 말했다.

"정말 그렇군." 내가 말했다. "그렇다면 서류는 틀림없이 저택 안에 있겠군. 장관이 그걸 몸에 지니고 있다는 것은 배제해야 할 상황 같군."

국장이 말했다.

"배제해야 할 상황이지요. 노상강도로 가장하여 두 번이나 그자를 습격하여 내 눈앞에서 철저히 몸수색을 했지 뭡니까?"

"그런 수고까지는 할 필요가 없지 않았을까?" 뒤팽이 말했다.

"내가 보기에 D××는 절대 바보는 아닌 것 같군요. 그렇다면 그는 당연히 우리 쪽에서 잠복했다가 습격할 것이라는 것쯤은 예견하고 있었을 것 아닙니까?"

G가 말했다.

"그 사나이가 바보는 아니지만 시인이랍니다. 그런데 이 시인이란 인간들은 대부분 바보와 종이 한 장 차이란 말씀이지요."

"과연 그래." 뒤팽은 공감해 마지않는다는 듯 해포석 파이프에서 천천히 연기를 뿜으며 말했다. "사실 나 역시 어설픈 시인 기질이 있으니까."

"수색했던 결과를 좀 더 상세히 설명해주시죠." 내가 말했다.

"그래요, 실제로 우리는 넉넉한 시간을 들여 빈틈없이 수사를 했습니다. 이런 일에는 충분한 경험을 갖고 있으니까요. 1주일씩 걸려서 건물 전체의 방이란 방은 모조리 조사했습니다. 모든 방의 가구를 조사하면서, 서랍이란 서랍은 샅샅이 열어봤지요. 아시다시피 완벽하게 훈련된 경찰관에게 걸리면 '비밀' 서랍이란 있을 수가 없으니까요. 이런 유의 수사에서 비밀 서랍을 찾지 못한다면 경찰관으로서 낙제라고 할 수 있지요. 문제는 아주 간단해요. 어떤 서랍장이든 간에 측정할 수 있는 일정한 용적과 공간이란 게 있지요. 게다가 이쪽은 정밀한 자가 있어서 50분의 1도 오차가 없지요. 서랍장 다음은 의자입니다. 내가 하는 일을 보신 적이 있겠지만 긴 바늘로 쿠션을 찔러봅니다. 테이블은 위판을 뜯지요."

"왜 그런 일까지 하는 거죠?"

"테이블이라든가 그런 종류의 가구 위판을 뜯고 물건을 감추는 자들이 종종 있거든요. 때로는 가구의 다리에 구멍을 뚫고 그 속에 물건을 넣고 위판을 원래대로 덮어놓기도 하지요. 침대 다리 위나 아래를 이용하는 수도 있답니다."

"두들겨보면 구멍이 있는지 없는지 알 수 있지 않을까요?" 내가 물었다.

"천만에! 그자들은 물건을 넣고 둘레에 솜을 잔뜩 채워 넣지요. 게다가 우리는 소리를 내는 건 금물이니까."

"지금 당신이 말씀하신 방식으로 물건을 감출 만한 가구를 모조리 뜯어볼 수야 없겠죠. 편지란 것은 노끈처럼 돌돌 말 수도 있을 테니 말예요. 그렇게 하면 굵은 뜨개바늘이나 별 차이가 없을 정도가 되죠. 그런 크기면 의자의 가로대 같은 데 끼워 넣을 수가 있지요. 설마 의자를 전부 뜯어보지는 않았을 테죠?"

"물론이지요. 하지만 보다 영리한 방법을 썼죠. 집 안에 있는 모든 의자의 가로대, 모든 가구의 이음새 부분을 전부 강력한 확대경으로 조사를 했지요. 최근 손을 댔다면 당장 알 수 있었겠죠. 이를테면 톱밥 한 톨이 사과만큼이나 크게 보이게 될 테니까요. 아교로 붙인 자국이 조그만 틈이라도 났다든가 이음새의 금이 조금이라도 이상이 있었다면 당장 뜯어봤을 겁니다."

"물론 거울에도 주의를 했겠죠? 유리와 판자 사이 같은 곳이나 커튼이나 카펫은 물론이고 침대나 침구까지 뒤졌겠지요?"

"물론이오. 이런 식으로 철저하게 모든 가구를 점검한 뒤 건물 자체의 조사에 착수했지요. 집 전체의 면적을 분할해서 꼼꼼하게 구획마다 번호를 매기고 옆에 있는 두 채의 건물까지 합쳐서 저택의 전 면적을 1평방 인치씩 아까처럼 확대경으로 조사를 했지요."

"옆의 두 채까지라고요?" 나는 나도 모르게 감탄사를 내질렀다. "정말이지 엄청난 수고를 했겠군요."

"그렇지요. 그렇게 한 건 엄청난 보수 때문이었지요."

"주변의 땅도 안 빠뜨렸겠죠?"

"땅이라고는 하지만 모두 벽돌을 깔아서 그 문제는 오히려 쉬웠어요. 벽돌 틈의 이끼까지 조사해봤지만 만진 흔적은 없었어요."

"D××의 서류며 서재의 책도 조사했겠지요?"

"물론이죠. 서류 뭉치와 꾸러미도 전부 풀어봤어요. 모든 책을 일일이 펼쳐보았을 뿐 아니라 한 페이지 한 페이지 넘겨봤어요. 경찰관들이 흔히 하듯이 책을 그냥 흔들어보는 정도로는 직성이 안 풀렸지요. 책 표지까지도 정확한 자로 부피를 재고 확대경으로 핥듯이 조사를 했지요. 최근 장정을 건드린 흔적이 있었으면 그걸 절대 놓치지 않았을 겁니다. 제본소에서 도착한 지 얼마 안 된 대여섯 권의 책은 바늘로 찔러서 면밀히 조사를 했지요."

"카펫 아래의 마룻바닥도 조사를 했겠지요?"

"물론이죠. 카펫을 전부 들추고 마룻바닥을 확대경으로 조사했지요."

"벽지는?"

"했어요."

"지하실은?"

"했지요."

내가 말했다.

"그렇다면 당신이 착각을 했을지도 모르겠군요. 그 편지는 당신의 생각과는 달리 저택 안에 없는 게 아닐까요?"

국장이 말했다.

"유감스럽지만 그 점에서는 당신이 옳은지도 모르겠군요. 그런데 뒤팽 씨, 당신이라면 어떻게 했겠소?"

"다시 한 번 저택을 철저히 수색하라고 하겠소."

"그건 아무 소용없는 일이오." G××가 대답했다. "편지가 거기에 없다는 것은 내가 지금 숨을 쉬고 있는 것만큼이나 명백한 사실입니다."

"더 이상의 충고는 드릴 게 없습니다. 그런데 편지의 특징은 알고 있습니까?" 뒤팽이 물었다.

"그야 알고 있죠." 그 말과 함께 국장은 수첩을 꺼내어 분실된 편지의 속모양과 겉모양에 대해 상세히 적어놓은 것을 큰 소리로 읽었다. 그러고 나서 돌아가 버렸다. 이 선량한 신사가 그처럼 풀이 죽은 모습을 본 것은 난생 처음이었다.

그로부터 한 달쯤 지나 그는 다시 우리 앞에 나타났는데, 그때도 우리는 여느 때처럼 연기 속에 잠겨 있었다. 그는 파이프를 들고 의자에 앉아서 이런저런 세상사를 이야기했다. 이윽고 내가 입을 뗐다.

"그런데 G××씨, 그 도둑맞은 편지는 어떻게 됐지요? 설마 그 장관에겐 당해낼 재간이 없어서 손을 든 건 아니겠죠?"

"참으로 분하기 짝이 없지만 그게 그렇게 됐어요. 뒤팽 씨의 얼굴도 있고 해서 다시 한 번 수사를 해봤지만 결국은 완전히 헛수고였습니다."

"보수가 얼마라고 했던가요?" 뒤팽이 말했다.

"그게 굉장한 액수라고요. 그야말로 한몫 잡는 거죠. 딱 얼마라고 말하고 싶지는 않지만, 이것만은 밝혀두지요. 그 편지를 전해주는 이에겐 내 개인 수표로 5만 프랑을 기꺼이 내겠다고 말입니다. 실은 그 편지는 시간이 갈수록 중요해져서 최근엔 보수가 두 배가 됐어요. 그러나 세 배가 된들 나로선 찾아낼 도리가 없으니 어쩝니까?"

"아, 그래요?" 뒤팽은 해로석 파이프로 연기를 푹푹 뿜어내며 말했다.

"G××씨, 내 생각으론 당신의 노력 부족이라는 생각이 들어요. 당신이 이번 사건에서 최선을 다했다고는 할 수 없어요. 어떻습니까! 조금 다르게 접근하는 방법은 없을까요?"

"다르게 접근하라니? 어떤 식으로 말입니까?"

"그렇군요, 뻑, 뻑—(담배를 피우면서)—당신은 말입니다, 뻑, 뻑! 이 사건으로 다른 사람의 지혜를 빌릴 수도 있었는데 말입니다. 뻑, 뻑, 뻑! 애버니시(18세기 영국의 유명한 외과 의사)의 이야기는 알고 있습니까?"

"몰라요. 애버니시가 뭐 어떻다는 거요?"

"물론 상관없다면 없다고도 할 수 있죠. 한데 옛날에 애버니시한테서 공짜 처방을 받으려고 한 노랑이 부자가 있었다는 이야기가 전해지지요. 심보가 고얀 그 노랑이는 그와 둘만 있게 된 자리에서 이런저런 세상 이야기에 갖다 붙이는 척하고 자기의 병을 마치 남의 병 말하듯 의사에게 말했지요. '가령 말입니다'라고 이 노랑이가 말했지요. '그 사람의 증상이 이러저러하다면 선생님은 어떻게 하라고 말씀하시겠습니까?'라고 했지요. '어떻게 하다니?' 애버니시는 물었지요. '그야 물론 의사의 지시대로 해야지'라고 말이오."

"하지만," 국장이 머쓱해져서 말했다. "나는 기꺼이 지시를 받을 것이고, 사례도 할 겁니다. 이 사건을 해결해 주는 사람에게는 반드시 5만 프랑'을 지불하겠소."

"그렇다면," 하고 뒤팽이 서랍을 열고 수표장을 꺼냈다. "이 수표에 지금 말씀하신 금액을 써주시지요. 서명이 끝나면 그 편지를 드리겠소."

나는 어안이 벙벙했다. 이때 국장은 마치 벼락을 맞은 듯한 꼴을 하고 있었다. 잠시 동안 그는 꼼짝도 않고 입을 멍청히 벌린 채 당장 눈알이 튀어나올 듯이 의심스러운 얼굴로 친구를 바라보고 있었다. 이윽고 정신을 차린 그는 펜을 들고 잠시 머뭇거리며 천장을 쳐다보다가 5만 프랑이란 숫자를 적고 나서 서명을 한 뒤 그것을 테이블 너머의 뒤팽에게 내밀었다. 뒤팽은 그것을 찬찬히 살피더니 지갑 속에 넣은 다음 서랍을 열고 편지를 꺼내어 국장에게 주었다. 그는 환희에 차서 어쩔 줄 몰라 하면서 그것을 받아들고 떨리는 손으로 편지를 펴 들었다. 그러고는 내용을 재빨리 훑어보더니 문 쪽을 향해 비틀비틀 발을 떼어놓았다. 그는 뒤팽에게 수표를 요구받고는 한마디 응답은커녕 인사조차 없이 문으로 나가 부리나케 사라져버렸다.

그가 가버리자 뒤팽은 여유 있게 설명하기 시작했다.

"파리 경찰은 나름으로는 상당히 유능하지. 끈기가 있고 머리도 꽤 잘 돌아가지. 게다가 똘똘한데다 임무 수행에 필요한 지식에도 정통해 있지. 그래서 G×× 국장한테서 D×× 장관 저택의 수색 방법을 들었을 때는 그가 만족할 만한 수색을 했음이 틀림없다고 확신했네. 적어도 그의 수색이 미치는 한도 내에서는 말일세."

"그의 수색이 미치는 한도 내에서라니?"

뒤팽이 말했다.

"그렇지. 그가 택한 방법은 그 나름으로는 최상의 것이었고, 그것은 완벽하게 수행됐네. 만약 편지가 그들의 수색 범위 내에 있었다면 틀림없이 그들이 그것을 찾았을 거네."

나는 웃고 있을 수밖에 없었으나 그는 아주 진지하게 이야기를 하고 있었다.

"그러고 보면 방법 면에서는," 뒤팽이 계속 말했다. "그런대로 좋았고 실행력도 있었지. 단지 결함은 그 방법이 이번 인물에는 거의 먹혀들지 않았다는 점이네. 아주 교묘한 일련의 방법도 국장에게 있어서는 프로쿠루스테스의 침대(그리스 신화에 나오는 강도로, 집에 손님을 끌어들여 두 개의 침대 중 하나를 택하게 하여 짧은 침대를 택해서 다리가 침대보다 길면 다리를 자르고, 긴 침대를 택해서 몸의 길이가 모자라면 몸을 잡아 늘여 죽였다고 함)와 같아서, 억지로 그것을 자기 스타일에 맞추려고 했던 것이 문제지. 그는 언제나 당면한 사건에 너무 깊이 매몰되어 중요한 것을 지나쳐버리거나 너무 가볍게 보아 놓치곤 하는 걸세. 초등학생이라도 그보다 훨씬 나은 추리가 가능한데 말일세. 내가 아는 여덟 살 먹은 아이의 경우가 바로 그런 예지. 그 아이는 '홀짝놀이'를 굉장히 잘해서 신동 취급을 받았네. 이 놀이는 간단한 것으로, 공깃돌을 손에 쥐고 있는 당사자가 상대방한테 홀수냐 짝수냐 묻는 것이지. 그것을 맞히면 상대에게서 한 개 받고, 못 맞히면 한 개 줘야 됐네. 그런데 지금 내가 말한 문제의 아이가 학교 안에 있는 공깃돌을 몽땅 따버렸네. 물론 이

136

아이는 추리의 원리를 알고 있는데, 그건 별게 아니지. 상대방의 머리가 어느 정도인지 관찰해서 추측하는 것뿐이네. 예를 들면 소문난 바보가 공기를 손에 잡고 '홀수? 짝수?' 하고 물으면 그 애는 '짝수' 하고 져주는 거지. 그런데 두 번째는 이기지. 이렇게 자문자답하거든. '이 바보는 처음엔 홀수라고 했지만 저 돌대가리의 꾀로는 두 번째는 짝수를 내놓을 게 뻔하지. 그러니 당연히 짝수라고 해야지.' 그래서 짝수라고 해서 따네. 그런데 바보라도 조금 머리가 있는 바보를 상대로 했을 때는 이렇게 생각한다네. '이 녀석은 내가 처음에 짝수라고 했기 때문에 두 번째는 아까의 멍텅구리가 하듯 홀수에서 짝수로 바꾸려 하겠지만, 이 녀석도 단순하기 때문에 생각을 고쳐 결국 처음과 같이 홀수를 내게 마련이지. 그러니까 홀수라고 해야지.' 그래서 홀수라고 말하고 따네. 그것이 이 아이의 추리법인데 아이들은 그 아이를 '도사'라는 이유로 놀이에서 제쳐놓았네. 말하자면 이건 뭘 의미할까?"

내가 말했다.

"그것은 추리하는 자가 자기의 생각을 상대방의 생각에 맞추는 거지."

"맞았어, 바로 그거네." 뒤팽이 말했다. "그 소년한테 상대방의 생각을 완전히 꿰뚫어 성공하는 비결에 대해 물어보았더니 이렇게 대답하더군. '상대가 얼마만큼 영리한지, 얼마나 멍텅구린지, 얼마나 좋은 앤지, 얼마나 나쁜 앤지, 혹은 그 순간 상대가 무슨 생각을 하고 있는지에 대해 알고 싶을 때는 먼저 상대방의 얼굴 표정과 똑같은 표정을 짓고는 잠시 기다리지요. 그렇게 하면 얼굴 표정과 거의 비슷한 생각이나 기분이 마음속에 떠올라 거기에 주의를 기울이면 되지요.' 이 소년의 대답은 상당히 심원하지. 여기에 비하면 라로슈푸코(17세기 프랑스의 윤리학자)나 라블레(문예부흥기의 대표적 풍자 작가. 『가르강튀아』 등으로 유명), 마키아벨리, 캄파넬라(16세기 이탈리아의 철학자. 『태양의 나라』라는 이상국가론을 썼음) 같은 사람들이 흔히 지녔던 심원함은 아주 피상적인 걸세."

내가 말했다.

"내가 정확하게 이해했다면 추리하는 쪽이 자신의 지능을 상대방의 생각과 일치시키느냐 못 시키느냐는 상대방의 지능을 정확하게 추리할 수 있느냐 없느냐에 달려 있겠군."

뒤팽이 대답했다.

"틀림없이 그 점에 달려 있네. 그런데 국장과 그 부하들이 늘 실패하는 이유는 첫째 자신과 상대방의 지능을 일치시킬 수 없기 때문이며, 둘째는 상대방의 지능을 측정하는 데 실패하기 때문이지. 아니, 전혀 측정이 불가능하기 때문이지. 그들은 지능이 좋다는 것을 자기 식으로밖엔 생각하지 못하지. 그렇기 때문에 감춘 물건을 찾아내려고 할 때, 자신이라면 어떤 식으로 감출 것인가라는 생각밖에 못하지. 그들이 옳은 것은 이 점이지. 즉 '일반 대중'의 생각을 충실히 대표한다는 것이지. 그런데 제법 한가락 한다는 악당이고 보면 그 교활함이 그들과는 질적으로 달라 그들이 당하게 마련이지. 상대방의 영리함이 그들보다 한 단계 높을 경우 그런 일은 노상 일어나게 되고, 한 단계 낮을 때도 마찬가지네. 그들은 수색의 원칙을 바꾼다는 것을 모르네. 긴급 사태가 발생했다든가 막대한 보수가 걸렸다든가 그런 자극이 생기면 원칙에 손을 대기보다는 기껏해야 여태까지 실시해오던 방법을 확대·강화하는 것이 고작이지. 이를테면 이번 D××사건의 경우에도 행동 원칙을 바꿔보려는 의도가 조금이라도 있었다고 생각하나? 구멍을 파고, 바늘로 찌르고, 두들겨보고, 확대경을 대보고, 건물의 전 면적을 평방인치로 나누어 번호를 매기는 등의 행위는 수사상의 원칙 또는 여러 원칙을 강화한 것이거나 응용한 것에 지나지 않지. 이런 모든 수사상의 원칙은 인간의 지능에 대한 하나의 선입관에 바탕을 두고 있는데, 국장은 오랜 세월 이런 낡은 방법에 의지하는 바람에 매너리즘에 빠져 버리고 말았네. 사람들이 편지를 감추려 할 때는 예외없이 모두가 의자 다리에 구멍을 뚫고 거기에 감추고 싶어 하는 심리적인 경향이 있다고 그는 생각했지. 결국 그는 사람들의 눈에 띄지 않는 구멍이나 틈바구니에 물건을 감추었다고 단정하게 됐지. 게다가 이렇게 까다로운 구석에 물건을 숨기는 것은 평범한 지능을 가진 인간이라면 누구나 하는 행동이지. 사람들은 물건을 감추려고 할 때 이 정도의 까다로운 방법은 기본적으로 사용하려고 노력하고 있고, 사실 누구나 그렇게 한다고 예상하지.

이렇게 되면 그것을 찾을 수 있느냐 없느냐는 사람의 지능이 어느 정도인가와는 전혀 별개의 문제로, 단지 세심함과 끈기, 용의주도함을 필요로 하지. 그런데 사건이 중대하다고 해서 그러한 요건이 전혀 달라지지는 않았지. 이제 알겠지만 내가 말하고 싶은 것은 만약 그 도난당한 편지가 국장의 수색 범위 안에 감추어져 있었더라면 틀림없이 발각되었을 거네. 결국 이 국장은 이번에 여지없이 당했지. 국장이 실패한 또 하나의 원인은 장관이 시인으로서도 이름이 알려져 있어 그 자체만으로 바보라고 결정해버린 거야. 국장은 시인은 무조건 바보라는 생각을 갖고 있지. 그는 모든 시인은 바보라는 추론을 내리는 바람에 매사 부주연이라는 오류를 범하고 말았네."

"그런데 그 작자가 정말 시인인가?" 내가 물었다. "그가 형제가 있다는 것은 알고 있었지. 그리고 두 형제가 모두 상당한 지식인이란 것도 알고 있네. 그 장관은 미분학에 대한 저서를 집필하기까지 했네. 그러니 수학자지 시인은 아니잖은가?"

"아닐세, 그건 자네가 잘못 알았네. 나는 그를 잘 알고 있는데, 그는 양쪽 다야. 시인인 동시에 수학자지. 그야말로 추리에 능하지. 단지 수학자이기만 했다면 그렇게 완벽하게 추리를 할 수는 없었을 것이고, 결국은 국장의 덫에 걸려들고 말았을 걸세."

내가 말했다.

"정말 놀랄 만한 의견이군. 한데 그런 생각은 세상의 일반 상식과는 어긋나지 않은가? 수세기 동안 문제없이 통용되어온 관념을 함부로 부정하려는 건 아니겠지? 수학적 추리야말로 최고라는 것이 지금까지 인정되어오지 않았나?"

"'세상의 모든 통념과 관습이 어리석다는 것은 명백하다. 왜냐하면 그것은 대중의 기호에 영합하고 있기 때문이다.'"라고 뒤팽은 샹포르(18세기 프랑스의 윤리학자)를 인용하며 말했다. "문제는 수학자들이 자네가 말한 그런 오류를 세상에 퍼뜨리는 데 많은 공헌을 해왔으나 그것을 진리로 인식시킨 점은 용서할 수가 없네. 예를 들면 보다 훌륭한 목적을 위해 사용했더라면 좋았을 듯한 기교를 부려서까지 그들은 '분석'이라는 용어를 대수학에 적용하려 했네. 느닷없이 이런 사기를 치기 시작한 사람은 프랑스인이지. 언어라는 것에도 관록이라는 게 있다면 말일세, 다시 말해 언어의 가치가 어떤 것에는 어울리고 어떤 것에는 어울리지 않는다면, '분석'이란 단어는 '대수'와는 전혀 어울리지 않네. 그것은 라틴어의 분주함은 야심을, 맺음은 종교를, 그리고 유명인이 고결한 사람을 의미하지 않는 것과 같은 이치라네."

"그러고 보니 자네는 지금 파리의 대수학자와 논쟁 중에 있군. 좌우간 들어보세."

"추상 논리의 형식에 의해 길러진 게 아니고는 그 추리법의 유효성, 즉 가치를 믿을 수가 없다는 것이 나의 입장이네. 내가 특히 의혹스러운 것은 수학적 연구에서 나온 추리법이네. 수학은 형과 양에 대한 과학이므로 수학적 추리법이란 형과 양의 관찰에만 적용되는 논리일 뿐이네. 문제는 소위 순수 대수학의 진리가 추상적 · 보편적 진리라고 생각하는 데 오류가 생기는데, 이 오류 역시 터무니없는 오류에 감싸여 널리 수용된다고 생각하면 화가 나네. 수학적 공리란 것은 보편적 진리의 성격을 띠고 있지는 않지. 관계, 다시 말해 형과 양에서는 분명한 진리가 윤리학에 대입시키면 터무니없는 거짓이 되어버리는 일이 비일비재하다네. 윤리학에 있어서는 오히려 부분의 합이 전체와 같지 않다는 것이 일반적이네. 화학에서도 이 공리가 통용되지 않고 인간의 행동 동기에도 이것은 통용되지 않지. 왜냐하면 특정한 가치를 지니고 있는 두 개의 동기가 결합하면 하나의 가치가 되지만, 그것이 개개일 때의 가치의 합과 같은 가치가 된다고 할 수는 없으니 말일세. 수학적 진리라고 할 수 있는 것은 그 밖에도 얼마든지 있으나 그것은 관계의 범위 안에서의 진리라고 할 수 있지. 그런데 수학자란 작자들은 이 '유한적 진리'를 가지고 마치 수학적 진리가 절대적 · 보편적 진리인 것처럼 말하고 있으며, 세상 사람들도 그것을 정도라고 생각하고 있네. 브라이언트(18세기 영국의 고고학자)는 해박한 지식을 담은 『신화학』 속에서 '우리는 이교도의 신화를 믿지 않으면서도 무의식중에 그것을 현실이라고 생각하고, 그것을 적용하여 현실을 유추하는 일이 흔히 있다'라고 하면서 같은 종류의 오류를 지적하고 있네. 대수학자란 바로 이교도로, 우리는 '이교도의 신화'를 그대로 믿고 있다네. 무의식중에 그렇게 되는 게 아니라 어떻게 방법을 취할 수도 없이 머리가 혼탁해져 있기 때문에 그런 유추를 해내는 걸세. 요컨대 등근 이외의 부분에서 신뢰할 수 있는 수학자를 본 적도 없고, X^2+PX가 무조건적으로 q와 같다는 것을 금과옥조로 알고 있지 않은 수학자를 본 적이 없네. 백문이 불여일견이라니! X^2+PX는 반드시 q가 되지 않을 수도 있다고 생각한다고 말해보게. 상대방에게 자네의 의문점을 이해시킨 다음 될 수 있는 대로 빨리 도망치게. 안 그러면 상대는 틀림없이 자네를 때려눕히려 들 테니까."

그의 말을 듣고 내가 히죽히죽 웃자 뒤팽이 계속 말했다.

"내가 말하고 싶은 것은 그 장관이 단지 수학자이기만 했다면 국장은 나에게 이런 수표를 주지 않았어도 됐을 걸세. 그런데 나는 그가 수학자이며 시인이란 것을 알고 있었기 때문에 모든 것을 참작해가면서 나의 기준을 상대방의 능력에 맞춘 것이지. 나는 그가 궁중의 관료이자 대담한 음모가라는 사실을 알게 되었네. 그런 자가 경찰이 쓰는 진부한 수법을 모를 턱이 없다고 생각했지. 당연히 잠복 수색을 예상했지. 이후 상대가 그것을 그대로 증명해주지 않았나? 저택이 비밀리에 수색 당할 것도 예상했네. 국장은 그가 밤중에 자주 집을 비운 걸 자기에게 유리한 일이라고 좋아했지만 내가 보기엔 책략이었어. 경찰 쪽에 넉넉히 기회를 주어 저택 안에는 편지가 없다는 확신을 품게 할 수 있는 근거를 마련해 주었지. 사실 G××국장은 금세 그런 확신에 도달하지 않았나. 숨긴 물건을 찾을 때 쓰는 경찰의 상투적인 행동 원리에 대해서는 지금까지 구구히 늘어놓았는데, 그런 거야 장관이 이미 모두 파악하고 있었다고 알아챘지. 그렇게 되면 장관이 일반적으로 숨길 만한 곳에는 눈도 돌리지 않을 거란 것은 불을 보듯 뻔한 일 아닌가. 저택 내의 장소, 절대 눈에 띄지 않는 구석에 감춰 뒀다 한들 국장의 바늘과 송곳, 확대경 앞에서는 한눈에 들어오는 벽장 따위나 마찬가지라고 생각했네. 다시 말해 그런 선택을 강요당했다기보다는 당연한 귀결의 의미로 받아들여 '단순한' 수법을 선택하게 될 거라고 생각했지. 맨 처음 만났을 때 내가 국장에게 수수께끼가 '너무 명백해서' 애를 먹는 모양이라고 했더니 그 작자가 지독하게 웃던 것을 자네도 잊지 않았겠지?"

"물론이지. 그 웃어대던 꼴이라니! 포복절도할 정도지 않았나. 걱정이 될 지경이었지."

뒤팽이 계속했다.

"물질계에는 비물질계와 아주 흡사한 것이 있네. 은유라든가 직유 같은 것이 문장에 생기를 줄 뿐 아니라 논증을 보강하기 위해서도 수사학의 힘이 어느 정도 필요하다는 것이 진실임을 알 수 있네. 다시 말해 관성의 법칙이 물리학에서도 형이상학에서도 통용된다고 할 수 있지. 물리학에서는 작은 물체보다는 큰 물체를 움직이는 것이 훨씬 어렵고, 거기에 따르는 운동량도 그것에 비례한

144

다고 되어 있네. 이처럼 형이상학에서도 용량이 크고 우수하고 안정되어 있는 두뇌는 열등한 두뇌보다 움직임이 강렬하고 활발하지. 게다가 움직이기까지에는 시간이 걸리고, 움직임이 시작되고부터 한동안 비틀거린다고 하지. 그런데 한 가지 묻고 싶은 것이 있네. 상점의 간판은 어떤 종류가 가장 눈에 잘 띄나?"

"그런 건 생각해본 적도 없는걸."

"지도를 가지고 하는 놀이가 있는데," 뒤팽이 계속 이야기했다. "이쪽에서 상대방에게 어떤 지명을 묻는 거지. 도시 이름, 강 이름, 나라 이름 등등을. 요컨대 이름이라면 뭐든지 가능하지. 어수선하게 여기저기 널려 있는 지도상의 이름을 찾으라고 말하는 거지. 신출내기는 상대를 곯려주려고 가장 작은 글씨의 이름을 택하지. 그것에 익숙해지면 큰 글자로 지도 이쪽 끝에서 저쪽 끝에 걸쳐 있는 것을 택한다네. 그런 것은 지나치게 큰 글자로 쓰여진 간판이나 거리의 플래카드의 경우도 마찬가진데, 너무 뻔한 것이라서 오히려 놓쳐버릴 수가 있지. 여기서는 물질적 · 심리적인 간과가 완전히 일치하고 있네. 마찬가지로 지성이란 것은 너무 뻔하고 명백한 이유 때문에 오히려 중요한 걸 놓칠 수 있는 걸세. 그런 면에서 이번 문제는 국장이 본질에서 너무 앞지르거나 못 미치거나 한 점이 문제지. 그자로서는 장관이 그 편지를 세상의 눈에 절대로 띄지 않게 하기 위해 그것을 세상의 바로 코밑에 두는 일이 있으리라고는 상상도 못했을 테니까 말일세. 그러나 D××의 과감

하고도 정확하게 돌아가는 두뇌와 그 두뇌를 적절하게 이용하기 위해서는 그것이 눈에 띄기 쉬운 곳에 있어야 된다는 점, 게다가 그 편지가 국장의 상투적인 수색 범위 내에 없을 것이라고 국장 자신이 규명하여 밝힌 결정적인 증거 등을 생각해보면, 그는 편지를 감추기 위해 오히려 전혀 감추지 않는다는 책략을 썼을 것이라는 확신이 점점 굳어졌네. 상대방이 이런 주장을 펼치자 어느 화창한 날 아침, 나는 푸른 안경을 끼고 홀연히 들른 것처럼 장관 댁을 방문했네. D×× 장관은 집에 있더군. 여느 때와 마찬가지로 하품을 하며 서성거리기도 하고, 꾸물거리도 하며 따분하기 그지없다는 듯이 행동하더군. 실제로는 그자만큼 정력적인 인간도 없는데 말이야. 하긴 모든 게 남의 눈에는 띄지 않을 때뿐이지만. 나도 지지 않고, 안경 같은 건 정말 쓰기 싫은데 눈이 나빠 도리가 없다는 둥 한탄하면서 안경 너머로 방을 구석구석 살폈네. 물론 주인을 상대로 이야기에 열중하는 척하면서 말일세. 이때 나는 커다란 책상에 주의를 했네. 그는 바로 옆에 앉아 있었는데, 주위에는 온갖 종류의 편지와 서류들이 잡다하게 널려 있고, 그 위에 악기 두어 개, 책이 두서너 권 얹혀 있었네. 나는 상당히 오랫동안 살펴봤는데, 특별히 의심이 갈 만한 건 발견하지 못했지. 그런데 방을 휘둘러보던 중에 문득 눈에 띄는 것이 있었네. 금줄을 두른 마분지로 만든 조잡한 편지꽂이가 벽난로 선반 한복판 바로 밑에 푸른 리본으로 묶어져 매달려 있더군. 이 편지꽂이는 서너 단으로 구분이 되어 있었는데, 대여섯 장의 명함과 편지 한 통이 들어 있었지. 편지는 아주 더럽고 꾸깃꾸깃 구겨져 있더군. 더구나 한복판이 반쯤 찢겨 있는 것이, 찢어버리려다가 생각을 바꿔 그냥 둔 것처럼 보이더군. 겉봉엔 D××의 장식 문자가 유난히 선명하게 봉인으로 찍혀 있었고, 수신인은 작은 여성 필체로 'D×× 장관'이라고 씌어져 있었네. 그런데 그것이 편지꽂이 맨 위에 아무렇게나 꽂혀 있더군. 이 편지가 눈에 띄자 뭔가 와 닿는 것이 있었네. 지금까지 우리가 찾고 있던 편지가 이거구나 하고 말이야. 아닌 게 아니라 그 편지는 국장이 일러준 설명과는 판이하게 달랐지. 그 편지는 크고 검은 D×× 가문의 문장이 찍혀 있었네. 그의 얘기로는 문제의 편지가 작고 붉은 S×× 공작 가문의 문장이 찍혀 있다고 했는데 말이야. 그리고 내가 본 편지는 장관을 수신인으로 한 여자 필체의 작은 글씨였는데, 문제의 편지의 겉봉은 수신인이 한 상류층 인사 이름으로 되어 있었지. 설명을 듣기로는 커다란 남자 필체로 씌어졌다고 했는데. 양쪽이 부합되는 것은 편지의 크기뿐이었다네. 어떻든 양쪽이 극단적으로 다르다는 걸 알 수 있었다네. 그 더러워진 모양 하며 찢어진 것이 원래의 D×× 장관의 깔끔한 성격과는 정말 어울리지 않아 금방 보아도 일부러 볼품없게 보이게 하려는 책략이 도드라질 지경이었네. 거기다 편지가 방문객의 눈에 잘 띄도록 이것 보라는 듯이 놓여져 있었네. 결과적으로 이미 도달해 있었던 나의 결론에 딱 들어맞는 거였지. 다시 말해 이러한 것들은 처음부터 수상한 생각을 품고 찾아온 사람들에게 점점 더 혐의를 짙게 했지. 나는 그곳에 되도록 오래 머물러 있기로 했네. 장관이 흥미를 가지고 열중해 있는 화제를 이쪽에서 미리 알고 있었기 때문에 그것에 대해 활발하게 논쟁을 하면서도 나의 주의는 편지 쪽에 못 박혀 있었지. 이때 나는 편지의 겉모양이며 편지꽂이에 꽂혀 있는 모습 등을 뇌리 속에 분명히 박아두었지. 그때 문득 한 가지 새로운 사실을 발견했네. 그 사실을 발견함으로써 모든 의문이 풀리고, 편지를 숨긴 상대방의 의도가 분명해졌지. 봉투의 모서리를 살펴보니 거기가 이상하게 닳아 있었네. 꺾였다는 느낌이었지. 두꺼운 종이를 한 번 접어 종이꺾기 기계로 눌러서 생긴 꺾인 자리, 즉 꺾인 자리를 다시 뒤집어서 꺾어놓았을 때 생긴 것 같았네. 봉투를 장갑처럼 뒤집어서 겉봉을 다시 쓰고 봉인을 찍은 것이 확실했네. 나는 장관에게 인사를 하고, 탁자 위에 금제 담뱃갑을 놓아둔 채 나왔네. 이튿날 아침, 담뱃갑을 찾으러 가서 어제 나누었던 화제를 다시 꺼내어 대화에 열을 올렸지. 그와 대화를 나누고 있는데 권총을 쏘는 듯한 요란한 소리가 저택 바로 창 밑에서 들렸지. 이어 커다란 비명과 함께 공포에 싸인 군중들의 외치는 소리가 들려왔네. D××는 창으로 달려가 창문을 활짝 열고 밖을 내다보더군. 그때 나는 편지꽂이의 편지를 뽑아 호주머니에 넣고 대신에 (겉모양뿐이지만) 집에서 용의주도하게 모조한 편지를 슬쩍 꽂아놓았지. D×× 가문의 장식 흉내야 간단했지. 빵으로 만든 봉인으로 찍으면 됐거든. 거리에서 소동이 일어난 것은 소총을 쥔 사나이가 갑자기 광신적으로 변했기 때문이었네. 이 사나이가 몰려 있는 여자들에게 총을 쏘았지만, 마침 실탄이 없었던 관계로 미치광이거나 주정뱅이로 판명이 나서 풀려나게 되었지. 사나이가 사라지자 D××는 창가에서 돌아왔네. 나는 눈독을 들인 물건을 손에 넣은 뒤에야 창 쪽으로 다가갔지. 그리고 잠시 후 그에게 작별을 고했네. 그 미치광이는 내가 돈을 주어 연극을 하게 한 거지."

"모조품은 왜 두고 왔는가? 첫 번째 방문 때 당당하게 실례해 왔어도 좋지 않았겠나?"

뒤팽이 말했다.

"D××는 대담무쌍한 사나이로 용기가 넘쳤지. 저택에는 주인을 위해 목숨도 내걸 정도의 하인이 있다네. 자네가 말한 것처럼 했다간 장관 집에서 살아 돌아오지도 못했을 걸세. 선량한 파리 시민들은 두 번 다시 내 소식을 듣지 못했겠지. 그건 그렇다 치고 사실 나는 다른 목적도 있었네. 나의 정치적 입장은 자네도 알고 있을 걸세. 이 사건에선 그 부인의 편이지. 18개월간이나 장관은 그 부인을 마음대로 휘두른 셈이지. 이번에는 그 부인이 그렇게 할 차례네. 편지가 자기 수중에 없다는 것도 모르고 음흉한 목적을 위해 몹쓸 짓을 할 테니까. 그렇게 되면 당장 정치 일선에서 실각하게 되어 있네. 아차 하는 사이에 몰락해버리는 거지. 그 꼴은 말이 아닐 테지. '지옥에 떨어지는 것도 눈 깜짝할 사이구나'라고 말해도 될 지경이지. 여하튼 오르고 내리는 데는 카탈라니(17세기 이탈리아의 소프라노 가수)가 성악에 대해서 말한 것처럼 오르는 편이 내려가는 것보다 훨씬 쉬운 거라네. 이번 사건의 경우 추락하는 자에 대한 동정심이 털끝만큼도 없었지. 그자는 이른바 '무서운 괴물이자 파렴치한 천재'였네. 그런데 솔직히 국장이 말하는 '어느 지체 높은 분'에게 감쪽같이 속아서 내가 편지꽂이에 남겨놓고 온 편지를 열어보지 않을 수 없게 되었을 때 그 작자가 어떤 생각을 했을지 알고 싶어 죽을 지경일세."

"아니, 뭔가 특별한 거라도 넣어놓고 왔나?"

"그럼, 백지를 넣어놓기도 뭣해서 말이야. 첫째, 그건 실례지. 난 D××한테 빈에서 한 번 지독히 골탕을 먹은 적이 있네. 그때 그저 지나가는 말로 반드시 보답을 해드리겠다고 했지. 그러니 자기를 앞질러 한 방 지른 인간이 도대체 누군지 궁금할 테니까 단서 정도는 남겨두어야겠다고 봐준 셈이지. 그래서 백지 한가운데 이런 문구를 써두었네.

이런 끔찍한 계획은 아트레에게는 맞지 않을지 몰라도 티에스트에게는 적당할 것이다.

크레비용의 〈아트레〉 중에서 뽑은 글이라네."

윌리엄 윌슨

그것을 뭐라고 해야 할까? 이 거칠어진 양심을!
내 앞길을 가로막는 그 허깨비에 대해 무슨 말을 해야 할까?
— 체임벌린의 『파로로니다』

    당분간 내 이름을 윌리엄 윌슨이라고 부르기로 하자. 이 새하얀 종이를 나의 본명으로 더럽힐 수는 없으니까. 이 이름은 이미 우리 집안 사람들의 경멸과 공포와 혐오의 대상이 되어버렸다는 사실을 새삼 언급할 필요는 없다.

    지구의 이쪽 끝에서 저쪽 끝까지 분노의 폭풍이 그 유례없는 오명을 전해주지 않았던가. 오오! 만인에게 버림받은 추방자 중의 추방자, 대지조차 너에게는 얼굴을 돌렸고, 그 찬란하고 눈부신

대망과 영예는 하나같이 너와는 거리가 먼 것이 되어버렸다. 짙게 가라앉아 끝없이 펼쳐진 구름이 너의 희망과 천국 사이에 드리워져 있지 않은가.

말로 다할 수 없을 정도의 참담한 고통, 용서받지 못할 범죄에 대한 요 몇 해 사이의 기록 따위는 밝히고 싶지 않다. 다만 그것의 유래나 연유는 밝혀두기로 하겠다.

대부분의 타락은 서서히 진행되는 것이 통례인데, 나의 경우는 미덕이라는 외투가 통째로 한순간에 홀랑 벗겨져버렸다. 그 악덕은 한꺼번에 거인의 발걸음으로 엘라가발루스(3세기 로마 황제. 잔인하고 사치를 부리는 등 악정을 베풀다가 부하에게 암살됨)의 잔인함을 능가할 정도였다. 도대체 어떤 우연, 어떤 사건이 나에게 이런 사악하기 그지없는 사태를 초래했는지에 대해 이야기하려 하니 들어주기 바란다.

죽음보다 한 발 앞서 죽음의 그림자가 드리워지면서 내 마음은 약해질 대로 약해져버렸다. 어두컴컴한 계곡을 지나는 나에게는 사람들의 이해가 간절히 필요하다. 독자들은 내 말에 귀를 기울이는 동안 인간이 통제할 수 없는 환경의 노예였던 측면이 있었다고 판단해주었으면 한다. 나의 설명을 들으면서 무한하게 펼쳐진 사막들 사이에서 숙명이라는 자그마한 오아시스를 찾아주었으면 한다. 그리고 이것만은 인정해주었으면 한다.(그 누구도 이것만은 인정하지 않을 수 없을 것이다) 전에도 인간이 유혹에 넘어간 적은 있었지만 이 정도로 유혹에 시달렸던 사람은 없었고, 이런 방식으로 타락했던 사람도 없었다. 따라서 나와 같은 방식으로 고통당한 사람도 없지 않았을까? 나는 꿈속에서 살아온 게 아닐까? 나는 이 세상에서 가장 광적인 환상의 희생자가 아닐까? 광란의 환상에 담긴 공포와 미스터리 때문에 이렇게 죽어가고 있는 게 아닐까?

우리 집안 조상들은 예부터 상상력이 풍부하고 쉽게 흥분하는 기질을 타고났다. 내가 이런 가문의 특징을 온전히 물려받았다는 사실은 이미 어릴 적부터 주변 사람들에게 널리 알려졌다.

나이가 들수록 이런 특징은 점점 더 확고해져 갔다. 그걸 알고 있던 친구들은 나를 많이 걱정했고, 나 자신도 이 때문에 많은 고통을 당했다. 나는 제멋대로인 데가 있었고, 극도로 광적이고도 순간적인 충동에 탐닉했고, 또한 난폭한 열정의 포로가 되기도 했다. 마음이 약한 부모님은 나와 비슷한 기질적 약점을 가지고 있었기 때문에 나를 특징짓는 사악한 경향들을 제어하기에는 역부족이었다.

부모님은 당신들의 본능을 제어하지 못했고, 자녀의 교육 방향도 잡지 못했기 때문에 그들의 입장에서 보자면 자식 농사는 완벽한 실패로 끝났다.

물론 내 개인적 입장에서 보자면 완벽한 승리였다. 어느 날인가부터 나의 말이 곧 집안의 법이었다. 대부분의 아이들이 부모님의 손을 놓지 못하는 나이에 나는 부모님의 일체의 간섭 없이 나 자신의 의지를 따랐고, 실제로 내 행동의 주인이 되었다.

학창시절 중 가장 인상에 남는 기억은 안개에 싸인 영국 시골의 엘리자베스 양식으로 지어진 볼품없이 커다란 건물들이었다. 울퉁불퉁한 거대한 나무들 사이에 멋대로 지어진 건물은 몹시 고풍스러웠다. 사실 이 고풍스러운 마을은 꿈속같이 마음이 편한 곳이기도 했다.

지금도 내 마음속에는 짙게 그늘진 가로숫길의 상쾌한 냉기가 그대로 느껴지고, 울창한 수목의 향기며 공허한 교회의 종소리를 떠올리는 동안 말할 수 없는 환희에 휩싸여 마음이 설렌다. 번개 문양이 새겨진 고딕 풍의 뾰족탑이 대기에 파묻혀 잠들어 있을 때면 교회 종의 육중하고 느닷없는 굉음은 한 시간 간격으로 어슴프레한 대기의 고요를 깨뜨렸다.

학교에 얽힌 사소한 추억을 되새겨보는 것만큼 강렬한 쾌감을 맛보게 하는 것도 없다. 아! 나는 너무나 현실적인 불행—아아, 그것은 너무나 생생한 괴로움이다—에 빠져 있다. 그러니 내가 이런저런 세부 사항을 두서없이 늘어놓는 어리석음을 범하면서 위안을 찾으려는 것을 용서해주기 바란다. 이런 사소한 것들의 지극히 섬세한, 그 자체로서는 우스꽝스럽기까지 한 것들이 나의 내면 세계에서는 중대한 의미를 띠었다. 다시 말해 훗날 나의 생애를 완전히 그늘지게 한 운명의 막연한 경고를 최초로 눈치챈 장소와 시기가 연결되어 있었던 것이다.

이미 말했던 대로 학교 건물은 낡고 볼품이 없었다. 교정은 넓었고, 교정을 둘러싼 담장은 높고 튼튼한 벽돌담으로 둘러싸여 있었다. 담장 위에는 깨진 유리가 회반죽에 박혀 있었다. 감옥 같은 성벽이 우리 학교의 경계였다.

우리가 바깥 경치와 접할 수 있는 것은 일주일에 세 번뿐이었다. 우리는 매주 토요일 오후면 두 사람의 조교를 따라 가까이 있는 들판을 잠시 산보하는 것과 일요일에 마을 교회의 아침 저녁 예배에 행렬을 지어서 왕복하는 것뿐이었다. 우리 학교의 교장은 이 교회의 신부를 겸임하고 있었다.

아득히 먼 이층 좌석에서 무겁고 느릿한 발걸음으로 설교단에 올라가는 신부의 모습을 얼마나 곤혹스러운 마음으로 지켜보았던가. 이 성직자, 언제나 온화한 풍모에 번들거리는 성의를 펄럭이면서 정성스레 분을 바른 엄숙한 얼굴에 커다란 가발을 쓴 이 사람을 그가, 바로 어제까지만 해도 무뚝뚝한 얼굴에 코담배 냄새가 밴 양복을 입고 손에는 회초리를 들고 준엄한 배움터의 규율을 집행했던 바로 그 사람이 맞을까? 오오, 이 얼마나 끔찍한 모순이며 불가사의란 말인가!

육중한 담장 한구석에는 역시 육중한 문이 서 있었다. 교문은 찌푸린 얼굴 같았다. 쇠로 만든 빗장들이 크고 작은 못에 박혀 있는 위에 다시 쇠로 만든 톱니모양의 대못들이 뒤덮여 있었다. 교문을 보면서 얼마나 끔찍한 공포를 느꼈던가! 앞서 말한 대로 교문은 일주일에 세 번을 제외하면 절대 열리지 않았다. 교문의 거대한 경첩이 움직일 때마다 우리는 엄숙한 말을 하고 그보다 더 엄숙한 생각을 하게 만드는 완벽한 미스터리의 절정을 맛보았다.

널찍한 공터에는 불규칙하게 들쑥날쑥한 넓은 터가 있었다. 이들 공터에는 서너 개의 운동장이 있었다. 그리고 평지에는 자잘한 자갈이 빈틈없이 깔려 있었다. 지금도 정확하게 기억하고 있지만 나무나 벤치 같은 것은 전혀 없었다. 학교의 운동장은 교사 뒤에 있었다. 교사 앞쪽에는 화단이 있고, 거기엔 회양목 같은 관목들이 심어져 있었다. 그러나 우리가 이 성소, 즉 화단 앞을 지나치는 일은 매우 드물었다. 학교에 처음 들어올 때나 학교를 완전히 떠날 때, 혹은 우리를 데리러 온 부모나 친지를 따라 즐겁게 집으로 돌아가는 크리스마스나 여름방학 때뿐이었다.

고색창연한 학교 건물은 더없이 매혹적인 궁전으로, 나선형 복도가 끝없이 이어져 있었다. 건물은 이층이었는데, 실내에 있을 때는 그곳이 어디든 간에 내가 일층에 있는지 이층에 있는지 정확히 알 수가 있었다. 방에서 방으로 옮겨 갈 때마다 반드시 올라가거나 내려가는 서너 개의 계단이 있었다. 거기다가 곁에 붙은 작은 방 또한 상상도 할 수 없을 정도로 많아서 어쩌다가 실수라도 하는 날이면 뱅글뱅글 다람쥐 쳇바퀴 돌 듯 궁지에 몰리는 수도 있었다. 이 건물 전체에 대해 아무리 정확하게 묘사한다고 해도 기껏 무한에 대해 골몰하는 관념의 영역을 벗어나지는 못한다. 이

학교에서 지낸 5년 동안 나와 스무 명 정도의 급우에게 할당된 조그마한 침실이 구내의 어느 구석에 있는 건지 끝내 알지 못했다.

교실은 건물 안에서 가장 큰 방─당시 나에게는 세계에서 가장 크다는 느낌이 들었다─이었는데, 굉장히 좁고 길고 음침하고 낮은 방이었다. 창은 뾰족한 고딕 풍이었고, 천장은 떡갈나무 판자였다. 깊숙이 들어간 으스스한 구석에 8피트에서 10피트 정도의 네모꼴 칸막이가 있었는데, 이것이야말로 우리의 교장인 브랜즈비 목사의 '성소'인 교장실이었다.

교장실은 중후한 문이 달린 탄탄한 방으로, 학생들 모두가 신부님이 없을 때 이 방문을 여느니 차라리 '압살형'으로 죽는 것이 낫다고 생각했을 정도였다. 다른 구석에도 같은 칸막이가 두 개 있었는데, 위엄적인 측면에서는 교장실보다 뒤지긴 했지만 역시 상당한 공포심을 유발하는 곳이었다. 칸막이의 한쪽은 '고전' 담당 조교의 교단이었고, 다른 한쪽은 '영어와 수학' 담당자의 방이었다. 이 교실에는 수많은 의자며 책상이 어지럽게 놓여 있었다. 시커멓게 고물이 된 책상에는 낡은 서적들이 아무렇게나 쌓여 있었으며, 나무판자에는 누군가의 이름의 머리글자며 그로테스크한 무늬 등이 칼로 새겨져 있어 도대체 먼 옛날 처음의 원형이 어떤 것이었는지 짐작조차 할 수 없었다. 교실의 한구석에는 물을 담아 놓은 통이 있고, 다른 한쪽 끝에는 거대한 기둥시계가 있었다.

이 고풍스러운 학교의 견고한 담장에 갇힌 나는 열 살 때부터 5

년 동안을 지냈지만 온전히 지루함과 혐오감 속에서 보낸 것은 아니다. 소년들의 상상력 풍부한 머릿속은 외부 세계에서 일어나는 사건 없이도 공허하거나 지루함을 모른다.

어찌 보면 우울하게 보이는 단조로운 학교생활도 내적인 흥분에 가득 차 있다는 점에서는, 졸업 후의 사치스런 생활과 범죄에서 얻는 자극에 뒤지지 않았다. 그러나 분명히 인정하지 않을 수 없는 것은 어린 소년의 내면적 성장 속에는 다분히 이상한, 아니 기괴한 것이 내포되어 있었다는 사실이다.

일반인에게는 아주 어린 시절의 추억이 성인이 되어서까지 뚜렷한 기억으로 남는 일은 거의 없다. 일체가 거의 잿빛 그림자—엷고 단편적인 기억들—로, 어렴풋한 쾌락과 변화무쌍한 고통 사이의 불명확한 혼합에 지나지 않는다. 그러나 나의 경우에는 그렇지가 않았다. 어린 시절, 나의 감각 능력은 어른에 필적하는 것이었다. 그도 그럴 것이, 당시에 내가 느꼈던 것들은 지금도 기억 속에 마치 카르타고 메달처럼 생생하고 깊숙하고 견고하게 각인되어 있다.

사실—세상 사람들의 관점에서 볼 때—그것들은 어쩌면 너무나 사소한 기억들이라고 할 수도 있었다. 아침의 기상과 저녁의 취침 점호, 암기와 복창, 정기적인 반공일과 산책, 운동장에서의 다툼과 놀이와 술책이 전부다. 하지만 이런 모든 것은 오랫동안 잊혀진 정신세계에서의 마법을 거쳐 무수한 감각, 강렬한 사건, 다양한 감정, 열렬하고 감동적인 흥분의 세계와 연결된다. '아, 아름다운 옛날이여! 지금은 얼마나 힘겨운지……'

격정적이고 열정적이고 오만한 성격 덕분에 급우들 사이에서 나는 주목을 받는 동시에, 자연스럽게 친구들 모두를 지배하게 되었다. 아니, 단 한 명 예외가 있었다. 이 예외의 인물은 친척이 아닌데도 불구하고 나와 성이며 이름이 같은 학생이었다. 하기야 그다지 이상할 것도 없는 것이, 내 성은 지극히 흔한 것으로, 원래는 귀족의 후예였지만 이젠 시효가 지나버려 일반 평민으로 돌아가버린 상황이었다.

이 이야기의 첫머리에서 윌리엄 윌슨이라는 이름을 붙였지만, 이 익명도 본명과 그다지 다를 것이 없다. 그런데 학창 시절, 소위 '또래'들 중에서 교실의 수업이건 운동, 싸움 할 것 없이 감히 나에게 대항하거나 의견을 묵살하는 사람은 단 한 명으로, 그가 바로 이 동성동명의 학생이었다. 나의 독선과 전횡에 감히 맞서온 학우는 그뿐이었다. 이 세상에 무제한적인 전제주의가 있다고 한다면 그것은 카리스마 넘치는 대장이 기력이 약한 동료에게 휘두르는 전제주의밖에 없을 것이다.

윌슨의 이러한 반항이 나에게 심한 곤혹스러움으로 다가왔다. 나는 공공장소에서는 그나 그의 주장에 전혀 문제 삼지 않는 태도를 취하고 있었지만, 내 마음속 깊은 곳에서는 그에 대한 공포를 지우기가 힘들었다. 여유만만하고 당당해 보이는 그의 태도 자체가 사실 나보다 우월하다는 증거임에 틀림없었다.

나로서는 상대방에게 압도당하지 않는 것만도 다행이었다. 그러나 그쪽이 나보다 우월하다는, 아니 대등하다는 것을 진정으로 눈치채고 있는 사람은 나 이외에는 없었다. 또래들은 참으로 불가해한 맹목적 태도라고 할까, 그런 사실조차 못 느끼는 형편이었다. 실제로 나를 향한 그의 강력한 대립과 저항은 겉으로는 전혀 드러나지 않았다.

얼핏 보기에는 나와 맞서보겠다는 야심도, 또한 그것을 뒷받침하는 열정적인 에너지도 없는 것 같아 보였다. 나와 맞서려는 동기라고 해봐야 기껏해야 나를 거역해서 놀라게 하거나 창피를 주려고 하는 변덕스러운 욕망밖에 없었다.

그런데 내 쪽에서 보면 경탄, 굴욕, 분개를 억제할 수 없을 때가 가끔 있었다. 그의 무례하고 모욕적이고 반항적인 태도 속에는 참으로 장소에 어울리지 않으면서도 지극히 불쾌한 어떤 종류의 거드름이 분명히 나타나 있었기 때문이다. 이런 이상한 태도는 나보다 한 수 위에 서서 보호자인 체하는 자만심에서 생겨난 것이라고밖에 할 수 없었다.

윌슨의 이러한 태도에 이름이 같고 같은 날 학교에 입학했다는 우연까지 겹쳐 상급생들 사이에는 우리 두 사람이 형제라는 소문까지 퍼졌다. 상급생이라는 종족은 대체로 하급생들의 문제 같은 것에 시끄럽게 개입해 오지는 않는다. 그런데 앞에서도 말한 바와 같이, 아니 빠뜨렸는지도 모르지만 윌슨과 우리 집안 사이에는 아무런 인연이나 연고가 없었다. 그러나 만약 우리가 형제라고 한다면 쌍둥이라고 할 수밖에 없었다. 왜냐하면 이 학교를 졸업하고 나서 우연히 안 사실이지만, 윌슨은 1813년 1월 19일생이었는데, 이것은 바로 나의 생년월일과 같은 것으로, 놀라운 우연의 일치임이 틀림없었다.

기묘하게 들릴지 모르지만 나는 윌슨의 라이벌 의식과 나에 대한 지칠 줄 모르는 도전으로 계속 불안감을 느끼기는 했지만 진심으로 상대방을 미워할 수는 없었다. 윌슨은 거의 매일 싸움을 하고는, 친구들 앞에서 승리의 영광을 나에게 돌려주면서도 실제로 이긴 것은 자기라고 은연중에 암시를 했기 때문이다. 나에게는 자존심이 있었고, 그에게는 존엄함이 있었기 때문에 우리는 언제나 이른바 가벼운 말을 주고받는 사이를 유지했다. 또한 기질적으로도 통하는 점이 있었기 때문에 그에 대한 호감이 생겨났다. 우리의 입장이 이렇지만 않았다면 이런 감정은 우정으로 자라났을지도 모른다. 사실 그에 대한 나의 기분을 확실히 정의하기는, 아니 설명하기조차 힘든 일이다. 그것에는 갖가지 복잡한 것이 뒤섞여 있었다. 증오라고 할 수 없는 초조한 반감과 어느 정도의 경의감과 존경, 그리고 공포와 불안한 호기심 등이다. 더구나 모럴리스트 여러분을 향해 덧붙이지 않을 수 없는 것은 윌슨과 나는 절대로 떨어질 수 없는 짝이었다는 사실이다.

우리들 둘 사이에 있었던 것은 틀림없이 비정상적인 그 무엇이었고, 그에 대한 나의 공격(공공연한 공격이 있는가 하면 은폐적인 공격도 있어 그 수는 많았다)은 진지하고 단호한 것이라기보다는 야유와 장난(못된 장난의 형태를 취하면서 고통을 주는 것이다)의 성격이 강했다. 그렇기는 하지만 이러한 나의 노력이 언제나 성공을 거둔 것은 아니었고, 기지를 짜내어 꾸민 계획조차 불발로 끝날 때가 많았다.

내가 찾아낼 수 있었던 그의 약점은 단 한가지뿐이었는데, 개인적 특징이자 체질성 질환에서 비롯된 것이어서 나처럼 궁지에 몰리지 않았다면 그같은 약점을 이용할 치사한 적수는 없었을 것이다. 나의 라이벌은 인두와 인후에 문제가 있어서 '아주 낮은 속삭임'만이 가능했다. 이런 약점을 이용하여 얻을 수 있는 실익은 보잘것없는 것이었지만 나는 가능한 한 그 기회를 놓치지 않았다.

윌슨은 나에게 온갖 방법으로 보복을 했다. 그중 나를 견딜 수 없게 하는 장난이 한 가지 있었다. 이는 아주 사소한 장난이었는데, 그가 무슨 이유로 내가 그 문제에 예민해진다는 걸 알았는지는 정말이지 수수께끼였다. 그러나 문제의 예민한 반응을 보인 것을 알고부터 그는 되풀이하여 그 장난을 해댔다. 원래 나는 평범한 성과 천박하다고까지는 할 수 없지만 지극히 평범한 이름이 견딜 수 없을 정도로 싫었다. 듣기만 해도 혐오감이 끓어올랐다. 그래서 입학하던 날, 윌리엄 윌슨이란 인간이 또 한 명 있다는 것을 알자 그가 나와 같은 이름의 소유자라는 이유만으로도 화가 났고, 나와 같은 이름을 갖고 있는 인간이 또 한 명 있다는 사실이 견딜 수 없이 싫어졌다. 그 때문에 윌리엄 윌슨은 두 번씩 불려질 것이고, 그가 계속해서 내 눈앞에 나타날 것이었으며, 거기서 거기인 학교 일과에서 그와 나의 행적이 수시로 혼동되는 일은 피할 수 없을 터였기 때문이다. 혐오스러운 우연의 일치가 아닐 수 없었다.

이렇게 해서 생긴 초조감은 둘 사이의 정신적·육체적 유사점을 드러내는 상황이 벌어질 때마다 더해질 뿐이다. 게다가 당시의 나는 우리가 같은 나이라는 것은 몰랐으나 키며 몸매, 용모에 이르기까지 기이할 정도로 닮았다는 것을 금방 알아챘다. 또한 상급생들 사이에 우리가 혈육지간이라고 퍼진 소문도 나를 화나게 하는 원인이었다. 요컨대 우리 둘 사이의 정신·용모·처지 따위의 유사점을 듣는 것만큼 견딜 수 없는 것도 없었다(나는 어떻게 해서든지 이러한 불안을 감추려고 애썼지만). 그러나 사실상 이러한 유사성(혈육지간이라는 소문, 그리고 윌슨 자신은 별도로 한다면)이 급우들의 소문거리가 되거나 눈에 띄었다고는 생각되지 않는다. 윌슨 자신이 이 유사점의 온갖 측면을 나 못지않게 확실히 알아채고 있다는 사실은 분명했지만, 이런 유사성이 나에게 끝없는 고뇌의 원인이 되고 있다는 것을 간파했다는 것은 앞서도 말했던 것처럼 그의 뛰어난 통찰력 덕분이었다.

앞에서도 밝힌 대로 나를 그대로 흉내내는 윌슨의 연기는 더할 나위 없이 훌륭했다. 나의 복장을 흉내내는 것은 식은 죽 먹기이고, 걸음걸이에서 모습까지 모든 것을 모방하고 있었다. 그리고 나의 목소리조차도, 선천적인 결함에도 불구하고 빈틈없이 흉내내 보였다. 물론 큰 소리를 내는 것은 무리였지만 억양은 똑같았다. 예의 특이한 속삭이는 소리로 내 목소리를 그대로 살렸던 것이다.

이 절묘한 초상화(이것은 너무나 정교해서 풍자화라고 부를 수도 없었다)가 얼마나 나를 괴롭혔는지에 대해서는 굳이 밝히고 싶지 않다. 나에게 단 한 가지 위안이 되는 것은 그가 나를 흉내내는 것을 눈치 챈 사람은 나뿐이라는 사실이었다. 그래서 윌슨의 득의만면한, 기묘하게 마음에 와 닿는 그 웃음만은 신경 쓰지 말아야겠다고 생각했다. 상대방은 자신이 의도한 것의 효과를 거둔 것을 확인하는 것과 동시에 상대방에게 끼친 고통에 혼자 싱글거리고 있을 뿐, 자신이 발휘한 기지가 성공한 것에 대한 주위의 갈채 따위는 염두에 두지도 않았다. 학생들은 그의 의도가 성공했다는 것도 눈치채지 못했으며, 그의 조롱에 동참하지 못한다는 것은 몇 개월간 계속된 불안한 나날 속에서 도저히 풀 수 없는 수수께끼였다.

그러는 사이에 불안한 몇 달이 지났다. 그의 흉내내기가 쉽게 눈에 띄지 않은 것은 그가 흉내내기의 강도를 서서히 높였기 때문일 수도 있다. 그래서 내가 비웃음을 당하지 않을 수 있었던 것이다. 둔감한 사람들은 겉모습이 닮은 점밖에 알아보지 못하지만 그는 겉모습을 닮으려는 시도는 무가치하다고 생각하여 자기가 흉내내는 원본의 온전한 본질을 보여주려 했다. 나는 그저 그가 나를 흉내내는 모습을 보면서 생각에 잠긴 채 분노를 삭였다.

이미 몇 번이나 말했지만 윌슨이 나의 보호자인 척하는 태도를 보이면서 때때로 나의 의지력을 휘두르는 것은 참을 수가 없었다. 이런 간섭은 충고라는 기분 나쁜 형태를 띠는 경우가 많았고, 그것도 정면이 아니라 암암리에 넌지시 비치는 방식이었다.

타인으로부터 충고를 받는 것에 대한 나의 반발심은 해가 갈수록 더해갔는데, 이것만은 확실히 해두고 싶다. 즉 윌슨의 빈정거림에는 젊음이 주는 미숙함과 무경험에서 오는 오류나 어리석음은 전혀 찾아볼 수가 없다는 사실이다. 그리고 그가 재능이나 세속적인 지혜는 나보다 그리 뛰어나다고는 할 수 없었지만 양심적인 인간이었다. 당시 나는 그의 의미심장한 영적 속삭임을 마음속 깊이 혐오했고, 불쾌하게 여겨 경멸했지만 그가 그렇게 속삭이던 조언들을 번번이 무시하지 않았다면 지금의 나는 좀 더 선한 사람, 좀 더 행복한 사람이 되었을 것이다.

그런데 당시의 나는 그의 주제넘은 행동에 혐오감이 극에 달해 결국 상대방의 노골적인 수작에 울분을 터뜨릴 수밖에 없었다. 앞에서 말한 것처럼 급우로 지냈던 처음 1,2년은 그에 대한 감정이 우정으로까지 변할 추세였지만—나중에는 예의 간섭하는 태도만은 틀림없이 줄어들기는 했는데도—이상하게도 거의 같은 비율로 증오심도 점점 더해졌다. 월슨도 그것을 눈치 챈 듯 그 이후부터는 나를 피하거나 피하는 척했다.

　나의 기억에 틀림이 없다면 분명히 그 무렵, 그와 심한 언쟁을 했을 때 그가 평소의 그답지 않게 흥분해서 제정신을 잃고 거침없는 태도로 행동했던 것이 기억난다. 그때의 그의 모습에서 무언가 나의 아주 어린 시절의 막연한 기억—기억 자체도 아직 생기지 않았을 그런 시기의 거칠고 혼돈되고 뒤범벅이 된 기억—을 불러일으키는 것을 깨닫고 깜짝 놀랐다.

　그리고 마침내 그에게 깊은 관심을 갖게 되었다. 그때의 나를 사로잡은 감정을 설명하려 해도, 기껏 지금 내 앞에 서 있는 사나이와는 아득한 먼 옛날, 무한히 먼 과거에 알았던, 그런 느낌이 달라붙어 떨어지지 않았다고밖에는 할 수가 없다. 그러나 이러한 착각은 얼핏 머릿속을 스치고 지나갈 뿐이었다. 지금 이 이야기를 꺼내는 것은 월슨과 마지막으로 이야기를 나누었던 날을 분명히 해두고 싶기 때문이다.

　이 고색창연한 커다란 건물은 무수한 공간으로 나뉘어져 있었는데, 서로 통하는 구조로 되어 있는 여러 개의 큰 방이 대다수의 학생들의 침실로 쓰였다. 그런데 (독특하게 설계된 건물로서 당연한 일이지만) 이 건물에는 불거져 나온 여분이랄 수 있는 작은 구석방이 많이 있었다. 경제적인 면에서도 뛰어난 감각을 지닌 브랜즈비 교장은 이런 장소까지 침실로 만들었다. 그것은 겨우 벽장 정도의 크기로 기껏 한 사람밖에 수용할 수 없는 공간이었다. 이런 방 중의 하나에 윌슨이 거처하고 있었다.

그날은 5년이 끝나갈 무렵의 어느 날 밤으로, 방금 얘기한 언쟁이 일어난 직후의 일이었다. 나는 모두가 잠든 것을 확인한 다음 일어나서 램프를 들고 좁은 복도를 지나서 윌슨의 침실 쪽으로 갔다. 사실 예전부터 계획하고 있었던 심술궂은 장난이 그때까지는 늘 실패로 끝났었다. 그래서 이번에야말로 이것을 확실하게 실행에 옮겨 내가 얼마나 그를 증오하는지 알려주어야 되겠다고 결심했다.

목적지인 그의 작은 방에 이르자 램프를 덮어서 밖에 두고 몰래 들어갔다. 한 발을 들여놓고는 귀를 기울인 다음 상대방의 조용한 숨소리를 들었다. 그가 자고 있음을 확인한 나는 다시 되돌아와서 램프를 들고 침대로 다가갔다. 침대 둘레에는 빈틈없이 커튼이 둘러쳐져 있었다. 계획대로 천천히, 그리고 조용히 커튼을 열어젖히자 밝은 불빛이 자고 있는 상대방의 모습을 뚜렷이 비추었다. 시선이 그의 얼굴에 멎자 나는 시선을 거둘 수가 없었다. 순간 정신이 아득해지면 얼음처럼 싸늘한 것이 나의 온몸을 휩쓸었다. 숨이 가빠지고 무릎이 떨리면서 까닭 모를 공포가 나의 마음을 붙들어 버렸다. 나는 헐떡이면서 램프를 좀 더 얼굴 가까이 댔다. 대체 이것이, 이것이 그 윌슨의 얼굴이란 말인가. 틀림없이 그랬다. 그런데도 불구하고 학질이 발작한 것처럼 전신이 떨렸다. 대체 이 얼굴의 어디에 나에게 그토록 곤혹스러움을 주는 부분이 숨겨져 있단 말인가? 가만히 바라보고 있는 동안 나의 머리는 오만가지 생각으로 빙글빙글 돌았다. 아니, 달랐다. 틀림없이 달랐다. 깨어 활동하고 있을 때의 그는 달랐다. 이름도 같고, 얼굴 생김새도, 몸집도 같고, 입학한 날짜까지도 똑같았다. 그리고 나의 걸음걸이와 습관과 태도를 아무 의미 없이 집요하게 흉내낸 그가 말이다. 그러나 그 짓궂은 흉내가 연습을 거듭한 결과라고 생각할 수 있을까? 망연자실한 나는 전신에 소름이 끼치는 것을 느끼며 램프를 끄고는 이 낡은 건물의 복도를 몰래 빠져나와 다시는 되돌아가지 않았다.

몇 달 동안 하릴없이 집에서 빈둥거린 뒤에 나는 이튼의 학생이 되었다. 한동안 브랜즈비 학교에서 일어났던 사건에 대한 추억은 엷어져갔다. 적어도 그때의 일들을 기억할 때마다 느끼는 감정의 성격은 상당히 달라졌다. 드라마의 진실(비극)은 잊혀졌다. 어느새 나는 감각의 증거를 의심할 만한 마음의 여유를 찾을 수 있었다. 그때 일을 떠올릴 때마다 나는 인간이 얼마나 쉽게 헛것을 믿게 되는지 새삼 놀랐고, 조상이 내게 물려준 왕성한 상상력에 새삼스레 웃음이 나왔다. 내가 이튼에서 어떻게 살았는지를 생각하면 이런 유의 회의적인 생각이 흔들려야 할 이유가 없었다. 이튼에 들어가자마자 나는 분별 없고 어리석은 오만가지 일들에 아무 생각 없이 뛰어들었고, 이로 인해 나의 젊은 날은 거품만 남긴 채 쓸려가 버렸다. 과거의 견고하고 진지했던 인상들은 순식간에 사라져버렸고, 기억나는 거라고는 한없이 경박한 것들뿐이었다.

그러나 여기에서 감독의 눈을 교묘히 피해가면서 행한 나의 한심스러운 방탕 생활의 행적, 즉 규칙을 정면으로 거스르는 갖가지 비행을 밝히지는 않겠다. 이 어리석은 3년 동안의 나날은 정말이지 한심한 행적들로 채워져 있어, 그 기간 얻은 것이라고는 깊숙이 배어든 악덕의 습관과 이상하리만큼 훌쩍 커버린 키뿐이었다.

한번은 학교를 떠나서 일주일을 유흥으로 탕진한 후 학교에서 가장 방탕한 학생들을 초대하여 집안에서 몰래 술잔치를 벌였다. 모인 시각은 한밤중이었는데, 시각을 그렇게 정한 이유는 밤을 새워 마실 참이었기 때문이다. 우리는 주거니 받거니 마음껏 들이켰고, 그보다 훨씬 위험한 유혹도 빠뜨리지 않았다.

잿빛 여명이 희미하게 비칠 때까지 이 광란의 주연은 지속되었다. 트럼프와 술에 정신없이 취한 내가 끔찍한 신성 모독을 입에 담아 건배를 외쳤을 때, 별안간 방문이 벌컥 안으로 열리며 하인의 애타는 목소리가 들려왔다.

누군가 급히 나를 만나고 싶어 한다는 것이었다. 술에 만취해 있던 나는 이 불의의 침입자를 맞아 놀랐다기보다는 기쁨에 차서 비틀거리며 현관으로 나갔다. 그곳은 천장이 낮고 조그마한 방으로, 램프도 걸려 있지 않았다. 당시 빛이라고는 반원형 창으로 새어 들어오는 새벽의 희미한 빛이 전부였다. 입구 쪽으로 들어오는 사람은 나와 비슷한 키에 내가 입고 있던 것과 같은 최신 유행의 흰 캐시미어 모닝코트 차림의 청년이었다. 희미한 빛 때문에 얼굴은 눈에 들어오지 않았다. 내가 나가자 상대쪽에서 성큼성큼 다가오더니 지루하게 기다렸다는 듯이 나의 팔을 잡고는 귓전에다 "윌리엄 윌슨." 하고 속삭였다.

순간 나는 단숨에 취기가 싹 가셨다.

이 알지도 못하는 상대의 태도, 창으로 들어오는 빛을 가로막듯 나의 눈앞에 내민 손가락의 미묘한 떨림에는 가슴 밑바닥부터 놀라게 만드는 무엇이 있었다. 그러나 이다지도 격렬하게 내 마음을 뒤흔든 것은 그것이 전부가 아니었다. 이상하게 낮고 쉰 목소리 속에 숨어 있는 것은 엄숙한 경고성을 띤 암시였다. 그것은 내 귀에 너무나 익숙한 이름을 속삭인 목소리의 특성과 억양이 그대로 녹아 있었다. 순간 지난날의 갖가지 추억이 몰려들어 나의 마음을 한순간에 꼼짝달싹 못하게 했다. 잠시 후 겨우 제정신으로 돌아왔을 때는 상대방의 모습은 이미 보이지 않았다.

이 사건은 혼란스런 나의 상상력에 선명한 인상을 남겼지만 그것은 아주 순간적인 일이기도 했다. 실제로 나는 몇 주일 동안이나 열심히 그에 대한 탐구에 골몰했고, 막연하고 병적인 사색 속에 빠졌다. 이 이상한 인물, 끈질기게 나에게 간섭하고 충고를 하며 괴롭히는 사나이의 정체를 모른 척 지나칠 수가 없었다.

이 윌슨이란 자는 도대체 누구이며 뭘 하는 놈일까? 어디에서

왔으며, 그런 이상한 행동을 하는 목적은 무엇일까? 이러한 질문에 대한 해답은 전혀 알 수 없었고, 단지 브랜즈비 학교로부터 내가 자취를 감추었던 날 오후 윌슨도 가족이 불의의 사고를 당해 퇴학했다는 사실을 확인했을 뿐이었다.

그러나 얼마 후 나의 머릿속은 온통 옥스퍼드 생각으로 가득 차있었다. 나는 옥스퍼드로 간 것이다. 막상 대학에 진학하고 보니 양친은 무분별한 허영심에서 용돈이며 학자금을 넉넉하게 보내주었다. 그 액수는 이미 몸에 밴 사치스러운 생활을 마음껏 누리고, 더 나아가 영국에서 가장 부유한 귀족 자제들의 낭비 생활에 조금도 뒤지지 않는 삶을 누릴 수 있는 금액이었다.

나의 타고난 기질은 악행을 조장하는 각종 유혹에 자극받아 곱절로 나빠졌고, 흥청망청 즐기는 생활에 빠져든 나는 체면이라는 삶의 기본적인 형식을 갖추는 자제력까지 잃고 말았다. 하지만 나의 방종한 언행을 구구절절 늘어놓는 것은 어울리지 않기에 그만두겠다. 다만 내가 낭비 생활 면에서는 해롯을 능가했다는 것, 그리고 새로운 악행을 무수하게 저지름으로써 유럽에서 가장 방탕한 옥스퍼드 대학에서 흔히 볼 수 있었던 악행들의 기나긴 기록에 내가 결코 짧지 않은 부록을 더했다는 사실만 덧붙이고 끝낼 것이다.

이후 나는 직업적인 도박사들의 추잡한 협잡을 알게 되었고, 이 비열한 기술에 숙달하여 마침내 상습 도박꾼이 되었다. 어리석은 학우들을 미끼로 나의 수입을 한층 증대시키려 도모했다고 밝힌다면, 사람들은 그것을 믿지 않을 것이다. 그러나 그것은 사실이었다. 일체의 명예 및 인간적인 감정을 짓밟는 이 수법의 극악무도함이야말로 내가 거리낌없이 이 악습에 젖어들 수 있는 유일하다고는 할 수 없어도 중요한 이유였음이 틀림없다. 아무리 방종한 나의 놀이 친구라 하더라도 쾌활하고 솔직하며 넓은 아량의 소유자인 윌리엄 윌슨, 옥스퍼드의 자비 유학생 중에서 가장 품위 있고 돈에 담백한 내가 그런 협잡을 할 줄은 꿈에도 생각지 못했을 것이다.

윌리엄 윌슨은 옥스퍼드에서 가장 고결하고 도량이 넓고 자비로우며, 그의 어리석음은 청년기의 통제할 수 없는 상상력에서 비롯된 것이었고, 그의 실수는 그저 남다른 변덕일 뿐이며, 그가 저지르는 악행은 그저 경솔하고 태평스럽고 기세 좋은 낭비벽의 한 가지 형태일 뿐이라고 생각했을 것이다.

이렇게 2년 정도 비행의 성공 가도를 달리고 있을 때였다. 글렌디닝이라는 젊은 벼락부자 귀족이 대학에 들어왔다. 들리는 소문에 의하면 그는 헤로데스 아티쿠스 못지않았는데, 그것도 힘들이지 않고 축재를 했다는 소문이 나돌았다. 나는 그가 머리가 둔한 청년이라는 걸 깨닫고 내 기술의 좋은 먹잇감으로 눈독을 들였다. 어느 날 그를 게임에 끌어들인 나는 도박사의 상투적 수법으로 상대에게 먼저 상당히 따게 해주었다. 이것은 그야말로 효과적으로 올가미를 씌우기 위한 방법이었다. 드디어 나의 책략이 열매를 맺어, 프레스턴이라는 우리의 공동 친구인 자비 유학생의 방에서 만날 약속이 되었다(이 회견에서 단번에 최후의 결판을 지을 작정이었다). 그런데 프레스턴 군을 위해서 한마디 변명을 한다면 그는 나의 계획을 아무것도 모르고 있었다. 더욱이 형식을 갖추기 위해 그 자리에 8,9명의 친구들을 모아놓고, 트럼프를 하는 것을 우연인 것처럼 가장하였다. 그것도 나의 먹잇감이 카드를 하자고 제안하게 만들기 위해 세심하게 주의를 했다. 조금은 저열한 이 수법을 아무 죄책감없이 해냈다. 비슷한 상황이 벌어질 때마다 너무나 자주 행했던 수법이라 아직도 이런 낡은 수법에 걸려드는 어리석은 희생자가 있다는 사실이 그저 놀라울 뿐이었다.

게임은 길어져서 한밤중에 이르렀고, 마침내 글렌디닝 단 한 명을 승부의 상대로 끌어내는 데 성공했다. 이때의 게임도 나의 특기인 에카르테였다. 좌중의 다른 패들은 이 승부의 귀추에 마음이 끌려 자기들의 게임을 그만두고 두 사람을 둘러싸고 구경에 여념이 없었다. 글렌디닝은 내 꾐에 넘어가 초저녁부터 심취해버려 카드를 치거나 나누거나 승부를 할 때에도 난폭하다고 할 정도로 흥분해 있었다. 생각건대 그가 당시 어느 정도는 취한 탓도 있었겠지만 꼭 그렇다고 볼 수는 없었다.

한동안 그는 마구 잃더니 와인을 단숨에 한 잔 들이키고 나서 바로 내가 냉정하게 기다리고 있던 것, 즉 나에게 엄청난 빚을 지게 되었다. 그 결과는 상대가 어느 정도 나의 올가미에 걸려들었는가를 확인하는 것 이외에는 아무것도 아니다. 반 시간도 채 되기 전에 그의 빚은 4배가 되어버렸다.

술 때문에 벌겋게 달아오른 그의 얼굴에서 핏기가 가셔버린 것은 한참 전부터였지만, 가까이서 보니 무서울 정도로 창백하게 얼굴이 변해 있어 깜짝 놀랐다. 깜짝 놀랐다고 감히 말하는 것은 나의 은밀한 조사 결과 그가 엄청난 부자였다는 사실을 알았기 때문이다. 이때 그가 잃은 금액은 막대한 것이었지만 그의 재산에 비하면 곤란을 겪을 정도의 액수라고 여겨지지는 않았고, 하물며 상대가 충격을 받을 만한 액수도 아니었다.

아무래도 술 탓이라는 생각이 떠올랐으나 나로서도 친구들에게 평판을 떨어뜨리지 않겠다는 이유(그 이상의 고결한 동기 같은 것은 없었다)로 게임은 이제 그만두겠다고 말하려고 했다. 그러나 그때 내 곁에 있는 친구들의 표정에서, 또한 글렌딩의 자신도 모르게 나온 절망의 부르짖음으로, 그를 완전히 파멸의 구렁텅이에 몰아넣어 그가 처한 상황이 모든 이의 동정의 대상으로 만들기에 충분했다. 악마의 사악한 손길도 그런 길은 피해가고 있는 것 같았다.

당시의 나로서는 이때 어떤 행동을 취해야 좋을지 알 수가 없었다. 그의 참담한 모습으로 인해 좌중엔 서먹서먹하고 음울한 분위기가 조성되었다. 한동안 찬물을 끼얹은 듯 조용해진 가운데, 그들 중 아직은 성실함을 잃지 않은 자들의 경멸이 담긴 타는 듯한 눈초리를 보고 얼굴이 따가워지는 것을 느낄 수 있었다.

바로 그때 누군가의 불의의 습격으로 게임이 중단되면서 일순 가슴이 후련해지는 일이 생겼다. 그 아파트의 넓적한 접이식 문이 활짝 열리더니, 그 맹렬한 기세에 마법이라도 걸린 듯 방 안의 촛불이 일시에 다 꺼져버렸다. 불빛이 꺼지기 직전의 흐릿한 빛으로 얼핏 알아볼 수 있었던 것은 이 낯선 침입자가 나와 같은 키에 같은 외투로 몸을 감쌌다는 사실이었다. 촛불은 꺼졌지만 완전히 캄캄한 것은 아니어서 우리들의 한가운데 우뚝 서 있는 이 사나이의 존재를 느낄 수가 있었다. 이 난폭한 사나이의 침입에 좌중은 어안이 벙벙해서 입도 못 열고 있었는데, 이 사나이 쪽에서 지껄이기 시작했다.

"여러분!"

이때의 낮고 뚜렷한, 절대 잊을 수 없는 속삭임에 나는 등골이 오싹했다.

"한마디의 양해도 없이 들어왔습니다만 그것은 제가 당연히 이행해야 할 의무 때문입니다. 여러분은 전혀 모르고 있습니다, 오늘밤 에카르테에서 글렌디닝 경으로부터 거액의 돈을 빼앗아간 사나이의 정체를. 그러면 여러분에게 이 필요불가결한 지식을 알 수 있는 신속하고도 결정적인 방법을 가르쳐드리지요. 이 사나이의 왼쪽 소매 커프스의 안쪽과 자수가 수놓여진 실내복의 커다란 주머니 속에 들어 있는 몇 개의 작은 꾸러미를 찬찬히 조사해보도록 하십시오."

이 말을 하는 동안 방바닥에는 핀 하나 떨어지는 소리조차 들리지 않을 만큼 조용했다. 말을 마치자 사나이는 밖으로 나가 들어올 때와 마찬가지로 싱겁게 사라져버렸다. 그때의 나의 심정을 무어라고 표현해야 될까? 지옥에 떨어진 인간의 공포를 한순간에 맛보았다고나 할까? 아니, 이것저것 생각할 여유가 없었다. 수많은 손들이 사납게 나를 움켜잡았고, 방 안은 순식간에 밝아졌다. 이제 몸수색이 시작되었다. 나의 소매 속에서는 에카르테에 필요한 모든 그림 카드가, 실내복의 주머니에서는 노름판에 사용됐던 것과 같은 카드가 몇 벌 나왔다. 내가 가진 카드는 그림패의 양끝이 볼록하고, 숫자패의 양옆도 볼록했다. 아무것도 모르는 사람이 평소대로 세로 방향으로 패를 떼면 상대방은 게임에 유리한 그림패를 갖게 된다.

한편 도박사가 가로 방향으로 패를 떼면 상대편은 게임에서 중요하게 사용되는 카드를 한 장도 받지 못할 것이 분명했다.

나의 협잡이 탄로가 났을 때, 분노가 폭발했더라면 차라리 마음이 편했을 것이다. 그런데 좌중이 나에게 보인 것은 모멸과 싸늘한 무시였다.

"윌슨 군!" 방주인은 허리를 굽혀 발밑의 사치스럽기 그지없는 털외투를 집어 들며 말했다. "이건 자네 물건이 틀림없지? (추운 계절이라서 방을 나올 때 실내복 위에 걸치고 온 외투를 거기에 벗어놓았던 것이다.) 그러나 이제 더 이상 자네만의 기술 증거를 (외투의 주름진 언저리를 신랄한 비웃음이 담긴 눈길로 훑어보면서) 찾을 필요는 없겠지. 이제 이만하면 충분하네. 이제 옥스퍼드에서 더 이상 머물 필요는 없을 것 같군. 아니, 여하간 내 방에서 당장 나가줬으면 하네."

이토록 모욕을 당한 나는 그 지독한 한마디에 당장 폭력으로 응대를 했지만, 그 순간 더욱 놀라운 사실에 정신을 빼앗겨버렸다. (내가 입고 있던 외투는 최고급 모피 제품이었는데, 어느 정도 고급품이었는지는 따로 설명하지 않겠다. 이런 하잘것없는 일에까지 우스꽝스러울 정도로 까다로운 멋을 부렸던 것이다.) 그런데 프레스턴 군이 열린 문 곁의 바닥에 놓여 있는 것을 주워 나에게 건넨 외투는 내 팔에 걸치고 있는 것과 똑같은 외투였다.

나의 비밀을 폭로하고 지독한 꼴을 당하게 한 그 이상한 사나이도 외투를 입고 있었는데, 방 안에 있던 사람들 중 외투를 입고 있는 사람은 나밖에 없었다. 어떻든 어느 정도 침착성을 되찾고 나서 프레스턴이 내민 외투를 받아서 다른 사람들에게는 눈치 채이지 않게 윗옷 위에 겹쳐 입고는 신경질적으로 얼굴을 찌푸린 뒤 방을 나왔다. 이튿날 아침, 아직 날도 새기 전에 서둘러 옥스퍼드를 떠나 공포와 굴욕이 멍든 몸으로 대륙으로 향했다.

그러나 도망을 쳐도 소용이 없었다. 불길한 운명은 승리를 뽐내듯 나의 뒤를 쫓아와 그 불가해한 지배력을 행사했다. 파리에 발을 들여놓자마자 윌슨은 나의 생활에 대해서 지나칠 정도로 관심을 나타내고 있었다. 몇 년의 세월이 흘러갔지만 나는 안정을 찾지 못했다. 악당 같은 놈! 로마에서는 정말이지 중요한 시기에 나의 야심을 방해하더니, 이어 빈, 베를린, 모스크바에서도 그것이 이어졌다. 그의 지독한 저주를 피할 수 있었던 곳은 아무 데도 없었다. 나는 그의 불가해한 지배력을 벗어나기 위해 역병을 피하듯 도망쳤다. 그러나 도망을 치는 것도 한계가 있었다.

나는 끊임없이 나 자신과 은밀한 대화를 나누면서 질문을 했다. '놈은 누군가? 어디에서 왔는가? 놈이 노리는 목적은 무엇인가?' 라고. 그러나 결국 답을 찾지 못했다. 그래서 나는 그의 주제넘은 간섭의 방법, 형식, 특징을 세밀히 조사해보기도 했다.

그러나 추론을 끄집어낼 근거조차 찾을 수가 없었다. 그가 내 앞에 나타났던 수많은 날들을 생각해볼 때 우선 알 수 있는 것은, 거의 대부분이 나의 행동과 계획을 좌절시키고 방해하기 위해서였다. 나에게 심각한 피해를 주면서 오만하게 휘두른 일련의 행동들은 어떤 말로도 정당화될 수 없는 것이었다. 자신의 행동을 스스로 결정할 권리를 타인이 그토록 끈질기고 무례하게 짓밟는 범죄를 용서할 수가 없었다.

또한 내가 눈치 채지 않을 수 없었던 점은, 오랜 세월에 걸쳐 나를 괴롭혀온 상대가(신기할 정도의 꼼꼼함을 발휘하여 나와 아주 똑같은 옷을 차려입는 기벽을 자랑하는) 수단과 형태를 바꿔가면서 나의 의지력에 방해를 꾀할 때 단 한 번도 자신의 얼굴만은 보이지 않았다는 사실이다.

그것은 어찌보면 너무나 가식적이고 어리석은 행동이라고 할 수 있었다. 설마 내가 자신의 정체를 모를 거라고 생각하고 있었던 건 아닐까? 이튼에서는 설교 담당자였고, 옥스퍼드에서는 명예의 파괴자였으며, 로마에서는 야심을 방해했고, 파리에서는 복수를 방해했으며, 나폴리에서는 열정적인 연애를 방해했다. 그리고 이집트에서는 나의 계획을 제대로 알지도 못하면서 탐욕을 부린다고 밀어붙이며 방해했던 불구대천의 적이며 악령이라고 할 수 있는 사나이가 바로 그다. 학생 시절의 윌리엄 윌슨, 동성동명의 급우, 그리고 라이벌, 브랜즈비에서의 지긋지긋한 라이벌이 같은 사람이라는 것을 설마 내가 모른다고 생각하고 있는 걸까?

이제 최후의 극적인 사건으로 이야기를 옮겨보자.

지금까지 나는 오만하기 그지없는 그놈의 위력에 아무 저항도 못하고 굴종해왔다. 윌슨의 고상한 성격, 장중한 예지, 가는 곳마다 출몰해서 일체를 꿰뚫어보는 듯한 놀라운 능력에 존경심을 가지고 있었다. 게다가 깊은 외경심을 갖게 하는 그의 본성, 사상, 태도의 특징들이 나에게 공포감으로 작용해서 나 스스로를 결점뿐인 인간이자 구제불능이라는 생각을 굳히게 했다. 그것은 나를 완전히 술독에 빠지게 했고, 타고난 기질이 술 때문에 악화되면서 점점 자제력을 잃어갔다. 나는 늘 투덜댔고, 우유부단했고, 반항적으로 변해갔다. 그런데 어느 순간부터 그를 대하는 나의 태도가 점점 단호해지면서 나를 괴롭히던 녀석의 위력은 점점 약해졌다. 하여튼 나는 그렇게 믿었다. 그건 단지 착각이었을까? 착각이든 아니든 그때부터 나는 강렬한 희망에 고무되기 시작했고, 마침내 나는 그에게 더 이상 노예처럼 복종하지 않겠다고 굳게 결심을 했다.

장소는 로마. 18××년의 사육제 때였다. 나는 나폴리 사람인 디 브롤료 공작의 가장무도회에 참석했다. 그날은 평소보다 훨씬 많은 술을 마셨기 때문에 혼잡한 방 안의 숨막히는 분위기가 견딜 수가 없었다. 북적이는 인파를 헤치고 나아가는 동안 나는 심한 초조감에 사로잡혔다. 당시 나는 디 브롤료 노인이 매우 사랑하는 아름답고 쾌활한 젊은 부인을 열심히 쫓고 있었다. (어떤 무례한 동기에 의해서인지는 말하지 않기로 하겠다) 말로 표현하기 힘든 유치한 자신감에서 그녀는 그날 밤의 분장의 비밀을 미리 누설했기 때문에 그녀의 정체를 알아차린 나는 어떻게든지 곁으로 가려고 애를 썼다. 바로 그때, 가볍게 나의 어깨에 손이 얹혀지고 잊을 수 없는 저주스러운 낮은 속삭임이 귓전에 울렸다.

걷잡을 수 없는 분노의 발작에 사로잡힌 나는 그 방해자 쪽으로 획 돌아서서 사납게 상대의 옷깃을 움켜잡았다. 예상한 대로 그는 나와 똑같은 옷을 입고 스페인 풍의 푸른 비로드 외투에 허리에는 새빨간 허리띠를 매고 검을 차고 있었다. 얼굴은 검은 비단 가면으로 완전히 가려져 있었다.

"이 악당!" 나는 극심한 분노로 목이 잠겨 소리를 질렀다. 그 한 마디 한마디가 나의 분노에 기름을 끼얹는 꼴이 되었다. "악당! 사기꾼! 개새끼 같으니라고! 내가 너 같은 놈한테 계속 추적을 당하면서 가만히 있을 줄 알았어? 내 뒤를 쫓기만 해봐라. 그 자리에서 찔러 죽여버릴 테다."

나는 무도장에서 바로 옆에 있는 조그마한 대기실 쪽으로 상대를 끌다시피 데리고 갔다. 그는 아무 저항도 하지 않았다.

방에 들어서자마자 나는 그를 거칠게 밀쳤다. 그러자 그는 벽에 부딪혀 비틀거리며 몸을 가누지 못했다. 나는 '개새끼'라고 외치면서 문을 닫고는 칼을 빼라고 했다. 그는 머뭇거리더니 가늘게 한숨을 내쉬면서 잠자코 칼을 빼 들고 방어 태세를 취했다.

승부는 어이없이 끝났다. 나는 격렬한 흥분으로 에너지가 넘쳐 있었으므로, 한쪽 팔에 몇 사람의 기력이 모여 넘칠 정도였다. 순식간에 상대를 힘껏 벽의 널빤지에 밀어붙이고는 맹렬한 기세로 가슴팍을 칼로 찔러댔다.

그 순간 누군가가 문고리를 잡아 흔들었다. 나는 급히 침입자를 막은 다음 빈사 상태에 있는 상대에게로 되돌아왔다. 그때 나의 눈앞에 펼쳐진 광경에 대한 경악과 공포를 무어라고 해야 될까? 내가 눈을 돌린 순간 방 안쪽에는 놀라운 변화가 일어나 있었다.

전에는 아무것도 없었던 자리에 커다란 거울이 걸려 있었다. 극도의 공포에 사로잡혀 그쪽으로 걸어가자 거울에는 나와 똑같은 생김새이지만 새하얗게 질린 피투성이의 얼굴이 힘없이 비틀거리면서 내 쪽으로 다가오는 것이었다.

거울 속에 비친 사람은 내가 아니었다. 그것은 나의 결투 상대인 월슨이었다. 그는 죽음의 고통에 괴로워하면서 나를 바라보고 서 있었다. 그가 바닥에 내려놓은 가면과 외투는 내 것과 똑같았다. 그가 입었던 의상의 바느질 한 땀도, 그의 특이하고 독특한 생김새를 구성하는 얼굴의 윤곽조차도 나와 완벽하게 똑같았다.

그는 틀림없는 월슨이었다. 그러나 이제는 속삭이지도 않았다. 그리고 그가 한 다음의 말은 나 자신이 지껄이고 있다는 생각마저 들 정도였다.

"이긴 것은 너다. 내가 졌어. 그러나 너 역시 죽은 인간이야. 너는 세상과 하늘과 소망으로부터 버림받은 인간이야. 내 안에 있을 때 너는 살아 있었다. 하지만 이제 내가 죽어가는 모습을 보면서, 그것이 바로 너의 실체라는 걸 알게 될 거다. 너는 지금 너를 살해한 거야."

군중 속의 사람

도저히 있을 것 같지 않은 커다란 불행

― 라브뤼예르

한 독일의 책을 지칭하여 '읽히는 것을 거부하는' 책이라고 한 사람이 있었는데, 그것은 그 책에 대한 '매우 적절한 표현' 이라고 감탄한 적이 있다. 왜냐하면 '말해지는 것을 거부하는' 비밀이라는 것이 있기 때문이다.

밤마다 잠자리에서 환상 속의 참회자의 손을 부여잡고, 상대의 눈을 애원하듯 바라보며 절망적인 심정으로 죽음의 문턱을 넘나드는 사람들이 있는데, 이런 것 역시 '밝혀지기를 거부하는 무서운 비밀' 이라고 할 수 있다.

때때로 인간은 지나치게 무거운 양심이라는 짐을 도저히 어떻게 할 수가 없어 무덤 속까지 짊어지고 가는 경우가 있다. 그래서 많은 범죄의 본질이 끝내 세상에 누설되는 것을 피한 채 사라지는 것이다.

　　어느 가을날의 저녁 무렵, 나는 런던의 D×× 카페 발코니의 커다란 창문 옆에 앉아 있었다. 수개월 동안 병을 앓다가 회복기에 접어들면서 체력을 되찾게 된 나는 소위 '권태'와는 정반대의 상쾌한 기분, 말하자면 마음의 눈에서 하나의 막이 벗겨져 예리한 욕망이 눈을 뜨게 된 기분이었다. 이때는 지성도 전기를 띤 상태가 되어 평균적인 일상을 훨씬 능가하는 힘을 발휘하고 있었다. 예를 들면 라이프니츠의 발랄하고 솔직한 이성, 고르기아스의 강렬하고도 오밀조밀한 수사법에 어울리는 상태가 되었다. 호흡하는 것조차도 큰 즐거움이었던 나는 고통의 원천이었던 것들에서조차 커다란 쾌감을 느꼈다. 이때는 주변의 모든 것에 대해 따스하면서도 강렬한 호기심을 억제할 수가 없었다.

　　그날 오후에도 나는 여송연을 물고 신문을 무릎 위에 놓은 채 광고를 바라보다가 찻집의 각양각색의 손님들을 관찰하기도 하고, 흐린 유리창 너머로 거리를 내다보는 기쁨을 만끽하고 있었다.

　　내가 있던 거리는 런던의 번화가 가운데 하나로, 온종일 몹시 사람들로 붐비는 곳이었다. 게다가 해거름이 다가오자 인파는 점점 불어나 가로등이 켜질 무렵에는 끊일 새 없는 군중의 세 줄기 흐름이 카페 앞을 쉴 새 없이 왕래했다.

　해질 무렵의 그 시각, 이런 장소에 있어본 적이 없었기 때문에, 도도한 인파의 감미롭고 신선한 정서가 가슴 속에 요동치는 것을 느꼈다. 마침내 나는 호텔 안의 일은 완전히 잊어버린 채 오로지 거리의 광경에 마음이 빼앗겨 있었다.

　나의 처음의 관찰은 일반적이고 추상적인 경향을 띠고 있었다. 통행인을 집단이라는 덩어리로 바라보고, 오로지 집단적인 관계에서만 생각했다. 그러나 어느덧 세부적으로 들어가서 복장, 풍채, 생김새, 표정 등을 관찰하기에 이르렀다.

　대다수의 통행인은 사무적이며 만족한 태도로, 머릿속에 있는 거라고는 단지 혼잡을 헤치고 나아가는 일뿐인 것처럼 보였다. 모두가 하나같이 미간을 찡그리며 시선을 바삐 움직였다. 다른 통행인에게 밀렸을 때에는 옷매무새를 조금 고쳤을 뿐 짜증을 내거나 하지는 않고 빠르게 지나갔다.

　그들 외에도 허둥거리며 상기된 표정을 짓고 있는 패들도 상당히 눈에 띄었다. 이들은 계속 뭔가를 중얼거리면서 특별한 몸짓을 해보였다. 이들은 앞으로 나아가는 것이 방해되면 중얼거리는 것도 뚝 그치고 한층 몸짓을 크게 하면서 방심한 듯한 억지웃음을 띠고는 거치적거리는 인파를 뚫고 지나가는 것이었다. 이들이 인파에 떠밀리거나 하면 상대에게 연신 절을 하면서 자못 당황한 태도를 보였다.

이상 두 종류의 사람들에겐 지금 말한 점 외에 크게 눈에 띄는 특징은 찾아볼 수 없었다. 일반적으로 그들의 복장은 고상한 편에 속하였다. 분명한 귀족들로 실업가, 변호사, 상인, 증권업자 등 사회의 상류층이나 중류에 속했는데, 이들은 자신의 책임 하에 일을 해나가고 있는 자들이었다. 나로서는 그다지 흥미가 당기지 않는 패들임에 틀림없었다.

세일즈맨의 신분은 단번에 알 수 있었다. 세일즈맨들은 두 종류가 있었는데, 먼저 허름한 상점의 하급 점원과 착 달라붙는 상의에 반짝반짝하는 구두를 신고 기름 바른 머리, 건방진 입매를 한 젊은 이들이다. 샐러리맨답다고 할 수밖에 없는, 특유의 스마트함을 빼고는 1년이나 1년 반 전의 유행을 그대로 유지한 모습이다. 상류 계급의 유행을 되물림한 것이 옷에 그대로 드러나 있다. 이것이야말로 이 친구들에게 딱 들어맞는 정의라고 할 수 있다.

다음은 실속 있는 상사인 상급 사원, 이른바 교과서적인 유형이 틀림없다. 검정이나 갈색의 품새가 넉넉한 양복에 흰 넥타이와 조끼, 크고 튼튼해 보이는 구두, 두툼한 양말 등만 보아도 금세 그들의 실체를 알 수 있다. 그들은 하나같이 머리카락이 조금씩 벗겨지기 시작하고, 오랫동안 펜을 끼워왔던 탓인지 바른쪽 귀만 묘하게 뻗쳐 있는 것같이 보인다. 자세히 보고 있자니 모자를 쓰고 벗는 것도 항상 두 손으로 하고, 회중시계에는 고풍의 묵직한 금시계 줄을 달고 있다. 어떻든 상류 냄새를 풍기는 셈이다. 이렇게 말하면 조금 지나친 청찬인지도 모르지만.

혼란스러운 옷차림을 한 패거리들도 상당히 많았는데, 이들은 모든 대도시의 부속물이라고 할 수 있는 소매치기임을 간단히 알아낼 수 있다. 나는 매우 주의 깊게 관찰해 본 결과 진짜 신사들이 이런 패거리를 자신들과 같은 부류의 신사로 오인하는 까닭을 도대체 알 수 없다. 와이셔츠의 소맷부리가 유난히 크거나 아무에게나 무턱대고 친숙한 척해 보이는 행동을 함으로써 그 본성이 그대로 드러나고 만다.

도박사도 두서너 명 정도 눈에 띄었는데, 이자들을 알아내는 것은 간단하다. 복장은 그야말로 천차만별로 비로드 조끼, 화려한 스카프, 금도금한 시곗줄, 금세공한 단추 등으로 치장한 여봐라는 듯한 협잡꾼의 풍채부터 더없이 소극적인, 도박사의 혐의를 받을 우려가 전혀 없어 보이는 목사 스타일까지 있다. 그런데도 도박사라는 것을 한눈에 알 수 있는 것은, 어딘지 칙칙하고 거무스름한 안색에다 흐릿한 눈, 굳게 다문 핏기 없는 입술 등으로 판별할 수 있다. 그 외에 나의 눈에 언제나 표적이 되는 특징은 유난히 낮은 목소리에 엄지손가락을 다른 손가락과 직각으로 뻗는 버릇과 그 외에도 두 가지나 있다.

나는 이런 패거리들도 한눈에 알 수 있다. 나쁜 꾀 한 가지로 먹고 사는 신사분들이라고나 할까, 군중을 먹잇감으로 삼는 이 패들은 대개 멋쟁이와 군인이라는 두 부류로 이루어져 있다. 전자의 중요한 특징은 장발과 미소이고, 후자의 특징은 금술이 달린 상의와 떫은 표정이다.

다시 한 단계 낮은 계급으로 내려가면 더욱 음울하고 심각한 고찰이 필요한 대상과 부딪친다. 말할 수 없이 위축되고 비굴한 표정 속에 눈동자만은 예리하게 빛나는 유대계 행상인이나 본업이 노숙자인 건장하게 생긴 자가 절망한 나머지 구걸을 하러 한밤의 거리를 배회하며 자신보다 조금 나은 노숙자를 노려보는 것, 그리고 쇠잔할 대로 쇠잔해져서 목숨이 얼마 남지 않아 보이는 병자가 혼잡한 틈을 비틀거리고 다니면서 행인들의 얼굴을 쳐다보며 우연한 위안이나 잃어버린 희망을 되찾으려는 듯한 모습, 그리고 긴 하루 일과를 마치고 어두운 집으로 돌아가는 수줍은 소녀들이 부랑배들의 시선을 받고 분연히, 아니 연약하게 몸을 움츠리면서 그들이 곁으로 다가오는 것을 피하지도 못하는 모습이다.

또한 온갖 부류의 다양한 연령의 여자들이 있다. 이들은 한창 나이의 얼핏 보기에도 틀림없는 미인으로 루키아노스(2세기 초엽의 그리스 풍자 작가. 『신들의 대화』의 저자)에 나오는, 표면은 파로스 섬의 대리석으로 감싸여 있지만 속은 분뇨로 가득 차 있다는 조각상을 연상케 하는 부류와 보기에도 끔찍한 문둥병자가 누더기를 걸친 모습, 그리고 주름살투성이인 늙은 여성이 보석으로 단장을 하고 분을 처발라서 필사적으로 주름을 감추려는 여성과 아직 풋내기 계집애가 어디 배웠는지 징그러울 정도의 교태를 부리는 것은 물론 악덕조차도 연장자에게 결코 뒤지지 않겠다고 야심을 불태우는 것까지 한눈에 알아볼 수 있다.

그리고 딱히 한마디로 정의내릴 수 없는 무수한 주정뱅이들……. 대체로 이들은 누덕누덕 기운 옷에 상처난 얼굴, 멍청한 눈길로 중얼거리면서 비틀거리는 작자들이다. 이들은 지저분하지만 그런대로 괜찮은 옷을 입고, 두껍고 육감적인 입술에 건강미가 있는 붉은 얼굴을 하고는 불안정하게 뻐기며 걷는 작자가 대부분이다. 그리고 정성껏 손질을 한 오래된 고급 양복을 입고 있는 자도 있다. 그들의 걸음걸이는 부자연스럽고, 창백한 눈은 거칠게 핏발이 선 채 군중 사이를 빠져나가면서 손에 닿는 것이면 모조리 부르르 떨면서 붙들려고 한다.

그 밖에 파이 장수, 문지기, 석탄 운반꾼, 굴뚝 소제부, 풍각쟁이 그리고 거리의 시인 중에는 노래책을 파는 이도 있고, 누더기 옷을 입은 직공도 있다. 이들 기진맥진한 노동자도 그 부류가 다양한데 이들 모두가 소란스런 활력에 넘쳐 있어 귀에 거슬리는 소음을 피워올렸으며, 눈에는 찌르는 듯한 아픔을 가져다주었다.

밤이 깊어가면서 거리의 풍경은 흥미를 더해갔다. 군중의 부류가 싹 바뀌었을 뿐 아니라(건실함과 고상함을 갖춘 사람들은 점점 자취를 감추는 것과 동시에 갖가지 종류의 악덕이 인간의 소굴에서 기어나와 험악한 면이 뚜렷하게 표출되었다), 처음 얼마 동안은 엷어져 가는 석양의 빛과 겨루고 있던 희미한 가스등이 마침내 강력한 빛을 발하며 일체의 사물에 눈부신 빛을 던지게 된다. 모든 것이 어둠 속에서도 빛을 띠게 되어 옛날 테르툴리아누스가 묘사한 흑단을 연상케 한다.

이런 광채는 내 마음을 매료시켜 한 사람 한 사람의 얼굴을 자세히 바라보지 않을 수 없게 한다. 창밖의 세계는 순식간에 흘러가 버리므로 저마다의 얼굴을 잠시 흘깃 볼 뿐이지만 그때의 특별한 느낌은 찰나의 조우 속에서 오랜 세월에 걸친 역사를 읽어낼 수 있을 것 같은 기분이 들 때도 있다.

이렇게 이마를 유리창에 붙인 채 군중의 얼굴을 쳐다보기에 여념이 없을 때 갑자기 65세에서 70세 정도 되어 보이는 늙은 노인의 얼굴이 시야에 들어오자, 그 표정의 유례 없는 특이함에 나의 주의력을 송두리째 빼앗겨버리고 말았다. 그 표정과 비슷하게 닮은 사람을 본 기억이 단 한 번도 없었다.

지금도 또렷이 기억하고 있지만 그 얼굴을 보는 순간 나의 마음에 가장 먼저 떠오른 것은 레츠가 만약 그 얼굴을 보았다면 그 자신이 그린 악마의 화상보다도 훨씬 월등한 것이라고 인정했을 것이 틀림없다는 사실이다. 그때 순간적으로 그 노인의 표정의 의미를 어떻게든 분석해보려는 나의 마음에 광대한 지력, 신중, 빈궁, 탐욕, 냉정, 악의, 잔혹, 득의, 흥분, 끔찍한 공포, 강렬하지만 극도의 절망 등의 뒤얽히고 모순된 생각이 한꺼번에 솟아올랐다.

나는 흥분과 경악이라는 매혹적인 감정에 사로잡혀 있었다.

'얼마나 기괴한 역사가 저 사나이의 가슴에 새겨져 있는 것일까?' 하고 나는 중얼거렸다. 그러자 그 사나이를 좀 더 지켜보고 싶고, 좀 더 알고 싶다는 기분에 휩싸였다.

황급히 외투를 걸치고 모자와 지팡이를 든 나는 거리로 뛰쳐나가 군중을 헤치고 그 사나이가 걸어간 쪽으로 걷기 시작했다. 그러나 사나이의 모습은 이미 보이지 않았다. 그리고 한동안 애를 먹은 뒤 마침내 노인의 모습을 찾아낸 나는 가까이 다가가 상대가 눈치 채지 않도록 조심하면서 바로 뒤를 따라갔다.

그제야 노인의 모습을 차분하게 관찰할 수가 있었다. 키가 작고 몹시 여윈 그는 매우 쇠약해보였다. 램프의 불빛에 비치는 것으로 보아 복장은 전체적으로 지저분하고 낡아 보이긴 했으나 옷감은 고급품이라는 것을 알 수가 있었다.

그런데 분명히 고물인 긴 외투의 벌어진 틈에서 힐끗 내비치는 것은 다이아몬드와 단검이었다. 그러나 그것은 내 눈이 착각을 일으켰기 때문일까? 아무튼 이러한 관찰은 점점 나의 호기심을 북돋워 그 미지의 사나이를 끝까지 추적해보고 싶은 생각을 굳히게 했다.

이제 밤은 완전히 깊어져서 거리를 덮고 있던 짙고 축축한 안개는 어느덧 세찬 비로 변했다. 이러한 날씨의 변화는 군중에게도 기묘한 변화를 가져와 군중들은 갑자기 혼란을 일으켰고, 근처 일대가 일제히 우산의 대군으로 덮여버렸다. 이 동요! 서로가 서로를 밀쳤고, 웅성거림은 점점 도를 더해갈 뿐이었다.

　그러나 나로서는 비 따위는 그다지 문제가 되지도 않았다. 체내에 숨어 있는 병의 잔재가 남긴 신열 때문에 비는 몸을 위협적이면서도 묘하게 기분 좋게 만들었다. 나는 입언저리를 손수건으로 감싸면서 계속 걸었다.

　반시간가량 노인은 위태로운 걸음걸이로 큰길을 걸어 나갔고, 나는 그를 놓치면 곤란하다는 생각에 바로 바싹 붙어가듯 따라갔다. 상대는 단 한 번도 뒤돌아보지 않았기 때문에 나의 존재를 눈치 채지는 못한 것 같았다. 드디어 노인은 옆길로 들어섰는데, 여전히 인파가 붐볐지만 큰 거리만큼 혼잡하지는 않았다. 그런데 이쯤에서 그의 태도에 분명한 변화가 생겼다. 걸음걸이도 아까보다 느려졌고 행선지를 잃어버린 듯했는데, 아무래도 정해진 목표는 없는 것 같았다.

　거리는 여전히 붐비고 있어서 바싹 뒤를 따라가지 않으면 안 되었다. 좁고 긴 이 옆길을 한 시간 정도 계속 걸어가고 있는 동안 통행인의 수도 상당히 줄어들었다.

　미국의 거리는 아무리 번잡하다 해도 런던의 인구와는 큰 차이가 있다. 다시 한 번 모퉁이를 돌자 휘황하게 불이 켜져 있는 활기가 넘치는 광장이 나왔다. 그러자 노인의 모습은 원래의 상태로 돌아갔다. 턱을 아래고 쑥 빼고 잔뜩 찡그린 미간 밑의 강렬한 눈초리가 주변의 통행인을 둘러보고 있었다. 그는 전혀 피로한 기색도 없이 착실하게 발걸음을 계속 옮겼다. 그러다가 광장을 한 바퀴 돌자 휙 돌아서더니 왔던 길을 다시 걷기 시작했다. 내가 정말 놀란 것은 이런 짓을 몇 번이나 되풀이했기 때문에 한번은 갑자기 돌아선 노인과 정면으로 마주칠 뻔했다.

같은 광장을 계속 걷는 동안 시간은 한 시간이나 지나 어느덧 통행인의 혼잡이 확 줄어들었다. 빗줄기는 더욱 세차졌고, 공기도 싸늘해져서 집으로 향하는 사람들의 발걸음을 재촉했다.

그러자 이 늙은 방랑자는 초조한 몸짓으로 비교적 인기척이 드문 골목길로 들어섰다. 이 골목길을 4분의 1마일 정도 걷는 동안 흐트러짐이 없는 걸음걸이는 이런 나이의 노인으로서는 생각할 수 없을 정도의 속도여서, 따라가기조차 벅찰 지경이었다. 몇 분 뒤에는 북적거리는 커다란 시장으로 나왔는데, 이 주변의 지형을 노인은 훤하게 알고 있는 듯 다시 이전처럼 생기에 찬 태도로 되돌아가 물건을 사고파는 사람들 사이를 누비면서 목표 없는 발걸음을 계속 옮기는 것이었다.

이 시장에서 한 시간 반 정도 있었을까? 어쨌거나 상대방의 주의를 끌지 않은 상황에서 감시를 계속하기란 매우 많은 주의가 필요했다. 운이 좋게도 나는 고무로 된 장화를 신고 있어서 소리를 내지 않고 돌아다닐 수가 있어 상대방은 이쪽의 존재를 한 번도 눈치 채지 못했다. 노인은 상점들에 차례로 들러 값을 묻지도 않고, 아니 거의 한마디도 입을 떼지 않고 갖가지 물건에 공허한 눈길을 던질 뿐이었다. 이러한 태도는 나로서는 아무래도 이해할 수가 없는 것이었다. 이 정도의 상황이 되면 어떻게든 납득이 갈 만한 판단이 설 때까지 추적을 계속해야 했다.

시계가 11시를 치는 소리가 울리자 시장에는 인파가 확 줄어들었다. 상점의 주인이 문을 닫으려고 노인을 밀어내려는 몸짓을 했다. 그 순간 그의 몸이 심하게 떨리는 것을 알 수 있었다. 급히 거리로 나온 그는 한순간 걱정스럽게 주위를 둘러보았다. 그러고는 믿을 수 없을 만큼 빠른 걸음으로 인적 없는 후미진 골목길을 재빨리 벗어나 한길가의 D×× 호텔이 있는 거리로 갔다. 그러나 거리의 모습은 조금 전보다 많이 달랐다. 여전히 가스등이 휘황하게 빛나고 있었지만 비가 세차게 쏟아져 이미 사람의 그림자라곤 찾아볼 수조차 없었다.

노인은 새파랗게 질려 있는 것 같았다. 조금 전까지만 해도 인파로 넘치던 한길을 나른한 듯 몇 걸음 걸어가다가 휴우 하고 한숨을 쉬고는 테스 강을 향해 걷기 시작하더니, 꼬불꼬불한 길을 몇 구획이나 지나서 마침내 어느 대극장이 보이는 장소로 나왔다.

이제 막 영화가 끝난 때여서 입구에서 관객이 떼를 지어 쏟아져 나왔다. 그러자 노인은 인파 속으로 뛰어들어 겨우 숨을 돌렸다는 듯 깊은 심호흡을 하는 모습을 보였다. 얼굴에 나타났던 격심한 고뇌의 흔적은 얼마간 사그라진 듯했다. 노인은 또다시 턱을 아래로 떨어뜨리고 맨 처음 보았을 때의 자세로 되돌아갔다. 가만히 보고 있으려니 대부분의 군중이 걸어가는 방향으로 노인도 따라 가고 있는 것이었다. 그런데 도대체 이 변덕스러운 행동거지의 의미는 무엇일까? 아무리 생각해도 어리둥절해질 뿐이었다.

걸어갈수록 인파가 줄어들자 조금 전의 불안과 동요가 또다시 그의 얼굴에서 기세를 부렸다. 한참을 취한 무리들의 뒤를 따라가는 중에 어느덧 한 사람 또 한 사람씩 떨어져 나가, 좁고 어두컴컴하고 인적이 끊긴 골목에 이르렀을 때는 겨우 세 사람밖에 남지 않았다. 노인은 문득 멈추어 서서 깊은 생각에 잠기는 듯하더니 갑자기 격렬한 동요의 빛을 띠더니 급히 방향을 바꾸어 걷기 시작했다. 마침내 그는 지금까지의 거리와는 전혀 분위기가 다른 구역으로 걸어갔다.

그곳은 런던에서 가장 소란스런 지역으로, 빈궁과 범죄의 사각지대라고 할 수 있는 곳이었다. 가스등의 흐릿한 빛으로 간신히 살펴보니 높고 낡아 다 썩은 기다란 목조 건물은 지금 당장이라도 무너져 내려앉을 지경이었고, 그 사이를 지나갈 통로조차 분간하기 어려운 형편이었다. 거리의 포석도 무성한 잡초에 떠밀려 여기저기 뒹굴고 있었다. 막혀버린 하수구는 엄청난 오물덩어리 그 자체였다. 황폐한 분위기가 온 주변을 꽉 메우고 있다.

그러나 골목으로 들어가자 사람의 기척이 점점 늘어나 마침내 런던 주민들 가운데 가장 하층의 무리들이 비틀거리며 서성이는 모습이 보였다. 노인은 어느덧 꺼져가는 등불이 마지막으로 일으키는 불꽃처럼 활짝 생기가 돌았다. 또다시 노인은 팔팔한 걸음걸이로 발걸음을 옮기기 시작했다. 모퉁이를 하나 돌자 갑자기 휘황한 불빛이 눈앞을 가로막았다. 교외에 있는 광대한 탐닉의 전당, '진(기독교의 루시퍼와 같은 이슬람교의 악마의 왕)'이라는 악마의 전당 앞에 나선 것이다.

벌써 새벽이 가까워졌는데도 아직 가련한 주정뱅이들이 이 음울한 문을 끊임없이 들락거리고 있었다. 노인은 거의 환희에 찬 고함을 지르고 싶은 표정이 되어 문을 밀치고 들어가 혼잡 속을 왔다 갔다 하기 시작했다. 그러나 얼마 안 가 문에서 쏟아져 나오는 인간들로 발 디딜 틈이 없게 되어 그 '전당'도 마침내 폐점 시간이라는 것을 알 수 있었다.

그때 내가 그토록 끈질기게 관찰해온 이 특이한 인물의 얼굴에 나타난 것은 단순히 절망이라고만 명명해버릴 수 없는 강렬한 그 무엇이 있었다. 그런데도 그는 걸음을 멈추지 않고 끓어오르는 활력으로 또다시 발꿈치를 돌려 런던의 심장부로 되돌아가는 듯했다. 그는 오랫동안 정정하고 빠른 걸음으로 계속 걸었다. 그런 그를 보며 나는 걷잡을 수 없는 경악에 빠진 한편 이 추적을 멈춰서는 안 된다고 결심하고 계속 뒤를 쫓았다. 걸어가는 동안 여명이 밝아왔고, 이 인구 많은 대도시 번화가의 중심부인 D××호텔에 또다시 돌아왔을 때에는 이미 지난밤 못지않은 혼잡함과 활력이 넘치고 있었다.

나는 시시각각 불어나는 인파 속에서 노인을 계속 추적했다. 노인은 여전히 쉴 새 없이 이곳저곳을 쏘다녔다. 덕분에 나는 이틀째의 해가 질 무렵에는 쓰러질 정도로 지쳐서 끝내는 이 방랑자의 정면을 가로막고 찬찬히 상대를 훑어보았다. 그러나 상대는 나 따위는 안중에도 없는 듯 매우 진지한 모습으로 지나쳐 버렸으므로, 이제는 추적을 단념한 나는 망연히 멈추어 서서 깊은 감회에 빠졌다.

　마침내 나는 중얼거렸다. '이 노인이야말로 범죄자의 전형이며 천재다. 그는 혼자 있기를 거부한다. 〈군중의 사람〉이다. 뒤를 쫓아봤자 헛일이다. 그에 대해, 또한 그의 행동에 대해 더 이상 알려고 해서는 안된다. 인간의 최악의 마음은 저 그뤼닝거의 『마음의 정원』도 미치지 못하는 추악한 책으로, 읽히는 것을 거부하는 것이야말로 신이 내린 커다란 자비일지 모른다' 고 생각했다.

황금 풍뎅이

아니, 왜 저러지!

저놈이 미친 듯이 춤을 추네. 독거미한테 물렸나보군.

— 『잘못투성이』

꽤 오래 전의 일이다. 당시 나는 윌리엄 래글런드라는 사람과 매우 가깝게 지내고 있었다. 이 사나이는 전통 있는 위그노 집안 출신으로, 한때는 위세가 당당했으나 계속되는 불운으로 몰락하고 말았다. 그는 그런 재난에 으레 따르게 마련인 굴욕감을 견뎌내기가 어려운 성격이라 선조 대대로 살아온 뉴올리언스 시를 떠나 사우스 캐럴라이나주의 찰스턴에서 얼마 안 떨어진 설리번 섬으로 옮겨갔다.

이 섬은 아주 특이하게도 거의 모래로만 이루어져 있었다. 전체 길이는 약 3마일로, 어느 지점에서도 폭이 4분의 1마일을 넘지 않았다. 섬과 육지를 갈라놓는 것은 거의 눈에 띄지 않을 정도의 작은 강이었다. 뜸부기가 즐겨 모여드는 이 강은 갈대가 우거진 늪지를 흐르고 있었다.

이런 섬이었으므로 식물의 종류도 많지 않았고, 그것조차도 볼품 없이 자잘한 것들뿐으로 키가 큰 나무는 거의 눈에 띄지 않았다. 섬의 서쪽 끝에는 몰트리 요새가 있었고, 근처에는 여름 한때 찰스턴의 먼지와 열기를 피해 오는 사람들이 거처하는 보잘것없는 목조 가옥이 몇 채 있었다. 그 부근에는 뻣뻣한 털이 나 있는 종려나무가 있기는 했지만 그 서쪽 끝과 하얀 해안선을 제외한 나머지는 영국 원예가들이 애호하는 향기로운 도금양 덤불이 섬 전체에 빽빽하게 우거져 있었다.

이 관목은 키가 15피트에서 20피트가 정도 되는 것도 드물지 않았는데, 이런 나무들이 사람이 빠져나갈 수 없을 정도로 빽빽하게 숲을 이루고 있어 주위는 향기가 진동했다.

나와 래글런드가 우연히 알게 된 것은 그 시기로, 그가 이 숲의 가장 깊숙한 곳, 즉 섬으로는 동쪽 끝이고 육지에서는 가장 동떨어진 곳에 오두막을 짓고 살 때였다. 그와의 이 우연한 만남은 머지않아 우정으로 발전했다. 사실 이 은둔자에겐 흥미와 존경을 일으킬 만한 요소가 충분히 있었다. 폭넓은 교양의 소유자에 뛰어난 두뇌를 가지고 있는 그는 사람을 싫어하는 성향이 있는 데다 무언가에 열중하는가 싶으면 어느새 싫증을 내는 괴벽스러운 성격의 소유자였다.

장서를 잔뜩 소장하고 있었으나 그걸 다 읽지는 않은 것 같았다. 대신 사냥과 낚시, 바닷가를 거닐거나 도금양 숲을 돌아다니며 조개껍데기며 곤충 표본을 채집하는 것이 그의 주된 취미였다. 특히 곤충 표본 채집은 스왐메르담(네덜란드의 곤충학자) 같은 곤충학자도 부러워할 정도였다. 이런 채집에 나설 때는 대개 주피터라는 늙은 흑인을 데리고 다녔다. 이 흑인 노인은 래글런드 집안이 몰락하기 이전에 해방된 몸이었으나 '윌 서방님'을 따라다니는 것을 자신의 특권으로 여기는 듯, 위협을 해도 달래봐도 도무지 먹혀들지 않았다. 어쩌면 래글런드를 머리가 약간 돈 사람이 아닌가 걱정하는 그의 친척들이 이 방랑자를 감시하고 보호할 목적으로 이런 고집스러운 습성을 교묘히 심어주었는지도 모를 일이었다.

설리번 섬은 날씨가 혹독하게 추운 날은 거의 없다. 따라서 가을에 불기가 그리울 때는 극히 드문데, 18××년 10월 중순경이면 때때로 몹시 추울 때가 있었다. 해가 질 무렵, 나는 상록수 숲을 헤치며 친구의 오두막을 향했다. 몇 주일이나 그를 만나지 못한 터였다. 당시 나는 찰스턴에 있었는데, 거기서 섬까지는 9마일이나 되는 데다 교통편도 지금에 비해 훨씬 불편했다. 오두막에 도착한 나는 여느 때나 다름없이 문을 두드려보았으나 아무 대답이 없었다. 그래서 열쇠를 숨겨두는 장소를 잘 알고 있었으므로 열쇠를 찾아 문을 열고 안으로 들어갔다. 난로에는 불이 활활 타오르고 있었다. 뭔가 이해할 수 없는 구석이 있긴 했지만 낯선 상황은 아니었다. 나는 외투를 벗은 뒤 탁탁 소리를 내며 타고 있는 장작불 곁의 의자에 느긋하게 걸터앉아 주인이 돌아오기를 기다렸다.

친구와 하인은 땅거미가 지고 난 뒤 얼마 안 되어 돌아와 나를 반갑게 맞이했다. 검둥이 주피터는 입이 귀밑까지 찢어질 정도로 반가워하며 저녁 식사에 내놓을 뜸부기 요리를 만드느라고 정신이 없었다. 래글런드는 또 신열이 발작―달리 어떻게 표현하겠는가―하여 고통스러워하고 있었다. 그는 신종에 속하는 아직 잘 알려지지 않은 조개를 발견한 데다가 주피터의 도움으로 풍뎅이 한 마리를 잡았다고 했다. 갖은 노력 끝에 가까스로 잡은 이 풍뎅이는 아주진기한 것으로, 그 녀석의 이야기는 이튿날 아침에 하기로 했다.

"왜 하필이면 오늘밤은 안 되고 내일 아침인가?" 나는 양손을 불 앞에 비비대면서 이렇게 묻긴 했으나 속으로는 풍뎅이 까짓 걸 가지고 무엇이 그리 대단해서 저렇게 수선을 떨까 생각했다.

"글쎄, 자네가 오늘 올 줄 미리 알았더라면 좋았을 텐데!" 래글런드가 말했다. "우린 꽤 오랜만에 만난 거지? 게다가 하필 오늘밤에 오다니! 돌아올 때 G×× 중위를 만나 그 벌레를 빌려줘 버렸어. 바보짓을 했지. 그러니 내일 아침이라야 보여줄 수 있겠네. 자네, 오늘밤 여기서 묵고 가게. 그러면 내일 해 뜰 무렵 점(주피터의 애칭)을 시켜 찾아오게 하지. 그 녀석은 신이 창조하신 것 중에서 가장 진기한 것일세."

"뭐가? 해 뜨는 것이 말이야?"

"농담하지 마. 그 벌레 말이야. 번쩍이는 금빛인데다 크기는 굵은 포도알 만하지. 등 한쪽 끝에 새까만 반점이 두 개, 다른 한쪽엔 조금 길쭉한 반점 한 개가 있지. 촉각은……."

"그놈한텐 주석 같은 건 안 섞였대두유 월 서방님. 아까부터 그렇게 말씀드렸지만서두 말이에유." 주피터가 참견을 했다. "그건 진짜 황금 벌레여유. 날개만 빼놓고는 전부 순금이라니께유. 제 평생 그런 벌레를 잡아본 적이 없대두유."

"응, 그렇다고 해서 접……." 래글런드가 대답했다. 그런데 그 말투는 왠지 지나치게 진지한 느낌이 들었다. "주피터가 그렇게 생각하는 것도 무리가 아닐세. 자네 역시 아직 그렇게 번쩍거리는 금속 광택을 내는 갑각류를 본 적이 없을 테니 말일세. 하지만 내 일까지는 어떤 판단도 내릴 수가 없겠지. 그러나 그 생김새만은 지금 이야기해줄 수 있지." 그러면서 그는 작은 책상에 가서 앉았다. 책상 위에는 펜과 잉크가 놓여 있었으나 종이는 없었다. 서랍을 열었지만 그 속에는 아무것도 없었다.

"할 수 없군." 그는 결국 단념을 하며 말했다. "이걸로 하는 수밖에."

그러고는 조끼 주머니에서 몹시 구겨진 종이쪽지를 꺼내더니 거기에다 펜으로 대충 그림을 그렸다. 그가 그림을 그리는 동안 나는 추위 때문에 불 옆을 떠날 수가 없었다. 그림을 다 그리자 그는 그걸 건네주었다. 그때 커다랗게 개 짖는 소리가 나며 계속해서 문을 긁어대는 소리가 들렸다. 주피터가 문을 열자 래글런드가 기르는 커다란 뉴펀들랜드 종의 개가 뛰어와 내 어깨에 매달려 마구 핥으며 법석을 떨었다. 내가 이곳에 올 때마다 무척 귀여워해 줬기 때문이다. 개가 한바탕 법석을 떤 다음 나는 종이쪽지를 보았다. 솔직히 말해 나는 친구의 그림을 보고 몹시 어리둥절했다.

"음~" 나는 그것을 한참 동안 바라보고 난 뒤 말했다. "이건 참 이상한 갑충인걸. 진짜 이런 건 처음 봐. 두개골이나 해골이라고 할까? 아무튼 지금까지 본 갑충 중에서 해골하고 가장 닮았어."

"해골!" 래글런드는 내 말을 되풀이했다. "그래, 종이에 그려놓으면 그렇게 보일 게 틀림없어. 위의 두 개의 검은 점이 눈같이 보이고, 밑의 조금 길쭉한 점은 입같이 보이지. 게다가 전체 모양이 타원형이니까."

내가 말했다. "이봐! 그렇긴 하지만 래글런드, 자넨 그림 그리는 소질은 없는 것 같은데. 아무래도 그 갑충의 실물을 볼 때까지 기다리는 수밖에 없겠네."

그는 조금 부루퉁해져서 말했다. "그래야겠나? 데생이라면 나도 어느 정도 하는 편이라네. 적어도 엉터리는 아니지! 대가에게 사사를 했으니 아주 형편없는 실력은 아니란 말일세."

내가 말했다. "그렇다면 나를 놀리고 있는 거겠지. 이것이 두개 골이라면 꽤 그럴듯한 선이야. 아니, 골격 표본에 대한 비전문가 적인 안목으로 이 선을 본다면 상등 부류에 속하는 두개골이라 해 도 좋을 것 같군. 그건 그렇다 치고, 자네의 풍뎅이가 만약 이런 모 양을 하고 있다면 정말 희귀한 풍뎅이인걸. 이걸 재료로 해서 섬 뜩한 공포 이야기를 하나 만들어낼 수도 있겠군. 그렇지, 이 갑충 을 인두골 풍뎅이라든가 그런 비슷한 이름을 붙여보면 어떨까? 박물학에는 그런 학명이 있지 않나. 그런데 자네가 말한 촉각이란 건 어디 있지?"

"촉각이라고?" 그는 이 일에 대해서 이상할 정도로 열심인 것 같았다. "촉각은 자네 눈에 확실히 보일 텐데 왜 그러나! 실물과 똑같이 그려놓았는데, 보이지 않나?"

"그래? 자네는 그렸는지 모르지만 내 눈에는 보이지 않는걸." 나는 그의 기분을 상하게 해주고 싶지 않아서 더 이상은 질문을 하 지 않고 종이쪽지를 그에게 돌려주었다. 그러나 사태가 이렇게 된 것은 정말 뜻밖이었고, 그가 못마땅해하는 이유를 알 수가 없었 다. 게다가 그 갑충의 그림에는 촉각 같은 것은 전혀 없었고, 전체 적으로 사람의 해골을 그린 평범한 삽화같이 보였다.

몹시 못마땅한 얼굴로 종이를 받은 그는 금세 불길에 그걸 던져 버리려는 듯이 아무렇게나 구겨버렸다가 무심코 그림을 바라보더 니 갑자기 무엇에 홀린 것처럼 뚫어져라 바라보았다. 그의 얼굴이

204

빨갛게 상기되었다가 순식간에 다시 창백해졌다.

그는 몇 분 동안 꼼짝도 않고 자세히 그림을 살펴보더니, 마침내 일어나 테이블 위에 있는 초를 들고 방 한구석에 있는 선원용 궤짝 있는 데로 가서 걸터앉았다. 그는 거기서 다시 종이쪽지를 이리 돌렸다 저리 돌렸다 하며 열심히 살펴보았다. 그러는 동안 그는 한마디도 하지 않았다. 나는 공연한 소리를 해서 더 이상 그를 불쾌하게 만들어서는 안 되겠다고 생각했다. 잠시 후 그는 호주머니 윗도리에서 지갑을 꺼내어 그 속에 종이쪽지를 조심스럽게 집어넣더니 지갑을 책상 서랍에 넣고 자물쇠를 채웠다. 이때의 그의 태도는 눈에 띄게 침착해서 처음의 흥분 상태는 완전히 사라지고 없었다. 어찌 보면 그것은 침착하다기보다 방심 상태에 있는 것 같았다. 밤이 깊어갈수록 그는 점점 몽상 속으로 빠져들었다. 내가 아무리 기발한 유머를 늘어놓아도 그런 것은 귀에 들어오지도 않는지 몽상에서 깨어날 줄을 몰랐다. 나는 이 집에서 종종 묵곤 했으므로 그날 밤도 그럴 작정이었는데, 주인의 기분이 영 아니었으므로 떠나는 게 좋을 것 같았다. 그는 나를 억지로 붙들려고는 하지 않았으나, 헤어질 때는 어느 때보다도 각별한 느낌으로 손을 꼭 잡았다.

그로부터 한 달쯤 지나서(그동안 나는 래글런드를 만난 적이 없었다) 그의 하인 주피터가 찰스턴으로 나를 찾아왔다. 이 선량한 늙은 흑인이 이처럼 풀이 죽어 있는 것을 보는 것은 난생 처음이었다. 나는 친구에게 뭔가 불길한 일이 생기지나 않았나 걱정이 되었다.

내가 물었다. "웬일이지, 접? 서방님에게 무슨 일이 있어?"

"그게 좀, 사실은……. 서방님이 편치 못하셔서유."

"편치 않다고? 그거 야단났군. 어디가 편치 않다는 건가?"

"그게, 그게 말씀이에유, 어디가 편찮다고 말씀은 안 하신다니께유. 하여튼 몸이 편찮으시대니께유."

"몸이 편찮다니, 주피터! 왜 그걸 진작 알려주지 않았지? 그래, 자리에 누워 계신가?"

"아니에유, 그렇지는 않아유. 누워 계시지는 않아유. 그게 더 문제라는 거예유. 월 서방님을 생각하면 애간장이 타서 미치겠시유."

"주피터! 자네 지금 무슨 소릴 하는지 종잡을 수가 없군. 분명히 말해보게. 자네는 서방님이 병이 났다고 했는데, 서방님은 어디가 아프다고 자네한테 말하지 않았는가?"

"아니에유, 서방님. 월 서방님은 아무것도 아니라구 말씀하시지만서두 허구한 날 머리를 떨구구 어깨를 추켜세우구 유령처럼 해쓱한 얼굴을 하고 이리저리 휘적거리며 쏘다니시는 겝니다유. 게다가 짬만 있으면 셈만 하고 있으니……."

"뭘 한다고, 주피터?"

"계산을 하신다니께유. 석판에다 부호를 써유. 생전 구경도 못한 괴상한 부호를 쓴단 말씀이에유. 정말 겁나는 일이에유. 잠시도 한눈 팔지 않고 서방님을 지키고 있어야 해유. 얼마 전에는 제가 눈도 뜨기 전에, 글씨 없어져버렸지 않겠시유. 그러고는 하루 종일 돌아오지 않더구먼유. 저는 서방님이 돌아오기만 허면 혼을 내드려야겠다고 생각허구 굵은 몽둥이를 장만해놓구 기다렸지유. 근데 전 얼띠기에유. 서방님을 보니께 용기가 싹 꺼지데유. 하도 딱한 몰골이라서유."

"뭐, 어쨌다고? 원, 저런! 한데 그렇게 가엾은 양반을 너무 심하게 다루는 건 좋지 않아, 주피터. 서방님을 패서는 안 돼. 한 대만 맞으면 뻗어버릴 테니 말이야. 그런데 어째서 그런 병에 걸렸지? 아니, 어째서 그런 이상한 행동을 하는지 짐작이 안 가나? 일전에 내가 다녀온 후로 뭐 불쾌한 일이라도 있었나?"

"아니에유, 서방님. 그 후엔 별다른 일도, 아니 그럴 만한 일이……. 그런데 이상한 것은유. 서방님이 오셨던 그날이었시유."

"그날이 어쨌다는 거야. 무슨 일이 있었나?"

"아니, 그 벌레 말이에유. 서방님, 그게 바로."

"그게 바로라니?"

"벌레유. 이건 틀림없는 일이래두유. 월 서방님, 그 벌레한테 머리를 물렸나봐유."

"어째서 그렇게 생각하는 거지, 주피터?"

"발톱이 그렇지유, 서방님. 그리구 주둥이두유. 그렇게두 끔찍한 벌레는 본 적이 없시유. 근처에만 가면 닥치는 대로 차구 물구 늘어진단 말이에유. 처음 그놈을 잡은 건 서방님이었시유. 질겁을 해서 놓아버리긴 했지만서두유. 그때 물렸을 거예유, 틀림없이. 저는 그놈의 주둥이가 하도 끔찍해서 손가락으로는 도저히 잡을 수가 없었시유. 그래서 마침 눈에 띄는 종이루다 잡았시유. 전 그놈의 주둥아리에다 종이 끄트머리를 물리고 종이로 감싸서 잡았지유."

"그렇다면 자네는 서방님이 갑충에 물렸기 때문에 병이 났다고 생각하나?"

"그렇게 생각하는 게 아니구 그렇게 믿고 있시유. 벌레한테 물려서 그 모양이 되지 않았으면 왜 자꾸만 황금 꿈만 꾸시는 걸까유? 전 그 황금 벌레 이야길 전에도 들은 적이 있다니께유."

"한데 서방님이 황금 꿈을 꾸신다는 걸 어떻게 알았지?"

"어떻게 알았느냐구유? 그야 잠꼬대를 하시니께 알았지유."

"음, 그래? 그러면 자네가 말한 게 사실이겠지. 그건 그렇고, 쥡! 오늘은 어쩐 일로 왔지?"

"어쩐 일로 왔느냐구유, 서방님?"

"래글런드로부터 무언가 부탁받은 건 없었나?"

"아니에유, 서방님. 부탁하신 건 없시유. 이 편지를 전하라고 하시대유."

그러면서 주피터는 편지를 내놓았다. 내용은 이런 것이었다.

친애하는 벗!

왜 이렇게 발길이 뜸한가? 일전에 내가 좀 소홀히 대했다고 설마 노한 건 아니겠지? 그럴 자네도 아니지만 말이네.

자네가 다녀간 후 나에게 커다란 고민거리가 생겼네. 이야기하고 싶은 게 있는데, 어떻게 말을 해야 할지, 또 이걸 이야기해야 될지조차 모를 지경이네. 요 며칠 계속 기분이 언짢고 불편한데, 주피터까지 나를 어찌나 귀찮게 구는지 못 견딜 지경일세. 믿어줄지 모르겠네만 며칠 전에는 그 늙은이가 굵은 몽둥이를 준비해놓고 그걸로 나를 두들겨 패려고 했네. 늙은이의 눈을 피해서 산속에 하루 종일 있었네. 내 얼굴이 병자처럼 초췌했기에 망정이지 아니면 몽둥이찜질을 당할 뻔했다네.

지난번 만난 후론 나의 표본 상자는 전혀 불어나지 않았네.

어쨌든 가능하면 주피터와 함께 와주기 바라네. 꼭 그렇게 해주게. 중요한 용건이 있어서 그러니 오늘밤 만나고 싶네. 대단히 중요한 일이라는 걸 강조하고 싶네. 이만 총총.

윌리엄 래글런드

이 편지에는 뭔가 나를 몹시 불안하게 하는 것이 있었다. 편지의 전체적인 필체가 평소의 편지와 전혀 다른 느낌을 주었다. 대체 그는 무엇을 꿈꾸고 있는 걸까? 그 흥분하기 쉬운 머릿속에 어떤 생각이 다시 생겨난 것일까? 대체 '대단히 중요한 일'을 처리하지 않으면 안 된다는 건 무슨 뜻일까? 주피터의 이야기로 봐서는 예삿일이 아닌 모양이었다. 연달아 겹친 불행 때문에 머리가 돌았다든지 하는 일은 없어야 할 텐데, 하고 나는 걱정했다. 그래서 서둘러 그 흑인과 같이 떠날 채비를 했다.

선창에 이르고 보니 우리가 타려는 배 밑창에 아무리 봐도 새것으로 보이는 한 자루의 낫과 세 자루의 삽이 뒹굴고 있는 것이 눈에 띄었다.

"이건 대체 무엇에 쓸 건가, 접?"

"우리 서방님 것이에유."

"그건 그렇고, 이런 게 왜 여기에 와 있느냐 말일세."

"월 서방님이 천하 없어도 사 오라고 한 낫이랑 삽이에유. 눈에 불똥이 튀도록 성화를 받았시유."

"한데 도대체 자네의 래글런드 서방님은 낫과 삽으로 무얼 하려는 건가?"

"그런 걸 제가 알 턱이 있남유. 제 생각으론 월 서방님도 모르고 있을 것이 틀림없을 거예유. 그게 전부 벌레 때문이지유."

주피터의 머리는 '벌레' 일로 꽉 들어찬 듯 무얼 물어도 매듭이 풀릴 것 같지 않았으므로, 즉시 배를 타고 출항했다. 강풍이 불어 배는 어느덧 몰트리 요새 북쪽의 조그마한 샛강으로 들어갔다. 거기서부터 2마일가량 걸어서 오두막에 닿았다. 도착한 것은 오후 3

시경이었다. 래글런드는 황새 목을 하고 기다리고 있었다. 그는 내 손을 쥐어잡았다. 그 심상찮은 열의에 그에 대한 의혹이 한층 더 심해졌다. 그의 안색은 죽은 사람처럼 창백하고, 움푹 들어간 두 눈은 야릇한 빛을 띠고 있었다. 건강이 좀 어떠냐는 이야기를 한 후, 특별히 할 이야기가 없어서 G×× 중위한테서 풍뎅이를 돌려받았느냐고 물었다.

"물론일세." 그는 얼굴을 붉히며 대답했다. "그 이튿날 아침에 당장 가져왔지. 이제는 어떤 일이 있어도 그 풍뎅이를 내놓지 않을 생각이네. 주피터가 말한 벌레 이야기는 정말이라고 믿겠지?"

"정말이라니, 무엇이?"

이렇게 묻긴 했지만 불길한 예감이 들어 마음이 무거웠다.

"그 벌레가 황금으로 만들었다는 것 말일세." 그는 이 말을 진지하게 했지만 나는 말할 수 없을 정도로 충격을 받았다.

"그 벌레가 내 운명을 돌려놓을 걸세." 그는 득의만만한 웃음을 띠며 계속 말했다. "선조 대대로 내려오던 재산을 다시 나에게 되돌려줄 걸세. 그러니 내가 그 벌레를 끔찍이 아끼는 것도 이상할 게 없지. 운명의 여신이 그것을 나에게 안겨주는 것이 적당하다고 생각한 이상 나로서도 그것을 이용할 자격이 있는 거지. 그놈은 나를 황금의 산더미 위에 올라앉게 해줄 거야. 주피터, 그 풍뎅이를 가져와."

"뭐! 그 벌레라구유, 서방님? 그 벌레라면 질색이에유. 서방님께서 가져오시지유."

래글런드는 하는 수 없다는 듯이 아주 근엄한 자세로 일어서더니, 갑충이 들어 있는 유리 표본 상자에서 그것을 끄집어내어 나에게로 가지고 왔다. 그것은 매우 아름다운 풍뎅이로 박물학자 사이에도 전혀 알려진 게 없었으며, 생물학적 관점에서도 아주 진기한 것이었다. 등 한쪽 언저리에는 두 개의 둥근 흑점이 있었고, 반대쪽 언저리에는 긴 흑점이 하나 있었다.

껍질은 단단하고 반짝반짝 광택이 나서 잘 닦아놓은 금덩이 그 자체였다. 이 벌레의 무게 또한 엄청났다. 어떻든 이런저런 상황으로 미루어보아 주피터가 그렇게 생각하는 것도 무리가 아니라고 하더라도 래글런드까지 주피터의 엉뚱한 생각에 놀아난다는 것은 아무래도 이해가 가지 않았다.

"자네를 오라고 한 것은," 내가 갑충을 살펴보고 난 뒤 그는 엄숙함이 잔뜩 묻어난 투로 말했다. "자네의 객관적인 조언을 빌려 운명의 여신과 이 벌레의 관계에 대한 견해를 한층 더 발전시켜 분명히 해두려는 걸세."

"여보게, 래글런드!" 나는 그의 말을 가로막으며 목소리를 높였다. "자네는 아무래도 어디가 좀 안 좋은 것 같네. 조심해서 나쁠 건 없지. 눕게. 자네가 좋아질 때까지 2, 3일 여기서 묵겠네. 열이 있는 모양이군……."

"맥을 짚어보게." 그가 말했다.

맥을 짚어보았지만 전혀 이상을 없었다.

"열은 없군. 열이 없다고 해서 건강하다고 할 수는 없지. 이번만은 내가 시키는 대로 하게. 자, 우선 눕게. 그리고……."

"자네는 오해를 하고 있는 것 같네." 그가 내 말을 가로막았다. "이 정도의 흥분 상태에서 이 정도의 건강을 유지한다면 정말이지 다행한 일이지 않나? 만약 자네가 정말 나를 생각한다면 먼저 이 흥분 상태로부터 나를 해방시켜주게."

"내가 뭘 도와주어야 하나?"

"간단해. 주피터와 나는 지금부터 본토의 산으로 탐험을 가려는데, 이 탐험에는 누군가 믿을 만한 사람의 도움이 필요하네. 그리고 그 믿을 만한 사람이란 바로 자넬세. 탐험이 성공하든 실패하든 자네가 염려하는 이 흥분은 틀림없이 가라앉을 걸세."

"자네에게 도움이 된다면 무엇이든지 하겠네. 그렇지만 탐험을 가는데 이 괴상한 벌레가 무엇이 그리 중요한가?"

"중요하고말고! 그걸 말이라고 하나."

"그렇다면 래글런드, 이런 한심스런 일에 한 다리 끼이는 일이라면 사양하겠네."

"아, 미안! 진짜 미안해. 우리 둘이서 하지 않으면 안 되는 일이니 말이야."

"둘이서만 해야 한다고? 자네 어떻게 된 것 아닌가? 그건 그렇고, 만약 간다면 얼마나 걸리나?"

"뭐 꼬박 하룻밤 정도 걸리지. 지금부터 출발한다면 해가 뜰 때까지는 돌아올 걸세."

"그렇다면 자네 틀림없이 약속해주겠나? 자네의 이 정신 나간 짓을 끝내고, 이 벌레 소동…… 정말 지긋지긋해! 자네 마음이 가라앉으면 그땐 집에 돌아와 내 충고를 의사의 충고로 알고 내가 시키는 대로 할 텐가?"

"그러지, 약속하고말고! 자, 이제 떠나세, 우물쭈물하고 있을 때가 아니니까."

나는 마음이 내키지는 않았으나 친구를 따라 나섰다. 우리는 4시경에 출발했다. 일행은 래글런드, 주피터, 개 그리고 나였다. 낫과 삽은 모두 주피터가 자진해서 들겠다고 했는데, 내가 생각하기에는 근실하고 순진해서 그런다기보다는 그런 도구를 주인의 손에 맡기는 것이 두려웠기 때문인 것 같았다.

게다가 주피터는 옹고집의 결정체 같은 사람으로, 도중에 계속 '빌어먹을 벌레' 란 말을 씨부렁거렸다. 내가 맡은 것은 두 개의 랜턴이고, 래글런드는 그 풍뎅이만 있으면 그만이라는 듯 그것을 가죽 끈에 매달고는 마술사처럼 휘휘 돌리면서 걸었다.

그의 그런 모습은 광기를 증명하는 것이라고 할 수도 있는 것이었으므로, 나도 모르게 눈물이 났다. 그러나 적어도 성공할 가능성이 있는 확실한 수단이 생길 때까지는 그가 하고 싶어 하는 대로 놓아두는 것이 최선의 방법일 것 같았다. 그건 그렇다 치고, 탐험

214

의 목적, 즉 그가 찾으려는 것이 무엇인지 캐보려고 했지만 헛수고였다. 나를 따라오게 하는 데 멋지게 성공한 지금 쓸데없는 화제를 떠올리는 것은 낭비라고 생각했는지, 무엇을 물어도, "이제 곧 알게 될 걸세."라고 할 뿐 더 이상 입을 열지 않았다.

우리는 보트로 섬 끝에 있는 강을 건넌 후 거기서부터 본토의 기슭에 있는 언덕을 올라 사람의 발이 한 번도 닿지 않은 듯한 황량한 지역을 북서쪽으로 걸어갔다. 래글런드는 자신 있는 걸음걸이로 앞장 서 가면서 때때로 잠시 멈추어 서곤 했다. 그것은 얼마 전 자기 혼자 왔을 때 해놓은 표적을 확인하기 위해서인 것 같았다.

이렇게 두어 시간쯤 걸어 몹시 황량한 지역에 이르렀을 때는 막 해가 떨어지려 하고 있었다. 그곳은 일종의 고원이라고도 할 수 있는 지대로, 도저히 사람이 접근할 수 없을 듯한 산꼭대기가 올려다보였다. 그 산은 기슭에서부터 꼭대기까지 나무가 빽빽이 들어차 있었다.

곳곳에는 거대한 바위가 흩어져 있었는데, 그것들은 가볍게 지면에 뒹구는 듯한 느낌이었다. 또 몇몇의 바위는 주위에 있는 나무가 버텨주어서 간신히 아래 골짜기로 굴러 떨어지지는 않는 것 같았다. 이리저리 얽힌 깊은 골짜기는 둘레의 경치를 한층 더 장엄한 분위기로 만들었다.

우리가 올라간 산길에는 가시덤불이 빽빽이 들어차 있어서 낫이 없었다면 한 발짝도 나아갈 수 없을 지경이었다. 거기서 주피

터는 주인이 명령하는 대로 엄청나게 큰 백합나무 둥치 아래까지
일행을 위해 길을 텄다. 그 나무들은 열 그루 안팎의 참나무와 함
께 서 있었는데, 잎의 울창함이나 가지가 뻗어나간 위세가 주위의
참나무보다, 아니 그때까지 내가 보아왔던 어떤 나무보다도 위용
을 떨치고 있었다. 우리들 일행이 그 나무 아래까지 왔을 때, 래글
런드는 주피터를 돌아보며 저 나무에 올라갈 수 있겠느냐고 물었
다. 이 질문에 늙은 흑인은 좀 망설여지는지 입을 열지 않았다. 얼
마 후 그는 마침내 그 거대한 나무 둥치로 다가가더니 둘레를 돌아
보고는 열심히 눈대중을 했다. 그러더니 말했다.

"네, 서방님! 이 접이 못 올라갈 나무가 어디 있갔시유."

"그럼 당장 올라가는 거야. 어두워져서 찾으려는 것이 보이지
않으면 큰일이니까."

"어디까지 올라가면 되는 거예유, 서방님?"

"먼저 원 둥치를 타고 올라가. 다음은 이쪽에서 어디로 올라가
느지 일러줄 테니까. 잠깐, 이 갑충을 가지고 올라가."

"잉, 벌레라구유, 월 서방님! 저더러 황금 벌레하구 올라가라
구유!" 하인은 질겁을 하며 뒷걸음질쳤다. "왜 벌레를 들고 올라
가라는 거예유? 난 죽어두 싫어유!"

"이봐 접, 너같이 덩치가 큰 사람이 왜 죽은 풍뎅이 따위가 무섭
다는 거지? 그럼, 이 끈에 매어 들고 가면 되겠군. 그런데도 도저
히 못 들고 가겠다면 하는 수 없지. 이 삽으로 네 머리통을 박살내

줄 테니 알아서 해."

"그러면 어떻게 되주, 서방님?" 접이 말했다. 확실히 자존심이 꺾인 그는 시키는 대로 할 생각인 모양이었다. "노상 이런 늙은이에게 싸우려고만 드시구, 좀 농담을 했기로서니 말씀이에유. 뭐 내가 이깟 벌레를 겁낸대유?"

그러고는 벌레가 몸에 닿지 않도록 되도록 줄의 끝을 멀찌감치 쥐고 올라갈 준비를 했다.

미국 삼림수 중에서 가장 웅대한 백합나무는 아직 어린 나무일 때는 둥치가 밋밋하고 옆으로 가지를 뻗지 않고 아주 높이 뻗으며 자란다. 그러다가 고목이 되면 나무껍질에 마디가 생겨 울퉁불퉁하게 되고, 둥치에는 많은 곁가지가 생겨난다.

따라서 나무에 오르는 것은 별로 어렵지 않다. 주피터는 양쪽 무릎을 이용해 거대한 나무 둥치를 꽉 껴안고, 손으로는 마디를 잡고, 발가락으로는 다른 마디를 딛고 나무를 타기 시작했다. 그는 몇 차례 미끄러져 떨어질 뻔했지만 가까스로 위험을 모면한 끝에 간신히 최초의 굵은 가지까지 올라갔다. 그는 지상에서 6, 70피트까지 올라갔으니 어느 정도 위험한 고비는 넘긴 셈이었다.

"어디로 갈까요, 윌 서방님?" 그가 물었다.

"제일 굵은 가지로 올라가, 이쪽으로." 래글런드가 말했다. 마침내 그의 작달막한 모습이 우거진 잎 사이에 묻혀 더 이상 보이지 않게 되었다. 이때 그의 목소리가 멀리서 외치듯 들려왔다.

"얼마나 더 가야 하남유?"

"얼마나 올라갔나?" 래글런드가 물었다.

"나무 꼭대기에서 하늘이 보일 만큼 높은 데로 왔시유."

"하늘 같은 건 말할 필요 없어. 지금부터 내가 말하는 걸 잘 들어. 둥치를 내려다보고 네 밑의 이쪽으로 가지가 몇 개나 있는지 세어봐. 몇 가지나 지났지?"

"하나, 둘, 셋, 넷, 다섯……. 이쪽으로 다섯 갠데유."

"그럼 하나 더 올라가."

잠시 후 다시 일곱 번째 가지에 왔다고 알리는 소리가 들려왔다.

"자 접! 이제는," 래글런드가 소리쳤는데 약간 흥분한 목소리였다. "될 수 있는 대로 그 가지 끝까지 가. 그리고 이상한 것이 있으면 무엇이든지 알려."

그때까지만 해도 나는 내 친구의 광기에 대해 오해를 하고 있는지도 모른다고 생각했지만 이제는 의심할 여지가 없었다. 그래서 결론을 지었다. '미쳤구나' 하고. 그래서 그를 집으로 데려갈 방법을 곰곰이 생각하기 시작했다. 그래서 무슨 좋은 수가 없을까 고심하는데 다시 주피터의 소리가 들렸다.

"가지 끝까지는 못 가겠시유. 저쪽은 죽은 가진걸유."

"가지가 죽었다고, 주피터?" 래글런드의 목소리는 떨리고 있었다.

"그렇다구유, 아주 몽땅 죽었시유. 틀림없이 말랐다구유. 생기라곤 전혀 없대두유."

"이를 어쩌면 좋지?" 래글런드는 매우 곤혹스러운 듯 물었다.

"어쩌면 좋으냐고?" 나는 기다렸다는 듯 그에게 말했다. "어쩌긴 뭘 어째, 집으로 돌아가는 거지. 자, 이제 내 말도 좀 들으라고. 늦기 전에. 게다가 약속도 했잖나."

"주피터!" 그가 소리쳤다. 내 말은 귀에도 안 들어오는 모양이었다. "들리냐?"

"네, 윌 서방님. 똑똑히 들려유."

"그러면 칼로 깎아봐, 진짜 썩었는지 아닌지."

"틀림없이 썩었시유." 흑인은 잠시 후에 대답했다. "그렇지만 그렇게 심하게 썩은 것 같지는 않아유. 저 혼자라면 좀 더 갈 수 있을지 몰라유."

"혼자라면이라니! 그게 무슨 소리야?"

"네, 풍뎅이 말이에유. 이놈이 진짜 무거워서유. 이것을 아래로 떨구면 이 나뭇가지가 검둥이 한 놈쯤으로 분질러지기야 하겠시유?"

"이 우라질 놈아!" 래글런드는 소리를 버럭 질렀지만, 속으로는 '됐구나' 하는 것 같았다. "헛수작 부리지 마, 이놈아! 그 벌레를 떨어뜨렸다가는 네 모가지를 분질러놓을 테니. 이것 봐, 주피터! 내 말 알아들었지?"

"네, 서방님! 헌데 이 불쌍한 검둥이한테 그렇게 욕지거리를 하실 것까진 없으실 텐디유."

"됐다, 잘 들어. 가지가 부러지지 않을 것 같은 데까지 가라고! 벌레를 떨어뜨리지만 않으면 나무에서 내려오자마자 은화 한 닢을 주겠어."

"가겠시유, 월 서방님. 봤지유, 벌써 가고 있시유." 흑인은 재빨리 대답했다. "이제 곧 끝이에유."

"끝이라고?" 이때 래글런드는 거의 쉿소리를 질렀다. "그 가지 끝까지 갔다는 거지?"

"이제 조금만 가면 끝이에유. 이크! 이거, 이건 뭐지?"

"뭐라고?" 래글런드는 기뻐서 소리를 쳤다. "그게 뭐냐?"

"암만 봐도 해골이네유. 누가 지 대가리를 나무 위에 올려놓고 잊어버려 까마귀란 놈이 살점을 모조리 뜯어먹어 버렸시유."

"해골이랬지? 됐어. 그게 어떻게 가지에 달려 있지? 뭘로 매달아놨냐고?"

"참 그렇네, 서방님. 보겠시유? 어, 이거 괴상한테. 해골 안에 대못이 있시유. 그걸루다 나무에 박아놨네유."

"좋아, 됐어! 주피터. 시키는 대로 해. 이봐, 듣고 있어?"

"네, 서방님."

"자, 그럼 잘해야 돼. 해골의 왼쪽 눈을 봐."

"아니, 이건 눈깔 같은 건 없는데유."

"이 먹통아! 네 녀석은 오른손 왼손도 구별할 줄 모르냐?"

"그야 똑똑히 알지유. 제가 장작 패는 손이 왼손이잖아유."

"그래, 맞아. 넌 왼손잡이니까. 그러니까 너의 왼쪽 눈은 너의 왼쪽 손하고 같은 쪽에 있지? 자, 이제 해골의 왼쪽 눈이나 아니면 왼쪽 눈이 있었던 자리를 알 수 있겠지? 찾았어?"

긴 침묵 끝에 이윽고 하인의 목소리가 다시 들렸다.

"해골의 왼쪽 눈깔은 분명히 해골의 왼쪽 손이랑 같은 쪽에 있겠지유? 헌데 해골엔 손이 없당께유. 아니, 걱정 없시유. 왼쪽 눈깔을 찾았시유. 아, 이게 왼쪽 눈이로군. 헌데 이걸 어떻게 할까유?"

"그 구멍 안에 벌레를 넣고 끈을 끝까지 늘어뜨려. 조심해! 끈을 놓치면 안 되니까."

"됐시유, 윌 서방님. 벌레를 구멍 속에 넣는 것쯤이야 식은 죽먹기지유. 자, 밑에서 잘 보세유. 내려갔시유."

이런 일을 하는 동안 주피터는 전혀 모습을 드러내지 않았지만 그가 고심해서 내려뜨린 갑충은 이제 끈 끝에 매달려 늘어져 있었다. 그것은 우리가 서 있는 높은 언덕을 아직 희미하게 비추는 석양의 마지막 빛을 받아 닦아놓은 황금 덩이처럼 빛나고 있었다. 풍뎅이는 가지를 비켜 떨어뜨리면 우리가 서 있는 발치에 바로 떨어질 것처럼 보였다. 래글런드는 낫을 쥐고 곤충이 수직으로 떨어지는 지점의 직경 3, 4야드 정도의 둘레를 풀로 깎았다. 그 일이 끝나자 그는 주피터에게 끈을 아래로 떨어뜨린 뒤 내려오라고 명령했다.

친구는 갑충이 떨어진 지점에 정확하게 말뚝을 박더니 주머니에서 줄자를 꺼냈다. 그러고는 말뚝에서 가장 가까운 위치에 있는 백합나무의 둥치에다 줄자의 끝을 고정시키고는 그것을 말뚝까지 끌어왔다. 그러고는 일직선으로 50야드 정도 끌고 갔다. 주피터는 낫으로 풀을 베면서 나아갔다. 이렇게 해서 결정된 제2의 지점에 또 하나의 말뚝이 박혀졌다. 이 제2 지점을 중심으로 다시 직경 4피트 정도의 엉성한 원이 그어졌다. 래글런드는 삽을 들고 나와 주피터에게도 한 자루 주면서 빨리 파라고 했다.

솔직히 고백하지만 나는 어떤 경우에도 이런 유의 엉뚱한 일에는 흥미를 느낀 적이 없었다. 게다가 그런 우스꽝스러운 제안은 쌀쌀하게 거절하고 싶었다. 밤도 이슥해진 데다 연이은 강행군으로 몹시 피로했기 때문이다. 하지만 도망칠 도리가 없음을 알았고, 게다가 거절했다가는 또 이 실성한 친구의 마음을 뒤흔들어놓지나 않을까 걱정도 되었다. 만약 주피터의 도움을 받을 것이 확실하다면 주저 없이 이 미친 친구를 억지로라도 끌고 가겠지만 나는 이 늙은 흑인의 기질을 잘 알고 있었다. 내가 아무리 옳은 일을 주장한다고 하더라도 자기 주인과 싸운다면 내 편을 들어줄 리는 만무했다. 래글런드는 틀림없이 남부에 흔히 있는 보물찾기의 전설에 완전히 빠져 있었다.

그런 상황에서 마침 황금 풍뎅이를 발견한데다 주피터까지 고집스럽게 그것은 '황금 풍뎅이'가 틀림없다고 중장했으므로 그의 공상은 그대로 사실로 굳어지게 된 것이다. 대체로 광기가 있는 인간은 그런 암시에 홀리기 쉽다. 특히 그것이 그가 전부터 품고 있던 생각과 일치되고 보면 정말 황당한 지경이 된다.

이때 내 머리에 떠오른 것은 이 한심스러운 사나이가 그 갑충이 '자기의 운명을 완전히 바꿔줄 것'이라고 한 말이었다. 그 사건은 서글프기도 하고 곤혹스럽기도 했지만 결국은 거부할 수밖에 없는 숙명이라는 생각에 단념하고 말았다. 그리고 땅을 파헤쳐 빨리 이 몽상가의 눈앞에 증거를 드러내보여, 그가 품은 망상을 깨뜨려주자고 마음먹었다.

램프에 불을 붙여놓고, 우리는 이런 어리석은 일을 열정적으로 했다. 램프의 강렬한 빛을 받으면서 작업을 하던 우리는 대체 어떤 모습의 군상으로 보였을까? 만약 우연히 이곳을 지나가는 누군가가 우리가 하는 짓을 보았다면 얼마나 수상쩍게 생각했을까?

우리는 두어 시간 동안 부지런히 땅을 팠다. 그 누구도 입을 열지 않은 채. 이때 우리를 가장 성가시게 한 것은 짖어대는 개였다. 이 녀석은 우리의 작업에 몹시 흥분한 것 같았다. 이 개가 너무 시끄럽게 굴어서 근처를 지나가는 사람이 들을까봐 걱정이 되었다. 그러나 사실 그것은 래글런드에게만 긴장을 주었을 뿐이다.

진실을 고백하자면 그런 방해자가 나타나 이 방랑자를 집으로 데려갈 수만 있다면 나로서는 그보다 더 반가운 일은 없을 것이라는 생각이 들었다. 그러나 개의 극성스런 소리도 결국은 주피터의 저지로 멈춰버렸다. 그는 성가시다는 듯이 구덩이 속에서 기어 나오더니 바지 멜빵으로 개의 주둥이를 동여매놓고는 킥킥거리고 웃으면서 다시 일을 시작했다.

드디어 두 시간이 지나 5피트가량의 깊이가 파였으나 보물이 나올 징조는 보이지 않았다. 우리는 잠시 휴식을 취했는데, 나는 이 연극도 드디어 끝이 나려나보다 생각했다. 한순간 래글런드는 낙담한 얼굴빛을 띠었으나 이마의 땀을 천천히 훔친 후 다시 일을 시작했다. 우리는 직경 4피트 정도의 구덩이를 파내려가다가 점차 범위를 더 넓혀 가시덩굴을 베어내고 2피트를 더 팠다. 그래도 역시 아무것도 나타나지 않았으므로 나는 이 탐험가를 마음 속 깊이 동정했다.

그의 얼굴에는 실망의 빛이 역력히 담겨 있었다. 마침내 그는 구덩이 밖으로 기어나와 일을 시작할 때 벗어놓았던 윗옷을 마지 못한 듯 입기 시작했다.

그동안 나는 아무 말도 하지 않았다. 주피터는 주인의 지시로 연장을 챙겼다. 그리고 개의 주둥이를 풀어준 다음 일행은 묵묵히 귀로에 올랐다.

우리가 집을 향해 열두어 발짝쯤 걸었을까, 갑자기 래글런드가 큰소리로 욕설을 퍼부으며 주피터의 멱살을 움켜잡았다. 깜짝 놀란 주피터는 눈을 치뜨고 입을 쩍 벌린 채 삽을 땅에 떨어뜨리며 무릎을 꿇었다.

"이놈아!" 래글런드의 앙다문 이 사이로 욕설이 튀어나왔다. "이 주리를 틀 검둥이놈아, 말해봐! 얼렁뚱땅 얼버무리지 말고 당장 대답해! 어느 쪽이, 어느 쪽이 네놈의 왼쪽 눈이냐?"

"그야 이쪽이 틀림없이 제 왼쪽 눈이지유."

질겁을 한 주피터는 울부짖듯 말하면서 당장 주인이 제 눈알이라도 뽑을까봐 겁을 먹은 듯 손으로 오른쪽 눈을 꽉 눌렀다.

"그럴 줄 알았어, 알았다고!" 래글런드는 흑인을 떠다밀치고는 미친 듯 껑충껑충 뛰다가 빙글빙글 돌기도 했다. 하인은 얼이 빠진 듯 일어서서 입을 딱 벌린 채 주인과 내 쪽을 향해 번갈아 눈알을 굴렸다.

"됐어, 다시 돌아가는 거야. 아직 끝난 게 아니야." 이렇게 말하더니 래글런드는 다시 그 백합나무 쪽으로 앞장서서 걸어갔다.

"주피터!" 나무 밑에 이르자 그가 소리쳤다. "이리 와. 그 해골이 얼굴을 바깥쪽으로 향하고 가지에 박혀 있더냐, 아니면 가지 쪽으로 향하고 있더냐?"

"얼굴을 바깥쪽으로 향하고 있었시유, 서방님. 그래서 까마귀들이 눈알을 빼먹기 수월했을 거예유."

"그럼, 네가 풍뎅이를 떨어뜨린 것이 이쪽 눈이냐, 아니면 저쪽 눈이냐?"

래글런드는 주피터의 양쪽 눈을 번갈아 짚었다.

"이쪽 눈이에유, 서방님. 왼쪽 눈으로 시키시는 대로……." 그러면서 하인이 가리킨 것은 그의 오른쪽 눈이었다.

"이제 됐어. 자, 다시 시작하는 거다."

그제야 나는 친구의 광기에도 납득이 갈 만한 점이 있다는 것을 깨달았고, 또 인정할 만하다는 느낌도 들었다. 아무튼 그는 그 갑충이 떨어진 지점에 박은 말뚝을 본래의 지점에서 서쪽으로 약 3인치가량 옮겼다. 그리고 아까와 마찬가지로 나무 둥치에서 말뚝까지 줄자를 일직선으로 50피트가량 끌어온 지점에 말뚝을 박았다. 이 지점은 아까 우리가 조금 전에 판 지점에서 몇 야드 정도 떨어져 있었다.

새로운 지점을 중심으로 아까보다 조금 더 넓게 둘레를 표시해놓은 우리는 다시 삽을 들고 작업을 시작했다. 나는 몹시 지쳐 있었지만 이 노동이 그다지 싫지는 않았다. 이런 심경의 변화는 나 스스로도 이해하기가 어려웠다. 나도 모르는 사이 이 일에 흥미를 갖게 된 것이다. 아니, 흥분마저 느끼고 있었다. 래글런드의 기괴한 태도에는 무언가 선견지명이라든가 깊은 안목 같은 것이 있어서 거기에 감명을 받았는지도 모른다.

나는 땅을 파는 데 지나치게 열중해 있었을 뿐만 아니라 한편으로는 불행한 친구의 마음을 미치게 만든 그 환상의 보물을 나 역시 기대하고 있었던 게 아닌가 싶다.

그런 터무니없는 생각에 한창 골몰하고 있을 때, 다시 말해 우리가 다시 일을 시작한 지 한 시간 반 정도 지났을 때, 개가 또다시 극성맞게 짖어대는 것이었다. 먼젓번에 짖어댄 것은 그저 까부느라고 짖어댄 것 같았지만 이번에는 무언가 절박한 것이 있어서 그러는 것 같았다. 주피터가 입을 다시 묶어버리려고 하자 개는 맹렬하게 저항하더니 주피터의 손을 빠져나와 구덩이 속에 뛰어들어 발톱으로 미친 듯이 땅을 후벼 파기 시작했다.

얼마 후 개는 곧 한 무더기의 사람 뼈를 파냈다. 그것은 분명히 두 사람의 해골이었는데, 그 안에는 금속으로 된 단추 몇 개와 썩은 모직물 부스러기 같은 것이 섞여 있었다. 삽으로 몇 번 떠내자 커다란 스페인제 칼이 나왔다. 그리고 좀 더 파내자 금화와 은화 몇 개가 여기저기에서 나왔다. 이것을 본 주피터는 기쁨을 감추지 못했으나 주인의 얼굴에는 극도의 실망감이 떠올랐다.

그러나 그는 우리에게 계속해서 땅을 파라고 지시했다. 그 말이 입에서 떨어지자마자 나는 파놓은 흙의 반쯤 묻힌 커다란 쇠굴레에 구두 끝이 걸려 넘어졌다. 우리는 정신없이 땅을 팠다. 실제 내 인생을 통틀어 이처럼 흥분된 10분을 보낸 기억이 없다. 그 짧은 시간 동안 우리는 장방형의 나무 궤짝을 거의 완전히 파냈다.

궤짝의 보존 상태는 아주 좋았고, 믿을 수 없을 정도로 견고한 것으로 보아 뭔가 화학 처리를 해놓은 것이 분명했다. 이 궤짝은 길이가 3피트 반, 폭이 3피트, 깊이가 2피트 반이었고, 강철 테두리로 꽉 죄어져 있었으며, 못이 쳐진 데다가 전체가 격자 모양으로 조각되어 있었다. 궤짝의 양 측면의 뚜껑 가까이에 각각 세 개씩 모두 여섯 개의 쇠고리가 달려 있어서 여섯 사람이 들 수 있게 되어 있었다.

그것을 들어내려고 세 사람이 안간힘을 썼지만 땅에 묻힌 밑바닥이 조금 움직였을 뿐 요지부동이었다. 너무나 무거워서 옮기는 것이 도저히 불가능하다는 것을 깨달았다. 궤짝의 뚜껑은 두 개의 빗장으로 질러져 있었다. 우리는 그 빗장을 불안과 기대로 숨을 죽인 채 몸을 떨면서 벗겨냈다.

그러자 우리의 눈앞에 헤아릴 수 없을 정도의 보물이 찬란한 빛을 뿜어냈다. 램프 빛이 구덩이 속을 비추자 산더미처럼 뒤엉킨 황금과 보석이 빛을 뿜어 우리는 눈을 뜨지 못할 지경이었다.

그것을 보았을 때의 기분을 뭐라고 표현할 재간이 없다. 어쨌든 놀라 숨이 막힐 지경이었던 것은 분명하다. 래글런드는 지칠 대로 지쳐 거의 입을 열지 못했다. 주피터의 얼굴도 잠시 동안은 흑인의 얼굴색으로는 더 이상 창백해질 수 없을 만큼 핏기가 가서 벼락이라도 맞은 것 같았다. 마침내 그는 구덩이 속에서 무릎을 꿇고, 걷어 올린 팔을 팔꿈치까지 금화 속에 쑤셔 넣고는 한참 동안 꼼짝도 하지 않았다. 마치 황금 속에서 목욕이라도 하는 기분인 모양이었다. 이윽고 깊은 한숨을 내쉬더니 마치 독백이라도 하듯 중얼거렸다.

"이 모든 건 황금 풍뎅이 덕분이야! 그 고운 황금 풍뎅이 녀석

덕분이라고! 네가 그렇게 욕을 했던 황금 풍뎅이! 넌 부끄럽지도 않냐? 이 깜둥이 놈아, 대답 좀 해봐!"

그러는 동안 나는 주인과 하인의 정신을 되찾게 해서 보물을 운반할 궁리를 해야 했다. 밤이 꽤 깊었으므로 날이 새기 전에 보물을 집으로 운반하려면 보통 일이 아니었다.

그런데 이제는 운반할 방법이 문제가 되었다. 여러 가지 방법을 의논하느라 상당한 시간을 허비하고 말았다. 그것은 어쩌면 우리가 모두 너무나 멍청해져 있었기 때문이기도 했다. 우리는 온 힘을 다해 안에 든 보물의 3분의 2 정도를 덜어낸 후 궤짝을 겨우 구덩이 밖으로 끌어냈다. 궤짝에서 덜어낸 보물을 가시덤불 속에 감추어놓고 개더러 지키게 했다. 주피터는 개한테 우리들이 돌아올 때까지 어떤 일이 있어도 그 자리를 뜨지도 말고 짖지도 말라고 엄명을 내려두었다. 그리고 우리는 궤짝을 들고 즉시 집으로 향했다. 천신만고 끝에 무사히 집에 도착한 것은 밤 1시였다.

우리 세 사람은 지칠 대로 지쳐 있어 또다시 일을 시작하기에는 역부족이었다. 그래서 두 시까지 쉰 뒤 식사를 하고는 산을 향해 떠났다. 다행히 집에서 튼튼한 자루 세 개를 찾을 수 있어서 그것을 가지고 갔다. 네 시 전에 구덩이에 도착하여 남은 전리품을 공평하게 나누어 짊어지고는 다시 오두막을 향해 출발했다. 동쪽 하늘을 등지고 서 있는 나뭇가지 위에 샛별이 비칠 무렵, 우리는 황금자루를 메고 오두막으로 돌아왔다.

이때 우리는 완전히 파김치가 되어 있었지만 극도로 흥분한 상태였으므로 제대로 쉴 수가 없었다. 서너 시간 자는 둥 마는 둥 하고 나서 모두 약속이나 한 듯 벌떡 일어나 보물을 들여다보며 그걸 세어보려고 했다.

　보물은 궤짝에 빈틈없이 꽉 채워져 있어서 그 속의 보물을 조사하는 일은 그날 밤 늦게야 끝났다. 순서라든가 종류의 배열 같은 것은 전혀 하지 않았다. 그저 뒤범벅이 되어 있는 것을 끄집어내 쌓아놓는 일을 할 뿐이었다. 그러나 차근차근 분류하여 나누어본 결과 당초 예상했던 것보다 훨씬 엄청난 재물을 얻었다는 것이 판명되었다. 화폐만도 45만 달러 이상이었다. 하나하나의 화폐를 그 당시의 가격표에 따라 되도록 정확하게 산정한 것이다. 은화는 단 한 닢도 없었다. 모두가 금화로 아주 오래 된 고대의 것이었고, 종류도 가지가지로 프랑스, 스페인, 독일 화폐에 섞여 영국 기니 금화도 있었다. 그 밖에 그때까지 한 번도 보지 못한 화폐도 있었다. 심하게 닳아서 돋을새김을 알아볼 수조차 없는 커다란 금화도 몇 개 있었다. 미국 화폐는 단 한 개도 없었다.

　보석류의 가치를 평가한다는 것은 어려웠다. 다이아몬드―개중에는 보통 것과는 비교도 안될 만큼 큰 것도 있었다―는 모두 110개였는데, 작은 것은 단 하나도 없었다. 눈부신 광택을 내는 루비도 18개나 있었다. 310개의 에메랄드가 있었는데, 모두가 더없이 아름다웠다. 21개의 사파이어에 오팔이 1개 있었다.

보석류는 보석이 박혔던 받침에서 빠져나와 궤짝 속에 뒹굴고 있었다. 받침도 금화 속에 섞여 있었으나 알아보지 못하게 하기 위해선지 모두 망치 같은 것으로 두드려 부숴놓은 상태였다. 그 외에도 상당히 많은 분량의 순금 장식품도 있었다. 거의 2백 개나 되는 묵직한 반지며 귀고리, 호사스러운 금줄 등이 있었다. 그리고 아주 크고 무거운 십자가상이 83개, 거의 예술품이라 할 수 있는 금제 향로가 5개, 포도 잎과 바쿠스(술의 신)의 향연에 모여 있는 군상을 아로새긴 순금 술잔 하나, 정교하게 조각된 칼집 두 개가 있었다.

그리고 도무지 쓰임새를 알 수 없는 크고 작은 귀중품이 수없이 많았다. 이런 귀중품들의 무게는 350파운드가 넘었으나, 여기에는 197개나 되는 근사한 금시계의 무게는 포함시키지 않은 것이다. 그중의 3개 정도는 적어도 5백 달러를 웃도는 것이었으나 거의 대부분이 너무 오래 되어 시계로서는 쓸모가 없었다. 기계가 다소 녹슬기도 했지만 어느 것이나 보석으로 잔뜩 장식된 값진 케이스 속에 들어 있었다. 그날 밤, 우리는 궤짝 속의 보물이 모두 1백50만 달러 정도 된다고 평가했으나, 그 후 자잘한 것과 나머지 보석(몇 개는 쓰려고 남겨두고)을 계산한 결과 우리가 보석 가격을 과소평가했음을 알았다.

물건의 가치에 대한 품평이 끝나고 극도의 흥분도 어느 정도 가라앉자, 이 놀라운 수수께끼를 푼 것에 대한 경위를 알고 싶어하자 래글런드는 그간의 사정을 상세하게 설명하기 시작했다.

"자네도 기억하겠지?" 그가 말했다. "그날 밤 내가 자네에게 그 풍뎅이의 스케치를 건네준 것을. 그리고 자네가 그 그림을 해골과 닮았다고 해서 내가 화를 낸 것도 말야. 자네가 처음 그런 말을 했을 때 나는 놀림을 받았다고 생각했지. 그러나 시간이 지나고 생각해보니 그 벌레 등의 반점은 묘한 데가 있는데다가, 자네가 말한 것도 전혀 근거가 없는 게 아니라는 생각이 들더군. 그건 그렇고, 내 데생 솜씨가 엉터리라고 하는 데는 정말 화가 나더군. 이래봬도 내 그림 솜씨는 자타가 공인하고 있으니까. 화가 난 나는 자네가 양피지 조각을 넘겨주었을 때, 그것을 구겨서 불 속에 집어던져 버리려고 했었지."

"그 종이쪽지 말이지?"

"아니야. 그것은 종이쪽지가 아니야. 나도 처음엔 그저 종이로 생각했지만 그림을 그리려고 보니 아주 얇은 양피지 조각이었다네. 기억하겠지만 그것은 몹시 더러워져 있었지. 한데 그것을 구기는 순간, 자네도 본 그 스케치가 눈에 들어왔어. 그런데 틀림없이 갑충을 그린다고 그렸는데 결과물은 해골이었네. 진짜 놀랐지. 난 완전히 어리둥절해져서 몹시 혼란에 빠지고 말았어. 전체적인 윤곽은 비슷했지만 내가 그린 스케치와 세부적인 차이는 있었지. 그래서 촛불을 들고 방구석으로 가서 양피지를 자세히 들여다본 걸세. 한데 뒷면을 보았더니 내가 그린 스케치가 분명히 있더군.

그런데 나는 양쪽 그림의 윤곽이 놀랄 만큼 비슷하다는 데 경악하고 말았지. 처음에는 모르고 있었는데 내가 그린 풍뎅이의 뒷면에 해골 그림이 있고, 이 해골의 윤곽은 물론 크기까지도 내 그림과 거의 비슷하다는 이해할 수 없는 우연의 일치에 정말 놀랐어. 아찔했지. 우연의 일치라는 것은 대체로 그런 효과를 가져오지. 내 머릿속은 두 개의 연관성, 다시 말해 인과 관계를 찾고 있었으나 그것이 쉽지 않을 때는 일시적으로 일종의 마비 상태에 빠지게 되었지. 잠시 후 망연자실한 상태에서 깨어나 서서히 윤곽이 그려지면서 그것은 나의 전신을 뒤흔들었지. 나의 확실한 기억으로는 그 풍뎅이를 그렸을 때는 양피지에 분명 아무것도 '그려져 있지 않았네'. 내가 확실하게 말할 수 있는 것은 될 수 있는 대로 덜 더러운 데를 찾기 위해 처음에 한쪽을, 다음에는 다른 한쪽을 뒤집어보았다는 것을 똑똑히 기억하고 있거든. 만약 해골이 그려져 있었으면 그때 보지 못했을 턱이 없지. 여기에 딱 꼬집어 설명할 수 없는 불가사의함이 있다고 생각했지. 그러나 사실 이미 처음부터, 어제 저녁 모험으로 분명히 증명이 된 사건에 대한 예감이 머릿속에서 반딧불처럼 희미한 빛을 던지고 있었다네. 그래서 나는 양피지를 소중히 간직한 다음 혼자 있게 될 때까지 더 이상 생각하지 않기로 작정했지. 자네가 떠나고 주피터가 깊이 잠든 뒤 이 일에 대해 보다 구체적으로 연구해보기로 했지. 맨 먼저 그 양피지를 손에 넣게 된 경위를 더듬어봤네. 풍뎅이를 발견한 지점은 본토의 해안

섬에서 동쪽으로 1마일 조금 위쪽 지점이었네. 내가 그놈을 잡으려고 하자 벌레가 꽉 깨무는 바람에 그만 놓쳐버리고 말았지. 원래 조심성이 많은 주피터는 자기 쪽으로 달려오는 벌레를 나뭇잎 같은 것으로 잡으려고 주위를 두리번거렸네. 그의 눈과 내 눈이 양피지 조각을 본 것은 그때였지. 처음에는 그것이 그냥 종잇조각인 줄 알았어. 모래에 반쯤 묻혀서 절반 정도만 볼 수 있었거든. 양피지가 있던 근처에는 긴 보트 같은 범선의 부서진 조각이 보였네. 이 난파선은 상당히 오랜 세월 거기에 있었던 모양으로, 그것을 배의 부품이라고 식별하기조차 어려울 정도였네. 그때 주피터가 그 양피지를 주워 그걸로 벌레를 싸서 나한테 주었지. 그리고 집으로 돌아오던 중에 G×× 중위를 만났지. 그에게 벌레를 보여주었더니, 요새로 빌려가고 싶다고 하지 않겠나? 그러라고 했더니 중위는 벌레를 쌌던 양피지는 두고 벌레만 호주머니 속에 집어넣어 버렸네. 아니, 양피지는 그가 벌레를 조사하고 있는 동안 내 손에 있었다고 봐야겠지. 중위는 내가 마음이 변할까봐 겁이 나서 빌린 물건을 얼른 치워버리는 게 상책이라고 생각했던 모양이야. 자네도 알다시피 그 사나이는 박물학에 대한 것이라면 머리를 싸매고 달려드는 사람이었으니 말이야. 그때 내가 무의식적으로 양피지를 주머니 속에 집어넣었던 모양이야. 그리고 갑충을 그리려고 책상 쪽으로 갔으나 늘 종이가 놓여 있던 자리에 그것이 없었어. 서랍을 열어봤는데 거기에도 없더군. 혹시 오래 된 편지 조각이라도 있나 싶어 호주머니를 뒤져보니 양피지가 집히더군. 그 양피지를 입수하게 된 경위를 이렇게 상세히 설명하는 것은 그간의 일에 몹시 흥미를 느꼈기 때문일세. 자네는 필시 나를 공상가라고 할 걸세. 그러나 나는 사실 이 모든 것의 '인과 관계'를 알아차렸던 거야. 나는 커다란 사슬의 두 개의 고리를 연결시켰던 거지. 바닷가에 배가 한 척 있고, 배 가까이에 양피지가 한 장 떨어져 있고— '종이가 아닐세'—거기에 해골이 그려져 있었지. 물론 자네는 '인과 관계라고 할 만한 게 무엇이 있냐?'고 묻겠지. 그러면 나는 이렇게 대답하겠네. 머나라 해골은 누구나 알고 있듯이 해적의 상징이라고. 해적이 일을 벌일 때는 언제든지 해골이 찍힌 깃발을 날리지. 사실 양피지는 종이와는 달라. 양피지는 오래 가지. 말하자면 반영구적이라고 할 수 있어. 그다지 중요하지 않은 일이라면 애초부터 양피지를 쓰지 않네. 그림을 그리거나, 글씨를 쓰는 등 보통의 목적을 위해서라면 양피지는 오히려 종이보다 못하지. 이렇게 생각해보니 양피지라는 물건에는 어떤 필연성이 있을 것 같다는 느낌이 들더군. 나는 양피지의 '모양'을 자세히 조사해보았지. 그런데 그 한쪽은 어떻게 된 셈인지 훼손되어버렸지만 원래는 직사각형이었음을 알 수 있었네. 그것은 아주 오래 기억하고 주의 깊게 보존할 뭔가를 써두기 위한 것이었지. 바로 비망기(備忘記)의 용도로 사용된 것일세."

"하지만 말이야." 나는 그의 말을 가로막았다. "자네가 말한 대로라면 갑충을 스케치했을 때 양피지에는 해골 같은 것이 없었지 않았나. 그런데 배와 해골을 어떻게 연관시킬 수 있었지? 그 해골은 자네가 인정했듯이 풍뎅이를 스케치하고 난 다음에 (누가 어떻게 그렸는지는 모르지만) 누군가가 어떤 경위로 그린 것일 테니 말일세."

"그래, 바로 거기에 모든 수수께끼가 있었지만 그 비밀을 푸는 것은 그다지 어렵지 않았네. 나는 확실한 결론을 얻을 수 있었지. 예컨대 이런 추리를 했네. '내가 풍뎅이를 그렸을 때, 양피지에 해골은 보이지 않았다. 내가 스케치를 한 다음 그것을 자네에게 주고, 자네가 다시 내게 되돌려주기까지 나는 그것을 쭉 보고 있었다. 따라서 해골을 그린 사람은 없었다. 그렇게 되면 그것을 그린 것은 인간이 아닐 수도 있다. 그런데 실제로는 그려져 있단 말이야.' 이 단계에서 나는 집중적으로 문제의 이 시기에 일어난 모든 사정을 세세하게 생각해내려고 애썼고, 결국 알아냈네. 날씨가 추워져서 (아주 희한한 행운이었지만) 난로에 불이 활활 타오르고 있었네. 나는 운동을 한 직후라 몸이 달아올라 책상 앞에 가서 앉아 있었지만 자네는 의자를 난로 곁에까지 끌어다놓고 있었지. 내가 양피지를 자네 손에 건네주고 자네가 그것을 보려고 할 때, 바로 저 뉴펀들랜드 종 개 울프가 들어와 자네의 어깨에 매달렸네. 자네는 왼손으로 개를 쓰다듬기도 하고 밀어내기도 하고, 오른손은 양피지를 쥔 채 양 무릎 가까이, 다시 말해 그것을 불에서 아주 가까운 쪽에 드리우고 있었네. 한번은 그것에 불이 붙을까 걱정되어 주의를 주려고 소리를 치기 직전에 자네는 그것을 다시 들고 보기 시작했네. 이 모든 과정을 거친 뒤 마침내 확신할 수 있었지. 결국 양피지 위의 해골을 드러나게 한 것은 '불'이라는 것을. 종이나 양피지에 글씨를 쓴 뒤 불에 쬐었을 때만 글씨가 보이는 화학 약품이 있는데, 그것이 오랜 옛날부터 있었다는 것은 자네도 알 걸세. 산화코발트를 왕수에다 용해해서 4배의 물을 부어 희석한 것이 흔히 쓰이지. 이것은 녹색으로 변하지. 산화코발트의 불순물을 초산에 풀어 쓰면 붉은색이 나오지. 이런 색소는 쓰여진 화학물질이 말라서 식게 되면 없어져 버렸다가 열을 받으면 다시 나타나네. 물론 정도의 차이는 있지. 그래서 나는 해골을 자세히 살펴봤네. 바깥쪽 가장자리, 즉 양피지 끝에서 가장 가까운 그림의 가장자리 부분이었지. 이 부분은 다른 부분보다 훨씬 '뚜렷하더군'. 불이 고르지 않게 쬐어진 것이 분명했네. 나는 즉시 불을 피우고 양피지 전면을 강한 불빛에 쬐어보았다네. 처음엔 해골의 희미한 선이 선명하게 나타난 정도였으나 끈질기게 계속 쬐었더니 양피지의 한 귀퉁이, 즉 해골과 대각선을 이루는 자리에 얼핏 보기에 염소와 같은 형상이 나타나더군. 다시 자세히 들여다보았더니 그게 새끼염소라는 것을 알아낼 수 있었네."

"하하하." 나는 웃었다. "물론 나는 자네를 비웃을 권리 같은 건 없다네. 150만이란 대금을 웃음거리로 만들다니, 천벌을 받지.

하지만 그것으로 자네 추리 사슬의 세 번째 고리를 연결하려 한다면 무리네. 해적과 염소와의 연관은 절대 찾을 수 없지. 해적이란건 말이야, 염소하고는 관계가 없어. 농업에 종사하는 무리들에겐 관계가 있겠지만."

"하지만 나는 그것이 염소의 그림이 아니라고 했잖은가?"

"하지만 새끼염소라고 해서 그게 뭐 어떻다는 거지?"

"별 차이가 없지. 그러나 아주 똑같지는 않아." 래글런드가 말했다. "자네는 키드(영국의 전설적인 해적으로 1701년에 런던에서 처형당했는데, 'Kidd'란 이름이 영어의 새끼염소 'Kid'와 발음이 같음) 선장에 대한 얘기는 들은 적이 있겠지? 나는 이 동물의 그림을 보자대뜸 어떤 문구와 발음을 맞추는 말장난이랄까, 아니면 상형문자라고 할까, 아무튼 그런 종류의 서명이라는 걸 알아챘네. 서명이라고 한 이유는 양피지에 그려진 위치로 봐서 그렇다고 생각했지. 그런데 그것과 대각을 이루는 구석에 있는 해골도 인장이나 봉인처럼 보이더군. 한데 난처한 것은 다른 단서가 전혀 없다는 것이었어. 내가 정식 문서라고 믿었던 본문이 없었단 말이야. 문맥은 있는데 문장이 없다는 거지."

"인장과 서명 사이에 본문이 있을 것이라고 생각했다는 얘기군."

"음, 그렇게 생각했지. 솔직히 막대한 재산이 당장 눈앞에 펼쳐져 있는 것 같은 예감에 몸이 달아올라 있었거든. 왜 그랬느냐고 묻는다면 할 말이 없지만 말이야. 그렇지, 요컨대 일종의 소망이라고 할 수 있지. 근거가 확실한 신념이었다고 말일세. 하지만 자네도 알다시피 주피터가 그 풍뎅이가 황금으로 되어 있다느니 뭐니 하며 엉뚱한 소리를 하는 바람에 그것이 나의 공상을 한층 자극했던 걸세. 거기다 여러 가지 사건과 우연의 일치가 계속되었지. 그 일은 동절기이기는 하지만 불을 피울 만큼 추웠던 그날 집중적으로 일어났지. 만약 불이 없었거나 개가 뛰어들지 않았더라면 난 해골을 보지 못했을 거네. 게다가 보물을 손에 넣는 이런 일들이 우연히 닥쳤으니 놀랍지 않은가!"

"그래서? 계속하게. 좀이 쑤실 지경일세."

"알았어. 자네도 들은 적이 있겠지만 사람들 사이에 떠도는 이야기가 있지 않나. 키드와 함께 그 부하 일당이 대서양 연안의 어디엔가 금을 파묻었다는 소문 말이야. 그런데 그런 소문에는 뭔가 근거가 있다고 생각했네. 내 생각에 이런 소문이 이처럼 긴 세월 동안 전해져왔다는 것은 매장된 보물이 땅 밑에서 잠자고 있다는 사실을 뒷받침해주고 있는 것이 틀림없네. 키드가 약탈한 보물을 잠시 숨겨놓았다가 나중에 꺼내 갔다면 소문이 지금처럼 굳어져서 우리들에게 전해지지는 않았을 걸세. 자네도 알고 있겠지만, 들리는 소문은 모두가 금을 찾고 있다는 이야기뿐이지 금을 찾았다는 이야기는 없었거든. 만약 해적이 숨겨놓은 금을 찾아갔다면 이 사건은 그것으로 마무리가 지어졌을 게 아닌가. 나의 상상으로는 어떤 사고, 말하자면 그 소재를 알리는 기록이 없어져버린 사고가 일어나 그것을 되찾을 길이 없어진 데다가 그 사고가 부하들에게 알려지고 말았다는 걸세. 그렇지 않았다면 보물이 숨겨졌다는 사실이 부하들의 귀에 들어가지 않았을지도 모르지. 그래서 그들이 그것을 다시 찾아내려고 날뛰었지만 결국 찾아내지 못한 것은 방법을 몰랐기 때문이라고 할 수 있지. 어쨌든 이 사고는 세상 모두가 다 아는 이야기의 불씨가 되어 널리 퍼지게 된 거지. 자네는 연안에서 귀중한 보물을 파냈다는 이야기를 들은 적이 있나?"

"아니, 없네."

"게다가 키드의 축재가 막대했다는 건 모두가 아는 사실이네. 그래서 보물이 아직도 땅 밑에 묻혀 있을 가능성이 크다고 생각했네. 양피지를 발견하게 된 경위로 미루어보아 아무래도 이것은 보물이 매장된 지점을 알리는 잃어버린 기록의 일부가 아닐까 하는 희망을 품게 됐네."

"그건 그렇다 치고, 다음은 어떻게 됐나?"

"화력을 더 세게 해서 양피지를 다시 불에 쬐어봤지만 아무것도 나타나지 않더군. 그래서 양피지에 묻은 흙먼지 때문이 아닐까 생각되어 양피지를 따뜻한 물로 깨끗이 씻어낸 뒤 해골이 그려진 쪽을 밑으로 해서 주석 냄비에 넣고 그것을 화덕불 위에 얹었네. 몇 분이 지나 냄비가 뜨거워졌을 때 양피지를 꺼내 보니 숫자의 행렬 같은 것이 여기저기 점점이 나타나 있지 않겠나? 그때 내가 얼마나 기뻤는지는 말로 표현할 수가 없을 지경이네. 나는 다시 한 번 그것을 냄비 속에 넣고 1분 정도 그대로 두었네. 그리고 나서 꺼내 보았더니 전체가 이렇게 나타났네."

래글런드는 이렇게 말하면서 양피지를 데워서 그것을 나에게 보여주었다. 해골과 염소 사이에 붉은색의 서투르게 씌어진 기호가 나타나 있었다.

53‡‡†305))6*;4826)4‡.)4‡);806*:48†8¶60))85;1‡(;:‡*8†83(88)5*†;46(;88*96*?;8)*‡(;485);5*†2:*‡(:4956*2(5*-4)8¶8*;4069285);)6†8)4‡‡;1(‡9;48081;8:8‡1;48†85:4)485†528806*81(‡9;48;(88;4(‡?34;48)4‡;161;:188;‡?;

"하지만," 양피지를 그에게 돌려주며 말했다. "나는 뭐가 뭔지 모르겠어. 이 수수께끼를 풀면 골콘다(인도의 다이아몬드 산지로 유명한 곳)의 보석을 모두 준다고 해도 나로서는 받아낼 도리가 없겠네그려."

래글런드가 말했다. "이 기호를 얼핏 훑어봐서는 뭐가 뭔지 도무지 알 수가 없겠지만, 문제가 풀리는 실마리를 잡고 보면 그것이 어렵지 않다는 것을 알 걸세. 이 기호가 암호라는 건 누구나 알 수 있을 거네. 다시 말해 누군가가 자신만이 알고 있는 의미를 전달하고 있는 걸세. 그런데 키드에 대한 풍문으로 미루어보아 그 사나이가 아주 어려운 암호를 작성할 만한 능력은 없다고 생각했네. 그래서 이 문제는 생각보다 단순할 것으로 짐작했지. 그렇기는 해도 거칠고 양식이 부족한 부하 해적들의 머리로는 아무래도 열쇠 없이는 풀 수 없는 문제일 거라고 생각했지."

"그렇다면 자네는 이 문제를 풀었단 말인가?"

"즉시 풀었지. 나는 이것보다 몇만 배나 더 어려운 것조차 푼 적이 있으니까. 환경과 성격도 작용했겠지만 어쩌다 보니 이런 수수께끼를 푸는 데 흥미를 갖게 되었지. 인간의 머리로 만들어낸 어떤 수수께끼는 어떤 것도 풀 수 있다는 사실을 알았기 때문이지. 사실 기호의 연관성과 의미를 알고 난 다음 전체적인 의미를 밝혀내는 데는 거의 지능을 쓸 필요가 없지. 이 경우, 아니 비밀문서라는 것은 모두 그런 거지만, 첫째 암호에 쓰여진 언어가 어떤 언어냐는 것이 문제지. 왜냐하면 해독의 원리는 비교적 단순한 암호에 관한 한 쓰여진 해당 언어의 어법에 의해서 좌우된다네. 일반적으로 암호 해독을 하려는 자는 쓰여진 언어를 알아내기까지 자기가 알고 있는 언어로써(개연성의 이론에 따라서) 이런저런 가설을 설정해보는 방법밖에 없네. 그런데 지금 내 눈앞에 있는 암호문은 서명 덕분에 그런 번거로운 일을 할 필요가 없어져 버렸네. '키드(Kidd)'라는 말의 문구를 맞추는 것은 영어 이외에는 성립되지 않으니까. 이런 것이 없다면 나는 먼저 스페인어나 프랑스어로 풀어

242

봤을 걸세. 왜냐하면 카리브해에 출몰했던 해적이 이런 종류의 비밀문서를 쓴다면 그 두 가지 언어를 쓰는 것이 당연하지. 그런 사실로 미루어 나는 이 암호문이 영어라고 단정했네. 보다시피 글자와 글자 사이에는 띄어쓰기가 없네. 띄어쓰기가 있었다면 일은 비교적 간단했을 거야. 그런 경우라면 나는 먼저 짧은 단어를 대조하고 분석하는 것부터 시작했겠지. 대개 나오게 되어 있지만(예를 들면 a라든가 I와 같은) 한 글자로 된 단어가 나오게 되면 이미 해결된 거나 마찬가지지. 그러나 구분이 되어 있지 않기 때문에 우선 가장 많이 나오는 부호와 가장 적게 나오는 부호를 확인하는 것부터 시작했네. 전부 세어보고 다음과 같은 표를 만들었지.

8 = 33번

; = 26번

4 = 19번

‡ 와) = 16번

* = 13번

5 = 12번

6 = 11번

† 와 1 = 8번

0 = 6번

9와 2 = 5번

:와 3 = 4번

? = 3번

¶ = 2번

-와 . = 1번

그런데 영어에서 가장 빈번하게 등장한 글자는 e였지. 그 다음에는 a o i d h n r s t u y c f g l m w b k p q x z의 순이지. e의 사용 빈도는 너무나 많았기 때문에 어느 정도의 긴 문장에서는 이 글자가 절대 다수를 차지하네. 자, 이렇게 되면 추측의 영역을 넘어서서 추리의 기반이 다져진 셈이지. 이 표는 어떤 경우에도 이용될 수 있는 것이 분명하네. 그러나 이 암호의 경우는 거의 이용되지 않는다네. 가장 많은 기호가 8인데, 이것을 보통 알파벳의 e라고 가정해보세. 이 가정을 뒷받침하기 위해서는 8이 중복되는 곳이 어느 정도인지 보면 되네. 왜냐하면 영어에서는 e가 중복되는 일이 아주 많기 때문이지. 예를 들면 'meet' 'fleet' 'speed' 'seen' 'been' 'agree' 와 같은 종류지. 이번 경우 암호문은 짧은데 중복된 예는 다섯 번이나 있네. 여기에서 8을 e라고 해두자고. 그런데 영어 단어 중에 'the' 가 가장 흔하지. 그러니까 순서가 같고 끝이 8이 되는, 세 개가 한 조를 이룬 기호가 반복해서 나오는지 어떤지 보자고. 이런 배열이 반복해서 나온다면 그것이 'the' 라는 것은 틀림없었네. 조사를 해보니 같은 배열이 일곱 개나 있었고, 기호는 ;48이네. 따라서 ;는 t, 4는 h, 8은 e로 봐도 되는 거지. 게다가 e의 경우는 확정된 셈이네. 이것으로 해결점을 향해 한 발짝 크게 내디딘 셈이라고 할 수 있지. 따라서 단지 단어 하나가 확인된 것만으로도 아주 중요한 단서가 될 수 있다네. 즉 몇 개 단어의 시작과 끝을 확인하게 된 거네. 이를테면 마지막에서 두 번째로 나오는 것으로 암호문의 끄트머리 가까운 데 있는 ;48을 예로 들어보세. 그 바로 뒤에 있는 ;는 한 단어가 시작되는 문자라는 것을 알 수 있고, 그리고 이 'the'에 계속되는 여섯 문자 중에 다섯 개까지는 알고 있는 셈이네. 여기에서 모르는 것만 빼고 알고 있는 기호를 배열해보세.

    t eeth

이렇게 되고 보면 이 'th'가 t로 시작되는 단어의 일부가 아니라는 것을 금세 알 수 있기 때문에 이것을 끊어버려도 되지. 왜냐하면 이 공백에 적당하게 알맞은 문자가 있는지 없는지 알파벳을 전부 갖다 맞추어봐도 이런 th가 일부분이 되는 단어가 없다는 걸 알 수 있네. 그래서 범위를 이렇게 좁혀서,

    t ee

라고 해놓고, 다음으로 만약 필요하다면 아까처럼 알파벳을 일일이 맞추어보면 그럴듯한 단어라고 할 수 있는 'tree'가 나오네. 이렇게 해서 r라는 글자를 알 수 있게 되고, 그것이 (로 표시되고 'the tree'로 배열되어 있다는 것도 알게 되었네. 이 두 단어의 앞

을 따라가 보면 얼마 안 가서 또 ;48로 이루어진 것이 나타나는데, 이것은 그 바로 앞에 있는 단어의 종결을 표시하는 데 이용되네. 그렇게 되면 이런 배열이 되지.

the tree ; 4(‡? 34 the

이 가운데 아직 기호로 남아 있는 것 중에서 이미 밝혀진 것을 보통 문자로 바꿔보면 이렇게 되네.

the tree thr‡?3h the

그런데 미지의 기호 대신 그 자리를 공백으로 두거나 점을 찍어 두면 이렇게 되네.

the tree thr…h the

이렇게 되면 'through' 라는 단어가 저절로 나타나네. 이것을 알게 되자 다시 o, u, g라는 세 개의 문자가 판명되어 각기 ‡, ?, 3으로 표시된 것을 알 수 있지.

이번에는 여기서 암호를 쭉 훑어보며 이미 알고 있는 기호로 결합되어 있는 것을 찾아내면 맨 첫머리에서 그리 멀지 않은 자리에 이런 배열이 나타난다네.

83(88, 즉 egree

이것은 틀림없이 'degree' 라는 말의 앞글자를 빼버린 것으로, 기호 † 가 d라는 걸 알게 되었지.

이 'degree' 라는 단어의 네 번째 뒤에 이런 배열도 있네.

;46(; 88*

알고 있는 기호를 번역하고, 먼젓번처럼 모르는 것을 점으로 나타내면 이렇게 되네.

th. rtee.

이 배열을 보면 당장 'thirteen' 이라는 단어가 생각나고 또다시 i와 n이라는 문자가 6과 *로 표시된다는 것이 판명되었네.

이번에는 암호문의 첫머리가 어떤지 보세. 이렇게 맞추어져 있네.

53‡ ‡ ‡

앞서와 같은 요령으로 바꿔보면 이렇게 되네.

.good

이것으로 첫머리 문자가 a이며, 첫 두 단어가 'A good' 이라는 것이 확실해졌네.

여기에서 혼란이 되지 않도록 지금까지 판명된 열쇠를 표의 형식으로 정리하면 다음과 같이 되네.

5 = a

‡ = d

8 = e

3 = g

4 = h

6 = I

* = n

† = o

(= r

; = t

? = u

이것으로 중요한 단어 열 개 이상을 알게 되었으니 상세한 해독법은 더 이상 꼬치꼬치 설명할 필요가 없겠지. 이만큼 설명했으니 이런 종류의 암호를 해독하는 것은 어렵지 않다는 것을 알았을 거네. 또 '암호 해독의 원리' 라는 것의 본질에 대해서도 어느 정도 이해했을 줄 아네. 그러나 오해가 없도록 해두고 싶은 것은 지금 여기 있는 것은 암호 중에서도 가장 단순한 종류에 속한다는 걸세. 이제는 양피지의 기호를 내가 해독한 대로 완전히 번역해서 보여 주겠네. 자, 어떤가?"

A good glass in the bishop's hostel in the devil's seat forty-one degrees and thirteen minutes northeast and by north main branch seventh limb east side shoot from the left eye of the death's-head a bee- line from the tree through the shot fifty feet out.

(주교 저택의 악마의 의자의 좋은 안경 북동 미북 41도 13부 굵은 줄기 동쪽 일곱 번째 가지 동쪽 해골 왼쪽 눈에서 쏜 나무에서 직선으로 총알이

닿는 지점을 지나 50피트 밖)"

 "모처럼 애를 썼네만," 내가 말했다. "수수께끼는 뚜렷한 해답을 제시해주지 못하는 것 같군. '악마의 의자'라든가 '해골'이라든가 '주교의 저택' 같은 잠꼬대 소리를 듣고 도대체 무슨 의미를 끌어낼 수 있다는 건가?"

 "아닌 게 아니라," 래글런드가 대답했다. "얼핏 보면 이건 여전히 암호투성이이지. 그래서 내가 맨 먼저 해본 것은 암호를 쓴 사람의 의도를 헤아려서 전문을 구분하는 것이었지."

 "그렇다면 구두점을 찍었다는 애긴가?"

 "그렇지, 뭐 그 비슷한 거라고 할 수 있지."

 "어떻게 그걸 할 수 있었나?"

 "내 생각으론 암호문을 쓴 작자가 문장에 구분을 짓지 않은 것은, 해독을 어렵게 하기 위해서지. 그런데 특별히 머리가 썩 좋지도 못한 주제에 이런 짓을 하려고 들면 필경 지나치게 해버리게 마련이거든, 이런 자들은 문장을 써 나가는 동안 문장이 끊어지는 대목에서 실제로 끊거나 구두점이 필요한 부분인데도 오히려 여기에 기호를 필요 이상으로 너저분하게 끼워 넣는 경향이 있네. 이 경우도 원문을 잘 보면 금세 알 수 있지만 불필요하게 너저분하게 만든 자리가 다섯 군데 있었네. 이런 생각을 토대로 해서 나는 이렇게 문장을 구성했네."

A good glass in the bishop's hostel in the devil's seat/ forty —one degrees and thirteen minutes /northeast and by north/main branch seventh limb east side/shoot from the left eye of the death's-head /a bee —line from the tree through the shot fifty feet out.

(주교 저택의 악마의 의자의 좋은 안경/북동 미북/41도 13부/굵은 줄기 동쪽 일곱 번째 가지/해골 왼쪽 눈에서 쏜 나무에서 직선으로 총알이 닿는 지점을 지나 50피트 밖)

내가 말했다. "이렇게 구분을 했지만 나는 아직 뭐가 뭔지 모르겠는걸."

"나도 뭐가 뭔지 통 알 수 없었어, 며칠 동안은. 그동안 '주교의 저택'이라는 명칭으로 통하는 건물이 없는지 설리번 섬 부근을 열심히 찾아다녔지. 물론 '호스텔'이란 옛말은 무시하고 말일세. 그런데 여기에 대한 정보를 전혀 알 수 없어서 나로서는 수사의 범위를 넓혀서 보다 조직적인 방법을 써야겠다고 마음먹고 있는데, 어느 날 아침 문득 이런 생각이 떠올랐네. 이 '주교의 저택'은 섬 북쪽에서 4마일 정도 떨어진 곳에 있는 아주 낡은 저택을 소유한 '베숍'이라는 가문과 관계가 있는 게 아닐까 하고 말이야. 그래서 나는 농장으로 가서 그 고장의 늙은 흑인들에게 물어봤네. 마침내 아주 늙은 흑인 여성 하나가, '베숍의 성을 들은 적이 있다. 원한다면 안내할 수도 있지만 그것은 성도 여관도 아닌 높은 바위'라고 말하는 게 아닌가? 이 노파는 말을 한 후 조금 주저하는 듯했으나 내가 수고비는 톡톡히 치르겠다고 하자 나를 그곳까지 안내하겠다고 나섰네. 별로 힘들지 않고 찾았으므로 노파를 돌려보낸 뒤 그곳을 조사하기 시작했지. 그 '성'이라는 것은 벼랑과 바위가 어지럽게 뒤얽혀 있었지. 한데 그 바위 가운데 의연히 서 있는 자태가 마치 인공적으로 만든 것처럼 유난히 두드러져 보였네. 나는 그 꼭대기까지 올라가기는 했으나 그 다음부터는 어떻게 해야 할지 종잡을 수가 없었네. 여러 모로 골똘히 생각하던 중에, 바위 동쪽 벽에 선반같이 좁다랗게 불쑥 튀어나온 부분이 눈에 들어왔네. 내가 서 있는 정상에서 1야드 정도 아래였지. 이 돌 선반은 18인치 정도 튀어나와 있고, 폭은 1피트도 못 되었으나 그 바로 위의 벼랑으로 되어 있는 곳이 움푹 들어가 있었네. 이것은 우리 조상들이 사용했던, 등판이 움푹 팬 의자와 비슷했네. 이거야말로 그 문서가 말하는 '악마의 의자'임이 틀림없다고 확신했네. 그래서 수수께끼의 비밀을 완전히 잡은 것 같은 기분이 들었지. '좋은 안경', 이것은 이미 알고 있었는데, 망원경을 의미하는 것 외에 다른 생각은 할 수 없었지. 선원이 안경이란 말을 쓰는 것은 다른 뜻은 없었으니까. 나는 '망원경을 사용하는구나' 하고 깨달았지. 그리고 여기가 '틀림없는 관측지점이라는' 것도 대번에 알았네. 물론 '41도 13부'와 '북동 미북'은 망원경의 조준을 정하는 방향을 가리키는 문구라는 것도 확신할 수 있었지. 그것을 발견한 뒤 몹시 흥분해서 서둘러 집으로 돌아가 망원경을 가지고 다시 바위로 왔네. 그런데 바위가 불쑥 튀어나온 곳으로 내려가 보았더니 특정한 자세가 아니고서는 절대 앉아 있을 수가 없다는 걸 알았네. 그것이 나의 예측을 더욱 뒷받침해주었지. 드디어 망원경을 사용할 차례였지. 문서에서 말한 '41도 13부'이라는 것은 지평선으로부터의 앙각을 지시하는 것이 분명했지. 왜냐하면 수평 방향은 '북동미북'이라는 말로 명료하게 지시되어 있었으니 말일세. 이 수평 방향을 나침반으로 곧장 찾았으나, 지평선에서의 높이인 앙각은 눈어림으로 41도 13부 정도가 되도록 망원경을 맞추었네. 그러고는 조심스럽게 상하로 움직이자 마침내 까마득히 멀리 있는 나무들 속에 큰 나무가 있고, 그 무성한 잎 속에 둥그렇게 벌어진 공간, 또는 틈새가 내 주의를 끌었네. 그 틈 한가운데 흰 점이 하나 보였는데, 처음에는 그 정체가 뭔지 알 수가 없었다네. 망원경의 초점을 조절해서 다시 한 번 보고서야 그것이 인간의 두개골이라는 것을 알았네. 이 발견으로 나는 완전히 수수께끼가 풀렸다고 낙관했네. 왜냐하면 '굵은 줄기 동쪽 일곱 번째 가지'라는 것은 나무 위의 해골 위치를 설명한다는 것을 알 수 있었고, '해골의 왼쪽 눈에서 쏜 나무에서 직선으로 총알이 닿는 지점을 지나 50피트 밖'이 보석을 찾기 위한 방법을 말하는 것이라면 해석 방법은 하나밖에 없으니까 말일세. 나는 두개골의 왼쪽 눈에서 총알을 떨어뜨릴 계획을 세웠지. 그리고 나무 둥치의 가장 가까운 곳에서 '탄환'(다시 말해 총알의 낙하지점을 말하고 있지)을 통해 똑바로 선을 그어 거기에서 50피트까지 연장한다는 것은 요컨대 특정한 한 점을 지적하고 있다고 생각했고, 그리고 이 지점의 바로 밑에 보물이 묻혀 있다는 것은 거의 확실하다고 생각했네."

"듣고 보니 정말 그럴듯하군. 복잡하지만 단순 명료해. 그런데 '주교의 저택'을 나와서 어떻게 했나?"

'나무의 방위를 정확하게 측정해놓고 집으로 왔지. 그런데 '악마의 의자'를 떠난 순간부터 둥그렇게 벌어진 공간은 보이지 않네. 이번 일에서 내가 정말 교묘하다고 감탄하는 것은, 그 둥근 공간이 바위 앞쪽의 튀어나온 선반 이외의 지점에서는 절대 볼 수 없도록 되어 있다는 사실이네. 이것은 몇 번이나 실험을 해서 확인한 것이니까 틀림없는 사실일세. 이 '주교의 저택'으로 탐험하러 갈 때는 주피터가 따라 나섰네. 그 몇 주일 동안 제정신이 아니었으니, 틀림없이 녀석도 그걸 알아차리고 나를 혼자 내버려두지 않으려고 신경을 쓴 모양이야. 그리고 그 다음날, 아침 일찍 일어나 그가 눈치 채지 않도록 살짝 빠져나와 나무를 찾으러 산으로 갔네. 갖은 고생 끝에 결국 찾아냈지. 밤이 되어 집으로 돌아왔더니, 주피터가 자기 주인을 패겠다고 난리를 부렸지. 그 다음 일은 자네가 아는 대로지."

"이건 내 생각인데," 내가 말했다. "처음 팠을 때 자리가 달랐던 것은 주피터가 실수로 두개골의 왼쪽 눈이 아니고 오른쪽 눈에서 벌레를 떨어뜨렸기 때문이었군."

"물론이지. 그의 실수로 '총알'의 위치가 2인치 반 정도 어긋났네. 즉, 나무에서 가장 가까운 위치에 박은 말뚝 말이네. 보물이 '총알' 바로 밑에 있었다면 그 정도의 착오는 큰 문제가 아니었겠지만 '총알'과 나무의 가장 가까운 점이란 것은 단지 방향을 정하기 위한 편의상의 두 점을 가리키는 것이었지. 물론 처음에는 약간의 착오가, 선이 연장됨에 따라 점점 벌어져 50피트가량 뻗어 나갔을 때는 완전히 엉뚱한 곳으로 가버리게 되었네. 그러나 보물이 어딘가 그 근처에 묻혀 있을 것이라는 확신은 포기할 수 없었기에 망정이지 그렇지 않았다면 지독한 헛수고로 끝나버렸을 거네."

"자네의 호들갑스러운 말투에다 갑충을 휘둘러대는 꼴이라니, 정말 가관이었지! 완전히 미쳤구나 생각했지. 그건 그렇고, 왜 총알이 아니고 벌레를 해골에서 떨어뜨리려고 고집을 부렸나?"

"그렇게 물으니 바른 대로 말을 하겠네. 그때 자네는 내가 머리가 이상해졌다고 의심을 하고 있어 난 좀 화가 났지. 이건 내 나름의 수법이지만 냉정하게 계략을 써서 연기를 피워 슬며시 자네를 골려주려고 결심했던 거지. 그래서 벌레를 휘두르고는 그것을 나무에서 떨어뜨리게 했던 거야. 벌레를 떨어뜨리게 하는 둥 장난을 친 것은 자네가 그 벌레를 너무 무겁다고 했기 때문에 생각해낸 거네."

"어이쿠, 한 대 먹었네. 그런데 아직 납득할 수 없는 게 한 가지 있네. 구덩이 속에서 사람의 뼈가 나왔지 않나. 그건 어떻게 해석

해야 될까?"

"그건 나로서도 명확하게 답변할 수 없는 문제야. 이런 식으로 생각하면 어떨까 하는 해석법이 한 가지 있기는 하네. 그러나 나의 해석이 암시하는 그런 잔혹한 행위를 믿는다는 것은 그리 기분 좋은 일은 아니지. 확실한 것은 만약 키드가 이 보물을 실제로 숨겼다고 가정했을 때(나는 그것을 조금도 의심하고 있지는 않지만) 확실한 것은 키드는 이 일을 하면서 자신을 도와줄 자가 필요했을 것이네. 그러나 일을 끝내고 나서 이 비밀스런 일에 가담한 패들을 전부 없애버리는 것이 안전하겠다고 생각했을지 모르지. 그래서 그 패들이 구덩이 속에서 한창 일을 하고 있을 때 곡괭이로 두 번 정도 내리쳤다면 모든 것이 명료해지겠지? 아니면 열두어 번은 필요했을까? 그야 누가 그 진실을 알 수 있겠나!"

리지아

그리하여 의지는 존재할 뿐 사라지지는 않는다.
신의 본성은 열심히 임하는 것이다.
따라서 신이란 만물에 스며 있는
위대한 의지일 따름이다.
인간이 천사들과 죽음에 완전히 굴복하는 것은
의지력이 약하기 때문일 뿐 다른 이유는 없다.
— 조지프 글랜빌

　리지아라는 여성을 언제 어떻게, 그리고 정확하게 어디에서 알
게 되었는지는 나의 기억에 전혀 없다. 그녀가 내 곁을 떠난 지는
이미 오랜 시간이 흘렀고, 끊임없는 고뇌로 나의 기억력은 쇠퇴되

어 버렸기 때문이다. 아니, 어쩌면 지금 그러한 것을 마음에 떠올릴 수 없는 것은 사실 그 사람의 성격, 비할 데 없는 학식, 특이하면서도 차분한 용모, 사람의 마음을 매료시키는 낮고 음률적인 말투 등이 은연중에 내 마음 속 깊이 스며들어 버렸기 때문에 그럴 것이다. 따라서 언제, 어디서 만났는지에 대해서는 더듬어볼 틈도 없고, 그것에 아랑곳하지도 않았기 때문인지도 모른다.

내가 그녀를 만났던 곳은 라인 강변의 오래 되고 퇴락한 큰 도시였다고 생각된다. 그녀의 집안에 관한 이야기는 틀림없이 그녀에게서 들었다. 어쨌든 오래 된 가문인 것만은 틀림없다.

리지아! 리지아! 나는 바깥세상의 인상을 잊어버리기에 가장 좋은 성질의 학문에 종사하고 있었지만 이 감미로운 단어만은 예외였다. '리지아'라고 입에 올리기만 해도 지금은 없는 그녀의 자태가 홀연히 눈앞에 떠오른다.

지금 이렇게 쓰면서 문득 생각났지만, 처음에는 나의 친구이자 약혼녀였고, 그리고 학문의 동반자였다가 마침내 나의 아내가 된 그녀의 아버지의 성을 나는 끝내 모르고 살아왔다. 그녀가 장난삼아 자신의 성을 감췄던 것인지, 아니면 이 점에 대해 아무것도 묻지 않는 나를 보며 내 사랑의 힘을 시험했던 것인지, 그것도 아니라면 내 쪽에서 그냥 그렇게 해보고 싶었던 것인지 모르겠다.

지금은 그녀에 대한 일들이 막연하게밖에 생각나지 않는다. 하물며 그녀와 만나게 된 계기, 혹은 거기에 속한 여러 가지 것들을 완전히 잊어버린다고 해서 특별히 이상할 것은 없지 않은가. 우상을 섬기는 이집트에서는 불길한 결혼에 안개처럼 창백한 날개의 아스포텟(저자가 만들어낸 가상의 신)이 깃든다고 한다. 이런 말이 맞다면, 우리 결혼에도 분명히 그런 영이 깃들었을 것이다.

그러나 내가 절대 잊어버릴 수 없는 것이 있다. 그것은 리지아의 용모와 자태이다. 그녀는 키가 크고 상당히 날씬했는데 갈수록 점점 여위어 갔다. 그녀의 정숙하면서도 당당한 모습이 주는 느긋함, 그리고 걸음걸이에서 풍기는 가뿐함은 어떤 단어로도 표현할 길이 없다. 그녀는 그림자처럼 왔다가 그림자처럼 사라졌던 것이다.

문을 닫아놓은 서재에 그녀가 들어와도 나는 그녀의 존재를 느낄 수가 없었다. 그녀가 그 대리석 같은 손을 나의 어깨 위에 얹으면서 감미로운 음률로 나지막하게 입을 열었을 때에야 비로소 그녀가 방문했다는 것을 깨달았다. 미모에 있어서 그녀를 당할 여성은 세상에 없었다. 그것은 마치 아편에 취한 환상처럼 눈부셨다. 타인에게 영감을 불어넣을 정도의 천상의 모습은 잠자는 델로스의 딸들의 영혼에 깃든 판타지보다 더 신비한 것이었다. 그러나 그녀의 생김새는 우리가 늘 숭배해야 한다고 잘못 배워온 질서 정연한 아름다움은 아니었다. 베롤람의 베이컨은 "모든 최상의 아름다움은 예외 없이 비례가 약간 어긋나 있다."고 했다. 이것은 아름다움의 모든 형식과 종류에 해당하는 말이다. 리지아의 얼굴은 고전적인 비례미를 보여주는 얼굴은 아니라는 것, 그녀의 아름다움이 최상의 아름다움이라는 것, 그리고 그 비례가 상당히 어긋나 있다는 것, 나는 여기까지만 알 수 있었다. 그러나 질서연연하지 않은 곳이 정확히 어디인지, 비례가 어긋나 있다는 느낌이 어디서 오는지는 아무리 보아도 알 수가 없었다.

　창백하고 수려한 이마를 더듬어보았다. 그것은 완벽했다. 그러나 그 같은 신비스러움을 표현하기에는 완벽이란 말조차 얼마나 어쭙잖은 표현인가! 순백의 상아도 무색한 살빛, 그 우아하고도 위엄 있게 퍼져 관자놀이 위로 부드럽게 도드라진 광대뼈, 갈가마귀처럼 검은색에 윤기가 흐르며, 풍성하고 자연스럽게 굽이치는 머릿단은 호메로스가 즐겨 쓰는 '히아신스 같았다' 는 표현과 꼭 들어맞는다.

　나는 그녀의 섬세한 코의 윤곽을 바라본다. 그녀가 가진 코의 완벽함은 메달에 부조된 헤브라이인 초상의 코의 선에서만 볼 수 있다. 피부결 역시 메달의 그것과 같고, 콧날 역시 그것과 닮아서 살짝 독수리의 부리 모양을 그리면서 굽은 것도 똑같았고 자연스러운 조화를 지닌 채 만곡을 이루는 콧구멍은 정신의 자유로움을 의미하고 있었다.

　이어서 나는 부드러운 입술을 바라본다. 여기에서는 모든 천상적인 것이 개가를 올리고 있다. 아름답게 들린 약간 짧은 윗입술과 부드럽고 관능적인 조용함을 지닌 아랫입술을……. 그리고 보였는가 하면 어느새 없어져버리는, 희롱하는 듯한 보조개를 넋을 잃고 보았다. 게다가 입술 빛은 뭔가를 호소하는 듯했다. 이빨은 조용히, 그러나 기쁨에 넘쳐서 웃음 지을 때 거기서 흐르는 정결한 빛의 하나하나를 감탄할 지경으로 환하게 반사하고 있었다.

이제는 턱을 살펴볼 차례다. 거기에도 그리스 인에게서 볼 수 있는 부드럽고 우아함, 위엄, 충실성 그리고 신성함이 있었다. 그 것은 아폴로 신이 아테네인의 아들 클레오메네스에게 꿈속에서만 잠시 보였던 그런 윤곽이었다.

그런 다음 나는 리지아의 커다란 눈을 들여다본다. 눈에 대해서는 오랜 옛날부터 그 전형이 발견되지 않았지만, 나의 연인의 그 두 눈이야말로 베이컨 경이 시사한 비밀이 숨겨져 있었는지 모른다. 그 눈은 틀림없이 우리 인류의 평균적인 눈보다 훨씬 컸으며, 누르야하드 계곡에 사는 사슴 눈보다 훨씬 둥글었다. 그러나 리지아의 두드러진 특징이 눈에 띄는 것은 좀처럼 드문 일로, 감정이 이상하게 고조되었을 때뿐이다. 그리고 그럴 때의 그녀의 아름다움은—나의 공상이 지나쳐서 그렇게 보였는지 모르지만—지상보다도 높은, 혹은 지상과는 다른 차원의 아름다움, 투르크인의 전설에 나오는 선녀 후리(Houri)의 아름다움을 지니고 있었다. 눈동자의 빛깔은 반짝이는 칠흑빛이었고, 그 위에 흑요석처럼 검은 속눈썹이 길게 차양처럼 덮여 있었다. 눈썹은 약간 불규칙했지만 같은 빛이었다. 그러나 내가 그 눈에서 본 '기이한 점'이란 얼굴의 형태나 빛깔의 별남과는 다른 종류의 것으로, 요컨대 그 눈의 표정에 있었다. 아아, 무의미한 말의 홍수여! 우리는 한갓 언어의 온갖 소리 뒤에 영적인 것에 대한 엄청난 무지를 감추고 있는 것이다.

리지아의 눈이 주는 특별한 느낌, 얼마나 오랫동안 나는 그것을 골똘히 생각했던가! 한여름 밤이 하얗게 새도록 그 정체를 잡으려고 얼마나 안간힘을 썼던가! 그리운 이의 눈동자 밑에, 데모크리토스의 샘보다 더 깊은 그 속에 깃들인 정체는 대체 무엇인가? 나는 그것을 알고 싶은 호기심에 휘말려 있었다. 그 눈, 크고 빛나는 신성한 눈동자! 그것은 나에게 있어서 레다의 쌍둥이자리였고, 나 자신은 그 두 개의 별을 점치는 경건한 점성사였던 것이다.

정신과학에서는 이해하기 어려운 변칙적인 것이 허다하지만 그 중에서 특히 관심을 끄는 것은— 학문의 전당에서는 별로 주의를 끌지 못하는 듯하지만—오랫동안 완전히 잊어버리고 있었던 사실을 생각해내려 할 때 금방 생각이 날 듯하면서도 결국은 그것을 떠올릴 수 없었다. 이 경우 역시 리지아의 눈을 관찰하면 그 표정의 비밀을 당장 알 것 같으면서도 결국은 알아내지 못한다는 것과 같은 맥락임을 알 수 있다.

그러나 (기묘한 것은, 참으로 기묘한 것은) 나는 이 우주의 지극히 평범한 사물들이 그녀의 눈빛을 중심으로 계속되는 원을 그리고 있음을 발견했다. 즉, 리지아의 독특한 아름다움이 나의 정신에 스며들어 그곳을 궁전으로 삼고부터 나는 바깥 세상의 수많은 존재들을 보면서 그녀의 커다랗게 빛나는 눈동자가 나의 마음에 불러일으키는 것과 똑같은 감정을 감지했다. 그러나 그렇다고 해서 그것을 '이것이다' 라고 한마디로 규정하거나 분석할 수도, 또한 포착할 수 있었던 것은 아니다.

그것은 쭉쭉 뻗어 나가는 포도덩굴을 보거나 나방이나 나비, 번데기를 볼 때, 또는 흐르는 물을 볼 때와 비슷한 감정이었다. 그리고 또 그것은 바다에서도 느꼈고, 유성이 꼬리를 끌고 가는 모습에서도 느꼈다. 뿐만 아니라 몹시 늙은 노인의 눈길에서도 감지됐다. 망원경으로 천체를 관측하고 있을 때, 한두 개의 별(특히 거문고자리의 수성 가까이서 마주 보면서 변하는 6등성)을 볼 때도 그런 감정이 일어났다.

그 외에 현악기를 켤 때에도, 책 속의 문장에서도 나는 이런 감정이 느껴졌다. 수많은 사례 중에서도 특히 내가 잘 기억하는 것은 조지프 글랜빌의 책에 나오는 한 구절이다. (그것이 좀 색다른 걸 맛보게 해서 그런지는 몰라도), 「그리하여 의지는 존재하며 사라지지 않도다. 신의 본성은 열심이며, 따라서 신이란 만물에 스며 있는 위대한 의지일 따름이로다. 인간이 천사에게 굴복하는 것과 죽음에 완전히 굴복하는 것은 인간의 나약한 의지력의 박약함 때문일 뿐 다른 것이 아니로다.」

오랜 세월이 경과하면서 거듭된 사색 덕분에 이 영국 모럴리스트의 문장과 리지아의 성격의 일면에는 미약하지만 일맥상통하는 것이 있음을 확인했다. 생각, 행동, 대화에서 보여주는 강렬함은 그녀의 경우 바로 이런 엄청난 의지의 결과거나 적어도 그것의 표현임에 틀림없었다. 그러나 그녀와 인생의 동반자로 지내는 동안 그녀는 겉보기에는 언제나 조용하고 침착한 여자였지만 내면에는 뜨거운 열정의 소용돌이에 빠져 있는 걸 알았다. 이러한 격정은 한편으로는 나를 기쁘게 했지만 다른 한편으로는 공포를 느끼게 했다. 기적이라고 해도 좋을 만큼 커다랗게 뜬 눈과 나지막한 음성의 마술적인 선율, 독특한 억양, 명석함, 조용함, 게다가 늘 그녀의 입술에 올려지는 열정적인 말(그녀의 온화한 말씨와 반비례하여 효과는 극적이었다)에 의해서밖에는 평가할 수가 없다.

그녀의 학식에 대해서는 이미 언급한 바 있지만, 그 해박함은 다른 어떤 여성에게서도 그 예를 찾을 수 없었다. 그리스어와 라틴어에 능통했고, 유럽 각국의 언어에 대해서도 나의 지식의 범위 내에서는 오류를 범한 사례가 없다.

사람들이 사랑하는 학식 중에 가장 추앙받는 것, 그저 난해한 학문이라는 것만으로 추앙받을 주제에 있어서도 리지아는 기가 꺾이는 법이 없었다. 오늘날에 와서야 비로소 아내의 특징이라고 할 수 있는 이 점이 얼마나 기묘하고 격렬하게 내 마음을 사로잡았는지 알 수 있었다. 그녀의 학식이 여태껏 여성사에 유례가 없었다는 것을 나는 앞서 말했지만, 대체 남성인들 정신과학 · 자연과학·수학 등 광범위한 전 영역을 그토록 샅샅이 명쾌하게 규명한 사람이 있을까?

이제 와서야 확실히 깨닫게 되었지만, 당시까지만 해도 나는 그녀의 학식이 그다지 해박하고 경탄할 만한 경지에 있는 줄은 깨닫지 못했다. 그런데도 그녀의 탁월한 자질에는 경외심을 지니고 있었으므로, 결혼 초에는 아내에게 마치 어린애처럼 신뢰를 품고 그녀의 인도를 따랐다.

그 무렵 내가 몰두하고 있었던 형이상학이라는 혼돈의 세계를 그녀에게서 찾았던 것이다. 거의 탐구되지도 않았고, 더구나 인정받을 길조차 없는 학문에 골몰하고 있는 나에게 그녀가 몸을 기울이며 다가왔을 때 나는 말할 수 없을 정도로 달콤한 미래가 열리는 것을 느낄 수 있었다. 눈앞에 마음을 북돋우는 전망이 서서히 열리고, 그 길고도 장엄한 전인미답의 길을 나아가다보면, 너무나 신성하고 귀중한 나머지 인간의 지혜가 접근하는 것이 금지되어 왔던 궁극적 지혜의 목표에 도달할 것 같은 느낌에 확실하게 접근하고 있었다.

몇 년 뒤 이 확실한 근거 위에 세워졌던 나의 기대가 날개를 달고 날아가 버렸을 때, 얼마만큼 비탄이 컸는지 어렵지 않게 상상할 수 있을 것이다. 리지아가 사라지고 나자 나는 마치 어둠 속에서 손을 내젓고 있는 어린아이 같았다. 그녀가 있어주는 것만으로도, 그녀가 책을 읽어주는 것만으로도 우리는 우리가 한참 몰두해 있었던 선험론의 수많은 수수께끼를 확실하게 해결할 수 있었던 것이다. 그녀의 반짝이는 눈의 광채가 내 책의 페이지를 비추는 일이 없어지자 황금으로 인쇄되어 찬연한 빛을 내뿜으며 불타던 글자들도 토성의 납처럼 흐려졌다. 그녀가 나와 함께 책을 읽으며 두 눈을 빛내는 일은 더 이상 없어졌다.

병이 든 것이다. 열정적인 두 눈은 너무나 눈부신 광채를 뿜어냈다. 핏기 잃은 손가락은 양초처럼 투명하고, 그 수려한 이마의 푸른 정맥은 약간의 감정의 물결에도 격심하게 고동치곤 했다. 리지아는 틀림없이 죽을 것이라는 사실을 나는 깨달았다. 그리고 마음속으로 저 냉혹한 죽음의 천사와 필사적으로 싸웠다. 열정적인 아내의 죽음과의 투쟁은 무섭도록 격렬했다. 나는 그녀의 준엄한 성격으로 보아 죽음조차도 그녀에게는 큰 공포를 주지 않을 것이라고 생각하고 있었는데 정반대였다.

그녀에게 있어 '죽음의 그림자'와의 치열한 싸움은 말로 표현하기에는 정말이지 무력할 정도였다. 그 애절한 모습을 보는 것이 괴로워서 견딜 수가 없었다. 내가 할 수 있는 일이라면 무슨 짓을 해서라도 위로해주고 싶었다. 논리적으로 설득하고 싶었다. 그러나 생명, 오로지 생명, 생명과 삶을 추구해 마지않는 그녀의 강렬한 갈망을 보고는 위로하는 것도, 논리적으로 설득하려는 것도 덧없는 짓이라는 것을 알았다.

그러나 마음속 깊은 곳의 격렬한 고뇌에도 불구하고 겉으로 드러난 그녀의 조용한 몸가짐은 임종에 이르러서까지 흐트러짐이 없었다. 그녀의 목소리는 갈수록 부드럽고 잔잔해졌다. 그러나 그 조용한 말 속에 깃들인 말로 설명할 수 없는 의미는 도저히 여기서 왈가왈부할 수 없는 성질의 것이었다. 그녀가 하는 말을 듣고 있노라면 나는 인간의 것이 아닌 듯한 아름다운 음성과 보통의 인간에게서는 한번도 알려진 바 없던 상상과 소망에 매료되어 머리가 빙빙 도는 듯했다.

그녀가 나를 사랑하고 있었던 것은 의심할 여지가 없었지만, 그녀처럼 평범치 않은 여성의 가슴을 지배하는 사랑의 열정은 보통이 아니었다는 것쯤은 내가 좀 더 진작 알았어야 했다. 나는 죽음이 임박해서야 비로소 그녀의 강렬한 사랑에 충격을 받았다. 그녀는 나의 손을 꼭 쥔 채 속마음을 털어놓았는데, 그 남다른 헌신적 사랑은 우상 숭배와 비견할 만한 것이었다.

그런데 과연 나는 이런 고백을 받을 만한 가치가 있는 인간일까? 그리고 내가 무엇을 잘못했기에 이런 고백을 들으면서 사랑하는 그녀를 보내야 한단 말인가? 그러나 이러한 문제를 허구한 날 늘어놓는 것도 견딜 수 없는 노릇이었다. 단지 이것만은 얘기해두고 싶다. '여자의 순정'이라고 말하기에는 너무도 숭고한 리지아의 사랑에서—아아! 참으로 과분하게, 그리고 참으로 헛되이 바쳐진 사랑이었지만—내가 마침내 확인한 것은 이제 막 사라지려고 하는 생명에 미친 듯이 매달리는 그녀의 소망의 정체였다.

이 미칠 듯이 부여잡고 싶은 생명에의 소망, 막무가내로 매달리는 간절한 열정, 나에게는 이런 그녀의 모습을 기술해낼 능력도, 표현할 언어도 없다.

그녀가 죽은 것은 한밤중이었다. 그때 그녀는 엄숙하게 나를 불러놓고, 며칠 전에 그녀 자신이 지은 시를 들려달라고 부탁했다. 나는 그녀의 부탁에 따랐다. 시의 내용은 다음과 같았다.

외로운 최후의 나날이 흐르는 가운데
드디어 축제의 날이 왔다
천사들은 두 날개에 화려한 베일을 쓰고
눈물을 흘리며 몰려와
극장에 앉아 소망과 공포가 담긴
연극이 시작되길 기다린다
오케스트라가 발작하듯
별들의 음악을 토해낸다

어릿광대들은 저 높은 곳에 계신 신의 형상으로 꾸미고,
나직이 속삭이듯 중얼거리며
이리저리 뛰어다니지만
꼭두각시에 지나지 않는 그 운명은
형체 없는 거대한 것이 명하는 대로

배경을 이리저리 옮겨놓는 존재들!
독수리가 날개를 퍼덕이며
보이지 않는 비애를 불러온다

이토록 법석을 떠는 연극을
오오, 어찌 잊겠는가!
그 '환상'을 언제까지나 뒤쫓는 군중들,
그러나 결코 붙잡지는 못하리
한 바퀴 돌아오면
언제나 출발점,
엄청난 광란과 그보다 더한 죄악과
공포는 이 연극의 핵심이다

하지만 보라, 어릿광대의 무리에
벌레처럼 기어가는 무언가가 침입한다
피처럼 붉은 것이 꿈틀거리면서
무대 밖에서 들어온다
꿈틀거린다 꿈틀꿈틀!
단말마의 고통,
어릿광대들은 그의 먹이가 되고
천사들이 운다,

악의 이빨이

인간의 피로 물들어 가기에

꺼진다, 조명이 꺼진다. 남김없이 꺼진다

떨리는 형상 하나하나에

커튼이 내려지고 수의가 덮인다

불어닥치는 폭풍우처럼.

천사들은 새파랗게 질린 채 일어서서

베일을 제치고 말한다

이 연극은 인간을 주제로 한 비극이며

그 주역은 정복왕 구더기라고!

이 시를 다 읽자 리지아는 일어서더니 두 팔을 경련을 일으키듯 높이 쳐들면서 소리쳤다.

"오오, 하느님! 아버지 하느님! 언제까지나 이래야 합니까? 우리는 정복자를 영원히 정복할 수 없는 걸까요? 하느님, 우리는 당신과 한몸이 아니란 말입니까? 어느 누가 대체, 어느 누가 의지의 신비를 알겠으며 의지의 능력을 알까요? 인간이 천사들과 죽음에 완전히 굴복하는 것은 나약한 의지 때문일 뿐!"

그녀가 감정에 겨워 있는 동안 모든 힘이 소진된 듯 조금 전에 들어올린 하얀 두 팔을 다시 늘어뜨리고, 죽음의 침상으로 엄숙하게 돌아왔다. 그녀가 마지막 한숨을 내쉴 때, 그것은 나직한 속삭임과 뒤섞였다. 그녀의 입술의 움직임에 귀를 기울이자 다시 한 번 그랜빌의 마지막 구절이 들려왔다.

"의지가 나약하지 않다면 인간은 천사나 죽음에 절대 굴복하지 않을 것이다."

그녀는 떠났다. 깊은 슬픔에 지칠 대로 지친 나는 라인 강변의 음침하고 퇴락한 도시의 황량하고 적막하기 그지없는 거처에서 더 이상 견딜 수가 없었다.

리지아는 일반적으로 생각할 수 있는 것 이상의 막대한 재산을 나에게 남겨주었다. 수개월에 걸친 지향 없는 쓸쓸한 방랑 끝에 잉글랜드의 가장 황량하고 인적이 드문 고장에 이르렀다. 그리고 여기에서 이름을 밝힐 수는 없지만 그곳의 한 사원을 사들여 얼마간 손질을 했다. 건물의 고색창연한 외관이며 황폐한 느낌을 주는 영지의 경치, 그리고 이런 것들에 얽혀 예부터 내려오는 음산한 이야기들은 이웃과 단절된 채 이 고장으로 나를 몰아온 쓸쓸한 심정과 일맥상통하는 데가 있었다.

그런데 무너져가는 데다 푸른 덩굴이 엉켜 있는 건물의 외관에는 거의 손을 댈 생각이 없었으나 어린애 같은 고집과 슬픔을 얼버무리려는 부질없는 소망이 작용했는지, 건물 내부만은 궁전도 무색할 정도로 화려하게 꾸미고 싶었다. 건물 내부를 아름답게 꾸미고 싶다는 탐닉에 가까운 취미는 이미 어릴 적부터 있어온 것이었다. 이런 습관은 그동안 잠자코 있다가 내가 너무나 큰 슬픔에 지쳐 있자 다시 고개를 든 것이었다.

호화찬란한 태피스트리, 장엄한 이집트의 조각상, 색다른 돌림띠를 한 가구들, 금빛 술로 장식한 광란의 성격을 띤 무늬의 양탄자! 아아, 이제 와서 생각하면 거기에는 이미 광기의 징조가 다분히 깃들어 있었다고 할 수 있다. 그때 이미 나는 아편의 차꼬에 매인 노예가 되어 있어 내가 하는 행위, 명하는 것 모두가 꿈과 비슷한 색채를 띠고 있었다. 그러나 이런 어리석은 행동을 장황하게 늘어놓을 생각은 없다. 단지 이 방, 영원히 저주받을 이 방에 대해서만은 언급해 두겠다.

나는 결혼식을 올린 후에 나의 신부—저 잊을 수 없는 리지아의 후계자—를 바로 이 방으로 데려왔다. 금발에 푸른 눈의 처녀인 그녀는 트레맨 출신으로 이름은 로위나 트레바니옹이었다.

이 신방의 구조라든가 장식 등 어느 한 가지도 나의 눈앞에 뚜렷이 떠오르지 않는 것은 없다. 황금에 눈이 멀었는지 귀엽기 그지없는 딸을 그와 같이 꾸며놓은 신방의 문지방을 넘게 한 신부의 일가는 그 명예로운 영혼을 어디에 팔아버렸단 말인가? 나는 그 방의 세부적인 것들을 모조리 기억할 수는 있지만, 유감스럽게도 가장 중요한 것들에 관해서는 까맣게 잊어버렸다. 그 방의 환상적인 구조와 장식 중에는 기억에 도움이 될 만한 체계나 통일성이 하나도 없다.

성곽풍으로 지어진 건물에는 높은 포탑이 있었고, 방은 바로 이 포탑 아래에 있었다. 이 방의 오각형 남향 부분은 전면이 유리창이었는데, 베니스에서 주문해 온 커다란 유리가 끼워져 있었다. 그 유리는 엷은 검은색으로 착색되어 있어 햇빛이건 달빛이건 그것을 통해서 비치는 실내는 모두 음산한 빛깔을 띠게 되어 있었다.

이 색유리의 위쪽에는 해묵은 포도덩굴이 엉켜 격자무늬를 이루어 퍼지면서 두터운 탑의 벽을 기어오르고 있었다. 침침한 갈색 참나무로 꾸며진 천장은 돔을 이루며 높은 아치 모양을 하고 있었으며, 만자 문양의 세공으로 장식되어 있었다. 반쯤은 고딕풍이고 반쯤은 드루이드풍인 세공 문양은 참으로 요란하면서도 기괴했다. 이 음울한 아치형 천장의 정중앙에는 금사슬 한 줄이 길게 걸려 있고, 금사슬 끝에는 거대한 금향로가 매달려 있었다. 향로의 문양은 사라센 풍으로 구멍이 여기저기 정교하게 뚫려 있어 뱀의 정기를 받은 듯 변화무상한 불꽃들이 구멍 사이로 이리저리 들락거리는 듯했다.

긴 의자 몇 개와 동양풍의 금촛대가 이쪽저쪽에 놓여 있었고, 신혼부부의 침대도 있었다. 나지막한 인도풍 침대는 튼튼한 흑단으로 조각되어 있었으며, 위쪽에는 관을 덮는 천 같은 휘장이 드리워져 있었다. 방 안의 오각형 모서리에는 검은 화강암으로 만든 거대한 석관이 세워져 있었다. 석관들은 룩소르 건너편에 위치한 왕릉에서 가져온 것이었는데, 오래된 석관 뚜껑에는 까마득한 옛날에 만들어진 조각들로 뒤덮여 있었다.

이 방의 가장 환상적인 부분은 온 방을 뒤덮은 천이었다. 천장이 까마득히 높아서 벽은 무척 길었고 무겁고 육중해 보이는 태피스트리가 천장에서 바닥까지 치렁치렁 늘어져 있었는데, 그것은 양탄자며 장의자 덮개, 흑단 침대 덮개, 침대 차양, 창문에 친 커튼이 천과 똑같은 재질의 호화로운 소용돌이 장식으로 만들어져 있었다. 값비싼 황금천으로 만들어진 칠흑처럼 검은 지름 1피트가량의 아라베스크 문양은 특정한 각도에서 바라볼 때만 제 모습을 드러냈다. 문양이 달라 보이게 만드는 기술은 최근에는 널리 이용되지만 사실 아주 오랜 옛날부터 사용된 것이다. 처음으로 방에 들어온 사람이 보기에는 그저 알 수 없는 기괴한 문양으로 보이지만 방으로 몇 발짝 걸어 들어오면 알 수 없는 기괴한 느낌은 사라지고, 한 걸음 한 걸음 발걸음을 옮겨놓을 때마다 끝없이 이어지는 무시무시한 형상들─북구인의 미신에 등장하는 형상들, 혹은 죄의식에 시달리는 수도사의 꿈속에나 나올 법한 형상들─이 자신을 둘러싸고 있음을 깨닫게 된다. 무시무시한 문양에서 비롯된 요지경 같은 느낌은 바람 덕분에 한층 더해졌다. 태피스트리 뒤쪽으로 강한 바람이 계속 들어오게 만드는 장치를 사용하여 방 전체에 섬뜩하고 꺼림칙한 생동감을 불어넣은 것이다.

이렇게 장식된 신방에서 나는 트레멘의 규수와 죄 많은 신혼의 첫 달을 보냈다. 그동안 시끄러운 문제는 거의 없었다. 아내가 극도로 우울한 내 성격을 두려워한다는 것, 나를 그다지 사랑하지 않으며, 나를 피한다는 사실을 깨닫지 않을 수 없었다. 그러나 이런 사실은 나를 괴롭힌다기보다는 즐겁게 했다. 내가 아내에게 품고 있던 증오심은 인간의 것이라기보다는 악마의 것에 더 가까웠다. 내 기억은 쉴 새 없이 리지아에게로, 사랑하는 리지아, 당당하고 아름다운 리지아, 무덤 속의 리지아에게로 돌아가곤 했다. 나는 그녀의 순수, 지혜, 고귀하고 우아한 성품, 미친 듯 열렬한 사랑을 떠올리며 대부분의 시간을 보냈다. 그러는 동안 내 마음은 리지아의 불꽃 같은 정열보다 더욱 뜨겁게 활활 타올랐다.

아편에 취해 잠을 청하곤 하는 나는 상습적으로 약물의 굴레에 빠져 들곤 했는데, 열에 들떠 큰 소리로 그녀의 이름을 부르기도 했다. 그녀의 이름은 밤이면 깊은 침묵 속에서 울렸고, 낮이면 아무도 찾지 않는 깊숙한 골짜기 사이로 울려 퍼졌다. 나는 무모한 열망, 진지한 열정, 세상을 떠난 그녀에 대한 작열하는 갈망으로 그녀를 되살릴 수 있기라도 하다는 듯 그 이름을 불렀다. 그녀가 버리고 떠나간 이 세상으로 그녀를 데려올 수 있는 방법은 영원히 없었던 것일까?

결혼하고 두 달째 접어들 무렵, 로위나는 갑자기 병에 걸려 오랫동안 자리에서 일어나지 못했다. 그녀는 신열 때문에 깊은 잠을 이루지 못했고, 얕고 불안한 선잠을 자며 고통스러워했다. 그러는 가운데 탑 속 방 어딘가에서 뭔가 알 수 없는 소리와 함께 무엇이 움직이는 기척이 들린다고 중얼거렸다. 그것은 그녀의 마음이 혼란해서가 아니라면 틀림없이 방의 혼란스러울 정도의 기괴한 장식 때문일 것이라고 판단했다.

얼마 후 이윽고 그녀의 병세가 차도를 보이더니 마침내 완쾌되었다. 그러나 그것도 잠시이고, 또다시 심한 발작이 엄습해 와서 병상에 드러눕게 되었다. 원래부터 허약했던 그녀의 몸은 이제 다시는 회복되지 않았다. 이때부터 그녀의 병세는 염려스러운 상태에 빠지는 것과 동시에 발작을 되풀이해서 주치의의 어떠한 노력으로도 소용이 없는 상태에 이르고 말았다. 고질적인 질병이 그녀의 몸에 깊이 뿌리를 내려 사람의 힘으로는 도저히 치료할 수 없는 상태로 진전되자, 그녀는 걸핏하면 안절부절 못하게 되고, 하잘것없는 일에도 놀라 신경을 곤두세웠다. 그녀는 또다시 이전처럼 태피스트리에서 무슨 소리—그 가냘픈 소리—가 난다고 나에게 호소했다. 그것이 이전보다 더 자주, 그리고 집요하게 들린다는 것이었다.

9월 하순의 어느 날 밤, 그녀는 어느 때보다 강한 어조로 예의 그 소리가 들린다면서 불안해했다. 선잠에서 막 깨어나 불안에 떨고 있는 그녀를 보며 근심과 막연한 공포가 뒤섞인 기분으로 그녀의 여윈 얼굴을 살폈다. 나는 그녀의 흑단 침대 곁에 있는 인도풍의 장의자에 앉아 있었는데 그녀는 조금 몸을 일으키고는 낮고 진지한 목소리로 방금 자신이 들은 소리와 움직임에 대해 말했으나 그것이 나에게는 들리지도 보이지도 않았다. 거센 바람이 태피스트리 뒤에서 신산스럽게 불고 있었다. 그때 거의 들릴락말락하는 한숨 소리와 함께 벽의 그림자가 살짝 움직인 것은 예의 바람이 어수선하게 일으키는 현상(하지만 솔직히 나 자신도 틀림없이 믿고 있는 것은 아니었지만)일 뿐이라고 말해주고 싶었다.

그러나 죽은 사람처럼 창백한 그녀의 얼굴을 보자 더 이상 안심시키려는 말을 해봤자 소용이 없다는 것을 알았다. 그녀는 거의 실신할 지경에 이르러 있었다. 하인은 불러도 소리가 들리지 않을 곳에 있었다. 의사가 가져다준 도수가 약한 포도주병이 있다는 것을 생각해내고 나는 그것을 가지러 방을 가로질러 갔다.

그런데 향로의 불빛 바로 아래에 왔을 때, 오싹한 상황이 두 번이나 일어나 나의 주의를 빼앗았다. 눈에는 보이지 않았으나 무언지 실체가 있는 듯한 것이 내 곁을 살며시 스쳐가는 것이 느껴졌다. 그리고 보았다. 황금빛 양탄자 위의 향로에서 흘러내리는 풍성한 불빛의 한가운데 그림자, 얇고 희미한 천사와 같은 그림자가, 다시 말해 그림자의 그림자 같은 것이 머뭇거리고 있는 것을. 그러나 나는 아편을 지나치게 피운 탓으로 흥분되어 있었기 때문에 그것을 눈여겨보지 않은 것은 물론 로워나에게 말하지도 않았다.

나는 포도주를 찾아서 방을 가로질러 돌아와 그것을 기절해 있는 아내의 입술로 가져갔다. 그러자 그녀는 어느 정도 의식을 회복하고 있어서 스스로 잔을 받아 들었기 때문에 나는 가까이 있는 장의자에 앉아서 그녀를 가만히 지켜보았다. 그때였다. 침대 옆의 양탄자 위를 걸어가는 희미한 발소리가 들렸다. 그리고 마침 로위나가 포도주잔을 입술에 대려고 할 때, 잔 속에 마치 방의 허공에 있는, 눈에 보이지 않는 샘에서 떨어지듯 반짝이는 루비빛 액체가 서너 방울 떨어지는 것이 보였다. 아니, 꿈속에서 본 것처럼 느꼈는지도 모른다. 나는 그것을 보았지만 로위나는 보지 못한 것 같았다. 그녀는 단숨에 그걸 마셔버렸다. 나는 방금 본 것을 그녀에게 말하지 않으려고 마음먹었다. 왜냐하면 이것은 그녀의 공포심에 더한 나의 아편, 그날따라 이상할 정도로 활발하게 움직이는 나의 상상력 탓인지도 모른다고 생각했기 때문이다.

그런데 루비빛 물방울을 마신 직후부터 그녀의 병세가 급격히 악화된 사실을 알 수 있었다. 그로부터 사흘째 되던 날 밤, 하인들은 그녀를 매장할 준비를 했고, 나흘째 되던 밤에는 수의를 입힌 그녀의 시체와 함께 지난날 그녀를 신부로 맞이했던 괴기한 분위기의 그 방에 혼자 앉아 있었다. 아편을 흡입했을 때 피어나는 기괴한 환상이 그림자처럼 나의 눈앞을 스쳐갔다. 나는 평정을 잃은 눈초리로 방 한구석에 놓인 석관이며, 수시로 모습이 변하는 태피스트리의 무늬, 그리고 머리 위의 향로에서 갖가지 빛깔로 꿈틀거리는 불꽃을 바라보았다. 뿐만 아니라 지난밤의 사건을 생각해내고, 희미한 그림자 같은 것이 스쳤던 향로 아래의 환하게 비친 언저리를 바라보았다. 그러나 거기에는 아무것도 없었다. 나는 안도의 한숨을 내쉬고, 침대 위에 핏기가 가신 채 굳어 있는 시체에 눈을 돌렸다. 그러자 리지아에 얽힌 갖가지 추억이 한꺼번에 몰려들었다. 이런 생각을 하자 이번에는 수의에 싸인 사람에게서 볼 수 있는 뭐라고 표현할 수 없는 만감과 회한이 세찬 격류가 되어 밀어닥치는 것이었다. 밤은 깊어갔다. 그러나 나는 여전히 그지없이 사랑했던 단 한 사람에 대한 통절한 추억에 사무쳐 로위나의 시체를 응시했다.

한밤중이었는지 아니면 좀 더 일렀는지 늦었는지 정확하게 알 수는 없었지만, 아무튼 그 무렵이었다. 나지막하고 부드러운, 그러면서도 또렷이 흐느껴 우는 소리가 들려와 나의 몽상은 깨어졌다. 그것은 흑단 침대, 그 죽음의 침상에서 들려오는 것 같았다. 나는 미신적인 공포에 사로잡혀 귀를 기울였다. 그러나 더 이상 그 소리는 들리지 않았다. 나는 눈을 똑바로 뜨고 시체를 보았다. 그러나 시체가 움직일 기미는 털끝만큼도 보이지 않았다. 하지만 그것이 환청이었을 리는 없었다. 아주 가냘프기는 했지만 틀림없이 그 소리를 나는 들었다. 그 소리를 듣고 나의 내면의 영혼이 잠을 깬 것이다.

나는 마음을 단단히 먹고 끈기 있게 시체를 응시했다. 꽤 오랜 시간이 지났는데도 이 수수께끼에 빛을 던져주는 현상은 아무것도 일어나지 않았다. 그러나 드디어 알 수 있었다. 희미한, 너무 희미해서 거의 눈에 띄지 않을 만큼의 혈색이 그녀의 양쪽 볼, 그

움푹 들어간 양쪽 눈꺼풀의 가는 혈관 언저리에 비치는 것이었다. 뭐라 말할 수 없는, 인간이 사용하는 말로는 도저히 표현할 수 없는 공포에 사로잡힌 나의 심장은 고동을 멈추고 경직되고 말았다.

잠시 후 의무감 때문에 겨우 정신을 차렸다. 그러고 보니 장례 준비를 너무 서둘렀다는 것을 알 수 있었다. 로위나는 아직 살아 있었다. 빨리 뭔가 조치를 취할 필요가 있었다. 그러나 이 탑은 하인들이 살고 있는 곳으로부터는 완전히 격리되어 있었다. 그들을 불러서 오게 할 만한 방법은 아무것도 없었다. 도움을 구하러 그들을 부르러 가게 되면 상당한 시간 동안 이 방을 비워놓지 않으면 안 되었다. 그러나 그렇게는 하고 싶지 않았다.

그래서 나는 기를 쓰며 아직도 우주를 방황하는 영혼을 다시 불러들이려고 애를 썼다. 그러자 로위나는 잠시 후 다시 원래의 상태로 돌아간 것이 분명해졌다. 눈꺼풀에서도 볼에서도 핏기가 사라지고 남은 것은 흰 대리석보다 더 창백한 피부였다. 입술은 전보다 더 수축되어 무서운 죽음의 형상으로 옥죄어져 있었다. 혐오감을 느끼게 하는 칙칙한 냉기가 몸 전체에 급속히 퍼지면서 사후 경직이 바로 뒤따랐다. 나는 장의자에서 몸서리를 치면서 맥없이 주저앉아 마음은 혼란에 빠진 채 다시 리지아의 뜨거운 환상을 좇아 방황했다.

이렇게 한 시간이나 지났을까? (그것이 있을 수나 있는 일일까?) 또다시 그 침대 언저리에서 어렴풋하게 무슨 소리가 들리는 것을 느꼈다. 나는 귀를 기울였다. 극단적인 공포에 사로잡힌 가운데 또 소리가 났다. 한숨소리였다. 시체 곁으로 달려간 나는 보았다. 똑똑히 보았다, 입술이 가늘게 떨리는 것을. 그리고 1분쯤 지나자 입술이 벌어지며 진주처럼 흰 이가 보였다. 그때까지 나의 마음을 차지하고 있었던 것은 깊은 공포심뿐이었으나 새로이 놀라움이 솟아나 두 가지 심리가 마음속에서 서로 뒤얽혔다. 눈이 흐릿해지며 이성이 위축되는 것을 느꼈으나 안간힘을 써서 의무가 재차 나에게 명한 일을 겨우 착수할 수 있었다. 이번에는 이마와 뺨, 그리고 목 언저리에도 불그스레한 빛이 비치고 몸 전체에도 알아볼 수 있을 만큼 온기가 감돌더니 심장도 미약하게나마 고동을 치기 시작했다. 여자가 살아난 것이다. 나는 전보다 갑절이나 열심히 그녀를 소생시키는 작업에 착수했다. 관자놀이와 손을 마찰하고 습포를 하는 등 나의 경험과 적잖은 의학서의 지식으로 얻은 모든 수단을 다 동원했다. 그러나 또다시 희망을 잃고 말았다. 돌연 얼굴에서 생기가 사라지며 고동은 멎고 입술은 죽은 사람의 형상으로 돌아갔다. 그리고 잠시 후에는 전신이 얼음장같이 차가워지면서 피부는 흙빛을 띠고 몸은 경직되어 오그라들었다. 요컨대 며칠이나 무덤에 매장되었던 자에게서 볼 수 있는 끔찍한 특징을 모조리 갖고 있었던 것이다.

　나는 리지아의 환상에 빠져 들어갔다. 그러자 또다시(이렇게 쓰면서도 내가 전율한다고 해서 무엇이 이상할 것인가?) 흑단 침대 근처에서 낮게 흐느껴 우는 소리가 들렸다. 그러나 그날 밤의 무어라 말할 수 없는 공포를 이제 더 이상 자세히 쓸 필요가 있을까? 밤이 샐 때까지 이 처참한 소생극이 몇 번이나 되풀이된 광경을……. 되풀이될 때마다 더욱 가차 없는, 더욱 구할 길 없는 죽음 속으로 되돌아간 모습을! 그리고 그때마다 무언가 눈에 보이지 않는 적과 투쟁하던 고뇌에 찬 모습을 보았던 것을……. 그리고 또한 그러한 격투가 일단락지어질 때마다 시체의 모습이 정말이지 기분 나쁜 면모를 드러냈던 것을 지금 새삼스레 기록할 필요가 있을까? 이제 결말을 짓도록 하자.

끔찍한 밤이 거의 샐 무렵, 또다시 죽은 그녀가 몸을 움직였다. 삶과 죽음의 가장자리 끝에 이제 절대로 가망이 없다고 보이는 냉혹한 사멸 상태에서 깨어났음에도 그 몸짓은 여태껏 볼 수 없었을 만큼 격렬했다. 나는 이미 한참 전부터 쩔쩔매거나 움직이며 돌아다니는 걸 그만둔 상태였다. 나는 장의자에 앉아 몸이 굳어진 채 격정의 소용돌이 속에 속수무책으로 몸을 내맡기고 있었다. 그 놀라운 광경을 보고도 이제는 두려움은 물론 고통조차도 느끼지 않았다. 되풀이하지만 시체가 움직였고, 더구나 그 움직임은 이전보다 훨씬 격렬했다. 또한 얼굴에는 지금까지 없었던 활기와 함께 핏기가 돌아오고 손발은 유연함을 되찾고 있었다. 눈꺼풀은 동공을 무겁게 덮고 있고, 수의로 감싸고 있는 모습이 그가 사자라는 것을 확인시켜주고 있으나, 만약 그런 것만 없었다면 나는 로위나가 마침내 죽음의 질곡에서 도망쳐나온 것이라고 믿었을지도 모른다. 그때의 상황을 정확하게 믿지는 않았지만 그것은 더 이상 의심할 여지가 없었다. 얼마 후 수의를 두른 자의 실체가 침대에서 비틀비틀 일어나더니 눈을 감은 채 위태로운 발걸음으로 마치 몽유병자 같은 모습으로 대담하게 방 한가운데를 향해 걸어 나갔다. 틀림없는 실체를 구비한 채로.

나는 꼼짝도 하지 않았고 떨지도 않았다. 그것은 그 자세가 풍기는 분위기, 키, 몸가짐에 얽힌 형언할 수 없는 몽상들의 무리가 나의 머릿속에 몰려 들어와서 갑자기 나를 딱딱하게 마비시켜버렸기 때문이다. 나는 여전히 꼼짝도 하지 않았다. 그리고 그 모습에서 눈을 떼지 않았다. 머릿속은 천 갈래 만 갈래로 흐트러지고, 말할 수 없는 깊은 혼란에 휩싸였다. 내 앞에 서 있는 사람이 진정 살아 있는 로위나란 말인가? 과연 그 로위나, 금발과 푸른 눈의 트레멘의 아가씨, 로위나 트레바니옹이란 말인가? 왜, 무엇 때문에 나는 그것을 의심하는 것인가. 죽음의 붕대가 그녀의 입 언저리에 무겁게 감겨져 있었다. 그렇다고 해서 그것이 살아서 호흡하고 있는 트레멘 아가씨의 입이 아니란 말인가. 그리고 뺨—성숙한 처녀의 장밋빛 뺨—그렇다, 그것이야말로 살아 있는 트레멘 아가씨의 아름다운 뺨이었다. 그리고 건강할 때처럼 보조개가 패는 저 턱, 저것이 그녀의 것이 아니란 말인가? 그러나 그건 그렇다고 치고, 그녀는 병이 들고부터 키가 커진 것일까? 그렇게 생각하는 순간 말할 수 없는 광기가 나를 사로잡았다. 나는 한순간 벌떡 몸을 일으켰다고 생각하고 정신을 차려보니 그녀의 발아래에 있었다. 나로부터 몸을 피하는 사이에 그녀의 머리를 감싸고 있던 음산한 죽음의 옷이 풀려 떨어졌다. 그러자 주위의 공기를 흔들면서 폭포처럼 흘러 떨어진 것은 길고 치렁치렁한 머리채였다. 그것은 심야의 까마귀 날개보다 더 검었다. 그리고 지금 내 앞에 서 있는 사람의 두 눈이 조용히 열리고 있었다. "아아, 드디어," 나는 소리 높여 외쳤다. "아니, 이젠, 이젠 절대로 틀릴 리가 없다. 이것이야말로 둥글고 검은빛의 저 야릇한 눈, 가버린 나의 그리운 사람의 눈, 그녀, 저 리지아의 눈이 아닌가!"

소용돌이 속에서

신이 자연을 다스리는 방법은 우리와는 다르다.
우리들이 만드는 모형은 신이 만드는 것의 광대함이나 심원함이나
무량함에는 도저히 따라가지 못한다.
신이 창조하는 것은 데모크리토스의 샘보다 훨씬 깊다.

― 조지프 글랜빌

우리는 지금 막 산꼭대기의 아찔한 벼랑에 다다랐다. 노인은 지쳐서 한동안 말도 못할 지경이었다.

"얼마 전만 해도," 노인은 겨우 입을 열었다. "우리 집 막내녀석처럼 날아가듯이 이 길을 나리에게 안내해드릴 수 있었을 겁니다. 그런데 3년쯤 전에, 어떤 사람도 여태껏 겪은 적이 없는 사건이 내

게 일어났지요. 여섯 시간 동안이었지요. 적어도 아무도 살아남아서 이런 일을 전할 수 없는 무시무시한 일이지요. 그때 저의 심신은 엉망으로 망가져 버린 겁니다. 나리께서는 나를 늙은이라고 생각하시는 모양인데, 사실은 그렇지가 않습니다. 칠흑처럼 검던 머리가 하루도 안되는 사이에 백발이 되어버렸고, 수족엔 힘이 빠지고 기력이 꺾여 지금은 그저 몸을 조금만 놀려도 휘청거리고, 그림자에도 놀랄 지경이 됐지요. 이런 별 것 아닌 벼랑에서 아래를 내려다보는 것만으로도 눈이 핑핑 돌 판이니 놀랄 일이지요?"

이런 '별 것 아닌 벼랑' 끝에서 그는 몸의 중심을 허공에 내밀듯이 하며 아무렇게나 발걸음을 옮겨 낭떠러지 바로 옆의 미끄러지기 쉬운 곳에 팔을 짚고 가까스로 떨어지는 걸 모면하고 있었다. 이 '별 것 아닌 벼랑'은 눈 아래 겹겹이 이어진 험준한 바위로부터 1천 5, 6백 피트가량의 높이로, 눈을 가로막는 것 하나 없이 깎아지른 모습을 한 검은빛이었다. 나로서는 이 벼랑 끝에서부터 6야드 이내로는 절대 다가가지 못할 것 같았다. 사실 나는 이 노인의 위태위태한 몸놀림에 몹시 놀라 몸을 큰대자로 펴서 땅에 엎드려 주변의 관목을 움켜쥔 상태에서 잠시도 하늘을 올려다볼 용기조차 없었다. 그러고 있는 동안에도 이 산을 받치고 있는 돌 자체가 강풍 때문에 무너져버리는 게 아닌가 하는 걱정을 떨쳐버리려고 애를 썼으나 허사였다. 오랜 시간이 걸려서야 겨우 냉정을 되찾은 나는 몸을 일으켜 세워 멀리 앞을 바라볼 용기를 낼 수 있었다.

"그렇게 쩔쩔매시면 곤란한데요."라고 안내인이 말했다. "나리를 여기로 모시고 온 것도 제가 아까 말씀드린 사건이 일어난 현장을 자세히 보여드리고, 그 현장을 직접 내려다보면서 자초지종을 말씀드리기 위해서입니다."

"우리가 지금," 그는 특유의 자상한 말투로 이야기를 계속했다. "우리가 있는 곳은 노르웨이 해에 면한 북위 68도의 노를란드라는 거대한 주의 로포든 지방입니다. 지금 앉아 있는 이 산은 헬제겐(구름의 산)이라고도 합니다. 그런데 나리, 몸을 좀 똑바로 펴시고…… 현기증이 나시거든 풀을 꼭 붙드시고…… 네, 그렇게 눈 아래 허리띠처럼 보이는 수증기 저 너머의 바다를 바라다보십시오."

현기증을 느끼면서 바라다보니 저 멀리 광막한 대양이 펼쳐져 있었다. 잉크처럼 검푸른 물빛은 이내 내 마음에 누비아의 지리학자가 쓴 Mare Tenebrarum(암흑의 바다)의 기사를 생각나게 했다. 이보다 더 슬프고 적막한 광경은 그 누구도 상상할 수 없을 것이다. 오른쪽으로도 왼쪽으로도 시꺼멓게 돌출한 절벽이 까마득하게 연이어져 이 세상 끝의 방벽처럼 뻗쳐 있었다. 그리고 그것을 향해 무시무시하게 머리를 곤두세워 영원히 포효하고 절규하면서 드높이 치솟아 부딪치는 허연 파도는 이 절망에 빠진 음울한 기분을 더욱더 파고들 뿐이었다. 그 꼭대기에, 지금 우리가 앉아 있는 갑의 바로 맞은편 5, 6마일가량 떨어진 난바다 한가운데 작고 황량한 섬이 보였다. 그것은 이 섬에 밀어닥쳤다가 퍼지는 파도로 그 위치를 알아볼 수가 있었다고 하는 편이 옳을지 모른다. 다시 2마일 정도 육지와 떨어진 곳에 보다 작은 섬이 하나 있었다. 그것은 무서울 정도로 날카로운 바위가 삐죽삐죽 솟아 있는 불모의 섬으로, 한 무리의 거무스름한 바위가 멀리 혹은 가까이에서 이 섬을 둘러싸고 있었다.

멀리 있는 섬과 해안 사이의 바다는 무언가 심상치 않은 빛을 띠고 있었다. 바로 이 무렵 강풍이 무섭게 육지를 향해 불어왔다. 멀리 바다 가운데 범선 한 척이 두 개의 돛을 내린 트라이슬을 하나 펴고 거의 정지한 채 물 속에 잠길 듯이 보였다. 그러나 해면에 규칙적으로 이는 물결 같은 것은 전혀 없고, 단지 모든 방향, 즉 바람과 맞서는 방향에도 그렇지 않는 방향에도 무서운 파도가 서로 엇갈리면서 부딪치고 있을 뿐이었다. 바위의 바로 지척 외에는 파도의 거품이 거의 보이지 않았다.

"멀리 있는 섬은," 노인이 다시 이야기를 시작했다. "노르웨이 사람들이 '바라'라고 부르지요. 그 가운데쯤에 있는 것은 모스쾨, 그 북쪽으로 1마일 거리의 섬은 암바렌, 저쪽에 보이는 것이 이슬레젠, 하트홀름, 키엘홀름, 수아르벤, 그리고 부크홀름입니다. 더 멀리는 모르쾨와 바라의 중간에 오테홀름, 플리멘, 샌드플레젠 그리고 스톡홀름 등의 섬이 있지요. 이것이 섬의 이름입니다만 왜 그런 이름을 붙여야 했는지는 나리께서도 저로서도 알 수 없는 일이지요. 나리의 귀에 뭔가가 들리지 않습니까? 무엇인가 해면에 변화가 생긴 것이 보이지 않습니까?"

우리들이 헬제겐의 정상에 온 뒤 10분 정도가 되었다. 우리들은 로포든의 내륙에서 여기까지 올라왔기 때문에 산꼭대기에서 갑자기 펼쳐진 전망을 보기까지는 바다를 한 번도 보지 못한 셈이다. 늙은 안내인이 이야기하고 있는 동안 아메리카 대초원을 헤매는 들소의 거대한 떼거리가 부르짖는 것과 같은 소리가 점점 높아지는 것을 알았다. 나는 눈 아래 대양이 뱃사람들이 흔히 '삼각파도'라고 부르는 파도가 급속하게 동쪽으로 흐르는 조류로 변해가는 것을 알아차렸다.

내가 묵묵히 바라보고 있는 사이에 이 조류는 굉장히 흐름이 빨라졌다. 그것은 시시각각 쏜살같이 빠른 움직임의 변화를 보였다. 5분이 지나자 바라에 이르는 해면 전체가 걷잡을 수 없을 정도로 미쳐 날뛰게 되었는데, 더욱 격렬하게 파도가 들끓어오르는 곳은 모스쾨와 해안 사이였다. 여기서 넓게 부풀어오른 물이 갈라져 무수한 수로를 이루어 서로 부딪쳤다가 갑자기 미친 듯이 경련을 일으켰다가, 솟고, 들끓고, 소리치면서 거대하고 무시무시한 소용돌이가 되어 빙빙 돌았다. 그리고 모든 것이 떨어지는 폭포 이외에서는 볼 수 없는 그런 속도로 동쪽을 향해 소용돌이치면서 돌진해 가는 것이었다.

다시 2,3분이 지나자 눈앞의 광경에 새로운 변화가 일어났다. 해면 전체가 얼마간 잔잔해지며 소용돌이들이 하나씩 하나씩 사라지고, 그때까지 아무것도 보이지 않던 자리에 유난히 커다란 물결의 골이 나타났다. 이 골은 훨씬 먼 데까지 뻗쳐서 다른 소용돌이와 합쳐지자 한동안 멈추었던 소용돌이의 선회 운동을 다시 시작하여 또다른 거대한 소용돌이가 시작되는 것이었다.

이때 느닷없이, 참으로 느닷없이 그것이 직경 1마일 이상이나 되는 뚜렷한 원형을 만들고 나타났다. 이 소용돌이의 언저리는 폭넓은 띠 모양으로 반짝이는 물보라를 일으켰는데, 이 물보라는 이 무시무시한 깔때기 안으로는 한 방울도 떨어지지 않았다. 깔때기의 내부는 눈길이 닿는 한 매끄럽게 빛나는 검은 보석 같은 물벽으로 수평선과 45도 각도를 이루고 있었다. 그것은 흔들리고 꿈틀거리면서 눈이 핑핑 돌 만큼 무서운 속도로 돌았으며, 나이아가라 폭포처럼 강렬한 몸부림을 치면서 비명과 노호가 뒤섞인 어마어마한 소리를 바람결에 실어 보내고 있었다.

발밑의 산은 그 뿌리까지 흔들리고, 바위도 진동을 했다. 소름이 끼쳐 엎드려 있던 나는 주변의 엉성한 풀을 움켜잡고 있었다.

"이것이," 내가 겨우 정신을 차려 노인을 향해 말했다. "이것이 바로 저 거대한 소용돌이 메일슈트롬인가보군요."

"때로는 그렇게 부르기도 합니다만 우리들 노르웨이 사람들은 모스쾨 섬의 이름을 따서 모스쾨슈트룀이라고 합니다."

이 소용돌이에 대해서 일반적인 기록 같을 것을 보았다 해도 그것은 내가 눈으로 본 것의 예비지식조차도 될 수 없을 것이다. 요나스 라무스가 가장 상세하게 기록했다고 하지만, 보는 사람으로 하여금 넋을 잃게 만드는 이 장대하고 무시무시한 경관의 끔찍스럽고 압도적인 느낌을 그 일부분밖에 전해주지 못한다. 그 필자가 어느 지점에서, 또 어느 순간에 이 광경을 보았는지 알 수 없지만 아마도 헬제겐의 산꼭대기에서 본 것도 아니고, 폭풍이 일어날 때도 아니었음이 틀림없다. 그렇지만 그가 서술한 것이 이 광경이 주는 인상을 전하기에는 너무나 미약하다고 할지라도, 상세히 묘사하고 있으므로 여기에 인용할 만한 가치는 지니고 있다고 본다.

그는 이렇게 쓰고 있다.

로포든과 모스쾨의 사이에는 물의 깊이가 30길에서 40길에 이르나 다른 쪽, 다시 말해 바(바라)에 가까워짐에 따라 점점 얕아져 배가 나아갈 길도 없어져서 암초에 부딪쳐 파손될 위험이 있었는데, 이런 일은 날씨가 평온할 때에도 일어난다. 만조가 되면 조수의 흐름은 무서운 속도로 로포든과 모스쾨 사이의 수역에서 갑자기 치솟는다. 그러면 조수가 맹렬한 기세로 바다를 빠져나갈 때의 으르렁대는 소리는 어마어마한 대폭포도 못 당할 정도로 귀청을 찢는 듯이 울부짖었다. 그 소리는 몇 리그(1리그는 약 3마일)나 떨어진 곳에서도 들린다. 소용돌이, 즉 해면의 패임은 엄청나게 크고 깊어서 배가 그 흡인력의 권내에 빨려 들어가면 속수무책으로 바다 밑으로 끌려들어가 암초에 부딪쳐 산산조각이 나고 만다.

그러다 수력이 줄게 되면 그 파편이 해면에 흩어져 떠오른다. 그러나 그것은 이처럼 바다가 평온할 때뿐으로, 겨우 15분쯤 지속될까말까 하다가 다시 해면이 사나워지기 시작한다. 조수의 흐름이 격렬하고 폭풍 때문에 맹위를 떨칠 때는 소용돌이의 1킬로미터 남짓 이내에 접근하는 것은 위험하다. 그 권내에 빨려들기 이전에 경계를 소홀히 했기 때문에 소용돌이에 말려들어 버린 보트나 요트, 배가 한둘이 아니다. 고래 떼가 이 소용돌이에 너무 가까이까지 와서 그 맹위에 휘말려버리는 일도 가끔 있다. 이럴 때 소용돌이에서 빠져나오려고 부질없이 허우적거리며 내지르는 고래 떼의 포효는 글로 표현하기에는 한계가 있다.

옛날에 곰 한 마리가 로포든에서 모스코로 헤엄쳐 넘어오려다가 조수에 휘말려 바다 밑으로 끌려들어간 적이 있는데, 그때 곰의 무서운 울부르짖음은 육지까지 들려왔다고 한다. 전나무나 소나무의 큰 둥치가 소용돌이에 빨려 들어갔다가 다시 해면에 떠오를 때는 완전히 부서지고 으깨져 나중에는 해면 가득히 털이 돋아난 것처럼 보인다.

소용돌이 아래에 삐쭉삐쭉한 바위가 솟아 있어 나무 둥치는 바위 틈바구니로 이리저리 휘둘려진다는 것을 알 수 있다. 이 조수의 흐름은 바다의 간만에 지배된다. 즉 여섯 시간마다 규칙적으로 만조와 간조가 나타난다. 1645년 사순절 제2일요일의 이른 아침에는 조수가 어마어마한 소리를 내며 무섭게 부풀어올라 해안에 있는 집들의 석축을 무너뜨릴 지경이었다.

　사실 물의 깊이에 대해서 말하자면, 소용돌이 바로 가까이에서 어떻게 이것을 확인할 수 있었는지 나로서는 전혀 납득이 가지 않는다. '40길'이라고 하는 것은 모스쾨든 로포든 그 어느 쪽인가의 해안에서 가까운 얕은 부분을 말하는 것이 분명하다. 모스쾨슈트룀 중심부의 깊이는 측량할 수 없을 정도로 깊은 것이 틀림없다. 이 사실을 증명하는 방법은 헬제겐 정상의 험준한 바위에서 이 소용돌이의 심연을 옆으로 흘깃 보는 것으로 충분할 것이다. 이 산정에서부터 눈 아래의 포효하는 '저승의 불강'을 내려다보았을 때, 나는 그 고래나 곰의 삽화를 믿기 어렵다고 기술한 요나스 라무스 씨의 소박함에 미소를 금할 수가 없었다. 실제로 현존하는 최대의 전함일지라도 그 무서운 흡인력의 권내로 들어간다면 태풍 속의 깃털처럼 배 전체가 당장 물속으로 빨려 들어가는 것은 너무나도 자명한 사실이기 때문이다.

　이 현상을 밝히려고 시도한 이유는, 그중의 어떤 것은 읽고 있을 때는 그럴싸하게 느껴졌는데 시간이 지나면서 아니라는 생각이 들었다. 일반적으로 통용되고 있는 이 소용돌이는 페로 제도(諸島) 속에서 일어나는 이보다 작은 세 개의 소용돌이와 같이 '그

원인은 만조와 간조 때 불어나거나 빠지거나 하는 해수가 암석이나 암초의 능선에 충돌함으로써 일어나는 현상에 지나지 않는 것으로, 그 때문에 해수는 길이 막혀서 폭포처럼 거꾸로 떨어진다.

이렇게 해서 밀물의 높이가 높을수록 그만큼 깊이 낙하하게 되며, 그 당연한 결과로 소용돌이, 혹은 소용돌이치는 조수가 생긴다. 그 흡인력이 얼마나 굉장한지는 아주 작은 실험으로도 알 수 있다.' ―이것은 『브리태니커 백과 사전』의 설명이다. 키르허나 그 밖의 학자들도 메일슈트롬의 물 속 중심부에는 지구를 꿰뚫을 정도의 심연이 있을 것이라고 상상하고 있는데, 그곳이 보스니아 만(灣)일 것이라고 자못 단정적으로 지적하고 있다. 이 견해는 그 자체로는 근거가 없는 것이지만 가만히 소용돌이를 들여다보고 있으면 나의 상상력은 그것에 금세 동의하고 만다. 그래서 이 사실을 안내인에게 말해봤더니 놀랍게도 안내인은 노르웨이 사람은 거의 누구나 그런 견해를 가지고 있으나 자기는 다르다고 말하는 것이었다. 앞의 백과사전의 설명은 자기로서는 이해할 수 없다고 고백했지만, 이 점에서는 나와 그는 같은 의견을 갖고 있었다. 왜냐하면 이론상으로는 어떤 결정적인 견해일지라도, 이렇게 심연이 술렁이는 한가운데 앉아 있으면 그것이 불가사의한 것을 넘어 정말이지 어처구니없다는 생각이 들기 때문이다.

노인이 말했다. "이젠 소용돌이를 실컷 보셨을 테지요. 이 바위를 조금 돌아서 바람이 안 닿는, 파도 소리가 안 들리는 쪽으로 가서 나리께 이야기를 해드리지요. 제 이야기를 들으면 제가 메일슈트롬에 대해서 제법 알고 있다는 것이 납득이 갈 테니까요."

말한 장소로 가자 그가 이야기를 시작했다.

"저와 두 형제는 그 무렵 70톤 정도의 스쿠너식으로 돛을 단 어선을 한 척 가지고 있어서 그것을 타고 모스쾨 저쪽의 바라 가까이의 섬들 사이에서 고기잡이를 하고 있었습니다. 바다의 소용돌이가 심한 곳에서는 물때만 잘 잡고, 이편의 배짱만 좋으면 고기를 듬뿍 낚을 수 있습니다. 그러나 로포튼의 어부들 중에 지금 말한 섬들까지 맡아놓고 간 사람은 우리 삼형제뿐이었죠. 대부분의 사람들이 가는 어장은 훨씬 아래쪽의 남쪽으로, 거기서는 그다지 큰 위험 없이도 얼마든지 고기를 잡을 수 있었지요. 그러나 확실한 명당은 이쪽 바위 사이의 어장으로, 갖가지 종류의 고기가 엄청나게 많았죠. 그렇기 때문에 겁쟁이들이 일주일 걸려도 긁어모을 수 없는 어획물을 우리는 단 하루 만에 끌어올리는 것이 보통이었습니다. 솔직히 말씀드려 우리는 흥하든 망하든 한번에 해치운다는 식의 배짱으로 나갔지요.

이 장소에서 해안을 따라 5마일쯤 위쪽에 있는 후미에 우리는 어선을 매어놓고 있었지요. 날씨가 좋을 때 15분간 조수가 멈추는 것을 이용해서 모스쾨슈트룀의 심연보다 훨씬 위쪽을 가로질러 거기서 오테르홀름이나 산플레젠 부근 어딘가에 닻을 내립니다. 그곳은 소용돌이가 다른 곳보다 심하지 않았기 때문이지요. 우리는 언제나 다음 게조시(밀물과 썰물이 바뀔 때에 일어나는 잠깐의 정지 상태)까지 멈추었다가 닻을 올리고 돌아가는 것입니다. 갈 때나 올 때나 쉴 새 없이 옆바람(배의 돛으로 부는 바람)이 불 시기가 아니면—우리가 돌아갈 때까지 그치지 않는다는 확신을 가질 수 있는 바람이 아니면—우리들은 절대로 나서지 않았습니다. 그 점에서 예상이 어긋난 적은 거의 없었습니다. 6년 동안 단 두 번, 바람이 불지 않아 밤새도록 닻을 내린 채 머물러 있지 않으면 안 되었는데, 이런 일은 이 근처에서는 아주 드문 일이었죠. 한번은 이런 일이 있었지요. 우리들이 거기에 도착한 지 얼마 안 가 질풍이 일어나 물결이 어찌나 사나운지 가로질러 건넌다는 것은 엄두도 못 낼 상황이라 일주일 동안이나 굶어 죽을 뻔했습니다. 그때 우리의 배는, 역류에 이리저리 떠밀려가다가 플리멘의 바람 그늘에 들어가 거기서 운 좋게 닻을 내릴 수 있었지요. 그러지 않았다면 어떤 재주를 부려도 조수에 밀려 떠내려갔을 겁니다(그것은 다시 말해 소용돌이에 배가 빙글빙글 돌다 결국 닻줄에 엉키어 끌려 다닐 형편이었지요).

우리들은 이 '어장'—이곳은 날씨가 좋을 때도 그야말로 고약한 자리죠—에서 갖은 고생을 다했습니다만 그 20분의 1조차도 이야기할 수 있을 것 같지가 않군요. 하지만 우리들은 모스퀴슈트룀의 힘든 지역은 그럭저럭 무사히 견뎌냈습니다. 하기야 가끔 게조 시간에 1분 정도 늦거나 빨라서 등골이 서늘해졌던 일은 있었습니다만 떠날 때는 예상보다 바람이 세게 불지 않는 때도 있어 생각대로 배가 나가지 않고, 게다가 조수 때문에 배를 조종할 수 없게 되는 때도 있었습니다.

맨 위의 맏형한테는 열여덟 살 난 아들이 있었고, 저에게도 건장한 아들이 두 놈이나 있습니다. 그런 때 아들놈들이 있으면 긴노를 젓는 데도, 그리고 고기를 잡는 데도 큰 힘이 되었을 텐데 어쩐 일인지 자신들은 위험한 짓을 하면서도 젊은 녀석들을 위험 속에 끌어들일 용기는 없었습니다. 누가 뭐라 해도 무섭고 겁나는 일이었던 것은 틀림없었으니까요.

지금부터 이야기하려는 일이 일어난 지도, 2, 3일이면 꼭 3년째가 됩니다. 그것은 18××년 7월 10일이었습니다. 이 지방 사람들에게 결코 잊혀지지 않는 날이지요. 왜냐하면 그때까지 그처럼 무서운 폭풍이 분 적이 없었으니까요. 그러나 오전 중에 죽, 아니 오후 늦게까지 남서풍이 잔잔하게 불고, 태양은 눈부시게 내리쬐고 있었습니다.

그래서 어부들 중 경험이 많은 늙은이도 잠시 뒤에 일어날 일을 예측하는 것은 어려운 것이었습니다. 우리들 세 사람—두 형제와 나—은 오후 2시쯤 그 섬에 건너가서 이내 배에 고기를 가득 채웠습니다. 우리들끼리 이야기했지만 살아오면서 그렇게 많은 고기를 잡은 적이 없었을 정도였습니다. 닻을 올리고 집을 향할 때는 '나의 시계'로 정각 7시였지요. 조수가 멈추는 시각은 8시로 알고 있었기 때문에 그때 슈트룀의 가장 험한 곳을 건너가려는 속셈이었지요.

우리는 오른쪽 뱃전의 고물 쪽에 강풍을 받으면서 출발하여 얼마 동안은 쾌속으로 배를 달렸습니다. 그러나 우리 앞에 엄청난 위험이 기다리고 있으리라고는 꿈에도 생각지 못했습니다. 정말이지 그런 걱정 따위는 전혀 할 필요가 없다고 생각했지요. 그런데 갑자기 헬제겐에서 불어내리는 잔잔한 바람에 돛이 역풍을 받게 되었습니다. 이런 일은 좀처럼 없는 일이었지요. 적어도 그때까지는 전혀 없었던 일이지요. 그래서 조금 불안했습니다. 배는 전속력을 다해 달렸습니다만 도무지 소용돌이 쪽으로는 나아가지를 않았습니다. 그래서 나는 닻을 내렸던 곳으로 되돌아가지 않겠느냐고 말하려는 참인데, 우연히 고물 쪽을 보니 수평선 전체에 묘한 구릿빛 구름이 뒤덮여 있고, 그 구름은 놀라운 속도로 퍼져 나가고 있었습니다.

이런 중에 배 앞에서 진로를 막고 있던 바람이 떨어져 나가자 배는 나아가지도 물러나지도 못하고 이리저리 떠돌기만 할 뿐이었지요. 그러나 이런 상태는 우리가 그런 걸 생각하고 있을 겨를도 없이 변해버렸습니다. 1분도 안 되어 폭풍이 닥쳤습니다. 그리고 2분도 안 되어 하늘은 완전히 구름에 싸였지요. 게다가 때려 부술 듯한 맹렬한 비가 쏟아져 갑자기 주위가 새까맣게 되어 배 안에서 서로의 얼굴이 보이지 않을 정도였습니다.

그때 불어닥친 폭풍을 묘사할 적절한 단어는 이 세상 어디에도 없을 것입니다. 노르웨이의 어부들 중에서 가장 노련한 사람조차 그런 일은 당한 적이 없을 겁니다.

우리는 폭풍에 몰리기 전에 돛줄을 늦추어놓았습니다만 맨 처음의 바람으로 돛대 두 개가 모두 톱에 잘리듯이 부러져서 뱃전에서 날아가 버렸습니다. 큰 돛대에는 동생이 안전을 위해 몸뚱이를 동여매고 있었는데, 잠시 후에 돛대와 함께 날아가 버렸더군요.

우리 배는 바다 위에 뜬 깃털 같은 꼴이 되었습니다. 그 배는 전체가 평갑판으로 되어 있고, 뱃머리 가까이에 사람이 출입할 수 있는 한 개의 해치가 있었지요. 슈트룀을 건널 때는 삼각파도에 대비하여 그것을 닫아놓기로 되어 있었지요. 그러지 않았으면 배는 곧 침몰했을 겁니다. 그때 이미 배는 물을 흠뻑 뒤집어쓰고 있었거든요. 형이 어떻게 해서 물귀신이 되지 않고 살아 남았는지 나로서는 알 수가 없습니다. 확인할 틈도 없었지만, 나는 앞돛대의 돛을 줄이자마자 갑판에 찰싹 엎드려 양 발을 뱃머리의 좁은 틈에 버티고 두 손으로 앞돛대의 밑등에 있는 고리 달린 볼트를 힘껏 움켜잡고 있었지요. 내가 그렇게 한 것은 달리 좋은 방법도 없었지만, 본능적이라고밖엔 설명할 수 없어요. 어쨌거나 워낙 다급하고 무얼 생각할 겨를이 없었지요. 아까 말씀드린 대로 배는 눈 깜짝할 사이에 물을 완전히 뒤집어썼습니다. 그동안 저는 숨을 죽인 채 줄곧 볼트에 매달려 있었지요. 그러나 더 이상 견딜 수가 없어서, 볼트를 움켜잡은 채 무릎으로 몸을 일으켜 머리를 물 밖으로 내밀었습니다. 그럭저럭 우리의 작은 배는 물에서 나온 개처럼 몸을 부르르 떨어 얼마간 물을 털어버렸습니다. 이렇게 해서 겨우 마음을 진정하고 무슨 도리가 없을까 궁리하고 있는데 누가 내 팔을 잡는 것 같았어요. 형이었습니다. 너무 기뻐서 가슴이 뛰었습니다. 형은 틀림없이 바다에 끌려 들어가 버렸다고 생각했었으니까요. 그런데 다음 순간, 그 기쁨은 완전히 공포로 변하고 말았습니다. 형이 나의 귓전에 대고 '뢰스쾨슈트룀이다!' 라고 쇳소리를 질렀기 때문입니다. 그 순간의 내 기분이 어땠는지는 아무도 모를 겁니다. 마치 지독한 학질에 걸려 발작을 하듯이 머리끝에서 발끝까지 와들와들 떨렸습니다. 형의 그 한마디에 어떤 의미가 담겨 있는지 나는 잘 알고 있었습니다. 형이 나에게 무엇을 가르쳐주려는지 알 수 있었지요. '지금 몰아치는 바람 때문에 우리 배는 슈트룀의 소용돌이로 향하고 있다. 그러니 살아날 가망은 없다!'

아까 말씀드린 대로 슈트룀의 수로를 건널 때는 아주 날씨가 평온할 때도 우리는 언제나 소용돌이의 위쪽을 멀리 돌아서, 그리고 조심스럽게 주위를 살핀 뒤 조수가 쉬는 때를 기다리지 않으면 안 되었습니다. 그런데 배는 소용돌이 한복판을 향해 막바로 돌진하고 있었던 것입니다. 더구나 이런 폭풍 속에서. '틀림없이' 라고 나는 그 순간 생각했지요. '우리는 조수가 쉬는 시각쯤에 저기에 다다를 것이다. 그렇다면 살아날 가망은 있다.' 그러나 다음 순간,

'그런 희망을 꿈꾸다니 얼마나 어리석은 놈인가,' 하고 자신을 저주했습니다. 설령 우리 배가 90문의 대포를 실은 전함의 열 배나 큰 크기라 해도 살아날 가망이 없다는 것을 나 자신이 잘 알았기 때문입니다.

그때쯤 해서 폭풍의 첫 번째 극성은 수그러졌습니다. 폭풍에 밀려서 치닫고 있었기 때문에 그만큼 못 느꼈는지도 모르지요. 어쨌든 처음에는 바람에 눌려서 평평하게 거품만 일던 바다가 이번에는 산더미처럼 솟구쳐 오르는 것이었습니다. 순간 하늘이 묘하게 바뀌었습니다. 어디를 봐도 먹물을 쏟아놓은 듯 새까만데, 내 바로 머리 위만 별안간 갠 하늘이 동그랗게 구멍이 뚫린 듯 쏙 나타났습니다. 그지없이 맑은 하늘은 선명한 감청색이었습니다. 그리고 그 속에서 여태껏 보지 못한 빛을 띤 보름달이 눈부시게 빛났습니다. 그것은 주위의 모든 것을 뚜렷이 비추고 있었습니다. 아아, 거기에 비춰진 것은 얼마나 엄청난 광경이었던가!

그때 나는 몇 번 형에게 말을 걸려고 했지만 무엇인가 귀청을 찢는 듯한 소리가 점점 높아져왔기 때문에 형의 귓전에서 목이 터져라 외쳐도 형은 한마디도 알아듣지 못했습니다. 이때 형은 새파랗게 질린 채 머리를 내젓더니 '잘 들어라!' 는 듯이 손가락 하나를 세워 보이더군요.

처음에는 형이 무엇을 말하려는 건지 몰랐습니다만 금방 소름 끼치는 생각이 머릿속을 지나쳤습니다. 나는 시계를 바지의 시계주머니에서 꺼내보았습니다. 움직이지 않았습니다. 달빛에 비춰 글자판을 힐끗 본 나는 시계를 바다에 획 집어던지고는 와 하고 울음을 터뜨렸습니다. 시계는 7시에 머물러 있었습니다, 우리들은 계조시간에 늦었고, 슈트룀의 소용돌이는 미친 듯이 소용돌이 치고 있는 중이었습니다.

배가 튼튼하고 손질이 잘된 데다 실은 짐도 그다지 많지 않으면, 강한 질풍을 받는 파도도, 배가 쫓는 바람을 타고 달릴 땐 마치 배 밑을 미끄러져 빠져나가는 듯이 느껴지는 법입니다. 뱃사람들은 이것을 파도를 탄다고 합니다.

이때까지 우리는 용하게 파도를 타고 있었는데, 마침내 무시무시하게 큰 파도가 우리 배의 카운터(선미의 돌출부)의 바로 밑에 부딪치면서 배를 하늘 꼭대기에 닿을 만큼 밀어 올렸습니다. 파도가 그렇게 높이 치솟으리라고는 꿈에도 생각지 못했습니다. 그러자 이번에는 쏴 하고 미끄러져 처박히듯이 배가 밑으로 곤두박질쳤지요. 마치 산꼭대기에서 떨어지듯이 가슴이 울렁거리고 현기증이 나는 것이 꿈속 같았습니다. 배가 높이 떠 있는 와중에 주변을 재빨리 훑어보았습니다. 그리고 배의 정확한 위치를 알았습니다. 모스쾨슈트룀의 소용돌이는 바로 정면의 4분의 1마일 지점에 있었습니다. 그러나 그때의 모스쾨슈트룀은 여느 때와는 전혀 다른 모습을 하고 있었습니다. 지금 나리가 보고 계시는 소용돌이가 물방아를 돌리는 흐름과는 전혀 다른 것처럼 말입니다. 배의 위치나 앞으로 닥쳐올 일을 예견하지 못했다면 그것이 그렇게 큰 소용돌이인 줄은 알아채지 못했을 겁니다. 그런데 모든 것을 이미 다 알고 있었기 때문에 나는 너무나 무서운 나머지 눈을 감아버렸습니다. 눈꺼풀은 경련이라도 일어난 듯 딱 달라붙어 버렸지요.

그로부터 2분이 채 지나지 않았을 때, 갑자기 파도가 잔잔해지면서 물거품으로 둘러싸였습니다. 배는 왼쪽 뱃전으로 휙 반 바퀴 돌더니 그때부터 새로운 방향을 향해 번개처럼 돌진했습니다. 동시에 바닷물의 으르렁거리는 소리가 고막을 찢을 듯한 부르짖음 같은 굉음 때문에 완전히 묻혀버렸습니다. 수천 개의 증기솥이 송수관으로 일제히 증기를 내뿜을 때 내는 그런 소리를 냈지요.

배는 바야흐로 소용돌이를 둘러싸고 있는 파도의 띠에 들어선 것입니다. 물론 잠시 후 배는 큰 소용돌이의 심연 속으로 빨려들거라고 생각했습니다. 엄청나게 빠른 속도로 배가 돌았기 때문에, 그 심연은 어슴푸레하게 보일 뿐이었습니다. 배는 물에 잠길 기미가 전혀 없이 밀려가는 파도의 표면을 기포처럼 스쳐가고 있는 것 같았습니다. 배의 오른쪽 뱃전은 소용돌이에 살짝 면해 있고, 왼쪽 뱃전 쪽에는 방금 배가 떠나온 바다에 파도가 솟구쳐 있었습니다. 바다는 우리와 수평선 사이에서 꿈틀거리는 거대한 벽처럼 치솟아 있었습니다. 이상하게 생각될지 모르지만, 그렇게 심연에 삼켜지게 된다고 생각하자 거기에 가까이 다가가고 있을 때보다는 차라리 마음이 편안해지는 것이었습니다. 이제는 아예 희망을 갖지 말자고 마음을 먹자 나를 넋이 빠지게 했던 처음의 공포심도 서서히 사라지더군요. 절망이 배짱을 갖게 해준 것 같았습니다.

이렇게 말하면 다소 과장시킨 것으로 생각할지 모르지만, 솔직히 말해서 이렇게 죽을 수 있다는 건 얼마나 멋진 일인가? 이다지도 불가사의한 하느님의 위력을 눈앞에 보면서 쩨쩨하게 목숨 따위를 생각하다니 얼마나 한심한 놈인지 생각하기 시작했습니다. 이런 생각이 머릿속에 떠오르는 순간 나는 부끄러워서 얼굴이 달아오르더군요. 잠시 후 나는 소용돌이에 맹렬한 호기심을 느꼈습니다. 죽음이 거의 확실시되었던 나는 목숨을 희생해서라도 이 대소용돌이의 밑바닥을 보고 싶다는 욕망을 느꼈습니다. 그리고 그때부터는 눈으로 확인한 신비를 뭍에 있는 친구들에게 전해줄 수가 없다는 것이 슬펐습니다. 궁지에 몰린 인간이 그런 생각을 하게 된다는 것이 묘하기 짝이 없었습니다. 나중에 그 이유를 생각해 보았더니 배가 소용돌이의 주변을 빙빙 돌고 있는 사이에 머리가 비정상적으로 변해버렸다는 걸 느꼈지요. 마음을 진정시키는데 도움이 되었던 게 또 한 가지 있었습니다. 그것은 바람이 멈췄다는 사실입니다. 바람은 더 이상 배가 있는 곳까지는 이르지 못했습니다. 나리께서도 아시다시피 밀리는 파도의 띠가 바다 전체에서 상당히 낮아져서, 우리들의 머리 위에 높은 산의 등성이처럼 솟아 있었지요. 질풍이 불어닥치는 날 바다에 나와본 경험이 있다면 바람과 물보라가 뒤범벅이 될 경우 얼마나 사람의 마음을 뒤흔들어놓는지 모르실 겁니다. 그 때문에 눈도 보이지 않고, 귀도 들리지 않고, 숨도 막히고, 무엇을 어떻게 해야 할지 걷잡을 수 없게 되어버렸지요. 그런데 그때 우리의 그런 고통은 거의 없어져 버렸습니다. 바로 사형 선고를 받은 중죄수에게 형이 확정되기 전까지는 금지되어 있던 얼마간의 특별대우가 허락되는 것과 같은 것이었지요. 나는 이렇게 밀리는 파도의 띠를 몇 번이나 돌았는지 모릅니다. 배는 표류한다기보다는 나는 듯이 한 시간이나 빙빙 돌면서 점점 밀어붙이는 파도의 한가운데로, 그러고는 다시 그 무서운 안쪽의 가장자리로 들어갔습니다. 그동안 나는 계속 고리가 달린 볼트를 놓지 않고 있었습니다. 형은 고물 쪽에 있는 작은 빈 물통에 달라붙어 있었는데, 이 물통은 카운터 밑에 단단히 묶여 있어서, 맨 처음 강풍을 만나 갑판 위에 있던 것이 모조리 날아가 버렸지만 이것만은 남아 있었던 것입니다. 심연의 가장자리로 배가 접근해 가자 형은 이 통을 놓고 이번에는 볼트를 잡으려고 하면서 공포 때문인지 나의 손을 볼트로부터 억지로 잡아떼려고 했습니다. 둘이서 꽉 붙들기에는 너무 작았기 때문입니다. 그런 행동을 하는 형의 모습을 보는 것만큼 큰 슬픔은 없었습니다. 그때의 형은 단지 무서워서 광란을 일으키고 있는 미친 사람에 지나지 않는다고 생각되었으나 나는 이런 일로 형과 다툴 생각은 없었습니다. 둘 중의 어느 쪽이 볼트를 잡은들 마찬가지라고 생각했으니까요. 그래서 나는 형에게 볼트를 양보하고 고물의 통 쪽으로 갔습니다.

그렇게 하는 것은 그다지 어렵지 않았습니다. 왜냐하면 배는 안정된 상태로 수평을 유지한 채 나는 듯이 돌고 있었기 때문입니다. 단지 소용돌이가 크게 굽이치거나 꿈틀거리는 데 맞춰서 이쪽저쪽으로 부드럽게 흔들릴 뿐이었습니다. 내가 새로운 위치에 자리를 잡으려는 사이 배는 오른쪽 뱃전으로 심하게 기울어져 심연 속으로 거꾸로 떨어지는 듯했습니다. 나는 하느님께 기도를 올리면 만사가 끝장이 났다고 생각했습니다.

배가 곧장 아래로 곤두박질칠 때는 토할 것 같은 느낌이 들어 나는 본능적으로 통을 더욱더 꽉 움켜잡고 눈을 감았습니다. 그러고는 몇 초 동안 눈을 뜰 용기도 없었습니다. 그런데 죽음 앞에서 발버둥을 치고 있지 않은 것이 오히려 이상할 정도였습니다. 시시각각 시간은 지나가고 있는데, 나는 여전히 살아 있었습니다. 떨어져 가는 듯한 느낌은 이제 없었습니다. 배의 움직임은 처음 띠 모양의 물거품 속에 있을 때와 다름이 없었습니다. 단지 그때보다는 선체가 약간 옆으로 기울어졌을 뿐이었습니다. 나는 용기를 내어 다시 한 번 주변의 광경을 둘러보았습니다. 이렇게 주위를 둘러봤을 때 느꼈던 경이와 공포, 그리고 감탄의 심정은 평생 잊을 수 없을 것입니다. 배는 거대한 원주와 밑바닥을 모르는 심연을 가진 깔때기의 안쪽 벽 중간쯤에 마치 마법이라도 걸린 듯 매달려 있는 느낌이었습니다. 이 깔때기의 매끄러운 벽면은 눈이 핑핑 돌 만큼 빠른 속도로 빙글빙글 돌지 않는다면, 그리고 기분 나쁜 허연 빛을 뿜고 있지 않다면 흑단과 혼동할 지경이었습니다. 아까 말한 둥글게 벌어진 구름 사이에서 보름달이 비쳐들어 그 검은 벽면에 찬연한 황금색이 넘치고, 아득한 심연의 가장 깊은 곳까지 비쳐들고 있었습니다.

처음에는 너무나 당황해 있는 바람에 무엇 하나 눈에 들어오지 않았지만 어느 순간 느닷없이 눈앞에 펼쳐진 장엄한 아름다움이 눈에 들어오기 시작했습니다. 얼마 후 마음이 진정되었을 때 나의 시선은 본능적으로 아래쪽으로 쏠렸습니다. 아무튼 배는 소용돌이의 심연의 경사면에 걸려 있었기 때문에 그 방향을 완전한 상태에서 바라볼 수가 있었습니다. 배는 똑바로 수평을 유지하고 있었습니다. 다시 말해 갑판이 수면과 평행상태가 되어 있었습니다. 이 수면은 45도 이상의 각도로 기울어져 있었기 때문에 선체는 옆으로 누워 있는 것과 같습니다. 그러나 그런 상황인데도 배가 수평이었을 때와 마찬가지로 통에 매달려 발을 버티고 있을 수 있다는 사실을 깨달았습니다. 아마도 그것은 배가 빙글빙글 돌고 있었기 때문이었겠지요.

달빛은 심연의 밑바닥에까지 비치고 있었습니다. 하지만 모든 걸 뒤덮고 있는 짙은 안개 때문에 아무것도 똑똑히 분별할 수가 없었습니다. 그 안개 위에는 저 회교도들이 말하는 '시간'과 '영원' 사이를 잇는 유일한 지름길인 좁고 위태위태한 다리를 생각케 하는 장려한 무지개가 걸려 있었습니다. 그 안개, 아니 물보라는 깔때기의 거대한 벽면이 밑바닥에서 맞부딪칠 때 생기는 것이 틀림없을 겁니다. 그런데 그 안개가 천공을 향하여 부르짖는 절규는 필설로 표현할 길이 없습니다.

위쪽 물거품의 띠에서 심연으로 맨 처음 미끄러져 떨어질 때 배는 경사면에서 상당히 멀리까지 떨어졌으나 그 다음부터는 완만하게 떨어졌습니다. 배는 빙빙 돌고 있었지만 계속 같은 속도로 도는 것이 아니라, 눈이 돌아가도록 치닫는가 하면 경련하듯 떨기도 하고, 때로는 2,3백 야드밖에 나가지 않는가 싶으면 큰 소용돌이를 순식간에 한 바퀴 돌 정도로 빨리 달릴 때도 있었습니다. 배는 느리기는 하지만 한 바퀴 돌 때마다 밑으로 내려가는 것을 분명히 알 수 있었습니다.

배를 이렇게 몰고 가면서 흐르는 흑단의 넓은 벌판을 둘러봤을 때, 그 소용돌이에 휩쓸려 돌고 있는 것은 우리들의 배만이 아니라는 것을 알게 되었습니다. 위쪽에도 아래쪽에도 배의 잔해며 건축용 자재의 커다란 덩어리, 나무 등걸, 그 외 온갖 잡동사니들이 눈에 띄었습니다. 예를 들면 가구의 부서진 조각이나 깨진 상자, 통이나 나무통 조각 같은 것들이요. 이제는 최초의 공포심 대신에 이상한 호기심이 생겼다는 것은 아까도 말씀드렸을 겁니다. 이렇게 해서 나는 자신들과 함께 흘러가는 온갖 잡동사니들을 기묘한 흥미를 갖고 관찰하기 시작했습니다. 그런 것들이 아래쪽에 있는 물거품을 향해 저마다 다른 속도로 내려가고 있는 것을 맞혀보는 것을 즐기기까지 했으니 나는 얼마간 돌았던 게 틀림없습니다. '이 전나무는 틀림없이 무서운 심연에 빨려 들어가 버리겠지.' 하고 중얼거리기도 했습니다. '그런데 네덜란드 상선의 잔해가 뒤따라 심연에 빨려드는 것을 보고 낭패감을 느끼기도 했습니다. 이런 알아맞히기를 몇 번이나 해보고, 그것이 전부 빗나가버린 후에야 겨우 자신의 생각의 오류로 여러 가지 생각을 뒤따르게 하였고, 그러자 다시 손발이 떨리고 심장이 격렬하게 뛰기 시작했습니다. 내가 그런 상태가 된 것은 새로운 공포를 느꼈기 때문이 아니라 가슴이 떨리는 희망의 서광이 비쳤기 때문입니다. 이 희망은 하나는 기억에서, 하나는 눈앞의 관찰에서 생긴 것이었습니다. 모스쾨슈트룀에 빨려 들어갔다가 해면에 내던져져 로포든의 해안에 널려 있던 온갖 잡다한 부유물을 바라보자 그 물건들은 거의 모두가 엉망으로 부서져 있었습니다. 완전히 갈라져 푸석푸석해져서 가시가 잔뜩 돋아난 것처럼 보였습니다. 그러나 전혀 모양이 변하지 않은 것도 얼마간 있었습니다. 그런데 이런 차이가 생기는 이유는, 산산이 부서진 파편이 소용돌이에 완전히 빨려 들어갔고, 그렇지 않은 것은 뒤미처 못 들어갔거나 어떤 이유로 소용돌이에 들어가서도 천천히 내려갔기 때문에 밑바닥에 닿기 전에 만조나 간조가 바뀌는 시간이 닥쳐왔다고 해석할 수 있었지요. 어떤 경우든 간에 이것들은 더 빠른 시기에 소용돌이에 빨려 들어갔거나, 좀 더 빠른 속도로 빨려 들어가 파편이 되는 운명을 면하고 해면에 다시 떠올랐다는 해석을 할 수 있었습니다. 나는 다시 세 가지 중요한 사실을 알 수 있었습니다. 첫째, 물체가 크면 클수록 일반적으로 하강의 속도가 빠르다는 것, 둘째, 같은 크기의 두 가지 물체 중 하나는 구형이고 또 하나는 모양이 다를 경우, 하강 속도는 구형 쪽이 빠르다는 것, 셋째, 같은 크기의 두 개의 물체 가운데 하나는 원통형이고 또 하나는 다른 형일 때, 원통형의 물체 쪽이 천천히 빨려 들어간다는 것입니다. 나는 살아난 후에 근처 학교의 한 나이 많은 선생님과 이 문제에 대해서 몇 번 이야기를 해봤습니다. 이 선생님으로부터 나는 '원통형' 이니 '구형' 이니 하는 말의 사용법을 배웠습니다. 그 선생님은 모든 것은 표류하는 파편의 형태에서 오는 당연한 결과라고 설명해주었습니다. 하기야 상세한 설명은 잊어버리고 말았습니다만 소용돌이 속에 떠 있는 원통형의 물체는 다른 모양을 한 같은 크기의 물체보다도 소용돌이의 흡인력에 대해서 저항력을 가지고 있고, 훨씬 늦게 빨려든다는 것을 가르쳐주었습니다.

좋든 싫든 간에 이런 관찰을 하게 하고, 또 그 관찰의 결과를 이용해야 되겠다는 기분이 든 것은 놀라운 사실이었습니다. 소용돌이를 돌 때마다 배는 통이나 활대나 돛대 같은 것들의 옆을 지나쳤는데, 이런 것들의 대부분은 내가 처음으로 눈을 뜨고 소용돌이의 놀라운 광경을 바라보았을 때는 배와 같은 높이에 있었으나 이제는 배보다 훨씬 높은 위치에 있었고, 게다가 처음의 위치에서 아주 조금밖에 움직이지 않는 것처럼 보였다는 사실입니다.

　나는 무엇을 할 것인지 더 이상 망설이지 않았습니다. 그때 내가 달라 붙어 있던 통에 몸을 단단히 붙들어매고 카운터에서 통을 떼어내어 통과 함께 바다에 뛰어들려고 결심했습니다. 나는 손짓으로 형의 주의를 끌고, 배 가까이 떠 있는 통을 가리키며 내가 무엇을 하려는가를 형에게 알리기 위해 갖은 노력을 다했습니다. 마침내 형은 내 계획을 알아챈 것 같았으나, (사실 정확한 것은 모른다) 이젠 '틀렸다' 는 듯이 머리를 흔들면서 고리 달린 볼트 곁에서 움직이려 하지 않았습니다. 나는 형 곁으로는 갈 수가 없는 일이었고, 막다른 상황에 있었으므로 우물쭈물하고 있을 수가 없었습니다. 그래서 애간장이 녹는 마음으로 형의 일은 운명에 맡겼지요. 그리고 통을 카운터에 고정시켰던 밧줄로 몸을 통에 붙들어 매고는 지체 없이 바다 속에 뛰어들었습니다. 결과는 내가 바랐던 그대로였습니다. 지금 나리께 이 이야기를 하고 있는 사람이 바로 그 당사자입니다. 보시다시피 나는 멀쩡하게 살아났으니 말입니다. 나리께서는 이제 내가 어떻게 살아났는지 알게 되셨습니다. 그러니까 내가 지금부터 이야기하려는 것도 모두 짐작이 가실 테니 나의 이야기는 되도록 간단히 끝내겠습니다. 배에서 뛰어내려 한 시간쯤 지났을까, 배는 까마득히 아래까지 내려가 계속해서 서너 번 회전하더니 사랑하는 형을 태운 채 밑의 뒤끓는 거품 속으로 거꾸로 처박혀 영영 자취를 감추고 말았습니다. 내가 몸을 붙들어

매고 있는 통이 심연의 바닥과 배에서 뛰어든 장소와의 거리 중간쯤 내려왔을 때, 소용돌이 상태에 커다란 변화가 생겼습니다. 거대한 깔때기 벽면의 경사가 차츰 누그러지면서 소용돌이의 선회가 점점 약해졌습니다. 물거품과 무지개가 서서히 사라지고 심연의 밑바닥이 천천히 떠올랐습니다. 모스쾨슈트룀의 소용돌이가 아까까지 일고 있었던 장소의 위쪽, 로포든의 해안이 잘 보이는 해면에 떠올랐을 때, 하늘은 맑게 개고 바람은 잔잔해지고 찬연히 빛나는 보름달이 서쪽 하늘로 지려 하고 있었습니다. 게조 시간이 다가온 것입니다. 그러나 바다는 아직도 폭풍의 여파로 산더미 같은 파도를 일으키고 있었습니다. 나는 슈트룀의 해협 쪽으로 급하게 떠밀려가 몇 분 후에는 해안을 따라 흘러가서 어부들의 '어장'에 이르렀습니다. 그때 배 한 척이 나를 건져주었는데 완전히 지친 데다가 (위험을 모면한 당시는) 너무 무서웠기 때문에 입도 열 수 없었습니다. 나를 배에 끌어올려 준 사람은 나의 오랜 친구들이었지요. 그런데도 그들은 나를 황천에서 온 나그네를 보듯 알아보지 못하는 것이었습니다. 그 전날까지만 해도 새까맣던 내 머리카락이 보시다시피 백발이 되어버렸기 때문이지요. 그들의 말로는 내 얼굴이 전체적으로 변했다더군요. 그 사람들에게 그동안 겪었던 이야기를 했습니다만 믿으려 하지 않았습니다. 이렇게 나리께 이야기를 했습니다만 로포든의 쾌활한 어부들과 마찬가지로 나의 이야기를 믿어주실지 모르겠군요."

어셔 가의 몰락

그의 마음은 걸어놓은 류트처럼 손이 스치기만 해도 울리네.

— 드 베랑제

하늘에는 구름이 무겁게 내리덮여 모든 것이 착 가라앉은 어둡고 적막한 어느 가을, 나는 황량한 어느 마을을 종일토록 말을 타고 지나갔다. 이윽고 땅거미가 질 무렵, 음울한 어셔 저택이 보이는 곳에 이르렀다.

어째서 그랬는지는 모르지만 그 건물을 보는 순간 견딜 수 없는 우울함이 내 마음 깊이 스며들었다. 이렇게 말하는 것은 황량함이라든가 무서움이 자연과 결합함으로써 나타내는 엄숙한 모습과 접하게 되면 대개 사람의 마음은 시적 너머에 있는 거의 쾌적한 정

312

서를 느끼게 마련인데, 이번 경우는 나의 우울증이 그런 정서에 의해서 조금도 변화를 보이지 않았다. 나는 그저 눈앞에 펼쳐진 광경, 즉 아무런 특징도 없는 저택과 저택 안의 평범한 물건과 꾸밈새, 으스스한 벽, 휑하게 열린 눈을 연상케 하는 창들, 그리고 몇 더미의 말라 죽은 풀과 몇 그루의 늙고 썩은 나무의 허연 가지들을 침울하기 짝이 없는 기분으로 바라보았다. 이 기분에 가장 잘 어울리는, 이 세상의 감각으로 말하면 저 아편 중독자가 아편을 복용한 뒤 깰 때의 그 나른한 허탈감, 현실 생활로 돌아올 때의 그 쓰디쓴 기분, 신비의 베일이 벗겨져 버렸을 때의 절망감 같은 것이라고 해야 할 것이다. 얼음장처럼 차디차고 끝없이 가라앉는 것 같고, 구역질이 날 것 같은 심정 말이다. 아무리 숭고한 상상력을 불러일으켜보아도 절대 바뀌지 않을 외로운 심정이었다. 이것은 도대체 무슨 까닭일까? 나는 멈추어서서 생각해보았다. 어셔 저택이 나로 하여금 이처럼 우울하게 만드는 정체는 무엇일까? 그것은 풀기 어려운 수수께끼였다. 그렇다고 해서 이렇게 상념에 빠져 있는 나에게 몰려오는 막연한 환상과 싸울 수는 없었다.

그래서 나는 아무것도 아닌 자연물들의 결합이 지금과 같은 인상을 낳는 힘을 갖고 있으며, 그 힘을 분석한다는 것은 우리들의 사고력으로는 불가능하다는 결론을 내릴 수밖에 없었다. 눈앞의 광경을 이루고 있는 세부적인 것, 그 풍경의 부분을 다르게 배열하기만 해도 이 광경이 이토록 슬픈 인상을 주는 느낌을 조금 부드럽게 하거나, 아니면 아주 없애버릴 수도 있지 않을까 생각해보았다. 이런 생각에 젖어 저택 옆의 잔물결 하나 일지 않는 시커멓고 음산하게 빛나는 늪의 깎아 세운 듯한 기슭까지 말을 몰아갔다. 잿빛 풀과 엄청나게 큰 나무 둥치, 퀭하게 열린 눈을 연상시키는 창이 수면에 거꾸로 떨어져 있는 것을 지그시 내려다보노라니 아까보다 더 심한 전율이 내 몸을 휩싸는 것이었다.

하지만 어쨌든 나는 이 음산한 저택에서 몇 주일 동안 머물 예정이었다. 이 저택의 주인인 로드릭 어셔는 나의 소년 시절 친구였는데, 어릴 때 헤어진 후로 만나지 못했다. 그런데 얼마 전, 멀리 떨어진 지방에 살고 있는 그로부터 한 통의 편지를 받았다. 그것은 애원조의 편지였기 때문에 나는 아무래도 이곳으로 달려오지 않을 수 없었다. 편지의 필적은 분명히 신경의 흥분상태를 나타내고 있었다.

편지를 쓴 수취인은 극심한 육체적·정신적 혼란을 호소했다. 그리고 내가 옆에 있어준다면 기분이 밝아져서 자신의 병도 얼마간 가벼워질 것 같다고 했다. 그리고 덧붙이기를 자신의 하나밖에 없는 친구인 나를 꼭 만나고 싶다고 했다. 편지에는 이 밖에도 여러 가지 내용이 쓰여 있었는데, 이런 간청하다시피 하는 내용의 글이 나에게 조금도 주저할 여지를 주지 않았다. 그래서 나는 묘한 초청이라고 느끼면서도 결국 그의 청에 응하기로 했다.

소년 시절, 친하게 지냈다고 하긴 해도 사실 나는 이 친구에 대해 아는 것이 거의 없었다. 그의 내성적인 기질은 지나칠 정도여서 거의 체질화되어 있었다. 내가 알기로 그의 집안은 여러 대를 이어 오랜 옛날부터 감수성이 풍부한 기질을 갖고 있다는 것이 세상에 알려져 왔다. 그 기질은 오랜 세대를 지나는 동안 뛰어난 예술 작품이 되어 나타나기도 했고, 최근에는 스케일이 크면서도 실명을 드러내지 않는 여러 가지 자선 사업의 형태로 나타났다. 게다가 이 일족은 음악적인 면에 있어서는 이해하기 쉬운 정통적인 것보다는 뭔가 복잡 미묘한 맛에 심취해 있다는 사실도 드러났다. 어셔 집안의 혈통은 아주 유서가 깊었지만 분가를 해나간 적이 없었다. 다시 말해 이 일족은 직계로만 계속 이어졌다. 아주 미미한 예외가 있었다고 해도 항상 그런 식으로 이어져왔다는 놀라운 사실을 나는 다시 한 번 확인했다.

나는 이 저택이 보여주는 이미지와 이 저택에 살고 있는 사람들의 성격은 완벽하게 조화되어 있다는 생각을 하게 되었다. 또한 수백 년의 세월이 흐르는 동안 이 저택이 거기에 살고 있는 인간에게 어떤 영향을 주고 있지 않았을까 추측하는 동안에 나는 이런 결론을 얻게 됐다. 즉, 이처럼 방계 자손 없이, 다시 말해 어셔 집안의 상속인이 아버지에서 아들에게로 그대로 이어져왔다는 사실이 마침내는 저택과 거기에 살고 있는 사람들을 동일시하게 되고, 이 영지의 원래 명칭을 '어셔 집안'이라는 고풍스러운, 두 가지 의미를 가진 이름으로 바꾸어버린 것이 아닌가 하고 말이다. '어셔 집

안' 이라고 부를 때 소작인들의 머릿속에서는 그 일족과 저택 양쪽 모두를 포함하고 있었다.

이미 말했듯이 나의 조금 어린애 같은 시도, 즉 늪 속을 내려다보는 행위 같은 것은 결과적으로 최초의 기괴한 인상을 더 짙게 했을 뿐이다. 나의 미신적인 기분—이렇게 말해서 나쁠 게 있겠는가—이 점점 그 도를 더해간다는 것을 자각하는 것 자체가 더욱 그런 기분을 부채질을 했다. 그것이 공포를 바탕으로 하는 일체의 감정이 갖는 역설적 법칙이라는 것을 나는 오래 전부터 알고 있었다.

늪을 바라보다가 눈을 들어 저택을 바라보았을 때, 내 가슴에 기묘한 망상이 떠오른 것도 순전히 방금 말한 원인에 의한 것인지도 모른다. 참으로 기괴한 망상, 즉 나를 고통스럽게 짓눌러오던 감각의 생생한 위력을 표현하기 위해서는 뭐든 여기에 기술할 것이다.

이 저택과 그를 둘러싼 영지, 즉 저택과 그 부근에는 특유한 분위기가 감돌고 있었다. 하늘의 대기와는 전혀 동떨어진 분위기, 썩어빠진 나무들과 잿빛 벽과 고요한 늪에서 솟아오르는 독기, 겨우 알아볼 듯 말 듯 희미한 납빛 독기를 품은 신비스러움이 서려 있었다. 나는 상상력에 깊이 몰입되어 이런 것을 실제라고 믿기에 이르렀다.

악몽이라고 여길 수밖에 없는 이런 망상을 떨쳐버리자 나는 눈앞에 있는 건물의 현실적인 모습을 보다 면밀하게 관찰할 수 있었다. 무엇보다도 나를 놀라게 한 것은 저택이 놀랄 만큼 오래 되었다는 사실이었다. 오랜 세월을 지나면서 건물은 몹시 퇴색되어 있었다. 거미줄 모양의 자잘한 곰팡이가 처마에서부터 외벽을 완전히 뒤덮고 있었다. 그렇다고 해서 건물이 아주 황폐한 것은 아니었다. 석조 건물 어느 부분도 허물어진 곳은 없었다.

다만 벽돌 하나하나는 삭아가고 있는데, 벽 전체는 온전하게 서 있는 것이 이상할 정도로 보였다. 건물을 보면서 나는 버려진 아치형 천장을 장식하며 오랜 세월 부패해온 오래된 목공예 작품이 갖게 되는 어딘지 불안정한 온전함, 바깥 공기를 전혀 쏘이지 않아서 생긴 온전함을 느낄 수 있었다. 그러나 이와 같은 광범위한 부패의 징후를 제외하면 건물은 전혀 위험하다고는 생각되지 않았다. 그러나 관찰자의 눈에는 간신히 그것이라고 알아볼 수 있을 정도의 균열이 건물 정면의 지붕에서부터 번개 줄기처럼 벽을 타고 내려와 음산한 늪 속으로 사라지는 것을 볼 수 있었다.

이런 것들을 눈여겨보면서 나는 둑길을 따라 말을 타고 갔다. 마중 나온 하인을 따라 나는 고딕 풍의 아치형 현관문으로 들어갔다. 거기서부터 하인은 조심스럽게 발소리를 죽이며 어둡고 복잡한 복도를 몇 개나 지나 주인의 서재까지 나를 안내했다. 왠지 이유를 알 수는 없었으나 걷는 도중 눈에 띄는 많은 것들이 막연한 공포감을 불러일으켰다. 내 주위의 온갖 것들— 천장의 조각, 벽에 걸린 우중충한 벽걸이, 흑단처럼 새까만 바닥, 걸음을 옮길 때마다 덜커덕거리는 환영처럼 보이는 문장이 들어 있는 전리품은 소년 시절부터 낯익은 것이거나 그것에 가까운 것인데도 불구하고, 그것들이 불러일으키는 기괴한 망상에 놀라지 않을 수 없었다.

계단에서 나는 이 집의 주치의와 마주쳤다. 그 사나이의 얼굴에는 천박한 교활함과 곤혹감이 뒤섞인 표정이 떠올라 있었다. 주치의는 당혹감을 감추지 못하며 나에게 인사를 하고는 사라져버렸다. 마침내 먼저 보았던 하인이 문 하나를 밀어 열고는 주인 앞에 나를 안내했다.

내가 들어간 방은 굉장히 넓고 천장이 높았다. 창문은 좁고 길었으며 끝이 뾰족했고, 검은 참나무 마룻장에서 너무 높이 떨어져 있었기 때문에 거기까지 손이 닿을 것 같지가 않았다.

검붉은 빛으로 물든 약한 광선이 격자창의 유리를 통해서 흘러들어와 비교적 눈에 잘 띄는 방 안의 물건들은 뚜렷이 모습을 드러내고 있었다. 그러나 방의 한쪽 구석이나 번개무늬로 된 둥근 천장의 가운데 부분은 아무리 눈을 크게 뜨고 보아도 잘 보이지가 않았다. 벽에는 거무스름한 벽걸이가 걸려 있었다. 가구류가 잔뜩 놓여 있었으나 칙칙하고 고풍스러운 것으로, 몹시 낡은 것이었다. 많은 책과 악기가 주위에 널려 있었는데 그것들은 이 방의 전체적인 모습에 생기를 주지는 못했다. 나는 우울한 공기를 흡입하고 있는 듯한 느낌이 들었다. 이 엄숙하고 헤어날 길 없는 우울한 기분이 모든 것을 뒤덮은 것은 물론 모든 것에 스며들어 있었다.

내가 들어가자 어서는 그때까지 길게 누워 있던 소파에서 몸을 일으켜 쾌활하고도 다정한 모습으로 인사를 건넸다. 그때 나는 거기에서 과장된 우정, 산전수전을 다 겪은 나머지 인생에 권태를 느끼고 있는 인간의 부자연스런 노력이 담겨 있는 걸 단번에 느낄 수 있었다. 이때 그의 얼굴을 힐끗 쳐다본 나는 상대방이 진심으로 나를 대하고 있다는 걸 알았다. 우리는 자리에 앉았다. 그리고 상대가 입을 열 때까지 잠시 동안 연민과 두려움이 뒤섞인 기분으로 지그시 바라보았다. 분명코 이토록 짧은 시일에 로드릭 어셔만큼 무서운 변화를 가져온 인간은 없을 것이다. 내 앞에 있는 인간이 어린 시절의 친구와 동일인이라고는 믿을 수가 없었다.

그렇다고는 하지만 그의 얼굴의 특징은 사람의 눈길을 끄는 데가 있었다. 시체 같은 창백한 안색, 그 무엇과도 견줄 수 없는 크고 빛나는 젖은 눈, 전혀 핏기라고는 없으나 엷은 색의 놀랄 만큼 아름다운 곡선을 그리는 입술, 우아한 유대인 형이면서도 그 모양치고는 드물게 콧구멍이 옆으로 당겨진 코, 내밀지 않은 것이 어딘지 정신력의 결핍을 느끼게 하는 아름다운 형태의 턱, 그리고 거미줄처럼 부드럽고 가는 머리털……. 이런 특징은 관자놀이 윗부분이 유난히 넓은 것과 어우러져 특별한 분위기를 만들었다. 그런데 지금 내가 누구에게 이야기를 하고 있는 것인가 의아한 기분을 자아

내게 한 변화, 즉 위에서 말한 특징과 그런 얼굴 생김새가 보이고 있던 표정이 옛날보다 훨씬 더 뚜렷해졌다는 사실 이외에는 아무 것도 없었다. 특히 섬뜩할 만큼 창백한 피부색과 이상한 빛을 뿜는 눈이 무엇보다 나를 놀라고 두렵게 했다. 게다가 명주실 같은 머리칼은 손질도 않고 자랄 대로 자라 엉킨 거미줄처럼 얼굴에 늘어졌다기보다는 차라리 공중 위를 날고 있는 것 같은 몰골이었다. 이 기괴한 풍모는 평범 인간의 풍모와는 도저히 결부시킬 수가 없었다.

이 친구의 언동에서 내가 즉시 눈치를 챈 것은 앞뒤가 맞지 않는 데가 있다는 사실이었다. 그것은 잠시도 멈추지 않는 신체의 경련으로, 극도의 흥분을 이겨내려는 헛된 노력을 가까스로 지속했기 때문에 일어난다는 사실을 알아차릴 수 있었다. 그의 편지를 읽어봐도, 소년 시절의 기질을 상기해봐도, 그의 특이한 성격이나 기질에서 끌어낸 결론을 생각해봐도 이런 종류의 현상은 당연히 예상할 수 있는 것이었다. 그는 금방 쾌활해졌다가 침울해지기를 번복했다. 그의 목소리는 (생기가 완전히 없어진 것 같은) 우유부단하고 떨리는 소리를 냈다가 갑자기 정열적이고 시원시원하고 분명한 어조가 되었다. 이는 어쩔 수 없는 주정뱅이나 구제 불능의 아편 중독자가 극도로 흥분했을 때 나타내는 특유의 무겁게 늘어져버린 후두음이었다.

그는 그런 어조로, 나에게 와달라고 한 목적과 나를 만나고 싶은 이유, 그리고 만나면 틀림없이 위로를 받을 것이라고 생각했다는 것 등을 이야기했다. 또 스스로를 어떻게 생각하고 있는지에 대해 상세하게 이야기해주었다. 그의 말에 의하면 그 병은 체질적인 것으로, 그의 혈족에게 유전하는 병인데, 그 치료법을 찾아낼 가망성이 거의 없다는 것이었다. 그리고 그는 덧붙이기를 이것은 단지 신경성이기 때문에 곧 나을 것이라고 말했다.

그의 병의 증세는 온갖 기괴한 느낌으로 나타났다. 그는 자신의 증세를 상세히 설명해주었는데, 그중의 몇 가지는 흥미로우면서도 도저히 이해할 수가 없었다. 그가 자신의 증세를 설명할 때 사용한 용어나 전체적인 분위기가 그런 효과를 자아냈기 때문이었을 것이다. 특히 병적으로 예민해진 감각 때문에 그는 몹시 괴로워했다. 조금이라도 자극적인 음식도 먹을 수가 없었고, 입는 옷도 특정한 천으로 한정되어 있었으며, 모든 꽃향기도 괴롭게 느껴진다고 했다. 그리고 아무리 희미한 빛이라도 그의 눈은 피로감을 느꼈고, 독특한 음악 소리, 그것도 현악기 소리가 아니면 그 어떤 음악을 들어도 소름이 끼친다고 했다.

그는 변태적인 공포심에 사로잡힌 노예였다. 그는 이런 말을 했다.

"나는 죽어가고 있어. 이런 비참한 기분 속에서 죽어가지 않으면 안 돼. 나는 이렇게 무너져가는 수밖에 없어. 나는 장차 일어날 사건 그 자체보다 그 결과가 두려워. 이 견딜 수 없는 마음의 동요에 영향을 끼칠 것 같은 일은 제아무리 소소한 것일지라도 생각만 해도 오싹해진다네. 솔직히 위험을 겁내는 것은 아니네. 단지 궁극적인 결과인 공포가 두렵네. 이렇게 기력이 쇠잔한, 이렇게 가련한 상태에 있는 나에게 '공포'라는 엄청난 망령과의 격투 속에서 목숨도 이성도 포기하지 않으면 안 될 시기가 조만간 닥쳐올 것 같은 느낌이 든다네."

그의 정신 상태에는 특이한 기이함이 있었다. 그가 이야기하던 중에 띄엄띄엄 언급하는 것에서 그의 정신에 대한 한 가지 묘한 특징을 알아낼 수 있었다. 그것은 그가 이미 몇 년 동안이나 외출할 용기조차 갖지 못하고 살고 있는 현재의 저택에 대해서 어떤 미신적인 생각에 사로잡혀 있다는 사실이었다. 그는 이런 것들에 대해 이야기하면서 너무나 모호한 단어들을 사용했기 때문에 지금 내가 그의 말을 다시 옮기는 것은 불가능하다. 그의 말을 빌리면 그가 살고 있는 저택, 즉 이 저택의 형태와 그 실체 속에 내포되어 있는 어떤 특이한 성질은 오랜 세월이 지나는 사이에 자신의 정신을 지배하게 된 것이라고 했다. 특히 저택의 회색 벽이며 소탑 같은 것들이 그림자를 던지고 있는 어두컴컴한 늪 등이 자신의 정신에 영향을 끼치게 되었다고 말했다.

그가 주저하면서 인정한 일인 그를 그토록 괴롭히는 이상한 우울증의 주요 원인은 분명히 있었다. 그것은 오랜 세월 그의 유일한 반려자이자 지상에 단 혼자 남아 있는 혈육인 사랑하는 누이동생의 무겁고 오랜 병, 아니 시시각각 다가오는 누이동생의 임종에 원인이 있다는 것이었다. "누이동생이 죽는다면," 그는 상대를 깊이 각인시키는 비통한 어조로 말했다. "이 내가, 아무 희망도 없고 쇠잔한 내가 유서 깊은 어셔 집안의 피를 받은 최후의 인간이 되네." 그가 이렇게 말했을 때, 매덜린(이것이 그의 누이동생의 이름이었다) 아가씨가 방 저쪽을 천천히 지나갔는데, 그녀는 내가 있다는 것도 모른 채 그대로 사라져버렸다. 나는 공포가 섞인 놀람으로 그녀를 지그시 지켜보고 있었으나, 왜 그런 감정이 생겼는지는 나 자신도 설명할 수가 없었다. 멀어져가는 그녀의 자태에 눈길을 보내고 있으려니 텅 빈 공허감이 나를 억눌렀다. 이윽고 그녀의 모습이 사라지고 문이 닫히자 나의 시선은 본능적으로 오빠의 얼굴 쪽으로 쏠렸다. 순간 그는 양손으로 얼굴을 가리고 있었는데, 창백하고 섬약한 손가락 사이로 뜨거운 눈물이 흐르고 있었다.

매덜린 아가씨의 병은 이미 용한 주치의의 치료로도 어쩔 도리가 없을 정도가 되어 있었다. 만성화된 지각이 없는 상태, 점점 더해가는 육체적 쇠약, 일시적이지만 자주 일어나는 경직 증상, 이런 것이 주요 증상이었다. 그녀는 지금까지 악착같이 병고를 참아 절대로 눕는 법이 없었다. 그러나 내가 저택에 도착한 그날 어둠이 닥칠 무렵부터 (그날 밤 그녀의 오빠가 마음의 동요를 나타내면서 이야기한 것에 의하면) 병마의 파괴적인 힘 앞에 항복했다고 했다. 이렇게 해서 나는 조금 전 내가 얼핏 본 아가씨의 자태가 아마도 마지막이 되어 적어도 살아 있는 그녀의 모습을 보는 일은 다시는 없을 것이라는 걸 알았다.

그로부터 며칠 동안 어셔도 나도 아가씨의 이름을 입에 올리는 것을 피했다. 그동안 나는 친구의 우울증을 덜어주려고 갖은 노력을 다했다. 함께 그림을 그리기도 하고, 책을 읽기도 했다. 또 어떤 때는 그가 즉흥적으로 연주하는, 가슴을 울리는 광기 어린 기타 연주에 심취해 귀를 기울이기도 했다. 이런 식으로 마음의 교류를 나누면서 나는 그의 내면을 마음대로 드나들 수 있게 되었으나 그의 마음을 밝게 해줄 수 있는 어떤 시도도 불가능하다는 사실을 통절히 깨달았다.

그의 마음에 암흑이라는 것이 선천적인 특성이라도 되는 것처럼 정신과 육체에 암울한 방사선이 되어 내뿜어지는 것이었다.

어셔 집안의 주인과 단둘이 지낸 기나긴 시간을 나는 언제까지나 잊지 못할 것이다. 그러나 그가 나를 유도한, 혹은 나의 길잡이가 된 연구물들이 어떤 것들이었는가를 정확하게 전달하는 것은 무리이다. 왜냐하면 흥분되고 병적인 상상력이 모든 것 위에 퍼런 빛을 던지고 있었기 때문이다. 그가 즉흥적으로 불러준 긴 비가는 오랜 시간 나의 귓전에서 사라지지 않을 것이다. 특히 베버(18세기 독일 낭만파 음악의 창시자)의 마지막 왈츠의 분방한 선율을 기묘하게 편곡하여 들려준 열광적인 연주는 지금까지도 가슴 깊이 새겨져 있다. 그가 특유의 상상력을 마음껏 구사하여 그린 그림은 붓을 한번 놀릴 때마다 너무나 낯설고 애매모호하였고, 그것을 보는 나는 까닭 모를 전율로 몸을 떨었다. 이들 그림의 이미지는 지금까지도 머리에 뚜렷이 남아 있으나 말로 전할 수 있는 것은 단지 작은 부분에 지나지 않는다. 그 이상의 것은 아무리 전하려고 애써도 불가능하다.

더할 나위 없이 단순하고 명확한 구도의 그의 그림은 순간적으로 주의를 끌고 위압하는 힘이 있었다. 관념을 정확한 그림으로 표현한 인간이 있다면 로드릭 어셔야말로 바로 그 사람이다. 적어도 나에게 있어서는. 당시 나를 둘러싸고 있는 형편상 이 우울증 환자가 화폭 위에 묘사해보인 수많은 순수한 추상적 관념에는 견딜 수 없을 정도의 무섬증과 두려운 감정이 끓어오르는 것이 느껴졌다. 푸젤리(스위스의 화가)의 그림에서는 절대 느낄 수 없는 공포였다. 푸젤리의 몽상들은 어서의 그림에 비하면 강렬하긴 하지만 지나치게 구체적인 듯 느껴졌다.

내 친구의 요지경 같은 그림들은 추상성에 꼭 들어맞지 않는 것도 있었는데, 이 그림에 대해서는 어렴풋하게나마 말로 설명해볼 수 있을 것 같다. 그림은 작았고, 엄청나게 긴 직사각형의 지하 감옥이며 갱도의 내부가 그려져 있었다. 갱도는 천장이 낮고 벽이 밋밋하며 색은 흰색이었는데, 문도 창문도 없었다. 그림을 자세히 살펴보면 굴이 땅 밑 아주 깊은 곳에 있음을 알 수 있었다. 굴의 길이는 길었지만 출구는 어디에서도 찾을 수 없었고, 횃불 등 인공적인 광원도 눈에 띄지 않았다. 이때 강렬한 광선이 비치면서 그림 전체를 무시무시하고 어딘가 이상해 보이는 광채로 뒤덮었다.

조금 전에 말한 것처럼 이 환자는 병적인 청각신경증을 지니고 있어서 특정한 현악기 소리를 제외하면 음악을 듣는 것을 견딜 수 없어 했다. 기타를 연주할 때도 한정된 범위의 곡만 택하는 것은 아마도 그런 이유 때문이었을 것이다. 그러나 그의 즉흥곡의 열정적이고 기교 넘치는 연주는 언어로 설명할 수 있는 범위를 넘어서 있었다. 미친 듯한 환상곡의 가사는 물론 곡조도(그는 운을 붙인 즉흥적인 가사를 읊조리면서 연주하곤 했다) 내가 조금 전에 말한 것처럼 흥분이 극도에 달했을 때 볼 수 있는 강렬한 정신적 집중과 냉정에서 생기는 것이 틀림없었으며, 또한 사실이 그랬다. 그러나 그의 꾸밈없는 즉흥연주는 단순하게 설명할 수 없는 그 무엇이 있었다. 그의 연주가 환상적인 동시에 꾸밈이 없는 듯 들린 것은 내가 앞서 인위적 자극이 최고조에 도달한 특정 순간에만 볼 수 있다고 말했던 강도 높은 정신집중의 효과 때문이라고 할 수 있었다. 이 모든 것의 결과인 그의 광적인 판타지는 선율로 표현될 뿐 아니라 언어로도 표현되었다. 사실 그는 연주를 하는 동안 그에 맞는 즉흥시를 지어 부를 때도 자주 있었다. 나는 그가 지은 광시곡 가운데 한 편을 기억하고 있다. 나는 이 시에 강렬한 감동을 받았다. 내가 이 시의 숨겨진 의미 내지 신비주의적인 의미를 깨달았듯이 어셔는 자신의 고결한 이성이 왕좌에서 비틀거리고 있음을 의식하고 있었다. 내가 이런 말을 하는 것은, 그 말이 의미하는 것의 심저에 있는 이상한 흐름 속에 우리의 고귀한 이성이 그 왕좌에서 비틀거리고 있는 것을 어셔 자신이 충분히 의식하고 있다는 사실을 나도 처음으로 인식한 듯한 느낌이 들었기 때문이다. 〈마의 궁전〉이라는 제목의 이 시는 내용이 정확하지는 않지만 대충 다음과 같다.

1

오랜 옛날 어느 계곡 녹음 짙은 골짜기의
천사들이 살던 곳에
멋지고 찬란하게 빛나는 궁전이 있었다네.
'사유'라고 부르는, 제왕이 다스리는 그곳에
궁전이 서 있었지.
천사도 이토록 아름다운 집에
날개를 펼친 적이 없었다네.

2

황금빛으로 찬란하게 뿜어내는 노란 깃발이
지붕 위에 펄럭이고 있었지.
(이것은 모두가 아주 먼 옛적의 일)
그 즐겁던 날,
깃털 장식이 나부끼는 흰 성벽에

희롱하듯 부는 미풍은
향기로운 냄새를 실어가고 있었네.

3

이 행복한 골짜기를 배회하는 자들은
빛나는 두 개의 창을 통해 보았네.
류트의 아름다운 선율에 맞추어
왕좌의 주위를 춤추며 너울대는 요정들을!
그 왕좌에 앉아서
영예에 걸맞은 당당한 위풍을 떨치고 있는 것은,
그 나라를 지배하는 자였네.

4

화려한 궁전의 문에는 진주와 루비가 반짝였고
그 문을 지나 흘러흘러
번쩍이면서 들어오는 것은
'메아리'의 무리였지.
왕의 재기와 지혜를
더없이 아름다운 목소리로 노래하는 것이
'메아리'의 즐거운 의무였다네.

5

잠시 후 슬픔의 옷을 두른 악마들이 왕좌를 습격했다네.

아아, 우리 모두 슬퍼하자. 고독한 왕에게

내일이라는 말이 더는 밝아오지 않을 것이니!

지난날 왕의 궁전 주위에 빛나던 영광도

지금은 묻혀버린 옛날의

덧없는 이야기가 되어버렸네.

6

지금 이 골짜기를 찾아오는 자들은

붉은 불빛이 비치는 창 너머로 본다,

멋대로 울리는 음악 소리에 맞춰

미친 듯이 춤추는 거대한 괴물들의 모습을.

그리고 푸르스름한 문을 지나

무서운 분류처럼

꺼림칙한 무리가 끊임없이 뛰쳐나와

큰 소리로 웃어대는데

그 옛날의 미소는 이제 볼 수조차 없다네.

당시 우리의 생각이 이 담시에 떠오르는 연상들을 따라갔던 것
이 기억난다. 그 때문에 어셔가 품고 있는 견해가 한층 뚜렷해졌

다. 그 견해를 여기서 내가 밝히는 것은 그것이 새로워서라기보다는(이런 것을 생각한 인간은 그 밖에도 있기 때문이다) 그것을 그가 집요하게 주장했기 때문이다.

그는 식물도 모두 생각하는 힘을 가지고 있다는 것이었다. 그러나 그의 미치광이 같은 망상 속에는 그것이 더욱 확고한 성격을 띠어서, 어떤 조건 아래에서는 무기물의 세계에까지 적용된다는 것이었다. 그의 이런 확신이 얼마나 강하고, 또 얼마나 진지하고 무가내였던가를 나로서는 말로 표현할 수가 없을 지경이다.

그러나 그 신념은 (내가 전에 약간 암시한 것처럼) 선조로부터 대대로 내려온 이 저택의 잿빛 석재와 관련이 있다. 이 석재들이 배치된 방식 속에―석재 위에 퍼져 있는 수많은 곰팡이며 저택 주위에 서 있는 썩은 나무들의 배치뿐 아니라 돌의 배열, 특히 이런 배치가 오랫동안 완전히 그대로 지속되어온 것과 거기다 늪의 고요한 물에 비친 그림자―방금 말한 지각력이 존재하기 위한 조건이 갖추어졌다고 그는 생각하고 있었다. 식물이 지각할 수 있는 힘을 가지고 있다는 증거는 (그가 이런 얘기를 했을 때 나는 섬뜩했으나) 늪의 물이나 저택의 벽 주변에 독특한 분위기가 서서히, 그러나 확실히 응결되어간다는 사실 속에서 찾아볼 수 있다는 것이다.

그의 설명에 따르면 돌들의 기운이 응축된 결과는 수세기에 걸쳐 변화한 자기네 가문의 운명과, 바로 지금의 모습으로 변한 그 자신의 모습에서 찾을 수 있다고 했다. 돌들의 기운이 소리 없이, 그러나 집요하고도 무시무시한 영향력을 행사하고 있다는 것이었다. 이러한 생각에 대해 왈가왈부할 필요는 없으므로 더 이상 언급하는 것은 그만두겠다.

우리들이 읽은, 몇 년 동안 이 환자의 정신생활에 적지 않은 영향을 미쳤을 책은 이런 성격의 환상과 완전하게 일치하는 것들뿐이었다. 우리들이 함께 탐독한 책은 다음과 같은 것이었다. 그레세(프랑스의 시인)의 『베르베르와 샤트류즈』, 마키아벨리의 『벨페고르』, 스웨덴보리(17세기 스웨덴의 철학자·신학자·과학자·신비가)의 『천국과 지옥』, 홀베르(17세기 덴마크의 희극 시인으로, 덴마크 문학의 시조라고 불린다)의 『니콜라스 클림의 지하 여행』, 로버트 플루드(영국의 의사이며 신학자), 장 댕다지네, 그리고 드 라 샹브르(17세기 프랑스의 의사)의 『손금 보는 법』, 티크(18세기 독일 낭만파 시인)의 『머나먼 창공으로의 여행』, 캄파넬라의 『태양의 도시』 등이었다. 특히 우리가 애독한 것은 도미니크 파 신부 에메리크 드 지론(스페인의 종교 재판관)의 소형 8절판본의 『종교 재판법』이었다. 폼포니우스 멜라(서기 약 34년경의 로마 지리학자)의 저서에 등장하는 고대 아프리카의 사티로스를 생각하며 책을 읽다가도 몇 시간씩 몽상에 빠졌다. 희귀하고 진기한 사절판 고딕본으로 잊혀진 교파의 기도서인 『메인츠 교파의 성가대가 죽은 자에게 바치는 철야기도』였다.

나는 이 책의 의식에 대해, 그리고 이 책이 우울증 환자인 어서에게 미쳤을 영향에 대해 생각지 않을 수 없었다.

어느 날 밤, 느닷없이 그는 나에게 매덜린 아가씨가 이 세상을 떠났음을 알리면서 그녀의 시신을 저택 내부에 위치한 무수한 지하실 중 한 곳에 2주 동안 보관할 생각이라고 밝혔다. 그 얘기를 들은 나는 방금 내가 말한 진본 속의 기괴한 의식과 그것이 아마도 이 우울증 환자에게 끼쳤을 영향에 대해서 생각지 않을 수 없었다. 어서의 말을 빌리면 자기가 오빠로서 이러한 결정을 내리게 된 이유는 고인의 병이 흔치 않은 것이었고, 고인을 담당했던 의사들이 환자의 검사에 주제넘을 만큼 지나치게 열심이며, 가족 묘지가 저택과 멀리 떨어져 있는 데다 외부에 노출된 상태이기 때문이라는 것이었다. 솔직히 말하면 내가 이 집에 도착한 날 계단에서 마주쳤던 의사라는 사람의 불길한 얼굴이 머릿속에 떠오르자 어서의 결정에 반대하고 싶은 마음이 싹 가셔버렸다. 내가 보았을 때 어서의 결정은 해가 될 것도 없고 전혀 부자연스러운 것도 아니었다.

어서의 부탁에 따라 나는 이 가매장을 도와주었다. 주검을 관에 넣자 우리 두 사람은 그것을 들어 안치소까지 운반했다. 관을 안치한 지하 납골실(오랜 세월 잠가둔 채로 두었기 때문에 우리가 가지고 간 햇불도 숨막히는 실내 공기 탓으로 가물가물 꺼질 것 같아서 내부의 모습을 자세히 살펴볼 수가 없었다)은 좁고 축축하게 습기가 차서 외부의 빛이 전혀 들어올 수도 없었는데, 그곳은 저택의 내 침실이 있는 곳 바로 밑에 위치하고 있었다. 납골실은 그 옛날 봉건 시대의 지하 감옥이라는 옳지 못한 목적을 위해 사용되었던 것 같고, 후대에는 화약 종류의 불이 붙기 쉬운 물질을 저장하는 장소로 씌어진 것 같았다. 왜냐하면 이 바닥의 일부와 거기 가는 데까지의 긴 아치형 복도의 내부 전부가 동판으로 빈틈없이 덮여 있었기 때문이다. 육중한 철문에도 동판이 씌워져 있었다. 그 철문은 무게 때문인지 돌쩌귀 위를 돌아갈 때는 이상하고 예리한 소리를 내면서 삐걱거렸다.

이 무시무시한 장소에 마련되어 있는 관 받침대 위에 불쌍한 유체를 올려놓은 다음 우리는 아직 나사못으로 고정시키지 않은 관 뚜껑을 조금 옆으로 밀고 안에 누워 있는 죽은 여성의 얼굴을 들여다보았다. 오빠와 누이가 너무나 얼굴이 똑같다는 사실이 먼저 내 주의를 끌었다. 어셔도 내 생각을 알아챘는지 몇 마디 중얼거렸다. 나는 그의 중얼거림 속에서, 죽은 누이와 그는 사실 쌍둥이로 둘 사이에는 말로 설명하기 어려운 공감대가 형성되어 있다는 사실을 깨달았다. 그러나 우리의 시선이 죽은 여성 위에 언제까지나 머물러 있을 수는 없었다. 저 세상으로 떠난 그녀를 가만히 바라보고 있자니 말할 수 없는 공포감에 사로잡혔기 때문이다. 한창 꽃다운 나이에 아가씨의 목숨을 앗아간 이 병은 경직현상에서 으레 볼 수 있듯이 가슴과 얼굴 언저리에 희미한 붉은 흔적이 남아 있었다. 죽은 여성은 입술에 사라질 듯 말 듯한 미소를 머금고 있었는데, 그녀가 죽었다고 생각하자 섬뜩할 만큼 무서웠다. 우리는 관 뚜껑을 도로 닫고 나사못을 박은 뒤 철문을 굳게 닫은 다음 방으로 돌아왔으나, 그곳 역시 지하 납골당 못지않게 음산함이 맴돌고 있었다.

그리고 뼈를 아프게 하는 슬픈 며칠이 지나자 이제 나의 친구의 정신 이상이 나타내는 특징에 한 가지 명백한 변화가 나타났다. 평소의 그다운 태도는 완전히 사라지고 없었다. 평소의 그의 모습은 어느새 잊혀져버리고 말았다. 그는 흐트러진 급한 걸음걸이로 지향도 없이 이 방 저 방을 돌아다니는 것이었다. 얼굴의 창백함은 더욱 심해졌는데, 특유의 눈빛은 완전히 사라지고 없었다. 그가 말할 때면 가끔 들을 수 있었던 쉰 듯한 소리는 없어져버리고, 무엇엔가 위협을 받고 있는 것 같은 떨리는 소리가 말투의 특징으로 자리를 잡았다. 그래서 나는 그가 이처럼 정신의 지속적인 동요 상태에 있는 것이 모종의 숨막히는 비밀과 씨름을 하고 있기 때문이라는 생각이 들었다. 정말이지 그는 비밀을 밝힐 용기를 얻기 위해 애를 쓰고 있는 것 같았다. 그러나 때로는 모든 것이 그저 광인의 불가해한 변덕일 뿐이라고 생각지 않을 수 없었다. 그도 그럴 것이 그는 더없이 골똘한 태도로 몇 시간씩 허공을 응시하며 뭔가 상상 속의 소리에 귀를 기울이는 듯한 모습을 보였던 것이다. 그의 이러한 상태는 나를 위협하는 것을 넘어 나를 감염시킬 것 같은 느낌이 들었다. 나는 그의 괴이하고도 인상적인 미신적 행위가 서서히, 그러나 확실히 내 몸에 영향을 미치는 것을 느꼈다.

매들린 아가씨를 지하 납골실에 안치하고 나서 이레쨋가 여드레쨋날 밤 늦게 침실에 들어갔을 때, 나는 방금 말한 것과 같은 감정을 절실히 체험했다. 그날은 좀처럼 잠을 이룰 수 없었다. 그렇게 몇 시간이 초조하게 지나갔다. 나는 나를 사로잡고 있는 신경의 흥분을 이성으로 억제하기 위해 안간힘을 썼다. 내 감정의 전부라고 할 수는 없다 해도 대부분은 이 방의 음침한 가구들과 폭풍에 부풀려서 술렁거리고 벽 위에서 멋대로 일렁일렁 흔들리며 침대 둘레에서 불안하게 서걱거리는 거무칙칙하고 너덜너덜한 벽걸이 따위의 영향력 때문이라고 애써 생각하려 했다. 그러나 나의 노력은 헛된 것이었다. 억제할 수 없는 전율이 나의 전신을 엄습하여 마침내 심장 바로 위에서 끔찍한 공포의 악마로 변해 털썩 주저앉아버리는 것이었다.

헐떡이며 몸부림을 쳐서 겨우 그것을 떼쳐버린 나는 베개 위에서 몸을 일으키고는 캄캄한 방 안을 뚫어지게 응시하며 귀를 기울였다. 왜 그랬는지는 본능적인 기분에 이끌려서라고밖에 할 수 없지만. 폭풍이 멎었을 때 긴 간격을 두고 어디선지 모르게 들려오는 낮고 희미한 소리에 귀를 기울였다. 까닭을 알 수 없는, 그러나 머리끝이 곤두서는 공포감에 짓눌려서 나는 급히 옷을 걸치고 (그날 밤은 더 이상 잠을 이룰 수가 없을 것 같아서) 방 안을 빠른 걸음으로 이리저리 돌아다니면서 나 자신이 당면한 비참한 상황에서 벗어나려고 애를 썼다.

이렇게 방 안을 두세 바퀴가량 돌았다고 생각했을 때, 바로 가까이에 있는 계단을 올라오는 발소리가 주의를 끌었다. 나는 그것이 어셔의 발소리라는 것을 알았다. 잠시 후 문을 조용히 노크하고 램프를 손에 든 어셔가 들어왔다. 얼굴은 여느 때와 같이 시체처럼 창백했다. 그러나 그의 눈에는 광기에 찬 환희 같은 것이 떠올라 있었고, 그 거동에는 분명히 병적 흥분을 억제하는 것이 역력하게 보였다. 그것은 나를 섬뜩하게 했다. 그러나 내가 긴긴 시간 동안 견뎌온 고독에 비하면 어쨌거나 고마웠다. 그래서 그를 구세주처럼 반가이 맞았다.

"자네는 그걸 보지 못한 게로군?" 그는 잠시 말없이 주변을 찬찬히 둘러보더니 불쑥 말했다. "기다리게, 곧 보여주겠네." 그렇게 말하고는 손에 든 램프를 조심스럽게 덮고는 급히 한쪽 창으로 다가가더니 폭풍우를 향해 홱 열어젖혔다.

미친 듯이 휘몰아치는 강풍에 우리는 금방이라도 쓰러질 지경이었다. 실로 광포하고 처절한 아름다움을 지닌 밤, 요괴스러운 공포와 아름다움으로 넘치는 밤이었다. 돌풍이 저택 부근에 그 힘을 집중하고 있는 듯, 바람의 방향이 몇 번이나 심하게 돌변했다. 그리고 (저택의 소탑을 눌러버릴 듯 얕게 깔린) 몹시 짙은 구름이 쫙 깔렸는데도 불구하고 바람은 사방에서 서로 부딪쳐, 살아 꿈틀거리는 것 같은 느낌이 들었다. 나는 방금 구름이 몹시 짙게 깔려 있는데도 불구하고 바람이 살아 있는 것 같은 느낌을 받았다고 했는데, 달이며 별이 그것을 비추지는 않았다. 번개도 번쩍이지 않았다. 흥분한 상태로 돌진하는 거대한 물방울 덩어리의 아래쪽과 바로 우리 곁에 있는 온갖 지상의 물체들이 수의처럼 저택 주변을 감도는 기괴한 빛 속에서 작열했다. 저택 주변으로 희미한 빛을 내뿜는 안개 같은 기체가 또렷이 보였다.

"봐서는 안 돼. 이런 것을 봐서는 안 돼." 나는 그를 좀 거칠게 창가에서 의자 쪽으로 데리고 가면서 떨리는 소리로 말했다. "이런 광경을 보고 자네는 놀란 모양인데, 사실은 전기 현상에 지나지 않네. 이 굉장한 광경의 원인은 어쩌면 저 늪의 악취를 뿜는 독기 탓인지도 모르네. 자, 이 창문을 닫게. 공기가 차서 자네 몸에 해롭네. 여기 자네가 몹시 좋아하는 소설이 한 권 있어. 내가 읽어줄 테니 들어보게. 책을 읽으면서 이 무서운 밤을 함께 밝히는 게 어때?"

내가 뽑아든 낡은 책은 랜슬롯 캐닝 경의 『광란의 조우』였다. 그러나 내가 이 책을 그의 애독서라고 한 것은 진실이라기보다는 나의 서글픈 장난기에서 비롯된 것일 뿐이었다. 왜냐하면 사실 이 책의 조잡하고, 상상력이 부족한 농담 속에는 어셔의 기품 높고 이상주의적 정신세계에 반응을 일으킬 만한 것이 거의 없었다. 하지만 그때 우리 가까이에 있는 것이라곤 이 책뿐이었다. 당시 나는, 이 우울증 환자의 마음을 뒤흔들고 있는 흥분이 내가 지금부터 읽으려고 하는 어리석고 저열하기 짝이 없는 이야기를 듣는 동안 가라앉았을지도 모른다(정신 이상에 대한 문헌에는 이와 같은 이상한 사실이 잔뜩 기록되어 있다)는 부질없는 희망을 품고 있었던 것이다. 실제로 내가 읽고 있던 이야기의 한 토막 한 토막에 귀를 기울이고 있는, 아니면 기울이고 있는 것처럼 보이는 그의 이상하게 긴장되고 활기찬 모습에서 판단하건대 나의 생각이 들어맞았다고 기뻐해도 좋을 것 같았다.

나는 이야기의 그 유명한 부분, 즉 이 이야기의 주인공인 에셀레드가 은둔자의 집으로 들어가려고 공손하게 청했으나 허락하지 않자 억지로 들어가려고 하는 대목까지 읽어 나갔다. 알다시피 이야기의 내용은 이런 것이었다.

에셀릿은 천성이 용맹한데다 방금 마신 술기운으로 더욱 강해졌다. 은둔자는 정말이지 고집이 세고 심술궂은 놈이었다. 에셀릿은 은둔자와 협상하기를 중단했고, 어깨에 떨어지는 빗방울에 폭풍우가 몰아칠 것을 걱정하여 곧바로 갈고리 철퇴를 내리쳐 순식간에 문짝에 구멍을 뚫었다. 에셀릿이 장갑 낀 손을 구멍으로 집어넣어 문짝을 힘껏 잡아당기자 모든 것이 갈라지고 쪼개지고 무너져 내렸다. 메마르고 공허하게 울리는 나무 문짝 소리가 무서운 경고음이 되어 온 숲속을 진동했다.

이 문장의 마지막 대목을 읽은 나는 섬뜩하여 말을 멈추었다. 그것은 (나 자신의 흥분된 망상에 혼란이 가중된 탓이라고 단정했지만) 저택 안의 아득히 먼 곳에서, 랜슬롯 경이 상세하게 묘사하고 있는 문이 부서져 나가는 소리와 그 음색과 아주 비슷한 음향 (틀림없이 내리누르는 둔탁한 소리였지만)이 나의 귓전에 희미하게 들려오는 것 같았다. 그러나 나의 주의를 끈 것은 우연의 일치라는 사실이었다. 창틀이 덜그럭거리는 소리나 아직 한창 몰아치는 폭풍의 어수선한 울림 속에서는 그런 물체의 소리 자체가 나의 주의를 끌거나 놀라게 할 수 없음은 틀림없는 사실이기 때문이다. 나는 소설을 계속해서 읽었다.

　그러나 집으로 들어간 전사 에설릿은 비열한 은둔자가 자취를 감춘 것에 몹시 화가 나기도 하고 놀라기도 했다. 은둔자는 간데없고 기괴하게 움직이는 용 한 마리가 버티고 앉아 있었다. 그것의 몸통은 비늘로 덮여 있었는데, 혀에서 불을 내뿜으며 궁전을 지키고 있었다. 궁전 건물은 온통 금으로 뒤덮여 있었고, 바닥은 은이었다. 벽에는 빛나는 황동 방패가 걸려 있었는데, 방패에는 다음과 같은 제명이 새겨져 있었다.

　이곳에 들어오는 자는 승리자로다.
　용을 쓰러뜨리는 자는 이 방패를 얻을진저.

에설릿이 철퇴를 쳐들어 용의 목을 내리치자 용은 그의 앞에 쓰러져 단말마의 독기를 뿜으면서 소름끼치는 소리로 으르렁댔다. 그 귀청을 찢는 소리에 에설릿은 두 손으로 귀를 틀어막지 않을 수 없었다. 정말 이토록 무서운 부르짖음을 참고 들은 사람은 아무도 없을 것이다.

여기까지 읽어 내려간 나는 책읽기를 멈추었다. 그리고 놀라움을 금할 수 없었다. (어느 쪽에서 들려오는지 확실히 알 수 없었지만) 멀리서 들려오는 듯한 낮고 거슬리며 길게 꼬리를 끄는 듯한 이상한 외침과도 같고, 부르짖음 같기도 하고 삐걱거리는 듯한 소리—이 이야기의 작가가 말하고 있는 그 소리가 작가가 말하는 용의 부르짖음이란 게 이런 게 아닐까 생각되었다.

우연의 일치가 두 번씩이나 일어났으므로, 나는 극도의 공포로 심장이 죄어드는 것 같았다. 그러나 그것을 입 밖에 내어 친구의 과민한 신경을 자극할 정도로 마음의 평정을 잃은 건 아니었다. 그가 그 소리를 알아챘는지 어쨌는지는 알 수가 없었다. 그러나 몇 분 동안 그의 거동에는 기묘한 변화가 일어나고 있었다. 그는 나의 정면에서 의자를 돌려 방문 쪽으로 얼굴을 향하여 앉는 것이었다. 이렇게 되자 무언가 중얼거리는 듯한 낮은 소리와 함께 입술이 떨리고 있었다. 그러나 그의 얼굴은 일부분밖에 볼 수 없었다. 내가 흘깃 그를 보았을 때 그는 머리를 가슴 깊이 떨구었으나 눈은 커다랗게 뜨고 있는 것으로 보아 자지 않고 있다는 것을 알 수 있었다. 그가 몸을 흔들고 있다는 사실만으로도 그것은 분명했다. 조용히, 그러나 쉬지 않고 일정하게 몸을 좌우로 흔들고 있었다. 이것을 알아차리자 나는 랜슬롯 경의 이야기를 다시 계속해 읽었다.

비로소 용의 무시무시한 노여움에서 벗어난 전사는 놋쇠의 방패를 생각해내고, 그 위에 걸린 저주를 풀기 위해 용의 시체를 밀치고 은으로 깔린 성의 마룻바닥 위를 용감하게 걸어 나갔다. 방패는 그가 오는 것을 기다리지도 않고 그 발 앞에 떨어져 어마어마하게 큰 소리를 내며 주위를 뒤흔들어놓았다.

이 말이 나의 입술에서 떨어지자마자 마치 놋쇠 방패가 실제로 마룻바닥에 쾅 떨어진 듯 뚜렷하면서도 둔탁한 금속성 물질이 부딪쳐 울렸는데, 그것은 뭔가를 억지로 눌러 덮는 듯했다. 나는 완전히 얼이 빠져 벌떡 일어났으나 어셔는 아무 일도 없었다는 듯 규칙적으로 몸을 흔들고 있었다. 나는 그가 앉아 있는 의자 쪽으로 달려갔다. 그의 시선은 앞쪽을 향해 뚫어질 듯이 쏠려 있었고, 얼굴 표정은 돌처럼 굳어 있었다. 이때 내가 그의 어깨에 손을 얹자 전율이 그의 몸을 엄습하는 듯 병적인 미소가 입술 언저리에서 떨렸다. 순간 그는 내가 곁에 있다는 것을 잊어버렸는지 영문 모를 소리를 재빠르게 중얼거렸다. 나는 그에게 몸을 밀착시킨 다음 그가 중얼거리는 묵직한의미를 가진 말들을 걸신들린 것처럼 들었다.

"저 소리가 들리지 않나? 나에게는 들리네. 아까부터 똑똑히 듣고 있었어. 벌써, 벌써 훨씬 이전부터. 몇 분 동안이나, 아니 몇 시간, 며칠 동안이나 나는 저 소리를 듣고 있단 말이야. 하지만 나에겐 용기가 없었어. 아아, 가련하게 생각해주게. 나는 얼마나 비참한 인간이란 말인가! 나에겐 용기가, 입 밖에 내어 말할 용기가 없었던 거야! 우리들은 그녀를 산 채로 묻어버린 거라네. 나의 감각이 예민하다는 건 이미 말했지 않았나. 지금에야 이야기하지만 나는 누이동생이 저 우묵한 관 속에서 아주 미약하게 몸을 움직인 것을 눈치 챘었네. 눈치 챘단 말일세. 한참 전부터. 그러나 용기가, 입 밖에 낼 용기가 없었다네. 그런데 지금, 오늘밤, 에셀레드가…… 하하…… 은둔자가 집의 문을 부수는 소리, 용의 단말마의 부르짖음, 그리고 방패가 떨어지면서 울린 소리…… 알겠나! 이렇게 말하는 것이 옳겠지. 누이동생이 들어 있는 관이 부서지고, 누이동생이 갇혀 있는 지하 감옥의 철문 돌쩌귀가 삐거덕 열린 다음 지하 납골당의 구리를 깐 아치 복도에서 누이동생이 몸부림치는 소리였네. 아아, 나는 어디로 도망가야 좋을까! 누이동생은 이제 곧 여기로 오지 않을까! 나의 성급한 일처리를 책망하기 위해서 누이가 달려오는 게 아닐까? 누이의 괴롭고 무서운 심장의 고동 소리가 분명히 들리는 것 같아! 이 미친 녀석아!" 이렇게 말하고 그는 미친 듯이 벌떡 일어섰다. 그러고는 단말마의 부르짖음처럼 한마디 한마디 째지듯 외쳤다. "미친놈아! 누이는 이미 문 밖에서 있어!"

어셔의 이 초인적인 힘을 지닌 절규에는 마력이라도 숨어 있었던 모양인지 그가 가리킨 거대한 낡은 거울이 박힌 문이 묵직한 흑단 입구를 향해 열렸다. 그것은 불어 닥친 강풍 탓이었는지 모른다. 그때 문 밖에는 틀림없는 어셔 가의 매덜린 아가씨가 훤칠한 키에 수의를 입은 자태로 우뚝 서 있었다. 그녀가 입은 흰 옷에는 피가 배어 있고, 쇠잔한 몸에는 무참하게 몸부림을 친 흔적이 남아 있었다. 그녀는 문지방이 있는 데서 이리저리 비틀거리더니 마침내 낮은 신음 소리를 내면서 방 안으로 들어와 오빠의 몸 위에 풀썩 쓰러졌다. 그러고는 최후의 격렬한 단말마의 고통 속에서 오빠를 마룻바닥 위에 밀어 쓰러뜨렸다. 그의 오빠도 이미 시체가 되어 넘어져 있었다. 그가 예상한 대로 끔찍한 공포의 제물이 되어 쓰러진 것이다.

나는 그 방에서, 그 저택에서 들리는 공포에 사로잡혀 허우적거리며 도망쳤다. 그 오래된 도도록한 길을 달리고 있을 때, 폭풍은 여전히 미친 듯 휘몰아치고 있었다. 이때 내가 달리고 있는 좁은 길을 따라 이상한 빛이 줄달음쳤다. 나는 이 이상한 빛이 어디에서 비쳐 오는지 확인하려고 뒤돌아보았다.

내 뒤에 있는 것은 거대한 저택과 그림자뿐이었다. 그것은 그때

막 넘어가고 있는 보름달의 핏빛처럼 붉은 색을 띠고 있었다. 건물의 지붕에서부터 번개 모양으로 주춧돌까지 뻗어 있는 그것은 내가 전에 말한, 그전에는 겨우 눈에 띌 정도였던 갈라진 틈을 통해서 비치고 있었다. 가만히 지켜보고 있는 동안 균열은 급속히 벌어졌고, 회오리바람이 한 자락 휘몰아치더니 달이 갑자기 내 눈앞에 모습을 나타냈다고 생각하는 순간 저택의 거대한 벽이 정확하게 둘로 갈라져 무너져 내렸다.

순간 나는 극심한 현기증을 느꼈다. 거대한 대홍수의 울림과 같은 굉음, 요란스러운 함성과도 같은 소리가 길게 울려 퍼지자 나의 발밑에는 깊고 음침한 늪이 '어셔 집안' 의 잔해를 소리 없이 삼켜버렸다.

344

포의 생애와 작품

작가 빈센트 버라넬리는 포에 대해 이렇게 말했다.

"그는 가장 위대한 미국 작가이자 세계 문학사에서 가장 중요한 작가다."

그러나 아이러니하게도 포는 미국이 아니라 유럽에서 최고의 평가를 받은 소설가이다. 유미주의, 상징주의, 초현실주의를 논의할 때 중요하게 다뤄지는 포의 작품은 프랑스인이 특히 좋아했다. 시인 말라르메는 "미국 중산층의 속물적 가치에 반대하는 문화, 예술의 영웅"이라고 했으며, 발레리는 "기존의 종교와 철학의 전제들을 뿌리째 뒤흔든 회의주의의 대가"였다고 밝혔다.

하지만 조국인 미국에서는 한 세기가 지나도록 자신의 가치를 인정받지 못했다. 그러다가 그의 친구이자 저명한 저널리스트인 촌시 버가, "공포소설의 최고의 완성도를 보여주는 그의 작품을 도덕적 결함에서 비롯된 것이라는 부당한 평가가 있어 왔다"며 이제는 새로운 눈으로 보아달라고 요청했다.

살아 있는 동안 끔찍한 절망을 경험했고 죽어서는 세계문학의 새 장을 연 에드거 앨런 포는 1809년 미국에서 유랑배우의 아들로 태어났다. 아버지는 매일같이 술에 빠져 지냈으며, 미모의 여배우였던 어머니는 결핵을 앓고 있었다. 그러다 아버지는 아들 포가 태어난 지 몇 달 후 행방불명되었고, 절망에 빠진 어머니는 세 아이를 남겨둔 채 24세의 젊은 나이에 요절하고 만다. 그 바람에 포 삼 남매는 연극단원들의 손에 맡겨진다.

이후 포는 그 고장의 재산가인 앨런이라는 사람의 양자로 입양되는 행운을 얻게 되었다. 앨런은 업무로 영국에 갈 때 양아들 포를 데리고 갔다. 덕분에 그는 영국의 가장 비싼 사립학교에서 전통적인 교육을 받을 수 있었다. 포는 영국에서 라틴어와 스포츠, 아마추어 연극공부에 빠진 장난꾸러기 학생으로 지낸다. 10대 중반에 양가의 반대를 무릅쓰고 로이스터와 약혼까지 하지만 부모의 반대로 파혼으로 끝나고 만다.

대학에 들어간 그는 귀족 자제들과 어울리면서 술과 도박에 빠지게 된다. 술과 도박은 그의 정신세계를 황폐하게 만들었고 양부와의 갈등은 더욱 고조된다. 결국 양부의 집을 뛰쳐나온 그는 미들네임을 앨런 A.로 바꾼다.

양부모에게서 경제적 원조를 받지 못하자 미국 육군에 입대했고, 그곳에서 재능을 인정받아 특무상사까지 올랐다. 이는 육군 지원병이 누릴 수 있는 최고의 자리였다. 군대 생활이 적성에 맞는다고 생각한 그는 이후 웨스트포인트에 들어가 언어부분에서 두각을 나타낸다. 하지만 그곳에서도 역시 고약한 술버릇 때문에 결국 퇴학당하고 만다. 학교에서 퇴학당한 그는 볼티모어의 고모 집에서 사촌 버지니아의 공부를 봐주면서 몸을 의탁한다.

1833년, 볼티모어의 지역신문인 〈볼티모어 세터데이 비지터〉에 '병 속의 수기'가 현상공모에 당선되면서 비평가로서 이름을 얻게 된다. 이후 〈남부 문학 메신저〉라는 잡지의 편집자로 취직을 하게 되면서 리치먼드로 돌아왔다. 이때 그는 고모와 고종사촌 버지니아를 데리고 왔고 다음 해에 버지니아와 결혼식을 올린다.

잡지사의 편집자로 활약하던 그는 주류 문학계의 관행들, 특히 지인들의 책 띄워주기 등을 신랄하게 비판했고, 그렇게 베스트셀러가 된 책에 대해서는 냉혹한 비평을 퍼부었다. 이로 인해 인간도끼라는 별명이 붙을 정도였다.

하지만 그는 인간도끼라는 별명과는 거리가 먼 초월적 미를 노래하는 유미주의자였다. 게다가 이 유미주의 비평가는 당대의 편협하고 옹졸한 미국 비평계를 뒤흔든 전사 중의 전사였다.

한편으로 그는 사회적 명성과는 달리 늘 조울증과 우울증 사이에서 갈팡질팡 흔들렸으며 술과 마약을 달고 살았다. 그러다 어느 순간 일에 대한 흥미도 잃어버려 한동안 아무 일도 하지 않고 빈둥거렸고, 아내 버지니아는 병마에 시달리게 된다.

그의 작품 〈리지아〉에는 아내 버지니아의 모습이 그대로 투영되어 있다고 할 수 있다. 힘든 나날을 보내던 그는 1845년 〈이브닝선〉에 〈갈가마귀〉라는 시를 발표하여 문단의 호평을 받게 된다. 세상은 전혀 새로운 시풍에 매료되어 포를 반겼고, 포는 상류사회 살롱에서 자신의 시를 낭송하는 동안 다시 문학적 활력을 되찾게 된다. 처음으로 그는 출판사에서 작품집을 냈고 〈브로드웨이 저널〉의 편집자로서도 활발한 활동을 하게 되었다.

그러나 운명의 여신은 그를 〈브로드웨이 저널〉의 발행인이 되도록 꼬드겼고 결국은 빚더미 위에 올라앉는 고통을 당하도록 유도했다.

이때 포에게 어머니나 다름없는 고모가 폐인이 다된 포를 구하러 온다. 그녀는 포를 데리고 포어댐으로 갔다. 그들은 허술한 바라크에서 기거하며 이웃의 도움으로 밑바닥 생활을 해야 했고, 그 시기에 포는 창작에 몰두하다가 느닷없이 자취를 감추곤 했다. 그런 때에는 언제나 뜻하지 않는 장소에서 옛 여자친구들이나 잘 알지 못하는 여성들에게 사랑을 고백하거나 술에 만취한 채 쓰러져 있었다. 1847년, 아내 버지니아가 세상을 떠난다.

이후 그는 강연 여행을 겸한 정처 없는 방랑길에 오른다. 이때 포는 첫사랑인 엘미라 로이스터를 만나 열렬한 사랑을 고백하고 그와 결혼식까지 올리기로 했으나 알코올의 유혹을 견디지 못하고 배회하다 1849년 어느 날 한 더러운 개천의 흙탕물에서 발견되었다. 포는 즉시 워싱턴 병원으로 옮겨졌지만 치료의 보람도 없이 10월 7일 영원히 세상을 떠났다.

포의 소설에는 고립된 고성의 냉기 흐르는 실내, 생매장, 고문, 살인 등 선정적인 테마가 과장된 문체로 쓰여 있다. 그러나 그는 단순히 호러의 기교만 가진 작가는 아니었다. 읽는 이로 하여금 영혼이 부서지는 느낌을 갖게 하는 그만의 독특한 작가 세계가 있다.

포를 시인, 소설가, 비평가로 구별해서 생각하는 것은 큰 오류이다. 그의 산문, 시, 에세이 사이에는 주제와 상황과 심상이 끊임없이 교류하고 있다. 포는 자신이 작업한 결과물이 모두 연속적으로 연관성이 있으며 통일성 속에 변화가 있다는 점을 의식하고 있었기 때문에 집필한 것을 모두 모아서 한 데 묶을 필요가 있다고 생각했지만 생전에는 하지 못했다.

〈검은 고양이〉는 보들레르와 프랑스 예술가들의 상상력에 큰 충격을 안겨준 작품이다. 동물을 좋아하는 한 사나이가 검은 고양이를 기르며 매우 귀여워해주었지만 어쩐 일인지 고양이는 그 사나이를 따르지 않는다. 어느 날 화가 난 사나이는 고양이의 눈을 후벼내고도 고양이에 대한 증오를 참다못해 마침내 고양이의 목을 졸라 죽이고 만다. 이후 그는 자신의 행동을 깊이 후회한다.

얼마 후 그 사나이는 산책길에 들른 술집에서 자기가 죽인 고양이와 똑같이 생긴 검은 애꾸눈 고양이를 발견하여 집으로 데리고 온다. 그러나 이 고양이도 사나이에게 본능적인 증오심을 갖는다. 결국 사나이는 손에 들고 있는 도끼로 고양이를 내리치는데 도끼에 맞은 것은 고양이가 아니라 아내였다. 사나이는 죽은 아내의 시체를 지하실 벽 속에 넣고 회칠을 한 다음 애꾸눈 고양이도 죽이려고 결심하지만 결국 찾지 못한다.

며칠 후 경찰은 해방불명이 된 이 사내의 아내를 찾으러 가택수색을 벌인다. 범행이 절대로 드러나지 않을 것이라는 자신을 가진 사나이는 농담조로 "왜 지하실 벽은 조사하지 않느냐"며 자신이 갓 발라 놓은 벽을 두드린다. 순간 무서운 비명 소리가 들린다. 경찰이 벽을 헐어내자 여성의 시체 위해 애꾸눈 고양이가 웅크리고 있었다.

〈윌리엄 윌슨〉은 포의 자전적인 이야기이다. 한 불량소년이 선량한 쌍둥이에게 평생 괴롭힘을 당한다. 그 쌍둥이란 다름 아닌 그의 양심이다. 격분한 악인 윌슨은 격투 끝에 선량한 윌슨을 살해한다. 하지만 윌슨은 자신의 양심이나 다를 바 없는 죽은 윌슨에게 중얼거린다.

"이긴 것은 너다. 나는 졌다. 그러나 이제 너 역시 죽은 인간이다. 세상에서, 그리고 친구과 희망으로부터 버림받은 죽은 인간이다. 내 안에서 너는 살아 있었다."

포는 죽음이라는 영원불변의 주제에 대해 호기심과 공포를 수단으로 몇 개의 변주곡을 만들었다. 여성의 이름을 표제로 한 몇 개의 작품에서는 죽음의 문제가 매우 변화무쌍한 형태로 다루어지고 있다. 작품 〈리지아〉에서는 칠흑같이 검은 머리를 가진 아름다운 여성이 오랜 투병 생활 끝에 죽게된다. 수년 후 리지아의 남편은 금방 여성 로이나와 결혼한다. 그러나 리지아의 생각이 남편의 머리에서 언제까지나 떠나지 않아 금발의 아내를 사랑할 수가 없다. 이후 로이나 역시 병마에 시달리다 죽는다. 그녀가 투병중일때 한밤중에 시체가 걸어 다니고 있다. 이 시체는 금발이 아니라 칠흑같이 검은 리지아의 머리이다.

같은 주제의 작품 중 〈리지아〉 못지않게 뛰어난 것이 〈어셔 가의 몰락〉이다. 유서 깊은 어셔 집안의 직계 자손인 로드릭과 여동생 매덜린은 물이 썩어가는 연못가에 세워진 조상 대대로 내려온 낡은 저택에서 살고 있다. 어셔는 극도의 신경증에 시달리고 있으며 특히 청각신경이 병적일 정도로 예민하여 아무리 하찮은 소리를 들어도 극심한 공포감에 사로잡힌다. 병약한 여동생 매덜린은 죽은 뒤 이 으스스한 저택의 지하실에 매장된다.

폭풍우가 심하게 몰아치던 어느 날 밤, 말벗이 되어 달라는 어셔의 부탁을 받고 손님으로 와 있던 그의 친구가 이 공포스러운 밤을 보내며 한 권의 책을 낭독하고 있었다. 그때 갑자기 날카롭고 이상한 소리가 지하실에서 들려온다. 그리고 어셔가 손가락으로 가리키는 문이 열리며 수의로 몸을 감싼 매덜린이 모습을 나타낸다. 새하얀 수의에는 피가 스며 있고 마른 몸에는 필사적으로 몸부림을 친 흔적이 뚜렷하다. 매덜린은 비틀거리며 오빠에게 다가와 그의 몸으로 쓰러진다. 친구는 끔찍한 공포를 견디지 못해 도망친다. 신비스럽고 불가해한 굴레로 어셔 집안의 운명과 굳게 결합돼 있던 저택은 마침내 무너져 내려 검은 늪 속으로 잠겨 들어간다.

포가 쓴 탐정소설은 여러 가지 면에서 세계문학 사상 매우 중요한 위치를 차지하고 있다. 포 이후 탐정소설은 대중의 관심을 한몸에 받았다. 〈모르그 가의 살인〉의 뒤팽은 탐정의 전형이 되었으며, 〈도난당한 편지〉는 포가 쓴 탐정소설 중 가장 뛰어난 소설로 인정받고 있다.

2009년 윤상원

애드거 앨런 포 연보

1809년 1월 19일 보스턴에서 태어났다. 부모는 모두 극단 배우였지만 포는 부계 혈통에서 켈트적 기질을 이어받았으며, 그의 아버지는 그가 태어나던 해에 가출해 돌아오지 않았다.

1811년 어머니가 리치먼드에서 사망하자 고아가 된 그는 사업가인 존 앨런의 양자로 들어갔다. 양어머니는 포를 친자식처럼 키웠다.

1815년 양부모와 함께 영국으로 떠났다가 5년 만에 다시 미국으로 돌아왔다.

1823년 윌리엄 버크 학교에 입학. 학업 성적은 우수했는데 특히 라틴어와 프랑스어에 두각을 나타냈다. 수영과 육상에도 재능을 보여 선수로 뽑히기도 했다. 이 시기에 동기생의 어머니인 제인 클레이그 스테넛 부인에게 모성애적인 사랑을 감정을 느끼게 된다.

1826년 버지니아 대학에 입학. 로이스터와 약혼하려 했으나 양아버지의 반대로 무산되자 도박과 음주에 빠져 빚을 지며 암울한 시간을 보낸다.

1827년 양아버지와의 불화로 보스턴을 떠나 에드거 A. 패리라는 가명으로 군대에 입대했다. 이때 첫 시집을 냈다.

1830년 웨스트포인트 육군사관학교에 입학했다.

1831년 학교 규칙 위반으로 퇴교당한 후, 《포 시집》을 간행했다.

1832년 단편 〈메첸거슈타인〉 발표.

1833년 〈병 속에 발견된 수기〉가 현상 공모에 당선, 50달러를 받았다.

1835년 리치먼드의 한 잡지사에 취직.

1836년 고종사촌 버지니아 클렘과 결혼. 이때 버지니아의 나이는 14세였다.

1838년 〈리지아〉 발표. 《넷터킷 태생의 아서 고든 핌의 이야기》 출간. 필라델피아로 이주.

1839년 〈어셔 가의 몰락〉 〈윌리엄 윌슨〉 발표.

1840년 《그로테스크한 이야기와 아라베스크한 이야기》 출판.

1841년 〈모르그 가의 살인〉 〈소용돌이 속에서〉 발표.

1843년 〈황금 풍뎅이〉를 신문에 투고하고, 〈검은 고양이〉를 발표. 《에드거 앨런 포 산문 소설집》 출간.

1845년 〈갈가마귀〉 발표. 《브로드웨이 저널》 편집자로 취직.

1846년 《브로드웨이 저널》을 인수했으나 자금 사정 악화로 폐간.

1847년 아내 버지니아 사망.

1848년 뉴욕에서 군중들 앞에서 〈유리카〉 낭독.

1849년 시 〈엘도라도〉 〈애너벨리〉 〈애니를 위하여〉 〈종〉 등을 발표. 로이스터와 결혼을 추진했으나 이루지 못하고, 길가의 개천에 쓰러져 있는 것을 행인이 발견, 병원으로 옮겼으나 소생하지 못하고 숨을 거두었다.